二見文庫

略奪

キャサリン・コールター＆J・T・エリソン／水川 玲＝訳

The Final Cut

by

Catherine Coulter and J.T.Ellison

この新たなる素晴らしき旅の友となったＪ・Ｔ・エリオットへ。あなたと組んだことは、これまでの人生でわたしがくだした最高の決断のひとつよ。ニコラス・ドラモンドは必ずまたわたしたちを素晴らしい冒険に連れていってくれるわね。

わたしの右手であり、左手であり、頭脳の半分であるカレン・エバンスへ。あなたの櫂《オール》は常に水をかき、ボートをなめらかに前進させるわ。

この特別プロジェクトへの多大な献身、そしてあなたの熱意と変わらぬ明るさに感謝します。

ＦＢＩのアンジェラ・ベルへ。絶え間ない力添えをありがとう。あなたはかけがえのない宝物だわ。ニコラス・ドラモンドは実際にＦＢＩ初の英国人なのよ（ＦＢＩに確認済み）。

――キャサリン・コールター

略　奪

登　場　人　物　紹　介

ニコラス（ニック）・ドラモンド	ロンドン警視庁の警部
マイケラ（マイク）・ケイン	FBI特別捜査官
フォックス（キツネ）	美術品窃盗犯
サリーム・シング・ラナイハン	美術品収集家
マルベイニー	フォックスの師
イレイン・ヨーク	ロンドン警視庁の警部補
ディロン・サビッチ	FBI特別捜査官
レーシー・シャーロック	FBI特別捜査官。サビッチの妻
ボー・ホーズリー	ニコラスのおじ。警備会社勤務
アンドレイ・アナトリー	美術品収集家 ロシアン・マフィアのボス
ビクトリア・ブラウニング	メトロポリタン美術館の 展覧会のキュレーター
グラント・ソーントン	ロンドン塔の衛兵
ピエール・メナール	スイス連邦警察官

プロローグ

バンドーム広場一五番地
ホテル・リッツ・パリ〈バー・バンドーム〉
二年前

長い指でテーブルを叩《たた》きながら、窓の外の冴《さ》え冴《ざ》えとしたパリの夜空にちらりと目をやると、またも同じ疑問が脳裏をめぐった――あの男はどこにいる？　すでに十分遅れている。これまでサリームを待たせる者は誰も、誰ひとりとしていなかった。場所をホテル・リッツと指定したのはフォックスだ。最低でも時間は守るものだろうに。

鏡に映る自分の姿をとらえ、サリームは目にしたものに満足した。体のラインに優雅に沿ったディナージャケット、大物然とした雰囲気。彼の父親がそうあれと教えたとおり、見る者に敬意と畏怖を抱かせる男。

そのサリームを、しがない泥棒のフォックスが待たせている。

客たちが振り返る気配に、サリームは顔をあげた。目を奪う美女がバーのなかを横切ってくる。肌に吸いつくような黒のドレス、高くて鋭いピンヒール。つややかな黒髪は頭の後ろでねじりあげてまとめられ、顔の輪郭の美しさを際立たせている。しなやかな身のこなしはダンサーのそれだ。ゴージャスでミステリアスな女。傲慢そうに傾けられた小首からほのかに立ちのぼるのは危険の香りだろうか？　バーのなかにいるほかの男たち全員と同様、サリームは欲情のうずきを覚えた。しばらく目で楽しみ、その女から顔をそらした。今夜釣りあげるのはもっと大きな魚だ。

ふたたび腕時計を確認する。いらだたしげにシャツの袖口を引っ張って椅子の背に寄りかかり、星がちりばめられたパリの空へと視線を転じた。あと五分、それで来なければ引きあげる。改めて約束しなおせばいい。次に場所と時間を決めるのは自分だ。それでフォックスも、主導権を握るのは誰か思い知るだろう。

サリームがさっきの女をちらりと見ると、彼女はこちらに視線を据え、ゆっくり近づいてきていた。足を止めたり、ほかの誰かを見たりすることなく、彼だけにまなざしを注いでいる。今は女の相手をしている暇はないというのに。サリームの望みは泥棒が店に現れ、仕事の交渉をまとめることだけだ。

女が彼のテーブルのところで止まった。「サリーム、あなたとビジネスをしに来たわ」ドン・ペリニヨンのボトルを持ったウエイターが女の後ろで待っている。女はうなずきかけてウエイターに椅子を引かせ、腰をおろした。

サリームは頭が混乱し、ただ女を凝視した。何が起きている？　フォックスが自分の代理にこのエキゾチックな女をよこしたのか？　フォックスの愛人？　いや、どういうことだ？　彼の心を読んだかのように、女がほほえみを浮かべた。「わたしはあなたがお探しの相手よ、サリーム」

フォックスを探しだし、接触できるようになるまでに三カ月を費やした。金持ちの愛人に見えるこの女が世界一の腕を持つと謳《うた》われる怪盗だとは、言われなければ絶対にわからなかっただろう。息をのむほど美しいが、男の心を惑わすのはとりわけその瞳だ――澄んだアイスブルー。虹彩《こうさい》は黒く縁取られ、目尻がわずかにつりあがっている。そして、そのまなざしはサリームにまっすぐ注がれていた。女はサリームの驚いた表情をおもしろがり、彼が何か言うのを待っている。その瞬間、気づいた。目的を果たすのに、この女はまさに適任だ。そう、これで完璧だ。

盗みの手腕においてフォックスに並ぶ者はいない。すでに伝説でさえあった。世界一――サリームの父、そして信頼の置ける複数の知人がフォックスをそう称するのを彼は耳にしていた。

サリームは興奮を覚えることもなく、ぼんやりと考えた。盗みの腕と同様、この女はベッドでも巧みなのだろうか？　ビジネスのアフターサービスはスイートルームでの接待付きか？　まあ、それもいい。だが、その前に仕事だ。

彼はウエイターが女のフルートグラスにシャンパンを満たすさまを眺めた。女がグラスを持ちあげ、サリームのほうへそっと傾ける。彼女の顔に笑みはなく、サリームを品定めするアイスブルーの瞳に退屈の色がにじんだことに、彼は驚いた。このわたしが退屈だと？　サリームの視線を浴びながら、女は目をそらさずにシャンパンを飲み干した。自分の動きのすべてをサリームの目が追っていることを承知しているかのように、唇にゆっくりと舌を這《は》わせる。誘っているのか？

サリームはまだ何も言わずに、シャンパンのお代わりを注ぐようウエイターに合図した。女はまたも飲み干し、黙っている。バーにいる男たち全員の視線が集まり、サリームはこの女との関係を詮索されているのが感じられた。彼が女の正体を声も高らかに明かしてやったら、男たちの表情はどう変わるだろう。

サリームがマッカランをすすると、六十四年もののウイスキーはなめらかな炎のごとく喉を流れ落ちた。

ようやくフォックスにたどりついたとき、サリームはメールのアカウントを利用し、シンプルかつエレガントな方法で相手と秘密裏に連絡を取った——アカウントのパスワードを共有したのだ。サリームがメールを作成して、それを下書きフォルダに保存する。次にフォックスがログインし、下書きフォルダにあるメールを読んでからそれを削除し、自分の返事をふたたび下書きフォルダに保存する。数週間にわたり、ふたりは短いメッセージのやりとりを続けた。先週、一度目にして一度限りの顔合わせの日程を決めてから、そのアカウントは休眠状態になっている。女のものの考え方、女が自分の欲しいものを手に入れる方法といったことを、サリームは熟知していると自負していた。しかし、これまでフォックスの正体が女だとうかがわせる点はかけらもなかった。驚くべきことに。

サリームは自分のグラスをテーブルに置いた。「きみは本当にわたしが探している人物だと？」

女はうなずいただけだった。口元にはほほえみが浮かび、まなざしは彼から決してそれない。

サリームはゆっくりと告げた。「結構だ。それでは始めよう」

女が一枚の紙をテーブルにすべらせる。ほっそりとした上品な手、短く切られて磨かれた爪はほんのりと淡い桜色だ。袖口をかすめる前腕がささやかな衣《きぬ》ずれの音を立て、繊細な手首の内側がかすかに上を向く。その何気ないしなやかなしぐさに、サリームは女の体に流れる幾世代もの祖先の血を垣間見た気がした。たとえば、茶をふるまったあとに客の懐をかすめとり、肋骨《ろっこつ》のあいだを短刀でひと刺しする日本の芸者。

渡された紙を開き、サリームはそこに書かれた数字には反応せずに無表情を保った。これまでメールでは、報酬について一度の議論もなかった。

サリームが顔をあげると、女は彼を眺めていた。なんと青い目だろう。眺めていれば、サリームの故郷の青空がそこに広がるかのようだ。だが、そう思った瞬間、サリームは女のまなざしには隙がなく、戯れのみが広がるばかりで、あとはぽっかりとうつろなことに気づいた。背筋を寒けが駆けおりる。これまで誰に対しても、とりわけ女に対してこの手の恐怖を感じたことはなかった。止めようとしてもこの女の存在が腹の底にしみこみ、そこから恐怖がじわじわと彼を侵食していく。

女の声は低くやわらかで、彼女が口を開くとサリームは無意識のうちに体を引き寄せられた。バーの喧騒《けんそう》のなかでも、声ははっきり聞こえているというのに。

「驚いているわね」

「ああ」

「それぐらいなんでもないでしょう。値段のつけようがない品物ですもの」パチンと指を鳴らして視線をそらす。しかし、その直前に女がしらけた目をするのが見え、サリームのなかで怒りが頭をもたげた。この女は紙に書かれた金額にサリームが応じることを知っている。その二倍でも出すと間違いなく見抜いている。なんなら、その三倍出すのもいとわないほど彼の執着が強烈であることも。サリームは気づいた。交渉の余地はなく、相手はそれを承知している。

サリームは椅子に深々と座り、女がシャンパンを飲み干す姿を眺めた。そのしぐさのひとつひとつが優美で計算しつくされている。女が提示した金額に応じる以外ない。この仕事を託せる者はほかにいないのだから。超一級の腕をサリームは必要としていた。法外な値段ではあるが、最後の一ペニーに至るまでこの女にその価値があるのはわかっていた。

女は自分に自信を持ち、落ち着き払った様子でいる。そんな彼女をサリームは痛めつけてやりたかった。

いまわの際にこのフォックスという名の怪盗について語ったとき、サリームの父の声には称賛の響きがあった。だが、父はフォックスが女だとは言わなかった。父は知っていたのだろうか？　もちろんそのはずだ。フォックスはサリームと同い年で、年上ではないと父は言っていた。しかし近づいてくる彼女を見たときは、てっきり年下だと思った。「フォックスは世界一だ、わが息子よ。世界一なのだ。わたしが知っているなかで、失敗したのは一度きり。そしてそれは不可能な仕事だった」だが、父はその失敗については明かそうとしなかった。サリームが尋ねると、父の目は息子を通り越してはるか遠くを見つめるだけだった。

今、彼女を眺めながら、サリームはふと思った。この女はこれを最後にこの世界から足を洗う気ではないのか？　ああ、もちろんありうるだろう。これだけの報酬を手にできれば、引退して二度と捕まる危険を冒さずにすむ。永遠に姿を消して、身を落ち着けられる。びくびくと後ろを振り返りながら生きることもない。サリームは目的のものを、女は自由を手に入れるわけだ。

ウエイターがさらにシャンパンを持ってきた。グラスが満たされると女はそれを掲げ、テーブルの中央でその手を止めた。「前払いで半分。交渉成立かしら？」

サリームは彼女と視線を交え、ウイスキーのグラスを持ちあげた。

「ああ、いいだろう」

女は初めてふたりのグラスを触れあわせ、交渉がまとまったことを祝してシャンパンをひと口すると、グラスをテーブルに置いて立ちあがった。

残念ながら、階上でのアフターサービスは含まれないらしい。言葉がサリームの口をついて出た。特にその気があるわけではないが、美しい女に対する男のつまらない反射的行動だ。

「今夜はとどまるがいい。わたしとともに」

女は笑わなかった、しかし、そうしたがっているように思えた。彼女は片方の眉をあげ、なめらかな低い声で告げた。「あなたの宿泊先ならもう知っているわ、サリーム・シング・ラナイハン。別にご一緒する気はないの」

驚愕《きょうがく》がこぶしのように彼を殴りつけた。あらゆる手段を講じ、自分の正体は完全に隠したつもりだった。なのに、この女は彼の本名を知っている。いったい、どうやって調べたんだ?

「わたしのフルネームを知っているのか?」

冷ややかなアイスブルーの目が、捕食者然としてサリームを見おろす。「当たり前でしょう。あなたの名前は知っているわ。わたしはあなたのすべてを知っている」

すべて? 誰の息子であるかも知っているのか?

仕事の交渉において、サリームは常に場を支配し、最後に力を行使して相手を屈服させる側にいた。彼は悪魔だとささやく声があるのも知っている。そして、その評判を気に入っていた。狡猾《こうかつ》で、自信あふれる男——それが世間におけるサリームの評判だった。誰もが彼の顔色をうかがい、彼を恐れた。それももう終わりだ。

今夜、サリームは本物の悪魔と出会った。シャンパンをすする悪魔と。父は息子のこんな姿を眺めているのだろうか？　そして笑っているのか？

フォックスが言った。「口座はメールで知らせるから、そのあとアカウントを閉鎖して。半額——二千五百万ドルが振りこまれたら仕事開始よ。それまでは一瞬たりとも動きはしない。わたしから連絡することはもうないわ。あとは仕事が終わったときにこちらから知らせる。あなたと取り引きができてよかったわ」

「待て」サリームも立ちあがった。咳《せき》払いをして、静かに話しかける。自分の声の効果は承知していた。生まれと育ちが醸しだす尊大さが、はっきりとにじみでている。

「きみの評判は知っている。それを考慮すれば、わたしが何者であるかわかったのも驚きには値しない。しかし、こちらはきみのことをフォックスとしか知らない。本当の名前を言うんだ。五千万ドルもの報酬を手にするんだから、名前を明かすのが最低限の礼儀だろう」

フォックスの美しい顔の裏で悪魔がほほえんだ。そのあまりの冷たさに、サリームの血は凍りついた。

「あなたがわたしから得るのはお目当ての品物だけよ、子ライオン。それとも、今はあなたをライオンと呼ぶべきかしら？　お父さまの突然の死で、あなたに実権が渡ったんですものね。あなたもお父さまみたいにおもしろい方なの？　奪いとるだけの狡猾さと老練さがあなたにある？」

女はつかの間口をつぐんでサリームをもう一度品定めし、それからうなずいて彼の要求を退けた。サリームは腹の底から理解した。この女は彼を恐れていない。微塵《みじん》もだ。だが、この仕事をしくじれば、考え違いだったと後悔するはめになるだろう。自分がこの手で息の根を止めてやる。

サリームの声が甲高くなった。「わたしのもとで働くなら、命じられたとおりにするんだ。さあ、名前を言え」

そのとき彼は断言できた――女はサリームの心そのものを見透かし、それが期待外れだと判断したことを。彼女は静かに告げた。「焦らないことね。そうすれば、必ず報われるわ」

サリームよりも、このライオンよりも上だと思いこんでいる盗っ人《ぬすっと》にこんな口を叩かせておくわけにはいかない。この女は要求を聞き入れなければならないのだ。サリームは女の腕をつかんで引き寄せた。

女が至って愛想のいい声で返す。「今すぐ放して」

サリームは女の腕を締めつけた。莫大《ばくだい》な財産を持つばかりで、あとは取るに足りない人間だと言わんばかりのふるまいを見過ごすわけにはいかない。この女はサリームが何者で、彼女に対して何ができるかを理解する必要がある。今はサリームがライオンであり、望むものは必ず手に入れる。

「本名を言ってもらおう」

客たちがふたりの諍《いさか》いに気づきはじめた。女が顔を覚えられるのを避けたがっているのはわかっている。彼女が別れのキスをするかのようにほほえんで顔を寄せると、サリームは満足感を味わった。女が彼の首にてのひらをすべらせながら耳元でささやく。サリームは小さく息をのんで彼女の腕を放した。

氷のごとき冷たいほほえみを浮かべ、女は告げた。「わたしを探さないことね、サリーム・シング・ラナイハン。わたしがあなたを見つけるわ」

女は歩み去った。ラウンジを横切る女のあとをほかの男たちの視線が追う。やがて女はパリの夜の街路へと姿を消した。

サリームはふたたび椅子に腰をおろすと、ナプキンで首の横の痛みを押さえた。どこに隠し持っていたのか知らないが、女は誰にも気づかれずにサリームの喉にナイフをすべらせた。細い傷のうずきとともに、恐怖が、悪魔の恐怖が彼の舌に広がった。

女がサリームの耳に残した言葉は腹の奥底に沈みこみ、これから幾月も彼の頭のなかでため息のように響くだろう。その名は以前にも耳にしたことがある。父からではなく、闇に沈んだ路地裏にこだまする男たちのささやきのなかでだ。実在するとは考えたこともなかった。それが今はあの女の冷たい唇が自分の喉を這い、細い血の筋をたどるさまが肌に刻まれ、いつになればその感触が消えるのだろうかと考えている。女は自分の名前をこうささやいた。

「わたしは〝キツネ《Kitsune》〟よ」

ロンドン
現在
木曜日、夜明け前

1

ニコラス・ドラモンドはこういう瞬間のために生きていた。両肩はリラックスし、薄いレザーの手袋のなかで両手はあたたまり、力が抜けていていつでも反応できる。心臓はゆっくりと規則的な鼓動を刻み、アドレナリンが噴きだして体が空へ発射されんばかりだ。早朝の空気は寒く、吐く息が白い。一月初旬のロンドンの朝ともなれば当然だ。人質事件ほど血が騒ぐものはない。そして用意はできていた。

ニコラスは訓練どおりに現場の状況をざっとつかみ、長年の経験でそれを補足した。三方向の屋根に狙撃手が待機。怒号と悲鳴の後方でサイレンが鳴っている。セミオートマティック銃が一挺《ちょう》、ときおりタタタタとドラムのビートを刻んだ。街路は全方向封鎖。頭上ではヘリコプターのローターの回転音が響いている。チームはニコラスの背後で位置につき、彼のゴーサインを待っていた。

容疑者の位置は十メートル前方、ビクトリア通りの地下鉄入口から左に三メートル。奥まった死角になっているが、男には自分の居場所を隠す気はないらしい。情報によると、男はまともではなく――早朝にちっぽけなキオスクから金を奪うほどの考えなしであればうなずける――逃走する代わりに女を捕まえ、今は隠れ場所から発砲している。スーダンのハルツームの攻略戦で大英帝国のゴードン将軍を救出できたであろうほどの大量の弾薬と銃をこの男がどこで見つけたのか、ニコラスにはわからなかった。答えに興味はない。ただ事態を平穏に終わらせたいだけだ。

人質は少なくともまだ殺されてはいない。その中年女性は今は粘着テープでぐるぐる巻きにされ、地面に転がされていた。容疑者からは一、二メートルほどの距離か。ニコラスたちからも確認できるその顔は、恐怖で血の気が引いている。口のテープがなければ悲鳴が聞こえてくるだろう。

ああ、彼女は死んでいない。今はまだ。問題はそれだ――ひとつ間違えば、彼女の頭に銃弾が命中する。

ニコラスは自分の補佐役、ガレス・スコット警部補へと首をめぐらした。ニコラスの背後で歩道の縁石に添って身を伏せる警部補の表情は鋭く、興奮の光が瞳をよぎる。ガレスは胸元にヘッケラー&コッホＭＰ５を抱え、ショルダーホルスターにはグロック１７がおさまっていた。

容疑者が発砲を中断し、安らかな沈黙がふいに広がった。弾切れではないだろうとニコラスは推測した。装弾不良《ジャム》か？　そんな好都合もあるまい。何を考えている？　策を立てているのか？

ニコラスはガレスのところまでさがった。「容疑者はまともじゃない。そのほかの情報を頼む」

「写真があります。東側の屋根から撮影したものです。ぼやけてますが、顔認識プログラムの魔法が効きました。男の名前はエスポジート、ひと月前に出所したばかりです。自分が思うに、朝早くに目が覚めたら、人生にちょっとした刺激が欲しくなってひと暴れした——そんなところじゃないですか」

「何が引き金になったんだ？」

「不明です。キオスクのレジから四ポンド奪って——こんな早朝じゃ現金はそれぐらいしかないですよね。警察が来ると、女性を人質に取りました」

エスポジートがふたたび銃口を上に向け、霧に覆われた朝の空に連射した。

男の頭がつかの間のぞいたが、あの角度では狙撃手に狙わせるのは無理だ。どのみち発砲を許可する気はなかった。女性に当たる危険性がある。ニコラスは決断を迫られていた。時間は刻々と過ぎていく。

時計を見ると午前五時十六分、冬の夜明け前で、かろうじて目が利くほどの明るさだ。少なくとも雨は降っていないが、分厚い黒雲が空を覆っている。人質救出劇の演出には最高だ。

突然、エスポジートが連射を途切れさせて怒声をあげた。「おまわりどもめ、引っこまないと女が死ぬぞ。聞こえたか？　おまえらがいなくなったら、こいつを逃がしてやる！」そこで銃火の応酬があり、エスポジートがまたしても叫んだ。「もう一度撃ってみろ、この女を殺してやる。さがれ、全員さがれ！」

ニコラスは声を張りあげた。「全員撤退させる。女性には手を出すな」

エスポジートの返事は銃弾で、ニコラスの頭上数十センチを飛んでいった。「充分だ」ニコラスは言った。「終わらせるぞ」

「生かしたまま捕らえますか？」

「それはこれから考える。視界が利く場所に移動だ。ついてこい」

ふたりは背中を丸めて街路の反対側へ移ると、体を伏せて地面に顔をつけた。その直後、さっきまでふたりがいた場所から五、六十センチ横で容疑者の銃弾が砂利をはじいた。ガレスがののしる。「そういうのを的外れって言うんだよ」

ふたたび沈黙が落ち、ふたりの速い呼吸音だけが響いた。ニコラスの考えでは、エスポジートはふたりが移動するのを見ていないはずだった。「伏せたまま動くな」ガレスにささやく。ここは風下で、相手まではほんの六メートル。しかも駅正面の柱の陰に隠れている。いい位置だが、エスポジートが動いたり振り返ったりすれば、ふたりとも一巻の終わりだ。

こちらの動きを察したかのように、エスポジートが女性をつかんで盾代わりにし、五メートルほど引きずって金属製の廃棄物用大型コンテナの背後に移動した。これでニコラスたちからは十メートル以上離れた。男はコンテナの裏でしゃがみこみ、銃を構えて周囲を警戒している。

これぞ天が与えたチャンスだ。ニコラスの視線はコンテナの底、地面とのあいだの十センチほどの隙間に据えられていた。にやりとしてすばやく匍匐《ほふく》前進し、ショルダーホルスターからグロック17を引き抜く。彼はコンテナの底の貴重な十センチに慎重に照準を定めた。男は大きな足に真っ白のナイキのスニーカーを履いている。狙ってくださいと言わんばかりだ。

ニコラスは引き金を引いた。ぎゃっと叫び声があがり、男は片足で跳ねながらコンテナの陰から出てくると、つまずいて顔面から舗道に転倒した。

「拘束しろ！」ニコラスは肩の無線機に怒鳴り、すぐさま起きあがった。「全員、容疑者の武器に注意するんだ」

コンテナの裏から一、二メートル先で転がるエスポジートを、ニコラスのチームが取り囲む。警察官たちが突進してくるのを見て、男は武器を地面に叩きつけ、両手をあげて降参した。これで一件落着だ。死者はなし、怪我《けが》人もゼロだ。

金属的な警笛が鳴り響き、人質事件を想定した模擬訓練の終了を伝えた。

ガレスは上司の肩をぽんと叩いた。「やってくれますよね」そう言って、大声で全員に声をかける。「チームも最高だったぞ」

拍手があがり、ニコラスは振り返った。だが、銃をホルスターに戻す間もなく、拡声器から声が轟《とどろ》いた。「ニコラス・ドラモンド警部、模擬訓練にルール違反があったため、失格とする。ただちにこちらへ来るように」

2

ガレスはやれやれと首を横に振った。「あの声じゃ、ペンダリー警視正はご機嫌斜めだな。警部のアイデアが並外れてただけなんですけどね」

エスポジートが足を引きずりながらやってきた。顔をゆがめて頭から湯気を立てているその姿に、これは一発殴られるなとニコラスは覚悟した。だが、エスポジートはただニコラスをにらみつけ、太い指で宙を突いて言葉をひとつひとつ強調した。「おれの、足を、撃ったんだぞ、くそったれ《ブラッディ・ソッド》！」

ニコラスはこらえきれずににやりとした。「ぺったりしゃがんだ尻を撃てそうだったが、おまえのでかいナイキが、ここよって旗を振っていたんだ」

「ああ、ああ、笑うがいいさ。こっちは冗談じゃすまないんだぞ、ドラモンド。これから一週間は足を引きずる。おれを撃つんじゃなくて無傷で捕まえる、それがルールだっただろう。ところがおまえは自分が目立たなきゃ気がすまない。ゴム弾は痛いんだぞ」

ニコラスは目をぐるりとまわした。「女性ひとりの命がかかっていた。交渉じゃなく、行動する必要があったんだ。自分から格好の的になるほうがどうかしているぞ。次は舗装道路材用のコンテナの裏に隠れろ。あっちは下の隙間が狭い」

ガレスが爆笑し、エスポジートはむっとした顔になってにらみつけると、ふたりに向かってこぶしを振りあげ、足を引きずって離れていった。近々仕返しされるのは確実だ。ゴム弾の痛さはニコラスも身をもって知っていた。そしてエスポジートはしぶとく、頭が切れる。きっとこっちが泣きたくなるような報復を考えつくだろうが、それは明日、もしくは来週のことだ。今はまず、ペンダリーの相手だ。

「あいつはすぐに忘れますよ」ガレスが言った。「今夜〈フェザーズ〉でビールを一杯おごってやれば、それでけろっと機嫌が直るはずです」

それはないな。ニコラスは内心でつぶやき、上司のもとへ向かった。ハーミッシュ・ペンダリー、ロンドン警視庁作戦指揮班警視正は、六十代前半の堅物で、四十年間同じルールに従い、そのルールを墓まで持っていく予定だ。コネに頼らず警視正にまで出世したパブリックスクールあがり。コベントリーにあるパブの店主の三男であるのを誇りにしている。

一方、ニコラスは裕福な旧家の出身で、職場のなかにはそれをねたむ者もいた。幸い、ペンダリーはそのひとりではないものの、ニコラスの国籍に関して不満を持っていた。アメリカ生まれで二重国籍を所持するニコラスは、ペンダリーの目には半端な英国人に見えるのだ。

ニコラスは設置された障害物のあいだを縫い、観覧台に立つペンダリーのもとへと進みながら、新しく義務化された訓練について考えをめぐらした。誰もがぴりぴりしていた。ロンドンがテロ攻撃の対象として——またしても——狙われ、ロンドン警視庁は警察官全員が受ける訓練を一新する必要に迫られた。ニコラスと彼のチームは抜き打ち演習のために、警察の訓練施設があるヘンドンまでこの半年で四回招集されている。武器の操作訓練に、今朝の人質事件のような実際と同じ状況下での模擬演習などなど。ペンダリーは内容はなんでもかまわないとばかりに、あらゆる訓練を彼らに押しつけていた。

ニコラスが上司に異を唱えるのはいつものことだが、自分の殺人捜査班は緊急時の対応は熟知しており、犯罪心理分析《プロファイリング》技術や科学捜査の知識に磨きをかけるほうが実際的だと主張した。しかしペンダリーの世界では、技術や知識は実践演習に置き換え可能だった。ペンダリーの古い世界では。

当の男は不満のオーラを体にまとっていた。棒のように細長い体軀《たいく》をふんぞり返らせて腰に両手を当て、観覧台の上で脚を開き、双眼鏡を首にぶらさげている。あとは軍用ブーツを履かせれば全体主義の権化のできあがりだ。探検隊のリーダーか、はたまた警察幹部か。どちらも似たようなものだ。ニコラスは口をつぐんでいた。弁解すれば、とたんにペンダリーに嚙《か》みつかれるのはわかっている。それに上司が爆発寸前なのが表情から見てとれた。

「サー」ニコラスは上司の前に立って背筋を伸ばした。ペンダリーは部下にいやがらせをする好機を逃さず、肩に浴びている朝日がニコラスの目を直撃するよう上体をずらした。

「ドラモンド」その声はすでに叱責口調だった。ペンダリーはニコラスに対してはたいていこの声音を使う。「エスポジート警部補に発砲する権限はなかったはずだ」

「そのとおりです」先を続けるのは避けた。〝しかし〟と言い返しても、ペンダリーの怒りの火に油を注ぐだけだ。

「言うべきことはそれだけか?」

いいや、言いたいことは山ほどある。だが、自分は寝ぼけてうっかり口をすべらせたりしない。この演習には真剣に取り組んでおり、人質を見殺しにしないよう自分で答えを見つけ、容疑者を捕らえたまでだ。

ペンダリーはニコラスが反論するのを待っていた。ペンダリーの目を見ればそれがわかり、ニコラスは何か言い返して、上司をさらに怒り心頭に発させてやりたい衝動に駆られたが、やめておいた。

「そうです、サー」

ペンダリーはさらにふんぞり返った。ひっくり返らずにここまでできるとは驚きだ。彼はニコラスを上から見おろして告げた。「ならば、この演習は不合格とする」

「しかし――」

やれやれ、言ってしまった。ニコラスは叱り飛ばされるのを覚悟した。

ペンダリーは上体をもとに戻し、部下の目に当たっていた朝日をさえぎった。ニコラスはまばたきをして焦点を合わせ、年配の男を見あげた。

「この話をするのはもう百回目だ、ドラモンド。この世界にはルールがある。仕事に関するルールを告げられたら、それを遵守するのがおまえの務めだ。明朝、チームとともにヘンドンに戻って演習をやりなおすように。そして今度こそ、わたしのやり方に従え。わかったか？」

行ったり来たりの堂々めぐりか。来る日も来る日もこの調子で、ペンダリーが押せと言えば、ニコラスは引いた。現実の危機に直面して、ルールを破る必要に駆られでもしない限り、互いの意見が一致することはないだろう。

「脅威を排除する――それがこの演習の目的だったと自分は理解しています」

背後で舌打ちする音が聞こえた。ニコラスが振り返ると、エスポジートが台の縁に寄りかかり、まだ足をさすっていた。

ニコラスはエスポジートを無視して、上司に視線を戻した。「自分は脅威を排除し、人質は無事でした。これは誰もが望んだ結果です」

ペンダリーの顔が真っ赤になった。ニコラスは振りおろされる鉄槌《てっつい》に対して身構えたが、それは落ちてこなかった。代わりにペンダリーはため息をつき、疲れた様子で首を横に振った。「おまえと話すと血圧があがる。明朝、五時きっかりだ」鋭い歯がずらりと並ぶ狼《おおかみ》のような口でにっと笑い、明晰《めいせき》な声でつけ加える。「遅刻したら、その次の日も演習だぞ」ペンダリーの携帯電話が鳴った。「さがってよろしい」

ニコラスはむしゃくしゃした気分で歩み去った。自分の車へまっすぐ向かいながらも、何かを蹴りたい気分だった。腫れあがった足がひとつ──どう考えても、不合格になるほどの被害ではない。結果を出さない演習になんの意味がある？　本物の人質事件なら、自分の行動は同僚に背中を叩かれる以上の快挙だ。

明日もまた四時起きか。感謝しますよ、サー。

エンジンをかけようとシフトレバーに手をのせたところで、ペンダリーが取り乱した様子で両手を振りながらニコラスの車のほうへ走ってきた。

ニコラスはBMWから降りた。「どうしたんです？　何かあったんですか？」

ペンダリーは息を切らしていた。いや、絶句しているのだろうか？　よくわからない。ニコラスはすぐにその両方なのだと気づいた。「悪い知らせだ。イレイン・ヨーク警部補が殺害された」

3

ニューヨーク州ニューヨーク市
マンハッタン、五番街一〇〇〇番地
メトロポリタン美術館
水曜日、午前

セキュリティには驚嘆するほかない。といっても、別に気にすることはないけれど。この美術館に配置された警報器と感知器はひとつ残らず頭に入っている。〈ジュエル・オブ・ザ・ライオン〉展の目玉、現在は王太后の王冠の中央に飾られているよくも悪くも有名なダイヤモンド、コ・イ・ヌールを守るためのものはすべてだ。警備員に関しても、これから一時間の全員分のスケジュールは分刻みで覚えていた。

《ボーン・トゥ・ビー・ワイルド》のメロディを口笛で吹きながら、彼女は美術館のカフェに入ってカプチーノを注文した。監視カメラにはっきり映るように顔を向け、待っているあいだは顔見知りのスタッフ五、六人にほほえんだり、声をかけたり、手を振ったりした。小さなテーブルに座っている来館者にまでうなずきかけた。

カプチーノができあがると、監視カメラに横顔が映るようにして、カフェにいる自分の姿を間違いなく記録させた。

代金を払ったあとは一階の化粧室のほうへと進み、そこを素通りして職員専用のドアに向かった。

廊下の奥に地下へおりる階段がある。彼女はカプチーノを置いて手袋をはめると、ドアを開けてなかにすべりこんだ。

地下三階まで駆けおり、美術館の配電室にたどりつく。そこで立ちどまって耳を澄ました。無人だ。どこからも物音ひとつしない。

ジャケットのポケットから、ＩＲＡの爆弾テロリストから拝借したすてきな装置を取りだす。電磁パルスを発生させる、タイマー付きコンデンサ。彼女は鼻歌を歌いながら、コンピュータ制御の配電盤の裏側に小さなコンデンサを取りつけ、タイマーをセットした。これで機器が破損することはないけれど、電磁パルスの発生でコンピュータの電源が落ち、監視カメラの映像が映らなくなり、セキュリティ・システムは作動しなくなる。五分間、美術館全体の電気系統がダウンする——それだけあれば充分だ。

彼女は階上へ戻り、そして待った。

あと三分。

二分。

一分。
小さな音がウィーンと響いたのに続いて、次々に照明が落ちる。
さあ、お楽しみの始まりだ。

4

ロンドン
木曜日、午前

ニコラスはもはや寒さを感じなかった。思い出がどっと胸に押し寄せてくる。思わずつられて笑いだすイレインの笑い声、抜きんでた知性、それに少し風変わりな世界観と、目に見えないものを探りだしたいという好奇心。もっといろいろあった。夜、ニコラスの肩に頭を預け、ゆっくりとした静かな吐息をもらすイレインの姿を彼は思いだした。アルツハイマー病と診断された母親のこと、元夫の最近のおかしな行動をイレインはときおりささやいたものだ。それは彼女がニコラスのチームに加わる前のことで、ふたりの関係は終わりとなっても絆《きずな》は残った。ほろ苦い思い出は、現在ニコラスが知るイレインへと姿を変えた。彼と肩を並べて歩く優秀でひたむきな警察官。命令されればなんでもこなし、それ以上のことをやり遂げる同僚。だが夜にあのささやき声を聞くことも、昼に自信に満ちた姿を見ることも、もう二度とない。

自分にとって、イレインは大事な存在だった。なのに彼女は死んだ。まばたきひとつするあいだにこの世から消えた。四カ月前、イレインがニューヨークへ旅立つ前夜のことをニコラスは思い返した。十数人の警察官仲間で〈フェザーズ〉のテーブルを囲み、王太后の王冠の安全を祈願して乾杯し、女好きのアメリカ野郎に気をつけろと彼女に忠告した。

これが現実のはずはない。痛みがニコラスの胸を焼きはじめた。

「死因は？」

ペンダリーが言った。「銃で撃たれて放置されていた。イースト川の岸でふたりの学生が遺体を発見している。連邦捜査局《FBI》のニューヨーク支局から検死結果の報告が来るのを待っているところだ。捜査は彼らが担当する」

無言でいるドラモンドに、ペンダリーは現実をのみこむ時間を与えてやった。職場でドラモンドとヨークの息がぴったり合っていたのも、去年ヨークがチームに加わる前はふたりが親密な仲だったのも知っている。ペンダリーは自分が老けこんだように感じ、両手で顔をこすった。こんなはずではなかった。なぜこうなったんだ？　ヨーク警部補は英国側の輸送担当員として、王冠とともにニューヨークへ渡った。ボディガードでも、警察官としてでもない。ペンダリーにとって、彼女の死は腹にこぶしを食らったかのような衝撃だった。

ニコラスはこのありえない現実をまだ受け入れられないでいた。「どういうことです？　銃で撃たれた？　殺害された？　そんなはずないでしょう？　イレインはニューヨークで、メトロポリタン美術館で働いていたんだ。それでどうやって敵ができるんです？　自分もニューヨークへ行きます。今すぐに」車へときびすを返すニコラスの腕をペンダリーがつかんだ。

「落ち着け。たしかにあってはならないことだ。しかし、おまえも知ってのとおり、これは彼女が求めた任務だ。王冠とともにニューヨークへ行かせてくれと、ヨークのほうから頼みこんできた。考えてもみろ、そもそもあの素晴らしい宝をイングランドの外へ持ちだすなど、なんたるけしからん間違いをしでかして——」

ニコラスはペンダリーの言葉をさえぎった。「ニューヨークへ行かせてください。すぐに出発します。今なら第一便に間に合う」

ペンダリーはニコラスの腕を放した。「FBIがおまえを仲間に入れて、一緒に殺人の捜査をさせるとでも思っているのか？　相手はアメリカ人だぞ、ドラモンド。いいか、この件はニューヨークのFBIがきちんと捜査してくれる。おまえは必要ではない。邪魔だ」

朝靄《あさもや》のなかで吐く息が白くなる。ここに立ってはいられない。何者かがイレインを狙撃して殺し、いまだ罰されておらず、自分はそれを知っている。行動しなければ。当たって砕けろだ。「彼女は警察官として、人として、かけがえのない存在でした。自分にはイレインの死を捜査する責任があります。チームのメンバーの誰であれ、それが自分の責任です」

「どこへも行ってはならん。これはじきじきの命令だ、ニコラス・ドラモンド警部。明朝、ここで再度演習があるのを忘れるな」

〝演習〟だって？　イレインが死んだというのに？　この男の石頭はついにそこまでかちかちになったのか？

「おまえは今日はもう休め。わたしはこれからヨークの母親に電話で知らせる。アルツハイマーを患っていては、娘の訃報を聞いても理解できるかどうか神のみぞ知るだが。いいから、今日は帰るんだ」

ペンダリーはグリーンのジャガーへと歩いていった。彼の息子もそれでハンドルの握り方を覚えたというほど古い車だ。ニコラスは自分の車の運転席に腰をおろし、目をつぶった。

イレインが死んだ。イレインは外国人だから——でも警察官の遺体を間違えるなんて、これまできっとそうだ。イレインが死んだ。ひょっとすると、別の誰かの遺体を誤認したのではないか。ああ、そんな話を一度でも聞いたことがあるか？

ニコラスはギアを入れ、タイヤで砂利をはじき飛ばしながら勢いよく車の向きを変えた。おじのボーのことは言わずにおいて正解だった。ニコラスのおじはＦＢＩニューヨーク支局の主任捜査官を最近退職したばかりで、今はメトロポリタン美術館の〈ジュエル・オブ・ザ・ライオン〉展で警備主任をしている。そして、ボーはイレインを気に入っていた。おじなら喜んで手を貸してくれるだろう。ペンダリーに妨害される前におじと話をしなくては。

ヘンドン・ポリス・カレッジがあるピール・センターから、ロンドンのウェストミンスターにあるニコラスの家、ドラモンド・ハウスまでは車で二十五分の距離だった。通りでＢ

MWを降りて玄関まで階段を二段飛ばしであがり、鍵を挿しこもうとしたところで、執事のナイジェルが玄関のドアを開けた。ナイジェルは牛追い祭りの牛のように突進してくる主《あるじ》を見て、すばやく脇にどいた。

「サー？　これほどお早いお帰りとは思っておりませんでした。何かございましたか？」

着替えのために階段を駆けあがりながら、ニコラスは首をめぐらして大声で言った。「ああ、大ありだ、ナイジェル。いつもの荷物を用意してくれ。これからニューヨークへ飛ぶ」

5

ニューヨーク州ニューヨーク市
イースト川の西岸
水曜日、深夜

マイクことマイケラ・ケイン捜査官は、鑑識班がイレイン・ヨーク警部補の遺体を黒い袋にしまい、担架にのせるのを眺めた。被害者が外国籍であるためにＦＢＩの管轄となり、彼女が呼ばれたのだ。ヨークは胸部を撃たれてイースト川の岸で水に洗われていたのを発見された。ロンドン警視庁の警察官がアメリカで川辺の泥にまみれて死んだ。哀れな最期だ。

冬空を染めあげた夕焼けはすでに思い出となり、マイクは凍えていた。現場には携帯型投光器四台が設置され、非現実的な光を投げかけているものの、それが発する熱はゼロだった。さらに多くの鑑識官たちが川岸に沿って動きまわり、警部補の遺体がなぜ川のこの地点で水に浸《つ》かっていたのか、説明となるものを捜索していた。

「面倒なことになったな」ＦＢＩニューヨーク支局犯罪捜査部主任捜査官に着任したばかりの上司、マイロ・ザッカリーが言った。情けない顔をしているが、無理もない。彼の言うとおり、うんざりするくらい面倒な状況なのだから。だからこそ、マイクは被害者の身元の確認が取れるとすぐさまザッカリーに電話を入れ、こうして現場の状況判断を仰いだのだ。ザッカリーは四十代後半、引きしまった体つきの典型的なFBI主任捜査官だ。彼を見て、マイクも思わず背筋を伸ばした。

「この一件が解決するまでは、全員針のむしろに座ってるようなものだ」ザッカリーが言った。「完璧な捜査でなければ、英国側のお仲間に宣戦布告される」検死官用のバンのほうへ手を振る。「ヨーク警部補が〈ジュエル・オブ・ザ・ライオン〉展の特別随行員としてロンドン警視庁から派遣されてきたのは、わたしが主任捜査官になる前のことだ。だから、そのあたりの事情については詳しくない。ロンドン警視庁の警部補がわれわれの縄張りで殺害されただと？　これから尻が光るほどスポットライトを浴びせられるぞ。状況をひととおり説明してくれ。狼どもが飛びかかってくるのに備えておく必要がある。そうとも、マスコミにとっては格好の餌だ」

マイクは報告した。「ヨーク警部補は美術犯罪班のベン・ヒューストンと組んでました。主任への連絡後、すぐに電話で知らせてますから、そろそろ到着するでしょう。詳しい話はベンから聞けると思います。かなり動揺してる様子でした。ベンの話では、ヨーク警部補はいい同僚で、彼の父親のナイフよりも鋭く、バイキングの夕日のように美しかったそうです。最後の言葉は意味不明ですが」けれども、彼女はもはや美しくはない。その瞬間、マイクはヨークがもはやしゃべれないのが悔しくてならなかった。

落ち着いた声で先を続ける。

「ほかに報告できることはたいしてありません。ヨーク警部補は左胸上部を撃たれてました。使用された銃は口径が小さく、射出口はなし。実際の死因は別の可能性もあります。スカートにロンドン警視庁の記章がとめてあり、そのほかに所持品は見つかってません。わたしが見たところ、水に浸かっていた時間は短いのではないかと思われますが、気温が低く、水によって遺体が保存されるため、もっと長時間であったかもしれません。あとは検死結果を待つしかないでしょう。われわれは最後に彼女を目撃した人物を見つけ、そこからここに至るまでの時間を割りだします」

「誰が発見したんだ？」

「隠れてマリファナをやってた子どもふたりです。川岸のごみのなかに死体があるのを見つけて通報しました。水辺についてた足跡は採取済みです、今週分の給料を賭けてもいいですが、遺体を発見した子どもたちのものでしょう。それ以外の足跡は特に見あたりません」

背後にベン・ヒューストン捜査官が姿を現し、マイクやザッカリーと握手した。動揺し、怒り、傷ついている様子だ。ヨーク警部補とはどれほど親しい仲だったのだろう。

ザッカリーが声をかけた。「ベン、被害者について教えてくれ。捜査の役に立つことであればなんでもいい」

ベンがなんとか気持ちを整理して、怒りと悲しみを抑えこもうとしているのをマイクは見てとった。「ベン、お願い」マイクは促した。「ヨーク警部補について話してくれる？　彼女の世界を知るために、あらゆる情報が必要なの」

ベンはごくりと唾をのんだ。「イレインの職歴はロンドン警視庁の警察官ひと筋です。個人情報の詳細は、メトロポリタン美術館で彼女と一緒に働いてた職員にきけばわかる。イレインはロンドン塔から英国の至宝を持ちだすのを狂気の沙汰だと考えてました」

ザッカリーが尋ねる。「彼女に奇妙な行動は見られなかったか？　余計な注目を集めるとか、人に目をつけられるようなことをするとか。色恋沙汰はどうだ？　厄介な相手とつきあっていたとかは？」

ベンは首を横に振った。「イレインは仕事が好きで、全力を注いでました。色恋沙汰はまったく耳にしてません。彼女は美人で――美人だったけど、仕事に専念してました。走るのが好きで、去年はニューヨーク・マラソンが開催中止になったから、十一月に行われたアップステート・ニューヨークのマラソン大会に一緒に参加した。ふくらはぎがつったぼくにつき添ってくれて、せっかくいい記録が出てたのに、そのせいで台なしになってしまったんです」ベンは唾をのみこんだ。十メートル先で静かにアイドリングしている検死官用のバンを振り返り、ヨークの死の証《あかし》を見つめる。「飲酒も喫煙も、体に害となることはいっさいしなかった。それでもわれらがアメリカンコーヒーはすっかりお気に入りでした。何度か昼食や夕食をともにしました。イレインはベジタリアンでした。彼女は……なんていうか、つきあいやすくて、気さくで、そう、気さくな女性でした。イレインを殺す理由なんてぼくには想像できない。意味がわかりませんよ。だって、動機はなんなんです？　こんな……こんなのはおかしいじゃないですか」

　ザッカリーが質問する。「ヨークはこれからメトロポリタン美術館で展示される予定の英国王室の宝物《クラウン・ジュエル》の付き添い役だった。そうだな？」

　ベンがうなずいた。「到着してから展示して返却するまで、〈ジュエル・オブ・ザ・ライオン〉展の展示物を見守るために、イレインはロンドンからここへ派遣されました。彼女が来てちょうど四カ月ほどですよ。滞在先はマレーヒルで、アパートメントを借りてました」岩が積み重なる水際を見つめ、顎をこわばらせる。「ご存じでしたか？　英国の人々は王冠を国外に出すのに猛反対で、国会で承認されてようやく展覧会の実現にこぎつけたんですよ」

　マイクは言った。「国会で審議したの？　となると、この展覧会はよっぽど大イベントなのね。ベン、王冠がアメリカに持ちだされたのに腹を立てた英国人の過激な犯行だという線はありうる？」

「なんだってありうるさ。でも、随行員を殺したって展覧会は中止にならないだろう？　展覧会そのものに関しては、イレインにはなんの権限もなかったんだから。開催を決めたのは美術館と英国政府、それに保険会社だ」

ザッカリーが言った。「国会審議にまでかけられたとは知らなかった。来週に控えたウィリアム王子とキャサリン妃の訪米に合わせて、美術館が一世一代の展覧会を催すというのは知っていたが」

ベンが言った。「ええ、法的な手続きや契約なんかで大騒動でしたからね。展覧会の目玉はコ・イ・ヌールが飾られた王太后の王冠で、そのダイヤモンドがジュエル・オブ・ザ・ライオンそのものなんです。展示品がメトロポリタン美術館内に運びこまれるまでは、すべての管理責任は英国側にあったから、イレインはひどくプレッシャーを感じてました。クラウン・ジュエルが美術館に到着したのは二日前です。イレインは明日の夜に展覧会のお披露目《ひろめ》として開かれるガラパーティも担当して……いや、もう今日の夜になるのか。展覧会開催にかかわった人たちを招いてのパーティですが、なにせチケットが高額なんです。イレインからぼくも一緒にと――」

ベンの言葉が途切れた。イレインの招待客としてパーティに呼ばれていたのだろう。マイクは彼の腕にそっと触れた。「本当に気の毒に、ベン」

目に怒りをひらめかせて、ベンは唾をのみこんだ。「連邦合同庁舎《フェデラル・プラザ》（連邦地方庁舎が集まるビル。FBIニューヨーク支局も入っている）に戻って、できる限り情報を集めてくる。イレインの仕事の内容を調べて、それから――」そこで言葉が尽きた。ベンはどす黒いイースト川がのろのろと流れるさまを見つめた。川は冷たく、その上には銀色の月が輝いている。

鑑識班が合図をし、検死官のバンが発進した。三人は車が見えなくなるまで見送り、亡くなった同志に無言で哀悼の意を示した。

ザッカリーがニットの防寒帽を耳まで引きおろす。「ここは寒くて、立ってられないな。何者かがヨークを殺害した。問題はその理由だ。展覧会と何かかかわりがあるはずだ。海の向こう側は今後どうするか知ってるか、ベン？」

捜査官としてのベンの目は川よりも冷ややかだった。「ロンドン警視庁は何が起きたか、どう対処するかを検討してるでしょうね。美術館側の対応については、展覧会のキュレーターのドクター・ブラウニングに話して、イレインが亡くなった今、どうするつもりかきいてみましょう。この件に関しては、ニューヨーク市警の干渉はなしですよね？」

マイクは言った。「十七分署のスローター警部とすでに話をしたわ。最大限協力してくれるそうよ。彼には最新情報を伝えると約束してるけど、あっちからの干渉は心配しなくていいわ。この展覧会はニューヨーク市にとっても重要なの。観光客が落とす莫大な金がかかってるんだもの。それに、マスコミが飛びつくこと請けあいの殺人事件を担当したい？　そんなことをするぐらいなら、ニューヨーク市警ごとヨーロッパへ移住すると思うわ」

ザッカリーは安堵《あんど》の息を吐いた。「それなら結構だ。メトロポリタン美術館での大規模なイベントに絡んで殺害事件を報道されるのは誰ひとり望まないが、これから大騒ぎになるのは必至だ。報道機関の代表に対して記者会見を開かなければならないな。やつらは全世界に向けて、この事件を派手に発表したがるだろう」腕時計に目をやる。「会見をするとなると、急がなくては。携帯電話で連絡がつくようにしておく。必要があればいつでもメールをくれ。何かわかったら報告を頼む、マイク」ベンにうなずきかけ、大股で闇のなかへ進んでいった。その背中はもはやさほどまっすぐではなく、ヨーク警部補の残酷な死の重さが自身の責任としてのしかかっていた。

川を吹き渡る冬の風にふいに打たれ、マイクはジャケットのなかで体をすぼめた。頭のなかで同じ問いかけを繰り返す。あなたは何かを知ってしまったの、イレイン？ それは死をもってあなたの口を封じなければならないほどのことだったの？

6

大西洋上空
ブリティッシュ・エアウェイズ一一七便
木曜日、午前九時

午前八時三十分発のニューヨーク直行便にニコラスはなんとか乗りこんだ。警察手帳を見せたおかげで、保安検査に並ぶ長蛇の列をすっ飛ばすことができた。今、彼は機上の人となり、飛行機は西へと飛んでいる。まわりの座席は気味が悪いほどにがらんとしていた。電子機器の使用制限解除のアナウンスが流れると同時に、ニコラスはノートパソコンを開いて無線LANに接続した。まずはメールチェックだ。ペンダリーから三通来ており、件名の欄に記された言葉は新しいものほど怒りが増幅していた。こっちの行き先がばれるまでもう少し時間がかかると思っていたのに。ニコラスは上司のメールをすべて削除した。イレインの殺害事件に関してさらなる情報を得たら、ペンダリーに報告しよう。まあ、思いだしたときにでも。

画面上でアイコンが点滅し、インスタントメッセージの受信を通知した。おじのボー・

ホーズリーからだ。アメリカンカウボーイを思わせるこの元FBI捜査官は、ニコラスの子ども時代の憧れだった。成人し、自身も法の執行に携わるようになった今、おじへの敬意は増す一方だった。ニコラスが知るなかで誰より頭が切れる最高の男。それにボウリングがうまく、甥《おい》っ子が子どもの頃はアメリカで盛んなこの娯楽を教えこもうとしたものだ。ニコラスの記憶では、ボールはたいていガターに転がり落ちた。あの溝の名前はそれで正しかったか？　ニコラスは首を横に振った。インスタントメッセージの通知に目を落とすと、安堵感が胸に広がった。ボーなら、自分の動機を理解して力になってくれる。

ニコラスはアイコンをクリックした。

ニックへ
イレインのことは本当に残念だ。至急、スカイプでこの番号に電話をかけてくれ。通信の安全確保も頼む。実はひとつ問題が発生している。

おまえを愛するおじより

また問題か。イレインの死だけで充分じゃないのか。悲しみがパンチのようにずしりと響く。それも今ではなじみになっており、ニコラスはむなしさを噛みしめて現実を直視した。ギネスを飲むイレインの上唇に泡の髭《ひげ》がくっついているのを見ることはもう二度とない。一週間の運勢をタロットカードで占うイレインをからかうことも。自分にできるのは、彼女を殺した犯人と、その理由を見つけることだけだ。ペンダリーに知らされてから、ニコラスは必ずそうすると繰り返しイレインに誓っていた。犯人を見つけたところで、彼女は二度と戻らないが。

ニコラスは赤毛の搭乗員に紅茶を頼んだ。ニューヨークのFBIと合同捜査できるよう、おじのボーに話をつけてもらおう。彼はふと思った。ロンドンに戻ったとき、ロンドン警視庁に自分の席はまだあるのか？　ドラモンドを解雇してやるとペンダリーがわめくさまが目に浮かぶ。だが、今は上司のことなどどうでもいい心境だ。

ヘッドフォンを取りだし、スカイプを起動して番号を入力すると、最初の呼び出し音でボーが出た。画面いっぱいに広がる顔は、ニコラスの母親のそれと瓜《うり》ふたつだ。ボーは疲れた様子だった。いや、疲れたどころじゃなく、打ちのめされているふうに見える。

「ニック、おまえの顔を見てほっとしたよ。友人のイレインのことは本当に残念だった。知的で気さくで、われわれ粗野なアメリカ人ともうまく協力して働いてくれた。わたしのオフィスに来たとき、イレインがイースト川を見おろす街の眺めに目を輝かせていたのを覚えてるよ。街全体を見てくるようにと、そのあとすぐにエンパイア・ステート・ビルディングに行かせたんだ。美術館の全員が彼女の死を悼んでいる」

「ありがとう、ボーおじさん。イレインは昔からニューヨークへ行きたがってました。永住の話まで何度か口にしていたくらいです。そっちでの仕事を心から気に入っていたようだ」

言葉を切り、気持ちを立てなおす。「イレインが本当に死んだなんて信じられない。彼女がどんな問題を抱えていたかわかりますか?」

「すまない、わたしもこの事件についてはまだ何も知らないんだ、ニック。あいにくだが、これはもうイレインだけにかかわる話ではない。知らせたとおり、別の問題が持ちあがった。この通話は安全か?」

「ちょっと待ってください」ニコラスはキーボードを叩いて、数年前に自作した携帯通信の暗号化プログラムを起動した。数秒ほど待つと、現在接続中の無線LANが上書きされた。

「ボーおじさん、言うのを忘れていましたが、今は大西洋を横断中で、そっちへ向かっているところなんです」

ボーはにやりとしただけだった。「おまえの母親から電話があったよ。こっちへ来ることは聞いてた。驚いてはいないさ。おまえがおとなしくロンドンで待ってるわけはないからな。さて、この通話はどれぐらい安全だ?」

「飛行機の通信システムを妨害しないぎりぎりのレベルです。座席の一列をひとり占めしていて、後ろにも誰もいない。クリスマスと新年の繁忙期のあとだから、旅行者は多くありません」

「なるほど。それでは、ニック、今わたしがいるのはメトロポリタン美術館ではないんだ。

わたしはFBI捜査官のサビッチやシャーロックとともにチェルシーにいる。彼らはふたつの目的でニューヨークへ来てる。ひとつは今夜のガラパーティに出席するため、もうひとつはそこでロシアン・マフィアのボスと話をするためだ。この実に社交的な美術愛好家が、とある絵画を盗んだとふたりはにらんでる。サビッチ、ここへ来て、甥に顔を見せてくれ」

相手の顔はよく知っていた。雑誌や新聞やインターネットでよく見かける。今、険しいその顔に笑みはなかった。この筋肉質の大男が、コンピュータの天才だと誰が想像できるだろう。日に焼けた肌に氷が切れそうな頬骨、眼光鋭い目は見る者をその場に釘《くぎ》付けにできる。黒髪はシャワーを浴びたばかりのように濡《ぬ》れて見えた。ニコラスは結論を出した。この男なら、自分の祖父や悪魔と対等に渡りあえる。うまくすれば勝てるかもしれない……いや、気難し屋の祖父にはさすがにかなわないか。「お噂《うわさ》はかねがねうかがっています、サビッチ捜査官。お目にかかれて光栄です」

サビッチは弟に向かってやるようにうなずいた。これほどの捜査官にそうされるのはちょっとうれしいものだ。「ボーの甥っ子だな。ようやく顔が見られてよかったよ。こっちは妻のレーシー・シャーロック捜査官だ」

若い女性の顔が画面に映る。髪はきれいな赤い巻き毛——いや、赤ではない。何色と表現すべきかわからないが、金褐色だろうか？　白い肌に澄んだ瞳。悪魔は自分と正反対の女性を妻にしたようだ。

「はじめまして、ニコラス。シャーロックと呼んでね。それから、ボーはあなたのことをしゃべりだすと止まらなくなるのよ。あと十年もすれば、わたしの夫のディロンと肩を並べるようになるとまで豪語してるわ」

ニコラスは声をあげて笑った。「おふたりにお目にかかれてうれしいです」それから、ボーが事態を説明するのを待った。

ボーは画面に顔を寄せると、静かな声で告げた。「これから話すことは、現時点では極秘扱いになってる。サビッチとシャーロックにはすでに話してあるから、ふたりのことは気にしなくていい」深々と息を吸う。「実はこういうことなんだ、ニック。〈ジュエル・オブ・ザ・ライオン〉展からコ・イ・ヌールが盗まれた」

7

ニューヨーク州ニューヨーク市
東三十六丁目二〇一番地
イレイン・ヨーク警部補のアパートメント
木曜日、午前二時

マレーヒルに位置するイレイン・ヨーク警部補のアパートメントがある十九階建ての建物は、管理の行き届いた重厚な赤煉瓦《れんが》造りで、仕事を持っている若い世代向けの閑静な住宅街にあった。

治安はいい。けれども、イレインにとってそれは充分でなかった。

鑑識班のポーリー・ジャーニガンは、建物の前でマイクの到着を待っていた。またかというような退屈した顔には、〝さっさと始めよう、夕食がまだなんだ〟と書いてある。鑑識官は誰も彼もがこんな顔だ。授業でそうしろと教えられるのだろう。

「準備はいい？」

「いつでもどうぞ。エレベーターがあって助かったよ。被害者の部屋は五階だ。こんな夜中に捜査道具一式が入ったケースを五階まで抱えてあがるのは骨が折れる」

マイクは腰に片手を当てた。「あら、言ってくれれば、歯間ブラシみたいなやつを一本運んであげるわよ。ちょっとは荷物が軽くなるんじゃない？」

ポーリーが声をあげて笑い、マイクは彼に続いて建物に入った。屋内はひっそりと静まり返っている。時間が時間なだけに薄気味が悪く、マイクは思わず声を潜めたくなるのをこらえた。

ガシャンと金属的な音を立てて、ふたりの後ろでエレベーターのドアが閉まる。

「新しい主任には慣れたかい、マイク？」

「そうね。彼とは馬が合うわ。ザッカリーは真面目な人よ。もちろんボー・ホーズリーがいないのは寂しいけど、しょうがないでしょう？　ザッカリーとはオマハでも一緒だったし、彼はいい人だわ。わたしの父ともうまくやってた」

ポーリーが言った。「ああ、おやじさんはオマハで警察署長をしてるんだったな。ザッカリーが威張り散らすことはなかったのか？」

「父からは聞いてないわね。地元の捜査官の何人かと面倒を起こしたことは耳にしたけど。〝痛い目に遭わなきゃわからんのか〟って、父のお得意の顔を見せたら、そのあとは行儀よくなったそうよ」

「それでも、ザッカリーに慣れるまでは大変そうだ。ホーズリーはすべての部下を全面的に信頼してくれてたからな」

「ザッカリーもいずれそうなるわ。新しい職場に落ち着いて、ここでのやり方を覚えるまで、ちょっと時間をあげましょう。ニューヨーク支局は、これまでの彼の管轄区域とはまったく違うわ」

チンと音が鳴り、ふたりはエレベーターを降りた。広い廊下は夜更けの墓場のように森閑としている。このフロアには不眠症の住人はいないらしい。イレインの部屋はいちばん奥だった。

ポーリーがドアの鍵を開けた。「待ってるあいだに管理人から借りたんだが、管理人はまったく興味を示さないでさっさとベッドに戻っていったよ——ありゃあ本物のニューヨーカーだな」

ドアの隙間から暗い室内に入ると、とたんに臭気が鼻を突いた——どんよりと重い、死のにおいがする空気。腐敗の初期段階だ。マイクの手はグロックへ向かった。

「ポーリー、さがって。問題発生よ」

8

大西洋上空
ブリティッシュ・エアウェイズ一一七便
木曜日、午前九時

ニコラスはおじを凝視した。「盗まれた？　コ・イ・ヌールが？　そんなはずがあるわけない。あの呪われた宝石を盗むのは不可能です。それに美術館のセキュリティは絶対に破られないはずなのに。何があったんですか？」

ボーがお手上げだとばかりに首を横に振った。「あのダイヤモンドを盗むのは不可能だとわたしも思ってた。ところが、実際に消えたんだ。偽物にすり替えられてた。十年ほど前に英国王室の許可を得て、キューービックジルコニアでコ・イ・ヌールの模造ダイヤが二個制作されている。美術館にあるダイヤモンドはそのうちのひとつとすり替えられていたんだ。朗報は、いつすり替えられたかの見当はついてることだ——昨日、停電があった。すべてのコンピューターに監視カメラと通信手段が丸々五分間ダウンして、その後同じように突然復旧した。館内の貴重な美術品はひとつひとつ確認されて、〈ジュエル・オブ・ザ・ライオン〉展の展示室はわたしが直接調べた。しかし、王冠のダイヤモンドに触れられた形跡はなかったんだ。館内のものはすべてあるべきところにあった。それで停電は電気系統の問題が原因で、意図的に仕組まれたものではないという判断をくだした。

そこに展覧会のキュレーターのドクター・ブラウニングに、アリゾナのピーター・グリズリーという名の男から連絡が入って、彼が所有するコ・イ・ヌールの模造ダイヤふたつが盗まれたと知らせてきた。ドクター・ブラウニングは事を荒立てずにすぐさまわたしのもとへ来た。何かがおかしいと心配してね。彼女の意見でダイヤモンドを鑑定すると、果たして、コ・イ・ヌールは偽物だと判明した。

いきなり顔面に頭突きを食らったようなものだ。できる限り手を尽くしている。だが一世一代の展覧会が開催される直前に、われわれアメリカ側の管理下でこんなことが起こるだと？ 災難どころの話じゃない。第三次米英戦争が勃発しかねない事態だ」

おじの言葉は大げさとは言えない。

「ボーおじさん、アメリカ政府にとって戦争よりも始末が悪いのは、世界中のメディアからの総攻撃です。外部の者の犯行ではありえないことはわかっているでしょう。停電のあいだの居場所が判明しないスタッフはもう突きとめたんですか？」

「真っ先にやった。どこにいたかは全員把握できている。かかわってるスタッフは多くない――クラウン・ジュエルの展示室に出入りできるのは、美術館の担当職員と、保険会社の代理人だけだ。言うまでもないが、担当者だけでなく、職員全員、そのペットに至るまで徹底的に調査した」言葉を切ってから、重い声で静かに告げる。「停電中、どこにいたかわからない者がひとりだけいた。イレインだ。そして、今や彼女は死んでいる」

この会話が向かっている方向を察し、ニコラスは慎重に言った。「ダイヤモンドは美術館から盗まれたとは限りません。イングランドを出発する前か、輸送中にすり替えられた可能性もある」

「そうであればよかったんだが。ドクター・ブラウニングとイレイン、それに保険会社から派遣された専門家が、コ・イ・ヌールがメトロポリタン美術館に到着した際に本物であることを確認してる。盗難が到着後なのは間違いない」

サビッチが言った。「ダイヤモンドをすり替えたのが誰であれ、巧妙な早業だ。侵入された形跡はまるでなし。展示室に人がいた痕跡すら残ってなかった。つまり盗難が発覚する予定ではなかったんだろう。ピーター・グリズリーがドクター・ブラウニングに模造ダイヤが紛失したと連絡しなければ、危うく盗まれたことに気づかないところだったわけだ。そして今はそのひとつが、王太后の王冠の真ん中に堂々と飾られてる」

ニコラスは尋ねた。「停電は実際単なる事故で、すり替えられたのはその五分以外のあいだとは考えられないんですか?」

ボーが応じる。「ニック、どうやればそんなことができるのか、わたしには想像もつかないよ」

「ロンドン塔にある宝物館のセキュリティの厳重さはご存じですよね。衛兵は長い軍歴を有する者ばかりで、恐ろしく屈強だ。あそこでダイヤモンドがすり替えられることは万にひとつもありえません」

「わたしが率いる美術館の警備員も、警察の部隊と同等だ。全員が武器を携帯し、宝石が到着してからはさらに警備を固めてる。よく油を差してある機械と同じで、何かあればたちどころに反応する。ニック、警備員のことならこのわたしがきわめてよく知ってる。ダイヤモンドのすり替えに関与してる者はいないと断言しよう。それでも、改めて調査は行う。さらに丹念に調べて――これ以上丹念に調べるのが可能ならだが、まずはわが社の警備員から始めて、次はその恋人や友人関係、そして美術館の残りのスタッフと、考えられる限りの者に当たろう。全員が捜査対象だ。しかし結論から言えば、これは天才的な盗みの腕を持つ怪盗の犯行ということだ」

ニコラスは言った。「美術館のセキュリティについて聞かせてください、ボーおじさん」

答えたのはサビッチだ。「ここに導入されている生体認証システムはおれが薦めたものだ。展示室に入るのにも、指紋認証と二種類のカードキーを必要とする。それに展示ケースには暗証番号がシャッフルされるシステムを採用してある」

シャーロックが言った。「館内のセキュリティが万全であったのに加えて、停電中、誰がどこにいたかについては全員の居場所がわかってる。それにボーが知ってる関係者のなかに、こんな芸当ができる者はいない。このダイヤモンドのすり替えが可能だとしたら、ほとんど魔法よ。だけど——」

ボーがうなずく。「ああ、だけど——いいか、ニック、これほど大胆な盗みをやってのけるだけの能力がイレインにあったかどうか知らないが、停電中、館内のどこにいたかわからないのは彼女だけだ」

「ぼくはイレインをよく知っています」ニコラスは言った。「彼女が得意とすることも、苦手なことも、その実力も。ぼくが知る限り、イレインにはこんな離れ業をやりおおせるだけの実力はありません」

サビッチが言った。「ニコラス、ダイヤモンドをすり替えるのにどれほどの知識がいるっていうんだ？　イレインは館内とダイヤモンドに関して熟知してた。すり替えに必要な道具ぐらい見当がついただろう」

ニコラスは首を横に振りながらさらに続けた。「アリゾナまで飛んで模造ダイヤを盗んだのも彼女だと？　航空会社には確認したんですか、ボーおじさん？」

「ああ、イレインはニューヨーク市の外へは出ていない。少なくとも、民間の航空機では」

シャーロックが言った。「わたしたちがまだ見つけてない方法でひそかにアリゾナまで飛んだのかもしれない。もしくは美術館内の誰かが関与してたか。ニック、悪いけど、そうとしか考えられないのよ。もっとも、わたしの頭に引っかかっている大きな疑問は、なぜヨーク警部補が殺されたかということだわ。犯行グループの内輪もめ？　ほかに何か考えられる？　あなたは言ったわよね。イレイン・ヨークをよく知っていて、彼女がこんなことをやり遂げるのは不可能だと。どれぐらいの確信を持ってそう言えるの？」

「イレインはハロッズで万引きすることさえできなかったでしょうね。いいですか、ぼくは優秀な警察官でなければ彼女を自分のチームに入れはしなかった。イレインはコ・イ・ヌールの監視役としてアメリカに渡った。何事も起こらないようダイヤモンドを守るためにです。盗むためじゃない。イレインに容疑をかけること自体がばかげている」ニコラスは沈黙を挟んでからきっぱりと断言した。「ぼくはこの命にかけて彼女を信用します」

誰も反論しなかった。

ニコラスは言った。「イレインはダイヤモンドの盗難に関する何かを知ったために殺されたんじゃないんでしょうか」

「そうだとしたら、彼女はすぐさまわたしに知らせたはずだ」ボーが言った。「窃盗には関与しておらず、何かを発見しただと？　ニック、考えてみろ。イレインはわたしには何ひとつ報告してない」

悔しいが、おじたちの言うことはもっともだ。イレインは関係ないと、どうすれば説得できるだろう。画面を見つめると、おじは急に老けこんで疲れたように見えた。誰の責任であれ、おじが責任を負わされることは皆がわかっていた。ダイヤモンドが無傷で発見されたとしても、ボーの警備会社は万全の警備のなかでコ・イ・ヌールを盗まれたとして、歴史に汚名を刻むだろう。イレインとおじの名前は泥にまみれる。

ボーが言った。「わかってくれ、ニック。死んだ者に罪をなすりつけるのはわたしも気が重い。しかし、ほかにも怪しい点があるんだ。昨日の午前中、停電から十五分ほどして、イレインはわたしのオフィスに来て体調不良で早退すると言ったんだ。普段の彼女らしくないことだ」

だめでもともとだと思い、ニコラスは言った。「ボーおじさん、われわれがまだ思いついていない別のシナリオがあるはずです。かかわっている者がきっとほかにいます」

「ニック、絶対にありえないと思えることでも必ずすべて検証すると約束しよう。わたしはおまえほどイレインとのつきあいは長くないが、彼女がダイヤモンドを盗んだと信じられない気持ちはよくわかる。残念ながら、自分を弁護できないのはイレインだけだ。保険会社はそこに飛びつくだろうし、それはわたしには止められない。加えて、おまえもわたし同様知ってるだろう。他人の本心まではわからないものだ」

ニコラスは打ちのめされた思いでうなずいた。「ニューヨークのFBIはイレインの死とダイヤモンドの盗難の両方を捜査しているんですか？」

ボーはにやりとした。それはニコラスが子どもの頃から知っている、いたずらをするときの顔だった。

「何を企《たくら》んでいるんですか、ボーおじさん?」

「いいか、ニック。これはここだけの話だ。ダイヤモンドが盗まれたことはまだ通報していない」

9

ニコラスはノートパソコンの画面でにんまりしている三人の顔を凝視した。「なんですって？　警察にも知らせていないんですか？　ボーおじさん、正気ですか？」

「どうだろうな。まあ、聞いてくれ。美術館の館長にコ・イ・ヌールが紛失したと報告すれば、館長はただちに美術館の閉鎖を命じるだろう――つまり、展覧会もガラパーティも中止だ。そのあとはどっと押し寄せてくるマスコミの対応に追われるばかりとなる。ものの三十分で、全世界にニュースが広がるわけだ」

シャーロックが言った。「外部にもれた瞬間に、わたしたちは不利な状況になるわ。窃盗犯を特定するのもさらに難しくなるでしょうね」

ボーが続ける。「ニック、時間が欲しいんだ。トイレにまでカメラとレコーダーを持ったパパラッチが現れるんじゃないかとびくびくしたり、大勢のマスコミに邪魔されたりせずにすむ時間だ。そのあいだに盗んだやつを逮捕して、コ・イ・ヌールを取り戻す。館長にはまだ何も報告せずにおきたい――そうだな、解決の見通しが立つまではだめだ」

それでは大惨事が訪れるのをただ待つようなものだ。いや、すでにその渦中か。サビッチが言った。「すでに計画は立ててある。ニック、きみも加わってほしい。コ・イ・ヌールの実物はおれも見たが、百カラット以上あるばかでかいダイヤモンドで、どのみち嘘《うそ》っぽく見える」

ニコラスは言った。「ぼくも見たことがあります。何度も」

ボーが返す。「模造ダイヤと違いがあるか？　今、飾られてるのは完璧なレプリカだよ。正直なところ、わたしにはまったく違いがわからなかった。ああも大きいと区別のつけようがない」

シャーロックが続けた。「ニコラス、計画はこうなの。ガラパーティは予定どおり開催する。客たちには偽物のコ・イ・ヌールを見せて、好きなだけ感嘆させる。違いはわからないでしょうからね。それで、少なくとも今夜はすべて平穏無事よ」

ボーが言った。「思いきった計画だが、実行は可能だ。おまえはどう思う、ニック？」

〝思いきった〟というのは控えめな表現だ。ニコラスは言った。「いいとは思いますが、一点だけ言わせてください。ボーおじさん、館長には盗難を報告する必要がある。そのうえで、おじさんの計画を承認するよう説得するんです。マスコミにのまれてめちゃくちゃな方向へ流されないよう、自分たちが状況を支配すべきだと納得させればいい。おじさんの計画には最大の売りがある。館長の首がつながるかもしれないってことです」

さ」

サビッチが同意する。「美術館が支払うことになる賠償金の話をすれば、館長も協力する

ボーが言った。「説得はできるだろうが、わたしの亡き母にかけてもコ・イ・ヌールを取り返さなくてはならないな。当面のあいだ、盗難を伏せておくことは館長も了承するだろう。わたしの会社とともに、彼の面目もつぶれると気づくだろうからな。もしイレインが無関係なら、窃盗犯が今夜のパーティに現れる可能性がある。盗難事件を内密にできれば、ダイヤモンドの紛失にわれわれが気づいてるのを犯人が知ることはない」

シャーロックが言った。「窃盗犯は、館内に設置されているセキュリティ・システムすべてに通じてる者のはずだわ、ボー。システムに内在する脆弱性《ぜいじゃく》、障害を誘発しうる動作、そのすべてを熟知してる者よ。展覧会、それにあなたとかかわりがある者でもある。あなたの信頼を得ている人物ね。その人物が今夜、パーティに出席するか？　その可能性は高いわ。不審に思われるのを避けられるし、コ・イ・ヌールをどうする気であれ、計画どおりに事を行う時間が作れる。もっとも、こうして話してるあいだにも遠くへ逃げているかもしれないけど」

サビッチが言った。「仮にイレイン・ヨークがかかわっていたとしても、やはり別の誰かが絡んでたことになる。そいつは危険人物で、すでに殺人を犯してる」

全員がその事実を頭に刻みこんだ。ボーが言った。「こちらの手の内を早々と明かしたく

はないな。そのためには、サビッチとシャーロック、それにおまえがニューヨークにいる言い訳が必要だ」

「ボーおじさん、美術館のスタッフや警備員には、今夜のガラパーティに海外の要人が突然出席することになったと言えばいいんです。ＦＢＩがいるのはそれで説明できる。ぼくに関しては事実どおりだ。警部補を殺害した犯人の捜査でアメリカにいると」

ボーは角張った顎をしばらくさすっていた。「それでいけそうだな。この計画の要は、今夜のパーティに現れる展覧会関係者全員の監視にある。欠席する者がいれば、そいつはクロだ。われわれはただちに行動に移れる。ああ、世界の果てまでも犯人を追ってやろう」

シャーロックが言う。「ダイヤモンドの窃盗犯は殺人犯でもあるかもしれないし、違うかもしれない。とうの昔に逃亡してパーティには来ないかもしれないし、われわれをこけにしようと顔を拝みに来るかもしれない」

ボーはもはや拳銃で自殺したがっているふうには見えない。両手をこすりあわせている。

「これならいけるぞ。ニック、空港に迎えをやろう。直接美術館へ来てくれ」

ニコラスは通話を終了して目をつぶった。これでどれほど時間が稼げるだろうか？　この手のことは、厳重な箝口令《かんこう》を敷いたところでどこからともなくもれると決まっている。

おじの言葉が頭にこびりつき、何度も繰り返した。〝これは天才的な盗みの腕を持つ怪盗の犯行ということだ〟

おじのセキュリティ・システムをかいくぐれるほどの大泥棒。その容疑がイレインにかけられているなんてばかげていた。だが、そんな大泥棒が金で雇われたとか、闇市場での売却をもくろんでいるとかなら、そのほうがよほど納得がいく。そして、犯人はただの泥棒ではない。これはプロの、伝説的窃盗犯の仕事だ。

やるべきことはわかっていた。犯人を見つけ、イレインの無実を証明する。それは今や執念と化していた。

飛行機は午前十一時十分にジョン・F・ケネディ国際空港に着陸する。年代物のブライトリングの腕時計を東部標準時にセットして計算すると、到着するまで残り二時間弱だった。世界中の名だたる窃盗犯のリストを作成するのに充分な時間だ。

10

ニューヨーク州ニューヨーク市
東三十六丁目二〇一番地
イレイン・ヨーク警部補のアパートメント
木曜日、午前二時

マイクはホルスターからグロックを抜きとると、ドアの脇にある照明のスイッチをはじいた。隅に誰もいないのを確認し、左右に銃口を向けながら、玄関を慎重に進んでまっすぐリビングルームへ向かう。

ポーリーがマイクの後ろでつぶやいた。「こいつはやばいな」

銃を構えたまま部屋の奥に進むと、男の死体が見えた。顔面は鬱血し、体はソファからだらりと落ちかけている。見たところ、血や外傷はない。何があったの、イレイン？　この男と争って、互いに相手に殺されたの？　だけど、なぜあなたの遺体はイースト川に？

「こいつは完全に死んでるな」ポーリーが遺体を見ようと進みでた。鑑識官が死体に対して物に接するかのような興味を示すことに、マイクはもう慣れていた。「見ろよ、腿に注射器が刺さってる」

「遺体のところにいて。ほかに誰もいないか確認してくる」グロックを構え、落ち着いた呼吸で狭いダイニングルームから、その奥にあるモダンで機能的なキッチン、そして廊下を通ってベッドルームへと進む。一瞥《いちべつ》したところベッドルームで争った形跡はなし、床に物が散らばってもいない。目につくような諍いはここでは起きていないらしい。バスルームはごく普通の広さで――なかはめちゃくちゃだった。

鮮やかな深紅のポピーを描いたラッカーアートは、壁にかかったまま傾いている。カウンタートップには化粧ポーチの中身がばらまかれていた。化粧台に並ぶ瓶は倒れ、ブルーのバスマットは隅で斜めになり、床にはルームスプレーのボトルが転がっている。シャワーカーテンは大きく開かれていた。ここで殺害者との格闘が始まったのは明白だ。

マイクは検死官の派遣と鑑識官の増援を電話で要請した。長い夜になるのがこれで確定した。

イレインの遺体はビジネススーツを着ていたが、靴は履いていなかったことをマイクは思いだした。彼女は頭のなかで犯罪状況を再現した――長い一日の仕事を終えて帰宅。男をリビングルームで待たせて靴を脱ぎ、足をちょっともんだりしながら、バスルームへ向かう。それか、あの男がバスルームに隠れていて、イレインに飛びかかったのかもしれない。イレインは必死で抗《あらが》い、ふたりはもみあいながらリビングルームまで戻る。そこで彼女は男が持っていた注射器を奪って相手に刺すが、自分も拳銃を取られて撃たれる。いいえ、それではつじつまが合わない。死んでいた男は巨漢で、非力なようにはまったく見えなかった。身長百六十七センチ程度のイレインが相手なら、一瞬でねじ伏せていただろう。

これには第三者がかかわっているはずだ。その人物がふたりを殺害したと、マイクは確信した。

バスルームからリビングルームへと引き返し、ひっくり返った椅子、床に散らばるクッション、足載せ台《オットマン》の脇の割れたカップに目を向ける。もみあいはここで終わり、死体が残った。つまり、この男は殺人犯と争ったのだ。そして絶命し、イレインは川岸まで行きついた。実際のシナリオはどうあれ、犯人は強靭《きょうじん》かつ敏捷《びんしょう》で、しかも抜かりない。大男と熟練の警察官の両方を殺しているのだ。犯人はイレインを撃って出ていったが、彼女はまだ死んではおらず、イースト川までふらふらと出ていき、そこで事切れた。

被害者の脇でポーリーが立ちあがった。「何か見つかったか?」

「物が壊れて、散乱してた。バスルームはひっくり返したみたいだったわ」

「マイク、これを見てみろよ」

「何?」

「最初に顔を見たときは、単なる充血だと思った。だが、皮膚の赤みを見てくれ。それに口角だ。黒ずんでるだろう」ポーリーは遺体に顔を寄せて鼻をひくつかせた。「やっぱりだ。

きみも嗅いでみろよ」

死んだ男の口臭を嗅ぐのは自分が好きなことのリストには入っていない。けれども、マイクは腰をかがめて鼻から息を吸いこんだ。パチョリ油。ニンニク、おそらく玉ねぎ。それに死。死のにおいがする。

「何か特殊なにおいがする？」

「アーモンドだよ」

マイクははっとして顔をあげた。「青酸カリってこと？」

「そのとおり。なんであれ、触るのはお薦めしないね。青酸カリ中毒は以前見たことがある。これと同じだったよ」

マイクは言った。「死後硬直は解けてる。死んでから時間が経《た》ってるわね。一日ってところかしら」ゴム手袋をはめて、男の尻ポケットから財布を抜きとる。「運転免許証によると、この男はウラジーミル・カーチン。住所はブライトンビーチ」

ポーリーは首をかいた。「勝手な憶測をするわけじゃないが、あの地区はロシアン・マフィアの縄張りだな」

「でも、ロンドン警視庁の警部補が自分のアパートメントでマフィアの一員と何をしてたわけ？　この男はただの友人で、たまたま間の悪いときに遊びに来たとか？」ええ、そんな仮説、自分でも一秒たりとも信じられない。マイクは頭がずきずきしだし、額を手でさすった。

「ザッカリーの喜ぶ顔が目に見えるわ。そろそろ起きてもらうしかないわね」上司の携帯電話にかけると、相手は最初の呼び出し音で出た。明らかに起きていた声だ。

「もしもし。イレイン・ヨークのアパートメントで別の遺体を見つけました。ブライトンビーチに住むロシア人です。不法侵入や室内を物色した形跡はともにありませんが、なかで争ったようです。ロシア人の遺体の腿に注射器が刺さってました。ポーリーは青酸カリだと考えてます。このあと現場検証を行い、何か見つかったら連絡します」

ザッカリーがうめいた。「あの女性はなんに首を突っこんだんだ？　ああ、すまない、今のはきみにきいたのではない。とにかく必要なことをやってくれ。報告ご苦労だった。ニューヨーク市警のスローター警部にも連絡して、状況を伝えるように。この件はＦＢＩの担当だが、市警側からも人をよこすかどうか確認を頼む」

マイクはスローター警部に電話を入れ、高いびきをかいているところを起こして、さらに遺体を発見したと伝えた。スローターはまた何かわかったら連絡するようマイクに言うと、近所の聞き込みに警察官を数名派遣すると申しでた。この一件が自分の担当でなくて助かったと思っている様子だ。

サイレンの音が聞こえてきた。検死官たちの到着だ。近隣の住民は真夜中の騒音をさぞ歓迎するだろう。

五分後、検死官が重い足取りで入ってきた。ジャノビッチはずんぐりした体格で、疲労していた。重たげなまぶたに、白いものが交じった髭。あたたかなベッドから引きずりだされた者がまたひとり増えた。

「マイク・ケイン捜査官です」自己紹介をしながら片手を差しだす。「以前――」

「カークランドの犯行現場で会った。覚えてるよ。あのクレイジーな連中は捕まえたのか?」

「ええ、逮捕済みです」

「じゃあ、おれはなんで呼ばれた?」

「ロンドン警視庁のイレイン・ヨーク警部補が殺害されました。ここは彼女の住居です。われわれが到着すると、ロシア人の遺体がありました」

「今夜、川辺で発見されたのはその女か?」

マイクはうなずいた。「そうです。この男性からも興味深い発見があるのではと思われます」遺体を示す。「右の腿には注射器が刺さったままです」

ジャノビッチは長い指で白っぽい髭を撫《な》でた。「たしかにこいつはおもしろい。毎日お目にかかれるようなもんじゃないな」

「あとはお任せします。興味を引くものが見つかったら、教えてください」

マイクはもう一度アパートメントのなかを歩きながら、さまざまなシナリオを考えて何が起きたか解明しようとした。彼女は声に出してぼやいた。「筋が通らないわ」

「何がだい？」

マイクは飛びあがった。いつの間にかベン・ヒューストンが背後にいる。

「ここで何をしてるの？」

「眠れなくてね。ちょうど外に出ようとしてたところに、ここへ来てきみを手伝うようザッカリーからメールが来た」

「なるほどね、助かるわ。911番通報にイレインからの電話がなかったか確認してもらえる？　わたしは建物のなかを調べてから、通りの向こう側で見かけた防犯カメラの映像提供を頼んでくるわ。イレインが映ってるかもしれない。ひょっとするとロシア人と殺人犯もね」

エレベーターの前でロビーへおりるボタンを押したところで、スマートフォンが鳴った。元上司のボー・ホーズリーから深夜に電話を受けるのは数週間ぶり、彼が引退してからは初めてだ。マイクは瞬時に何かあったのを察した。

「サー、どうされたんですか？」

「マイク、きみの声を聞けてうれしいよ。もっともこんな夜中だがね。ザッカリーから連絡があった。イレインの事件は当初思われていたより複雑そうだな。わたしもただちに確認するようにと言われたよ。話してくれ、マイク」

彼女は見たことを報告し、自分の見解を伝えて、最後にこう締めくくった。「第三者の関与は明らかです。どうやって実行したのかはわかりませんが」

ボーは会話を中断した。受話器を離して誰かと話をするのが聞こえる。そのあと、また電話口に戻ってきた。「いい知らせがあるぞ、マイク。サビッチとシャーロックの名前は聞いてるな？」

「もちろんです。中国人のサイバー犯罪シンジケートを壊滅させた際には、ディロン・サビッチと一緒に働きました。素晴らしい方です」

「素晴らしいのはサビッチだけじゃない。シャーロックにはある能力がある。犯行現場を歩くと、具体的に何が起きたかわかるんだ。サビッチ、シャーロックとも、わたしと一緒にここにいる。三人ともまだ目が冴えていてね。ふたりにそっちへ行ってもらおうか？　きみがよければ、シャーロックに現場を見てもらってくれ」

現場で元上司からの助けを必要とするなんて、やっぱり疲れすぎで頭がまともに働いていないらしい。そう思いながらも、マイクは即座に同意した。自分は起きて働いているのに、ほかの捜査官をベッドに行かせることはない。「こちらへ来てもらってください」

「了解した」ボーが言った。「さっそく向かわせる。ところで、マイク、ひとつ頼まれてくれ。ザッカリーには話を通してある。この事件はきみの担当だから、きみがするようにとのことだ。わたしの甥が……甥はイレインの上司でもあるんだが、現在ロンドンから飛行機でこっちへ向かってる。ブリティッシュ・エアウェイズの便で午前十一時十分にジョン・F・

ケネディ国際空港に到着する。甥を出迎えて、現状を報告してもらえるかな？」

ボーの甥？　最高ね。素晴らしいのひと言だわ。その男性についてはいやというほど知っていた。ボーの妹のひと粒種で、父親は英国人、しかもなんと貴族だ。ボーは四人の娘の話をするのと同じぐらいしょっちゅう甥についてしゃべり、おかげでこちらは知りたくないことまで知っている。元スパイで――スパイを辞めた理由に関しては、ボーは一度も触れたことがない――現在はロンドン警視庁勤務のはずだ。テントに鼻を突っこんでくるラクダみたいに、これからその甥っ子がやってくる。きっと大きな足まで割りこませてくるはずだ。いいえ、違う、一気にずかずかとなかまで入ってきて、捜査の主導権を奪いとるに決まっている。男が勝手に介入するさまが目に浮かぶ。こんなときに邪魔が入るなんて、本当にうんざりだ。

「もう一度名前をうかがっていいですか？」

「本当は耳にこびりついてるんじゃないのか、マイク。まあいい、甥の名はニコラス・ドラモンド。ロンドン警視庁のドラモンド警部だ」

〝警部〟――なるほどね。腕時計を見ると、午前三時になるところだった。仮眠する時間はあるだろうか。

「わかりました。迎えに行きます」

「助かるよ、マイク」ボーの声はいやに弾んでいる。マイクはスマートフォンに向かって眉根を寄せた。

「わたしはごまかされません。話してないことがあるんでしょう？　電話をかけてきた本当の理由はなんです？」

「相変わらず鋭いな。マイク、これから言うことは極秘にしてくれ」

「もちろんです、サー。何があったんですか？」

ボーは声を落として爆弾を投下した。

「コ・イ・ヌールが盗まれた」

11

二十分後、シャーロックとサビッチはイレイン・ヨークの部屋がある建物に到着した。エレベーターのなかで、サビッチがシャーロックを引き寄せた。「もうひと仕事するだけの気力が本当にあるのか？　もう朝も近い。おれたちふたりともへとへとだぞ」

シャーロックは寄りかかり、夫の頬に手を置いた。「現場を見れば、何かわかりそうな気がするのよ。今日の午前中はゆっくり休みましょう、ディロン。それに、これは重要なの」

ドアが開き、廊下の奥では鑑識官たちが巣に群がる蜜蜂のようにさまざまな作業を行っていた。イレイン・ヨークのアパートメントの入口からなかへ進むと、若い女性が立っていた。疲弊しきった顔に、いらだちと困惑が色濃く浮かんでいる。

サビッチが声をかけた。「ケイン捜査官？　久しぶりだな」

「サビッチ捜査官」とたんに女性は顔をほころばせ、彼の手を取って熱心に握手をした。「謎だらけで、頭を悩ませてたところなんです。こんな深夜にいらっしゃるなんて信じられないわ。お越しいただいて感謝します」

「あっちもこっちも妙な夜だ」サビッチはそう言って、シャーロックを紹介した。

シャーロックはマイク・ケインの目線の高さが自分と同じくらいだと見てとった。「始めましょうか。終わったらみんなベッドに入って眠れるわ」

「状況がさっぱりわからないんです」マイクがシャーロックの手を放して言った。「何もかもがあまりに奇妙で。ソファには腿に注射器の刺さった男の遺体があって、イレイン・ヨーク警部補はイースト川で死んで――」

サビッチがマイクの言葉をさえぎった。「全部ボーから聞いてる。ケイン捜査官――」

「マイクと呼んでください」

サビッチはうなずいた。「マイク。おれのことはディロンでいい」

「わたしはシャーロックね」

「シャーロックに会うのは昔からの夢でした」マイクが言った。「パイプはくわえてないんですね。ああ、もう、ごめんなさい。頭が疲れて変なことを口走ってるわ」

狭い廊下では四人の鑑識官がこちらに目を向けていた。マイクは立ちどまり、ふたりを紹介してから告げた。「全員休憩してもらっていい？　五分間、ここを使うわ」

サビッチが言った。「シャーロックに現場を歩かせてやってくれ。それで考えが浮かぶだろう。死んだ男の身元は判明してるのか？」

「ええ、ウラジーミル・カーチン。ロシア人で、住所はブライトンビーチ。マフィアの縄張りです」

サビッチが手を貸してシャーロックのコートを脱がせてくれた。「やってくれ。おれはカーチンについて何かわかるかどうか、MAXで調べてみる」

アパートメントが静かになると、シャーロックはリビングルームへ入った。無言のまま、死んだ男から、脚に突き刺さっている注射器へと視線を動かしていく。室内を観察してもう一度男に目をやり、そのあと廊下を進んでバスルームに行った。

数分後、シャーロックは戻ってきてマイクにほほえんだ。「マイク、理解してほしいんだけど、わたしの考えは実際に起きたことだとは限らないの。それでもいいかしら？」

「ええ、もちろんです」

シャーロックはため息をついた。「とても痛ましい事件だわ。そして恐ろしく残酷な犯行ね」

マイクが言った。「同感です。シャーロック、深夜にお越しいただいてありがとうございました。お気になさらないでください。お手数をおかけして申し訳ありませんでし――」

「早とちりしないで。話はこれからよ」シャーロックは足を進めて死んだロシア人の横に立った。「彼はソルジャーよ。巨漢で筋肉質、そして強靭。そんな彼を殺したのは、力ではなくて狡猾さだわ」

「軍人《ソルジャー》ですか？　わかってる限りでは、この男はどこの軍隊にも所属していませんが。経歴はまだ調査中です」

サビッチが膝の上にのせたノートパソコンから顔をあげた。「シャーロックが言ってるのはそういう意味じゃない。ウラジーミル・カーチンはロシアン・マフィアの構成員《ソルジャー》だ。アナトリー・ファミリーのことは知ってるか？」

シャーロックは倒れんばかりの勢いで振り返った。「冗談でしょう、ディロン。アナトリーが関係してるの？　本当に？」

サビッチが笑い声をあげた。「ああ、実に狭い世界じゃないか」

マイクが言った。「アナトリーのことなら知ってます。そのうさん臭いつながりに関しても。アナトリーは美術愛好家でコレクターでもあり、メトロポリタン美術館の有力な後援者です。なんらかの形でこの事件にかかわりがあると思われます。どう結びつくかはわかりませんが。〝狭い世界〟というのはそういう意味でしょうか？」マイクが首をかしげた。

「シャーロックとおれがここへ来たのは、〈ジュエル・オブ・ザ・ライオン〉展を見るためだけでなく、おれの祖母が描いた絵についてアンドレイ・アナトリーから話を聞くためでもある。プラド美術館を訪れた祖母の作品の専門家が、一枚が贋作《がんさく》であるのに気づいて館長に報告し、それでおれにも連絡が来た。すり替えられたのはそう昔じゃないとにらんでる。というのも、アナトリーが新たに絵画を手に入れて、それを自慢してるという噂をＦＢＩの美術犯罪捜査官がつかんでるんだ。《夜の塔》という作品だ」

マイクが驚いた顔になった。「《夜の塔》？　世界がどんどん狭くなるみたいだわ。《夜の塔》はわたしの大好きな絵のひとつなんです。ヨーロッパへ行ったことはありませんが、最初に行くのはマドリードだとずっと思ってます。プラド美術館でその絵を見るために。本当におばあさまがサラ・エリオットなんですか？」

サビッチがうなずく。「じゃあ、われわれの狭い世界に話を戻すとしよう。アナトリーの配下のチンピラがこんなところで、コ・イ・ヌールの見張り役といったい何をしてたんだ？」

その質問に答えはなかった。サビッチがシャーロックに言った。「ここで何が起きたか話してくれ」

シャーロックは死んだ男のところへ歩いていき、早口でしゃべりながら部屋のなかを移動して自分の考えを説明した。「犯人の男が――男だってことは賭けてもいいけど、彼が玄関のドアをノックする。カーチンが出て、ドアを開けると同時に麻酔銃で撃たれた」遺体の腕を持ちあげた。「ジャケットにしみがあるでしょう。ほら、ここよ。犯人はここを――腕を撃った。殺された男は巨体で腕力があり、おそらく訓練されていて荒っぽい。一対一で争うのは避けたいわよね。室内にはもうひとりベテランの警察官もいて、ただでさえ不確定要素が多すぎる。犯人はイレイン・ヨークもリビングルームにいるものと思っていて、両方を麻酔銃で仕留める計画だった。ところが、彼女はバスルームでシャワーを浴びる用意をしていた。

カーチンがぐったりすると、犯人は彼をソファへ運んで、麻酔が切れる前に青酸カリを注射した。ええ、これは青酸カリよ。においでわかるわ」

シャーロックは身振りで廊下を示した。「ヨークは物音を耳にして、拳銃をつかんだ。犯人はヨークに襲いかかり、奪いとった銃で彼女に発砲した。検死をすればわかるでしょうけど、ヨークからも青酸カリが検出されるわ。犯人はもう一本注射器を持ってたはずだから。丸々一本打たれたかどうかは検死結果を待たないとね。それでも、彼女は必死で抵抗した。そのあと犯人は、ヨークが胸を撃たれて死んだものと思って立ち去った。わたしの考えはこんなところよ」

マイクは目を丸くしてシャーロックを見つめている。「ええ、そうね。それなら説明がつきます。状況が目に浮かぶわ。ありがとうございます」

シャーロックは尋ねた。「ヨークの持ち物はまだここにあるの？」

「コンピュータがなくなってました。電源コードは卓上に置かれたままです。バッグのなかがかきまわされてますが、現金とカードは残ってました。ほかに何が盗《と》られたかは知りようがありません。スマートフォンでさえ残されてるんです。だったら、なぜ犯人は彼女のコンピュータを持ち去ったんでしょう？　なかに何か見られては困る情報が入ってたか、それともほかに理由があるのか。必ずわれわれが解明します。シャーロック、麻酔銃を撃たれたなんて、思ってもみませんでした――」

サビッチが言った。「検死の際に体内から検出されるだろうし、注射痕も見つかる。シャーロックはちょっとばかり先に気づいただけだ」

マイクはもう何も言わなかった。不思議なことに、疲労で体がぐったりしていると同時に興奮している。マイクはシャーロックを抱きしめた。脇のソファにはロシア人の遺体が転り、リビングルームに戻ってきたドクター・ジャノビッチがコートを脱がせて、麻酔銃の痕が目視で確認できるかどうか調べている。撃たれた痕を見つけ、彼はいぶかしげな顔でシャーロックを見あげた。

シャーロックはあくびをした。「ごめんなさい、長い一日だったから。マイク、ほかに用がないなら、また今度——今夜になるわね、パーティで会いましょう。ひと筋縄ではいかないでしょうけど、必ずすべて解決するわ。少しは休むのよ、いい?」

「それに、進展があったら教えてくれ」サビッチはマイクと握手し、ドクター・ジャノビッチにうなずきかけてから現場をあとにした。待つように頼んでおいたタクシーはありがたいことに走り去っておらず、二十分後ふたりはチェルシーに戻っていた。

サビッチはベッドを天国のように感じるなんてありえないと思っていたが、今夜はまさにそう感じられた。

12

ニューヨーク州ニューヨーク市
ジョン・F・ケネディ国際空港
木曜日、午前十一時十分

ニコラスがニューヨークを訪れるのは数年ぶりだった。最後に来たのはおじのボーとおばのエミリー、それに四人のいとこに会いに母親とともに来たときで、いとこたちは全員ニコラスの母親の虜《とりこ》となった。こんな状況に置かれていても、この地のエネルギッシュな熱気にニコラスの気分はたちどころに高揚した。むなしさがふと心をかすめる。この気持ちをイレインと分かちあえればよかった。棺に入った彼女を母国へ連れ帰るのではなく。

飛行機の着陸後、スマートフォンの電源を入れると、ボーからのメールが一件来ていた。

マイク・ケイン捜査官が到着ゲートで待ってる。もうすぐ会えるな。

ニコラスはバッグを取りだし、飛行機を降りた。人込みに目を走らせる。マイク・ケイン

——その捜査官の本名だろうか？　俳優のマイケル・ケインが現れて、〝やあ〟と声をかけてきたらおもしろいが。

　メイン・ターミナルに入ると、すらりとした長身の女性がすぐ目にとまった。ポニーテールにしたブロンド、シャツの胸元に挿したサングラス。彼女はニコラスの正面にまわり、迎撃ミサイルのように躊躇《ちゅうちょ》なくこちらへ向かってきた。黒のレザージャケットの左下がふくらんでいる。腰に銃を固定してあるのだろう。女性は五十センチほど手前で立ちどまり、ふたりを避けて分かれていく旅行者たちの流れを無視して言った。「はじめまして。ニューヨーク支局、マイケラ・ケイン捜査官よ」黒いレザーケースを開いて、〝ＦＢＩ〟と太字で記された青と白のＩＤカードを見せる。彼女は手を差しだした。「ボーの甥御さんね」

　ニコラスはその手を取って握手した。「そうだ。もっと年配の人を想像していたよ。それに、てっきり男だと」

「ああ、よく言われるのよ。言っておくけど、名前に関するジョークなら全部聞いてるから」

「だろうね。ドラモンドだ。ニコラス・ドラモンド。ありがとう、迎えに来てくれて」

〝ボンドだ。ジェームズ・ボンド〟マイクの頭のなかのおばかさんがそう言い換える。これがボーの甥っ子の凄腕《すごうで》スパイなのだ。本当にボンド役をやれそうじゃない？　黒髪に黒い目。ちらっと見たところ、顎が割れている。髭を剃《そ》ったのはニューヨーク行きの飛行機に搭乗するずっと前らしい。夕方五時の無精髭が——イングランドは今何時か知らないけど——顎を覆い、危険な雰囲気を添えている。賭けてもいいが、きっとラバみたいに強情な性格、そして女たらしだ。マイクは自分を品定めするニコラスの目をじろりと見た。絶対に女たらしに違いない。

「たいしたことじゃないわ。ほかに荷物は？」

ニコラスがバターのようになめらかなダークブラウンのレザーバッグを見おろした。手荷物サイズの高価そうなバッグは、マイクの給与一回分に相当しそうだ。

「この旅行バッグだけだ。知らせを聞いて、ロンドンから出る最初の便に飛び乗った」

マイクはうなずいた。「車はこっちよ」それしか言わずにおいた。〝ねえ、ミスター・うぬぼれ屋さん、あなたって凄腕のスパイなんですってね〟とはさすがに言えない。ニコラスが先に進んで、マイクのためにドアを開けた。マイクはミスター・スパイのすてきなヒップに目をとめた。引きしまったヒップもジェームズ・ボンド級だ。どのみちこっちの捜査に割りこんでくるなら、少しは目の保養にさせてもらおうかしら。

ニコラスは車へ向かいながら、マイクの大きな歩幅は自分とほぼ同じだと気づいた。彼女が歩くのに合わせて、ポニーテールがメトロノームのように揺れる。かかとの低い黒いレザーのバイクブーツに黒のジーンズ、襟ぐりが大きく開いた黒のセーターの下は白いシャツ。上に着た黒のレザージャケットで、ライダー風の着こなしが完成だ。

マイクはこれまで会ったFBI捜査官の誰とも違う。もっとも、それほど大勢に会ったことがあるわけではないが。むしろ彼女はバイクにまたがる図書館司書というイメージだ。物音を立てたら〝静かに〟と叱られ、そのあとバイク用の手袋でぴしゃりと叩かれそうに見える。

エスカレーターに到着し、ニコラスはお先にどうぞと身振りで示した。マイクの片方の眉が弧を描いた。「ありがとう。やっとあなたに会えてうれしいわ。あなたのボーおじさんはわたしの長年の上司だった。いつもあなたの自慢ばかりで、彼の話はみんなひと言も信じてなかった……というか、ろくに聞いてなかったわね。あなたが警察官になったのは、全部彼の影響なんですってね」

マイクの声は耳に心地よかった。蜂蜜のようになめらかで味わいがあり、訛《なま》りは特になし。中西部の出身だろうか。年は若く、二十代後半か三十歳ぐらい。ニコラスの聴覚に問題はなく、ゆえにマイクの声にとげとげしさが混じるのをはっきりと聞きとった。この女性はニコラスを信用していない。ここにいてほしいと思っていない。そして頼まれたのでしかたなくニコラスを受け入れている。気の毒に。なにせ自分はこの捜査にとことんかかわる気でいるのだから。

ニコラスはガラスが切れそうなほど研ぎ澄まされた、上流階級の純正英語で応じた。「おじの話に誇張はあっても、それは部分的なものだ、ケイン捜査官。父は息子がロンドン警視庁に入るのに全面的に賛成してくれた。口に出しては言わなかったけれどね。もっとも祖父のほうは、危険なことをしたいなら木登り程度にしておけという人だ」

マイクは思わず頬を緩めた。彼女の母親と言うことがそっくりなのだ。

すると生真面目な司書の顔は、えくぼを浮かべたかわいらしい少女に様変わりした。この表情はほんの数秒で消えるのだろうとニコラスは思った。しかし、おかげでようやくふたりのあいだの緊張がほぐれた。

マイクが言った。「これから長くてきつい仕事になるわよ。わたしのことはマイクと呼んで」

「こっちはニコラスだ」

「いいわ、ニコラス。あなたがここへ来ることになったいきさつは残念に思うわ。イレイン・ヨークは立派な警察官で、すてきな女性だったと聞いてる。彼女の死については、みんなやりきれないものを感じてるの」

それはお決まりの言葉だった。ニコラス自身、似たようなせりふを何度口にしただろう。それでも、その言葉の奥には本物の感情があった。仲間の警察官の死を見たがる者など存在しない。死ぬのは自分だったのかもしれないと、まざまざと実感させられるのだから。

ニコラスはうなずいた。「イレインはぼくにとって、われわれみんなにとって、大切な存在だった。彼女の死が本当に悔やまれる。何にかかわっていたのか、なぜ殺されたのか、真相を突きとめたい」

　ターミナルを出て、ニューヨークの凍《い》てつく冬へと足を踏みだしながら、ニコラスはナイジェルが荷物に手袋を入れ忘れていないよう願った。

　フォード・クラウンビクトリアが舗道の縁石を離れて走り去ると、男はプリペイド式の携帯電話を取りだして、ボタンをひとつ押した。最初の呼び出し音で相手が出る。

「どうした？」

「やつが来ました。ニコラス・ドラモンドです」

「どんな男に見える？」

「長身でタフな野郎に見えるが、ハンサムな甘い顔だ。英国のおまわりはみんなそうだが、こいつも銃を携帯してない。おれが始末しましょうか？」

「自分の仕事はわかってるだろう。その男とＦＢＩ捜査官を尾行して、ふたりの行動をすべて報告しろ。手出しは無用だ。自分の姿も見られるな。強硬手段に出る必要がある場合には、こちらから伝える」

「イエス、サー」

　男は通話を切ると、ハーレーダビッドソンにまたがって飛びだした。あっという間にスピードに乗るご機嫌な走りだ。ものの一分でおまわりの車に追いついた。ハンドルを握っているのは女で、それもなかなかの上玉だ。女は男としゃべっている。そそるブロンドだ。髪はもともとの色か？　なんならじきじきに調べてやってもいい。ＦＢＩ捜査官といったって、たいした問題じゃないだろう。隣の家のお嬢ちゃんが大人のふりして強がってるふうに見える。だが、あの長身の男のほうは？　それはまだわからない。

ボスの声が頭のなかでガンガンと響いた。〝女に手を出すな、この愚か者が〟

男は怒りで頭にかっと血がのぼった——おれは愚か者じゃない。これだけ高額の報酬でなけりゃ、あのかわいいブロンドをたっぷりかわいがって、ついでにボスにもお礼をしてるところだ。だが、この仕事で得られる金は桁外れだった。それに男は心の奥底で、非道と暴虐を察知する本能の部分で気づいていた——ボスは逆らっていいたぐいの男じゃない。何があっても。

13

クラウンビクトリアの助手席のドアも閉めないうちに、ニコラスは切りだした。「イレインの検死は終わっているのか？」

「ええ。飛行機の到着を待ってるあいだに検死官から連絡があったわ。直接の死因は水死よ」

ニコラスは殴られたかのような衝撃を感じた。水死だと？ 「撃たれたと聞いていたが」

「ええ、でもそれは致命傷じゃなかった。毒物検査の結果も検死官経由で教えてもらったわ。微量の青酸カリを打たれてたそうよ。シャーロックが言ったとおり……彼女とディロン・サビッチ捜査官にはすぐに会えるわ。今夜のガラパーティでね」

「サビッチ捜査官とシャーロック捜査官のことはおじからいつも聞かされているよ」

マイクはニコラスをちらりと横目でうかがった。ちょっとねたましげに聞こえたけど？ ジェームズ・ボンド級の凄腕スパイの反応としてはおもしろい。それとも、思いすごしだろうか？ 彼の口元にはもう笑みが浮かんでいる。

マイクは続けた。「銃で撃たれて青酸カリを注射されたせいで、岸辺に行ったときにはヨーク警部補は意識が朦朧《もうろう》としてたようね。近所の食品雑貨店の防犯カメラが彼女の姿をとらえてたわ。ヨークは自分のアパートメントがある建物からよろよろと出て、川へ向かった。無意識のうちに、普段のランニングコースをたどったんだと思われるわ。正常な判断力がなかったのは明らかで、よろめきながら川辺に向かって、腰の高さほどのフェンスに突きあたったところで川へと真っ逆さまに落ちてる。川岸に設置されてる別の防犯カメラがその姿をとらえていて、彼女の両目は閉じてたわ。意識を失って落下した可能性は大いにあるわね」

ニコラスの耳に入ったのは意識が朦朧としていたという部分だけだ。それが事実であるよう彼は祈った。

クラクションを鳴らされ、中指を立てた手を窓から突きだされながら、マイクは右へ左へと車線をめまぐるしく変更して車三台を抜き、バンウィック高速道路に入った。「ヨークのアパートメントでロシア人の男の死体が見つかってる。ウラジーミル・カーチン、アナトリー・ファミリーの一員よ。男はなかから玄関のドアを開けたところを麻酔銃で撃たれて、そのあと犯人に青酸カリを大量に注射された、というのがシャーロック捜査官の意見ね。検死結果はまだ出てないけど、検死官もシャーロックの推察どおりだと考えてるわ」

「ちょっと待ってくれ。ロシア人だって？　なぜロシアン・マフィアがイレインのアパートメントにいたんだ？」

マイクがニコラスに視線を向けた。「それはまだわからない。夜のあいだにサビッチとシャーロックにアパートメントのなかを見てもらったの。シャーロックは犯行現場で何が起きたかがわかるらしいのよ。わたしも驚いたわ」マイクはシャーロックの仮説をすべて伝えた。

そのとき、マイクのスマートフォンが鳴った。検死官のドクター・ジャノビッチからだ。

「ケインです。何かわかりましたか？」

マイクは耳を傾け、やがて通話を切った。「シャーロックの考えが的中したわ。ロシア人の血液からフェンタニルが見つかった。即効性が高い麻酔薬よ。これで謎がひとつ解明されたわね。ヨーク警部補が武器を携帯してたかどうか知ってる？」

ニコラスはしばし考えた。「ああ、シグ・ザウエルＰ２２６だ。だが、ニューヨークへは持っていっていない」

マイクは質問を重ねた。「二二口径を購入するという話は聞いてない？　具体的にはトーラスＰＴ22を？」

「聞いていないな。どうしてだ？」

「彼女のアパートメントで、ロシア人の遺体の下から二二口径が一挺見つかったわ。先週、銃器店で違法に購入されたものよ。犯人が遺体の下に置いたものだと考えられるの。ヨークとカーチンがお互いを殺したように偽装して、自分がいた事実を隠すためにね」

「犯罪の痕跡が巧妙に隠されていたわけか」

「そうね。二二口径がヨークのものだというのはわかってる。彼女は自分で領収書にサインして、財布に入れてた。胸部から摘出された銃弾を分析した結果、その拳銃が使用されたことは確認済みよ。拳銃についてた指紋はこすれてたから、犯人は手袋をつけてたみたい。装《そう》塡《てん》されてた銃弾からはヨークの指紋が検出されたわ。

スマートフォンに関しては、最近の通話は美術館の職員とのやりとりと、イングランドにいる母親に何度か電話を入れてるだけ。スマートフォンとアパートメントの固定電話、両方の通話履歴をすべて調べるよう令状を取ったわ。でも、スマートフォンのほうは数日かかるわね。ヨークのは国際通話用の機種だから、法的な手続きを大量に経なければならないわ」

「拳銃の領収書は捏造《ねつぞう》で、サインも偽物の可能性がある」

「そうね」

だが、ニコラスにはマイクが信じていないのがわかった。彼自身、そう考えてはいない。つまり、自分はイレインを疑っているのか？

ニコラスは尋ねた。「彼女のノートパソコンはどうだ？　もう調べているのか？　イレインはいつも日記をつけていた。自分のまわりで起きた出来事について触れているはずだ」

「ノートパソコンはなかった。犯人が持ち帰ったものと思われるわ。念のために盗っただけか、それともなかのデータに目当てのものがあったのか」

ニコラスは指先でダッシュボードをトントンと叩き、やがて言った。「日記もだが、イレインはノートパソコンをあちこち持ち歩くのを嫌って、データのほとんどはクラウド上に保存していた。コンピュータ、タブレット、スマートフォン、どれからでも自分のファイルにアクセスできるようにしていたんだ。過去の話だが、彼女とアカウントを共有していたことがある。運がよければ、そのときのパスワードがまだ使えるかもしれない。パスワードを変更していたとしても、足跡を残さずに調べる方法はいくつかある。イレインのノートパソコンなしでも、アカウントに侵入できるはずだ」

「あなた、ハッカーなの？」

「ぼくのスキルのひとつだ」ニコラスは平然と言い、マイクが放った視線に噴きだしそうになった。

彼女はハッキングに反対らしい。もっとも賛成してくれるとはこちらも思っていないが。アメリカのＦＢＩとの合同捜査はいい経験になりそうだ、どちらの側にとっても。

「それはよかった。だけど、わたしのチームには局内きってのコンピュータの専門家たちがいるの。ヨーク警部補のファイルにアクセスできるかどうかは彼らに調べさせるわ。証拠の収集手続きが違法だという理由で、裁判で負けるのは避けたいでしょう」やわらかな口調だが、ニコラスは警告の響きをはっきり聞きとった。

やられた。彼は気楽な声で応じた。「ああ、もちろんだとも。よくわかった」そして頭のなかでつぶやいた。イレインの名誉がかかっているのだ。裁判や法律はどうでもいい。ＦＢＩに自分の仕事を譲っておとなしく待っているのはごめんだ。

14

そびえたつコンクリートの上に垣間見えるニューヨークの空は、冷たく近寄りがたかった。道路はしだいに渋滞し、マイクは非常灯を取りだしてダッシュボードにのせた。「ごめんなさい、うるさいでしょう。でも、早くアップタウンに行かなきゃならないから」のろのろと進んでいた前方の車が次々に脇へ移動し、彼女はその隙間に突っこんでいった。

ニコラスが尋ねた。「おじに迎えを頼まれたのなら、きみはほかのこまごましたことも知っているのか？」

そしてもちろんニコラスも、この事件にどっぷりとかかわっているのだ。マイクは気に入らなかった。けれども、ひょっとすると彼の頭脳はヒップと同じぐらい、なかなかのものかもしれない。それなら使いようがある。ひょっとすると、だけど。彼女は頑固で気の強いロットワイラー犬を調教している自分を想像した。

「ダイヤモンドが盗まれた件？　ええ、状況は知ってるわ。ホーズリー主任から聞いて……ああもう、以前の呼び方がなかなか抜けない。ボーと呼ぶように言われてるけど、何年もわたしの主任だったから難しいわ。とにかく、詳しい話はあなたから聞くよう言われた。これから美術館に直行して、あなたのボーおじさんと展覧会のキュレーターに会うわ。各自が何をどうわかってるのかはそこで具体的に教えてもらえる」

「おじから聞いていることは全部話そう」ニコラスはその言葉どおりにした。

マイクは話が終わるまでひと言も口を挟まずに聞いていた。静かにしているが、何か言いたげなのがニコラスにはわかった。窃盗についてではなく、ほかの何かに関して、言いたいのに言えないという感じだ。なぜだ？　彼がすでに事件の捜査関係者の一員であると認めることになるからか？　マイクの不信感を払拭し、捜査に割りこんでくる外国人への拒絶反応を克服させなければならない。彼女を味方につける必要がある。とにかく当面は。

「きみはイレインがダイヤモンドのすり替えに関与していたと考えているのか？」

マイクは慎重に返答した。この男性と対立するのは避けたい。少なくとも今はまだ。

「ヨーク警部補はこういうことができる人だった？　まわりのみんなを裏切るようなことが？」

ニコラスが片方の腕を自分の座席の裏に垂らして、マイクに顔を向けた。「イレインが友人で同僚だったから言うわけじゃないが、ダイヤモンド盗難事件の犯人だというのは――おじやサビッチやシャーロックにも言ったとおり、彼女の人物像からはほど遠い。イレインが私利私欲のために法を破るところなど想像できない。それに、懐《ふところ》を肥やす以外にダイヤモンドを欲しがる理由があるか？　彼女は社会のために闘っていた。犯罪を心底憎んでいたんだ。その気持ちをきみが理解できるかどうかは知らないが」

　マイクはうなずいた。「理解できるわよ。ＦＢＩの全員が同じ気持ちだわ。だからこそこの犯罪捜査において、わたしたちの右に出る者はいない。別にロンドン警視庁への嫌みではないわよ」

「ああ、きみがわれわれに喧嘩《けんか》を売る理由はないよな？」ニコラスの言葉を聞いて、マイクが口を閉じた。ニコラス自身はＦＢＩに対抗して独自に捜査をしてもよかった。本当に右に出る者がいないかどうか確かめるため、挑戦してやってもいい。だが法を遵守して彼らに協力するのもやぶさかではなかったため、結局言った。「どちらも正義を執行する側だ」そして自分も口を閉じた。

　ニコラスにはマイクがまだ言いたいことを全部吐きだしていないのがわかった。車内の空気が張りつめるのが感じられる。スリー、ツー、ワン。ほら、来た。運転席からわずかに顔を横へ向けるそのしぐさは、見慣れたものになりつつあった。

　マイクが言った。「論理的に考えて、ありとあらゆることがひとつの結論を示してる。それはわかるわよね」しばらく口をつぐんで先を続ける。「これだけは言わせてもらうわ。仮にヨーク警部補が関与してたとして、同僚に対する個人的感情は事件解決の前ではささいなことよ。いいわね？」

なるほど。この女性は彼の判断が個人的感情に影響されるのを案じているのだ。自分のチームに外部の者が入ってくるとなれば、ニコラスだって不信感を抱く。こういう事件であればなおさらだ。

「しかと肝に銘じておくよ」

「そう」

ニコラスは続けた。「互いの友情を確認したことだし、美術界で最高のセキュリティに守られた会場で、しかも衆人環視のなか、わが国の至宝がいったいどうやって盗みだされたのか聞かせてもらおうか」

マイクはちらりとニコラスを見て、その皮肉を受けとめた。そう言われるのも当然だ。

「内部の者による犯行だという点では全員の意見が一致するでしょうね。そうとしか考えられない。犯人は停電を引き起こしたのと同一人物、ごく身近にいる者で、ピーター・グリズリーのレプリカのダイヤモンドを手に入れ、絶好の機会となった五分間にすり替えた」

15

ニコラスは言った。「科学捜査でわかったことを教えてくれ。ダイヤモンドのすり替えは実際にはどういう方法で行われたんだ?」

答えようと開いたマイクの口から、代わりにあくびが出た。

「寝ていないのか?」

「失礼。ゆうべは徹夜だったから。四時間仮眠を取ったけど、疲れてるのは認める。体がコーヒーを欲してるのよ。飲めばたちどころに元気になるわ。

オーケー、科学捜査はまだよ。先にホーズリー主任——ボーからこの計画の説明があるわ。その後全員が同意したら、FBI屈指の捜査官たちが室内を調べる。すべての物品から指紋を慎重に採取して、もちろんレプリカのコ・イ・ヌールからも採って、ケースが実際にどうやって開けられたのかを検証するわ」

「おじは生体認証システムの記録では、この三日間で展示室内に入ったのはおじとイレインだけだと言っていた。むろん、停電中の五分間は別としてだ。ぼくはイレインがやったとは考えていない。そしてそれが事実だと仮定すると、犯人はすでに飛行機に乗りこんで、国外へ脱出している可能性が最も高い。ぼくもおじ同様、この一件には正真正銘のプロが絡んでいると考えている。そしてプロは現場にいつまでも残って勝利の余韻を楽しみはしない。これはおじが真っ先に断言したことだが、コ・イ・ヌールにかかわっているスタッフで、これほどの犯行をやり遂げられるような経歴を持つ者はひとりもいないそうだ。展示室から半径十メートル以内にいる者全員の経歴をさらに詳しく調査させよう。該当者は——せいぜい十数人ぐらいか?」

「そんなところね」

「これには相当な額の金が絡んでいるはずだ。この事件の裏で糸を引いている可能性のある者を調べる必要がある。それに実行犯もだ。世界を股にかけた窃盗犯で、こんな大がかりな犯行を実行しうる腕と知恵を持つ者のリストを作っておいた」

マイクがにんまりした。「ヨーク警部補のアパートメントで死んでいたロシア人はアナトリー・ファミリーの一員だと話したのを覚えてる? ここからがおもしろい話よ。アンドレイ・アナトリーは盗品の宝石を扱ってるの。ほかの犯罪活動は言うまでもないわ。目下、FBIの地元支局がファミリーのこの数週間の活動を入念に調べあげてるところよ。それからもうひとつ、アンドレイ・アナトリーは美術愛好家でもあり、今夜のイベントの招待客としてリストに載ってる。彼とちょっとばかり話をしてみるのもいいかもしれないわね」

ニコラスは言った。「サビッチとシャーロックもアナトリーと話をするためにここにいるということはきみも聞いているんだな?」

マイクがうなずく。「サラ・エリオットがサビッチの祖母だと聞いて驚いたわ。サビッチはプラド美術館で絵画が贋作にすり替えられた事件に、アナトリーが関与していると考えてる。ふたつの事件は酷似してるわ。そしてわたしは偶然を信じない」

「ぼくも同じだ。窃盗犯のリストと、ファミリーの構成員を照らしあわせれば、何かつながりが浮かびあがるかもしれない。世界で最も有名なダイヤモンドだ。アナトリーが手に入れたがってもおかしくはない」

「同感ね」マイクは言った。「それから、到着したときにダイヤモンドが本物だったということに百パーセントの確証があるのか、ボーにきく必要があるわ。誰も知らなかっただけで、最初から偽物だったかもしれないわけでしょう?」

「それはすでに確認した。コ・イ・ヌールとその他の宝石はイングランドを出る前にすべて鑑定されて、アメリカに到着後、再度調べられている。さらに、この展覧会にかけられた巨額の保険金手続きの一環として、美術館でももう一度確かめたそうだ」

「クラウン・ジュエルは特別製のガラスの展示ケースにおさめられてる。厚さ五センチの防弾ガラスを割るのは不可能よ。証拠を残さずにケースを開ける唯一の方法は電源を切ることだわ。つまり、犯人が内部の者であるのは間違いないってことね」声に出さずとも、〝イレイン・ヨーク〟と言っているのが聞こえた。

マイクが勢いよくハンドルを切って四つの車線を斜めに横切り、イーストサイドに出るためにロバート・F・ケネディ橋方面の車線に入った。「あと十分で着くわ。天使が味方してくれて、渋滞に巻きこまれなければだけど」

ニコラスはうなじをこすった。「長い一日だったよ」

「でしょうね。あいにくまだまだ終わらないわよ。イレイン・ヨーク殺害のニュースでマスコミは今日一日大騒ぎだわ。主要テレビ局の放送を観《み》たけど、レポーターたちは事件の背後にはいったい何があるのかとまくしたてていた。ここアメリカでのクラウン・ジュエルの警備態勢を疑問視する者もいたわ。BBCに至っては、クラウン・ジュエルの救出のために干し草用のフォークを振りあげて、松明《たいまつ》を手にしろと煽動《せんどう》せんばかりね。それにカーチンがアナトリーとつながってる件まで知ってたから、どんなことを言ってるかは察しがつくでしょう」

ニコラスもターミナルを歩いているとき、CNNが流れているのを見かけた。だが、それについては何も言わずにおいた。「少なくとも、コ・イ・ヌールの紛失に関してマスコミはまだ知らない」

「〝まだ〟というのが重要ね。公表される前にダイヤモンドを取り戻さなければ――」マイクが体を震わせた。「どうなるかは考えたくもないわ」

同感だ、とニコラスは思った。考えたくもない。ふたりは黙りこみ、しばらくしてマイクが言った。「オーケー、最後まで聞いて。仮にヨークが最初からこの窃盗にかかわってたとするわ。すると動機は？　お金よね。それも莫大な額の金銭が絡んでる。おそらくカーチンと組んだのはロシアン・マフィアからの指示で、ダイヤモンドを渡す手はずになっていた相手からふたりとも殺された。そうなると、コ・イ・ヌールはすでにアナトリーの手に渡っていて、ヨークとカーチンはアナトリーの別の手下に殺害されたということになる」

マイクを射撃の的にしてやりたいところだが、彼女がハンドルを握っているあいだはやめておいたほうがいい。ニコラスは穏やかな声でこう言うだけにとどめた。「それもひとつの可能性だ。次は？」

「もしくは、ヨーク警部補は宝石を盗みだす計画を嗅ぎつけて、それを阻止しようとして殺されたか」

「その点に関してはおじの指摘が正しいはずだ。何かに気づいたなら、イレインはただちにおじに知らせたに違いない。その仮説は通らない」

自転車便の配送人がいきなり前に飛びだし、マイクは急ハンドルを切ってそれを避けた。

「危ないじゃない。まったく考えなしなんだから。オーケー、ヨーク警部補のことはいったん脇に置きましょう。コ・イ・ヌールが市場に出たとして、買い手はつくの？」

「この世にふたつとない宝石だ。コレクターたちはそれこそいくらでも金を積む。コ・イ・

ヌールは自国の所有物だと主張する国々の指導者たちは言わずもがなだ。インドは毎年英国に返還を要請している。パキスタンやイランも所有権を訴えている。この三カ国はどれも、過去のいずれかの時点でコ・イ・ヌールを保有していた。所有期間が最も長いのはインドだ。ビクトリア女王は単に最後の持ち主というだけだ」

「イランとパキスタン？ そのことを根に持つ国家主義者の犯行という線はありうる？」

「ないだろうな。アナトリーがかかわっているんだから、ほかの国の出番はない。金目当てならダイヤモンドを分割して手っ取り早く売り払うだろうが、それもどうかな。コ・イ・ヌールは完全な形のままのほうがはるかに価値がある」

「じゃあ、やっぱりコレクターの線が濃厚ね。アナトリーみたいな」

ニコラスは言った。「巨万の富があるなら、ああ、イエスだ。アナトリーでないとしても、その条件に当てはまる者は少なくとも十人は挙げられる」

16

マンハッタン、五番街一〇〇〇番地
メトロポリタン美術館
木曜日、正午

メトロポリタン美術館は五番街に八十二丁目が交わるその先にたたずみ、背景には美しいセントラル・パークが広がっている。そびえたつ円柱に挟まれた胸壁から〈ジュエル・オブ・ザ・ライオン〉展の巨大な垂れ幕が三本さがっていて——それぞれ紫、赤、金と色が違う——建物一階分の高さの生地にシルクスクリーン印刷でコ・イ・ヌールが飾られた王冠が描かれていた。

余計な注目を浴びないよう、マイクが数ブロック手前で非常灯とサイレンを切り、美術館東側の狭い駐車スペースに車を入れた。美術館の前では人々が小走りで行き交い、ふたりが通り過ぎる横でアメリカの国旗が冷たい風にはためいていた。

ニコラスは顔をあげて、無意識に周囲に目を走らせた。標的を狙撃するにはここは完璧だ。狙撃手の隠れられそうな場所はざっと見ただけでも五カ所もある。それからニコラスは車の流れに目をやり、舗道を進む十数人の歩行者を確認した。何も起きないことはわかっていても、ここで狙われることを想像するとうなじの毛が逆立った。ニコラスは元気だった頃のイレインを想像してみた。この四カ月、毎日同じ道を通り、正面入口の階段をあがったのだろう。すべてのエネルギーと時間をこのひとつの場所に注いで。

マイクとおじの意見が正しいのはわかっていた。犯人はこの展覧会の関係者、自分の痕跡を完璧に隠した者だ。そして、それはイレインではない。彼女の経歴も人柄もニコラスは正確に知っていた。だからこそ自分が盗難事件を解決し、イレイン殺害事件を解明する。そして彼女の無実を証明するのだ。

建物正面の階段まで来たところで、ニコラスは口を開いた。「あそこにいる職員たちはガラパーティの準備をしているようだ。盛大なイベントらしいな」

マイクはうなずいて指さした。「あのブルーの仕切りで、パーティの出席者を会場用のドアに誘導するのよ。今夜は十九分署の警察官たちが街頭で警備に当たるわ。美術館は六百人もの職員を抱えているけど、それでも警備の手は足りない。ほら、階段に巨大なレッドカーペットを敷いてるでしょう。ここからショーが始まると言ってもいいわ。パパラッチやありとあらゆるメディアのレポーターが詰めかけて、少しでも知られた顔の招待客のまわりに群がるさまは、選挙資金調達パーティの騒ぎの比じゃないわね」

階段の上を見ると、つややかなダークブラウンの髪をポニーテールにしている女性がふたりを見おろし、ブーツをコツコツと鳴らしていた。ニコラスは目を合わせて会釈した。女性がほっとした様子でほほえんで、小さく手招きする。

「あそこにいるのが展覧会のキュレーター、ドクター・ビクトリア・ブラウニングだ。おじから彼女の話を聞いたあと、インターネットで顔を確認しておいた。ドクター・ブラウニングがわれわれを案内すると聞いている」

なかは大きなホールが広がり、ニコラスが気づいただけでも私服と制服合わせて七人の警備員がいた。ニコラスから見えないところにもさらにいるのだろう。館内は人であふれんばかりだった。大階段はすでに壮麗なレッドカーペットで覆われ、朱色の道が上方へと向かっている。奥へ進むふたりを避けながら、周囲では慌ただしく作業が続けられた。

ドクター・ブラウニングは階段の脇で待っていた。グレーのウールのシースワンピースに太い黒のベルトを締め、黒のタイツにヒールの高い黒のレザーブーツ。シックな装いにもかかわらず、疲れた様子で、目の下にはくまができている。

ニコラスは彼女と握手した。「ニコラス・ドラモンド、ロンドン警視庁所属です。彼女はFBIのマイク・ケイン捜査官。ドクター・ビクトリア・ブラウニングですね？」

「ええ、ドクター・ブラウニングよ。ミスター・ホーズリーが階上《うえ》でお待ちなの。行きましょうか？」

ドクター・ブラウニングはスコットランド訛りがあった。生まれも育ちもロスリンと記されていたのをニコラスは思いだしたが、経歴を調べたのを白状するような真似《まね》はしたくない。北側のエレベーターへと向かいながら、ニコラスは言った。「聞き慣れた言葉を聞くとほっとします。ご出身はエディンバラですか？」

ドクター・ブラウニングは頰を緩めた。笑顔になると、まっすぐな白い歯とえくぼのおかげでずいぶん若く見える。「正解よ、警部。故郷はロスリンのそばなの」

ニコラスは何気なく言った。「すてきな村だ。礼拝堂目当ての観光客でごった返しているんでしょう？」

「『ダ・ヴィンチ・コード』の舞台となってからはそうね。だけど、わたしが若い頃、映画で有名になる前は、村から出たくてしかたがなかった。それでエディンバラ大学で考古学を専攻して、博士号取得後の特別研究で美術犯罪と文化財について学んだの。〈ジュエル・オブ・ザ・ライオン〉展のキュレーターを任される前は、中東とインドから輸入された美術工芸品すべての来歴を調べるのも、この美術館でのわたしの仕事だった。それが専門分野だったから。わたしたちが発見する贋作と盗品の数には皆さん驚かれるわ」

マイクが言った。「ずいぶん皮肉なものですね」

ドクター・ブラウニングは疲れた笑い声をあげた。「ケイン捜査官、あなたには想像もつかないでしょうね。人込みに負けないよう声を張りあげだす前に、どこかほかの場所で話しましょう」

彼女は巨大な業務用エレベーターへとふたりを案内した。鍵を挿し入れたあと、プラスチック製の白いカードキーを黒いカードリーダーにすべらせてからボタンを押す。なかに入ってドアが閉まると、ドクター・ブラウニングは壁にどすんと背中をつけて寄りかかり、腕組みした。「ごめんなさい。あまりにショックが大きくて。心配でほとんど寝ていないの。最初はイレイン、そして今度はコ・イ・ヌール。ひどい一週間だわ。しかもこれから今夜のパーティで、偽物のダイヤモンドを本物としてお披露目するのよ」

ニコラスは言った。「誰も偽物だとは気づきませんよ、ドクター・ブラウニング。それはあなたもよくご存じのはずです」

ドクター・ブラウニングが疲れた笑みを浮かべた。「でも、問題はそこではないでしょう？」

マイクが尋ねた。「専門は盗まれた美術作品全般なんですね？　マドリードのプラド美術館で、展示物の一部に贋作が見つかったと聞きました。現代の作品で、サラ・エリオットのものも含まれてるとか」

「ええ、《夜の塔》でしょう。わたしも聞いたわ。信じられない話よね？　だけど、盗品が発見されてよかったこともあるわ。ここではミュージアム・セキュリティ・ネットワークと美術犯罪情報協会《ARCA》の両方と協力して、違法な取り引きを経てこの美術館にたどりついた作品の正当な持ち主を見つけだし、きちんと返還するようにしているの」

ニコラスは言った。「巨大な故買市場があるのは美術品だけでなく、あらゆるたぐいの文化遺物もだそうですが？」

ドクター・ブラウニングがうなずく。「ええ。だからこそFBIの美術犯罪班とも協力しあっているの。ここの展示物が許可なく館外に持ちだされるなんて前代未聞だわ」

マイクは言った。「わたしは初めて聞く話ばかりです。ここの警備態勢について詳しく教えてもらえませんか？」

ドクター・ブラウニングはフロアボタンの横にあるカードリーダーの上で手をひらひらさせた。「これは館内の標準的なセキュリティの一部よ。カードキーがなければドアは閉まらないわ。このエレベーターは許可されている階にしか止まらない。ご覧のとおり、利用するには鍵とカードキーの両方が必要よ。それに内部は二十四時間カメラで監視されていて、今のところ細工が施された形跡は見つかっていないわ」彼女はため息をついた。「もちろん、停電中の五分間は別にしてだけど」

17

ドクター・ブラウニングは足元の床に置いたスリムな黒いブリーフケースから書類挟みを抜きだした。「過去三日間の勤務表よ。今夜のパーティの警備員配置図も入っている。膨大な数のスタッフが警備に当たっているわ」彼女は信じられないとばかりに首を横に振った。ニコラスの視線の先で、金の小さなフープピアスが揺れる。「この盗難事件は筋が通らないことばかりよ。わたしはここの職員を全員知っているわ。みんな芸術を愛し、この美術館を愛しているからここで働いている。美術館に損害を与えるような真似をするわけがないわ」

マイクは尋ねた。「この数日、普段と様子が違う人はいませんでしたか?」

ドクター・ブラウニングがうなずき、ピアスが躍った。「不審に思えることは何も。それに展覧会の最初の三週間は、職員は休暇を取れないことになっているから、みんな逃げも隠れもできないわ」わずかに眉根を寄せた。「イレインだけは別ね。今まで病気で休んだことなんてなかったのに。しかも停電の日にさっさと早退している。とにかく、午後四時にパーティスタッフが集合するから、それまでに全員の身元を確認しておく必要があるわ」

ニコラスは言った。「コ・イ・ヌールは盗みの対象としては大きくはありません。ポケットにすべりこませてドアから出ていくこともできる」

「ええ、たしかに。百五カラットもある巨大なダイヤモンドだけれど、手のなかにおさまるほどの小さなサイズとも言える。ダイヤモンドが到着してから館内に出入りした者は全員リストアップ済みよ。それに監視カメラの映像を調べて、誰がいつ、どこにいたかを確認しているわ。映像が途切れた五分間にダイヤモンドがすり替えられたと仮定して、停電の前後に不自然な場所にいた者がいないかどうか見ているところよ」

マイクが言った。「ダイヤモンドがまだ館内にあるとしたら、あらゆる場所に隠せますね」

「そうね。今朝からシフトに入った職員は、ミスター・ホーズリーの許可が出るまで館外に出ないよう指示されているわ。みんな言われたとおりにしているけれど、何か重大なことがあったと勘づいている。ダイヤモンドの盗難事件を秘密にしておくのはそろそろ限界だと思うわ。これだけの職員がいるんですもの、全員の口に戸を立てるのは無理ね」

エレベーターが停止した。ドクター・ブラウニングはふたりを案内して廊下を進んだ。静まり返った広い空間に三人の靴のかかとがコツコツと響く。

角を何度か曲がると、ボーの警備会社の黒い制服を着た警備員ふたりに守られた、鋼鉄製のグレーのドアの前に出た。

ドクター・ブラウニングが声をかける。「VIPツアーよ。十分ほどなかをご案内するわ」

警備員が無言で左右に分かれた。ニコラスはふたりがグロックの四〇口径を携帯しているのに目をとめた。おじの言葉は誇張ではなかった——ここの警備員は襲撃にも対応できるよう装備している。

ドクター・ブラウニングは指紋認証リーダーにてのひらをかざし、ビープ音が鳴るのを待った。彼女はマイクに説明した。「これがさらなるセキュリティ、生体認証よ」カードリーダーにカードキーを通して暗証番号を入力する。ロックの解除とともにドアからシューッと音がもれた。「内側は低酸素環境になっているの。展示品の保存状態をよくするためにね。さあ、なかへどうぞ」

暗い室内で、中央に置かれた横長の展示ケース三つが内蔵の照明を浴びてぼんやりと浮かびあがる。なかには神々しいばかりの宝物がおさめられていた——黄金の柄に宝石がちりばめられた短剣と長剣、見事な耳飾りに、燦然《さんぜん》と輝くティアラ、繊細な彫刻が施された金の箱。すべてロンドン塔から貸しだされた英国の至宝だ。

真ん中のケースだけが一段高く、この展覧会の目玉である王太后の美しい王冠が紫色のベルベットの上に鎮座していた。ニコラスは何度か目にしたことがあるものの、見るたびに息をのんだ。宝石の歴史を別としても、王冠は豪華のひと言に尽きた。

それにコ・イ・ヌール。展示用の特別な照明を浴び、ダイヤモンドは王冠の中央で星のごとくまばゆい輝きを放っている。形は楕円《だえん》で大きさは途方もなく、卵一個分のサイズはある。

そして、これは偽物なのだ。今夜のパーティで違いを見分けられる者は、絶対にひとりとしていない。

マイクの声には畏敬の響きがあった。「本当に見事です、ドクター・ブラウニング。ですが——」

ドクター・ブラウニングがほほえんでその先をさえぎった。「ビクトリアと呼んでちょうだい。ええ、偽物にはまったく見えないでしょう？　模造ダイヤにしても、見事なものだわ。これはコ・イ・ヌールの完璧なレプリカだからでしょうね。とはいえ、本物はこれを超える素晴らしさよ。少なくとも専門家の目にはね。このレプリカはそれ自身のために台座が造られたかのようにぴったりとおさまっている。そっくり同じなのだから当然ね」

ニコラスは顔を近づけてじっくり観察した。「ぼくには違いがまったくわからないな。なぜ再度鑑定したのか、もう一度聞かせてもらっていいですか？」

ビクトリアが説明する。「数年前にコ・イ・ヌールをデジタル解析したピーター・グリズリーから電話があったのよ。そのプロジェクトに関してはインターネットでも公開されているし、いくつかの出版物でも取りあげられているから、興味深い話が読めるわ。あとで全部まとめてお渡しするわね。とにかく、何者かが彼の仕事場に侵入してレプリカを盗んだそうなんだけど、本人は厳冬期を避けて十一月からアリゾナに滞在していたから、いつ盗難が起きたかはわからないのよ。この展覧会を見にニューヨークへ飛ぶ前に、週末に自宅へ立ち寄ったときにレプリカが紛失していることが判明した。そこで何かあるとぴんときて、急いで美術館に連絡したそうよ」言葉を切り、ケースを見つめて続ける。「その勘が当たってしまったわ」

18

エアロックが音を立て、両腕を広げたボー・ホーズリーが満面に笑みを浮かべて展示室へ入ってきた。

「ニコラス・ドラモンド、来てくれてうれしいよ」

おじの顔はニコラスの母とそっくりで、たまに気味が悪く思えるほどだ。ニコラスとボーは抱きあって互いの背中を叩いた。ニコラスは言った。「久しぶりですね、ボーおじさん」

「こんな状況なのが残念だ、ニック。だが、おまえが来てくれて本当によかった。マイク、ニックを迎えに行ってくれてありがとう。徹夜明けにしては元気そうな顔だな」

マイクはボーと握手した。「一、二時間も休めば平気です。これだけアドレナリンが血管のなかを駆けめぐってるんですから。退職するにはまだ早いと思ってました。退職してまだ一カ月半だというのに、もう現場復帰ですね」

「ああ、しかもなんて事件だ——よく聞いてくれ、マイク。あの人騒がせなダイヤモンドの捜索と、ヨーク警部補殺害事件の解明をじきじきに頼める捜査官はきみをおいてほかにいない。この件を内密にしてくれて感謝するよ」いったん言葉を切り、ニコラスに特大の笑みを向ける。「こうしてわたしの甥っ子も助っ人に駆けつけたことだ。さっそくだが報告がある。館長はわれわれの計画に同意した——正直、彼に選択肢はない。自分の職と体面を守るためにはね。最終的に美術館側の負担となる賠償金は言うまでもない。ニック、この事件に関するわれわれの推察をマイクに伝えてくれたか？」

ニコラスはうなずいた。

「よし。これを見てくれ」

ボーは小さな白い箱をマイクのてのひらにのせた。彼女はそれを持ちあげて何度か裏返し、しげしげと観察した。

「それはぼくが考えているものかな？」ニコラスは尋ねた。

マイクがにんまりする。「あなたが考えているのが、電磁パルスを発生させるためのコンデンサなら、答えはイエスよ」ボーに向きなおる。「どこでこれを？」

「地下の配電室で発見された。犯人はこれで昨日の停電を引き起こしたんだ」

マイクは小首をかしげ、偽物のコ・イ・ヌールに視線を戻すと、コンデンサをぽんと放りあげてキャッチした。「配電室はここから六階下のフロアだわ」それから顔をあげる。「コ・イ・ヌールが盗まれたのは五分間の停電中だというのが最も可能性の高いシナリオよ。そうなると、彼もしくは彼女には、美術館内部の共犯者がいたことになる。その共犯者がこの装置を電源システムに取りつけて館内を停電させ、そのあいだに窃盗犯がダイヤモンドをすり替えた。全員を洗いなおす必要がありそうね。直接ダイヤモンドに接触できた人たち以外も含めて」

ボーは山賊のようにマイクににやりと笑いかけ、ニコラスに言った。「さすがわたしの元部下だろう。頭が切れる。マイク、そのとおりだ。われわれの捜査対象は十人やそこらのスタッフではなく、職員全員だ。ダイヤモンドに手を伸ばせる範囲内にいるスタッフの資料はすべて入手した。言っておくが、少ない数ではない。それに館内は配達業者や学生や一般人が、昼夜を問わず出入りしてる。美術館の監視カメラの映像をＦＢＩの新たな次世代認識《NGI》プログラム——顔認識プログラムにかければ、停電の前後に館内に出入りした者のなかにＦＢＩに記録が残っている者がいるかどうかは少なくとも特定できる。

それから、われわれにとってはさらに不利なことに、電磁パルスの影響で停電が起きる前の映像が少なくとも一分間消えているのが判明した。地下におりる階段の映像を調べても、内部の者の姿は映ってないだろう。だが、とにかくやるしかない。監視カメラの映像をＮＧＩプログラムにかけるのを頼んでいいか、ニック？」

「ええ、任せてください」

「よし。ビクトリア、きみには問題が発生しているのを誰にも悟られないようにしてもらいたい。これは通常の作業で、今夜のガラパーティ前の、最後の警備システム総点検だとまわりには言ってくれ。それから、NGIデータベースでの照合に取りかかれるよう、停電があった日の映像をニコラスとマイクに渡してくれないか？　前科者が館内で芸術鑑賞をしてないか見てみよう」

「準備ができたらお知らせします」ビクトリアはそう言って退室した。

ニコラスはマイクの表情に気づき、眉をあげた。「ぼくと一緒に犯罪者を捜すのに問題でも？」

マイクがむっとした顔で目を細めた。「いいえ、もちろん問題ないわ。だけど覚えておいて。これは比較的新しいシステムで、調べる対象は膨大だわ。つまりかなりの数の誤認が出てくるわよ」

「精度を高める裏技ならいくつか知っている」

ニコラスはマイクが眉をあげるのは見なかったことにして、ここはアメリカだったと自分に思いださせた。合法すれすれの裏技はここでは披露しないほうが無難だ。

ボーが言った。「よし、それではふたりで頑張ってくれ。マイク、ゆうべシャーロックと会った感想は？」

「素晴らしい方でした、サー。犯罪現場を再現する彼女の能力には驚きました。おかげでヨーク警部補のアパートメントで起きたことはかなり具体的に解明されてます」

「サーはやめてくれ。今はボーでいい。ふたりとも知らないだろうが、サビッチは暴力犯罪《VI》

者逮捕プログラム《CAP》と統合DNAインデックス・システム《CODIS》のベースプログラムを考案してる。それにロンドン警視庁で開発された顔認識プログラムをFBI用に修正したのも彼だ」ボーは手をこすりあわせた。「この捜査にはサビッチとシャーロックも協力してくれる。あのふたりがいてくれれば心強い」

ニコラスはライバル心を抑えこんでゆっくりと言った。「知りませんでしたよ。あのベースプログラムは彼が作ったんですか。あれはなかなかのものだ、ああ、悪くはない」にやりとする。「心配はいりません。何もここで張りあうような真似はしませんよ、ボーおじさん」

マイクが言った。「ボー、そろそろ鑑識班をなかに入れて展示室の現場検証を始めてもいいでしょうか？　ここの警備システムを分析して、指紋が残ってないかレプリカを調べることになります。十五分もあれば到着しますから、ダイヤモンドのお披露目の前に終わるでしょう」

ボーがうなずく。「電話で呼んでくれ。なかへは目立たないように通さなければな。ダイヤモンドの盗難は警備員にはまだ知られたくない。ケータリング業者の格好をさせよう。業者なら、今夜は何百人もうろついてる」

「了解です」

エアロックがシューッと音を立てるのが聞こえ、ドアが開いた。ドクター・ビクトリア・ブラウニングが入ってくる。「中央監視室の準備ができましたので、よろしければいつでもどうぞ」彼女は咳払いをした。「これはわたしの意見としてご記憶ください。わたしはこの計画には全面的に反対です。この展覧会のキュレーターとして、マニュアルどおりに美術館を閉鎖すべきだというのがわたしの意見です」

ニコラスはぴんときた。本日ビクトリアがこの言葉を口にするのはこれが初めてではなさそうだ。

「覚えておこう」ボーが言った。「われわれの計画が失敗した場合、きみがいちばん初めに館長と話ができるようにする。最低でも、きみと館長の職は保証されるだろう。鑑識班を人目につかないように展示室へ通すのはきみに任せてもいいか？」

「業者をこっそりなかに入れているのがばれてはまずいので、展示室の監視カメラは切ってください。それから、念を押す必要はないと思いますが、クラウン・ジュエルは何百年もの歴史を有する、きわめて貴重な宝石です。証拠収集に際しては、特別な注意を払っていただきます。キュレーターである以上、捜査中に何かあれば首が飛ぶのはこのわたしです」

マイクが言った。「これ以上何かあったら、ということですか？」

ビクトリアがマイクをにらみつける。それでもその声は充分に落ち着いていた。「言われなくてもわかっているわ。コ・イ・ヌールをすみやかに見つけてもとに戻さなければ、わたしは首よ」

マイクは謝った。「ごめんなさい、ビクトリア。何もあなたの責任だと言ってるんじゃないんです。鑑識官たちはベテランだから安心してください。証拠物件に傷をつけるようなことは絶対にありません」

ビクトリアはまだ何か言い返したそうだったが、息を吸いこんでにっこりした。「ストレスがたまっているのはみんな同じみたいね、ケイン捜査官。それでは、中央監視室へ移動して、監視カメラの映像をNGIデータベースにアップロードしましょうか」

19

巨大な中央監視室の壁一面はモニター画面で埋めつくされていた。ニコラスが数えたところ、横に十列、縦に五台ずつ、それぞれに個別のワークステーションがあり、館内の隅々にまで目を光らせている。その眺めは壮観で、ニコラスはそう口にした。

ボーはため息をついた。「電源が簡単に切断できるとわかれば、たいした役にも立たない」

ニコラスは言った。「天才的な泥棒という特徴に、一流のセキュリティ専門家というのも加えるべきですね。それでさらに犯人像が絞れる」

マイクが言った。「どうかしら。電源を落とす装置さえ手に入れれば、ほかに必要な知識はその作動法と仕掛ける場所だけよ」

もちろん彼女の言うとおりだ。ニコラスはうなずいた。

ボーのガラス張りのオフィスは監視室内のすべての動向を見張れるよう一段高くなっており、四人は段をあがってなかに入った。ボーの電話が鳴り、彼は話を続けてくれと身振りで示して受話器を取った。

ビクトリアが言った。「そろそろ新しいスタッフがやってくる時間よ。すでに到着しているパーティ客たちの姿もちらほら見えるわね」彼女が指さした画面は、正面入口の階段をゆっくりとあがる正装姿の客たちをはっきりとらえていた。パパラッチもいるが、フラッシュ攻撃はまだ始まっていない。レッドカーペットの両脇に陣取り、著名人やお騒がせセレブが姿を見せるのを待ち構えている。五番街の両端にはテレビ局のバンがずらりと並び、舗道に乗りあげんばかりに近づいていた。

「早めに来るのはパーティの前に軽食やドリンクを楽しもうとしている人たちよ。だけどあと二時間もしないうちに、大勢の客がやってくるわ」

ニコラスは言った。「それなら急いで取りかかる必要がありますね。マイク、鑑識班の到着予定時刻は？」

「あと十分よ」

ボーは架台に受話器を置いた。「あとはビクトリアに任せて大丈夫だろう。わたしはサビッチとシャーロックを迎えに行ってくる。一時間ほどでまた会おう」

「ボーおじさん、必要なときはスマートフォンに連絡を入れてください」

マイクはデータ端末装置の前に座って入力していき、データ化された監視カメラの映像を解析プログラムにかけた。蓄積された顔データとの比較が始まると、目では追えない速さで犯罪者の顔写真が画面上を次々と流れた。ニコラスが見たところ、その顔認識技術は骨格のポイントを抽出するシステムだった。もし犯罪者の写真と一致すれば、正確にはじきだすだろう。

マイクはビクトリアに話を振った。「プログラムが分析しているあいだ、ピーター・グリズリーにレプリカ作成の許可がおりた経緯を聞かせてもらってもいいですか？　彼がこの事件に一枚嚙んでる可能性はあるんでしょうか？」

「その可能性があるとはとうてい思えないわ。グリズリーがデジタル解析に使用したのは、一八五二年にビクトリア女王がアムステルダムの職人にダイヤモンドをカットさせたときに取られたコ・イ・ヌールの型よ。グリズリーは自身の研究プロジェクトのために、レプリカの制作許可を英国王室に申請した。偽物を作るだけだから、誰も気にとめなかったんだわ。それが間違いのもとね」

マイクはキーボードから顔をあげた。「ビクトリア女王がカットさせたって、どういうことです？」

ビクトリアの目が輝いた。「あのダイヤモンドの歴史を知らないの？　コ・イ・ヌールには信じられないような物語があるのよ。一八五〇年にビクトリア女王に献上されたときには、百八十六カラットもある巨大ダイヤモンドだった。でも残念なことに、お世辞にも美しいとは言えなかったの。くすんでいて、カットもお粗末。光り輝くべきダイヤモンドが、そういう状態になっていなかった。ロンドンで開催された万国博覧会では、金めっきを施された鳥籠のような入れ物に入れられて、黒いベルベットの上に置かれていたせいで、余計にぱっとしなかったそうよ。一般市民の評判があまりに悪かったため、女王の夫のアルバート公はアムステルダムからコスターという名の宝石職人を招いて、ダイヤモンドをローズカットからブリリアントカットに再カットさせた。ダイヤモンドをきらきらと輝かせて、その美しさで英国の人々を魅了するようにとね。

カットと研磨が終了したとき、ダイヤモンドはたったの百五カラットに減少していた。一方で、以前よりはるかに美しくなっていたの。アルバート公はカットしたダイヤモンドをビクトリア女王のためにブローチにした。その後コ・イ・ヌールは、アレクサンドラ王妃、メアリー王妃そしてエリザベス王妃と、三人の王妃の冠を飾っているわ」

〝たったの百五カラット〟マイクは母が大事にしているダイヤモンドを思い返した。あれはたったの一カラット。物の価値は見る者によって変わるというわけだ。

「ダイヤモンドが半分近くまで減ってしまったと、コスターはごうごうたる非難を浴びたわ。だけど専門家たちは皆すぐさま彼を擁護して、コスターは最善を尽くしたと主張したの。現在なら、レーザーなどのさまざまな加工法があるから、もとの石の大きさをそれほど損なわずにカットできたんでしょうけど、当時は槌《つち》を使って少しずつ削るしかなかったんですものね」

ニコラスは革のエプロンをつけた男が、ダイヤモンドの前で金槌とのみを手に祈るさまを想像した。〝お願いです、神さま。ああ、神さま〟そしてゴツンとダイヤモンドを削る。実際にはこれより多少は複雑な工程だったのだろうが、なんにせよ運が大きくものを言ったのだ。

マイクはきしむ音を立ててオフィスチェアに寄りかかった。「ダイヤモンドの名前はコ・イ・ヌールでしょう。なのに、なぜこの展覧会の名称は〈ジュエル・オブ・ザ・ライオン〉展なんですか？」

ビクトリアは今や照明を点灯したクリスマスツリーのごとく輝いていた。「コ・イ・ヌールは〝光の山〟という意味よ。でも、わたしはアメリカで人目を引くには地味だと思ったの。それにダイヤモンドの歴史も少し添えたかった。それでこのダイヤモンドが発見された場所、インドにまでさかのぼってみたわ。一八四九年、インドのパンジャーブ地方が大英帝国の支配下に入ったとき、〈パンジャーブのライオン〉と呼ばれたランジート・シングの末息子、十四歳の藩王《マハラジャ》ドゥリープ・シングは、王家の最も大切な家宝コ・イ・ヌールをビクトリア女王に献上するという条約を結ばされたの。そこから、〈ジュエル・オブ・ザ・ライオン〉と名付けたのよ。気に入っていただけたかしら？」

マイクは言った。「ええ、とてもドラマチックだわ。インドの人たちがダイヤモンドを奪われたと思うのも無理ないわけですね。まさにそのとおりだもの」

ビクトリアが説明を続けた。「ちなみに、イングランドはドゥリープ・シングも自分たちのものにしたのよ――彼はその後、英国に渡って定住した。気の毒に、自分の信仰を捨てさせられて、何十年も国外に出られなかったそうよ」

ニコラスは自分のノートパソコンのキーを叩いて、若きマハラジャの写真を画面に映した。

「それほど気の毒そうには見えませんがね。一九五〇年代のビクトリア朝の社交界ではさぞ異彩を放ったことでしょう。会う者みんなが魅了されたはずだ。ドゥリープ・シングは女王のお気に入りとなって――女王は彼の子どもの名付け親にもなっている――スコットランドに移住してからは〝パースシャーの黒太子〟と呼ばれて有名人になった。ドゥリープ・シングほど肌の色が黒い者を誰も見たことがなかったからです。妻がふたりに子どもが八人。だが、それで血筋は途絶えている。文字どおり、彼の死はひとつの時代の終わりだったんです」

マイクはその若い男のモノクロ写真を見つめた。灰色の濃淡の服に身を包む、すらりとした美男子。黒い瞳は表情豊かで、カメラの前に堂々とひとりでたたずんでいる。笑みが浮かんでいない口元に傲慢さはないが、それでもマハラジャ、ドゥリープ・シングは挑むような空気をまとっていた。女王その人とビクトリア朝の社交界から敬われ、注目を浴びたのだ。彼も最後は英国という新たな国を受け入れて、愛するようになったのだろうか？　マイクは尋ねた。「エリザベス女王は展覧会の名称を気に入ってらっしゃるんですか？」

ビクトリアがほほえんだ。「お気に召したかどうかは定かでないけれど、承認はしてもらえたわ」

ニコラスが言った。「これは知っていますか？　コ・イ・ヌールは今まで英国王室内でも女性のみしか身につけていない。呪いのせいでね」

20

マイクは声をあげた。「呪いのせい？　なんの呪いなの？　ニコラス、冗談はやめて」

「呪いのことで冗談は言わないさ。あのダイヤモンドは女性しか持ってはならないとされている。身につけようとする男には災難がもたらされるんだ。インドにパキスタン、そしてイラン――どの国も統治者は代々男だ。そして、その誰もが血生臭い争いの果てにダイヤモンドを手放した。多くのものが失われ、兄弟が殺しあい、家族が引き裂かれている。何世代にもわたってそんな不幸が繰り返された」

ビクトリアが言った。「そのとおりよ。一三〇六年のヒンディー語の文献に呪いに関する最初の記録が登場するわ。〝このダイヤモンドを持つ者は世界を手に入れる。しかし、それとともに、あらゆる不幸をも知ることとなろう。神、もしくは女のみが、禍《わざわい》をこうむらずに身につけることができる〟」

マイクは尋ねた。「でも、なぜ女だけが身につけられるんです？」

ビクトリアが答える。「それに関してはかなり調べたわ。その時代、女性の存在は重んじられていた。賢者、導師、魔術師さえも女性だったのよ。経文にも複数の女神が登場していて、いくつもの宗派がシャクティと呼ばれる女性エネルギーを信仰の対象としている。女性は清らかだと考えられていたのよ。欲望を満たすためならなんでもする男たちと違ってね。インドの伝説ではコ・イ・ヌールはこの世に初めて存在したダイヤモンドであり、太陽神スーリヤが英雄神クリシュナに授けるの。ところが、ひとりの使用人がそれを盗みだした。そのたったひとりの男の裏切りのせいで、呪いが生まれたと言われているわ」

マイクは尋ねた。「ほかにもレプリカは存在するんですか?」

ビクトリアが答える。「ふたつだけよ。ひとつはここで王冠にはまっていて、もうひとつはいまだに行方不明。それでレプリカの制作者が慌てふためいて電話をかけてきた。グリズリーは管理責任を問われるでしょうね。きちんと保管すべきだったんですもの。とはいっても、ここの状況に比べれば彼の問題は取るに足りないわ。実はまだほかにもあるのよ——」

ビクトリアの声音が変わった。

ニコラスのなかで警報が鳴り響いた。彼は鋭い声で問いかけた。「なんの話ですか?」

「美術館にダイヤモンドが到着したあと、ここでダイヤモンドの鑑定を行ったのはイレイン・ヨークよ。すべてのクラウン・ジュエルを標準的な鑑定方法で調べたわ。鑑定作業の工程は録画してあるからどうぞご覧になって。コ・イ・ヌールを調べるヨークがにっこりして、〝素晴らしいわ。すべて異状なしね〟と言って、ガラスケースを閉じるところが映っている」

ビクトリアが肩をすくめた。「なぜみんなはっきり言うのを避けているのか、わたしには理解できないわ。何が起きたかは明白でしょう？　すべての道はローマに通ず——この場合はすべてイレイン・ヨークにたどりつく。しかもなんとも好都合なことに、彼女は死んでいる。そしてダイヤモンドは消えてしまった」

ニコラスはきっぱりと言った。「殺されて自己弁護できないロンドン警視庁の警部補に対して、失礼ではないでしょうか。証拠のひとつもない限り、われわれが彼女を犯人扱いすることはありません。ご理解いただけましたか？」

ビクトリアも引きさがらない。「気を悪くしたのならごめんなさい。でも、事実は事実よ」

マイクが言った。「いいでしょうか、ビクトリア？　あなたから見たイレイン・ヨークはどうだったんですか？　あなたは彼女がイングランドにいたときから連絡を取りあっていて、ここではもう何カ月も一緒に働いてました。ヨークが犯行に関係あると考える理由があるんですか？」

「実際、ダイヤモンドが消えるまでは不審に思わなかったわ。とてもすてきな女性で、仕事ができて真面目だと思っていた。飲みに行ったり、夕食をともにしたりすることもあったのよ」ニコラスにちらりと目をやる。「あなたの話も出たわね」

「イレインがぼくのことを？」

ビクトリアがうなずいた。「心配しないで。ずっと昔、つきあっていたってことだけよ。

あなたの家族はとても魅力的だとか、幽霊が出る古い屋敷があるとか。あなたは嘘がうまいとも言っていたわ。けれども、それは必要なときのみに限られていて、どんなときでもあなたは信頼できると話していた。でも、もう今さらの話ね。ダイヤモンドはなくなり、彼女もいなくなってしまった。ヨーク警部補はこの事件に深くかかわっていたか、あるいはもっと悪いことが起きているのか——わたしにはそのどちらかに思えるわ」

ニコラスは思った。これよりもっと悪いことが起こりうるのか？

マイクの前にある画面が赤く光り、点滅しだす。「やったわ、一致する顔があったみたい。館内に犯罪者が潜りこんでたんだわ」

ニコラスは画面へと身を乗りだした。ふてぶてしい表情をした面長の男がこちらを見返している。いかつい大きな顔に黒髪と黒い目、つぶれた鼻、冷笑を浮かべる薄い唇。

マイクが言った。「どうしたものかしらね。予想外だったわ」

ニコラスが尋ねる。「何か不具合でもあるのか？　この男は前科があるはずだ。手がかりになるかもしれない」

「残念ながら、この男はもう死んでるわ。彼はウラジーミル・カーチン。イレインのアパートメントで、遺体で発見された男よ」

21

木曜日、午後五時

ニコラスは言った。「これからブライトンビーチへ行って、アナトリーに会おう。そいつが関与していたのは確実だ。ウラジーミル・カーチンとかいうこの男が美術館に来ていたのがその証拠だ」

マイクが言葉を返す。「ええ。でも、ここからだと、車で早くても四十分はかかる。この時間だと道路は大渋滞で、非常灯とサイレンをつけても身動きが取れないわね。パーティが始まる前に行って戻ってくるのはどうやっても無理よ。ここに残ってチェックを続けるべきだわ」そこでいったん黙りこみ、即断する。「ちょっと電話をかけさせて」彼女はキュレーターに声をかけた。「ビクトリア、しばらく席を外してもらえませんか？」

ビクトリアはむっとした表情になったが、無遠慮なイレイン犯人説を聞かされたあとでは、ニコラスは彼女が気分を害そうがどうでもよかった。

立ち去るビクトリアの背中に目を向け、彼は言った。「はっきり言うが、どうもあの女性は好きになれない」マイクに視線を戻すと、彼女はスマートフォンの短縮番号を押していた。

「ベン？　強面《こわもて》の捜査官三、四人にアンドレイ・アナトリーを迎えにやって、フェデラル・プラザで事情聴取してほしいの。捜査官にはイレイン・ヨーク殺害の件だと告げさせて。ええ、顔認識プログラムでアナトリーの手下のひとりが浮上したのよ。ウラジーミル・カーチン。聞き覚えのある名前でしょう？　あの男がメトロポリタン美術館に来てたの。アナトリーが一枚嚙んでるのは確実だわ。わかった、感謝するわ、ベン」

マイクは指でトントンとカウンターを叩いた。「ベン・ヒューストンは美術犯罪班の捜査官よ。ヨーク警部補とは知り合いだった。カーチンはこの館内に来ていた——ディロン・サビッチの調べであの男がアナトリーの手下だとわかった瞬間から、アナトリーがこの盗難に関与してるのはわかってたわ。先手を打たないとね。現実的な話、アナトリーは決して口を割らないでしょう。たとえ息子の命がかかってるとしてもね。しかも、わたしたちは彼と事件を結びつける証拠を何ひとつつかんでない。あるのは単なる偶然の一致だけよ」

「その男について教えてくれ」

マイクの声が冷ややかになった。「悪党よ。悪徳弁護士たちがあの男の悪事を嘘でこってりと塗り固めてる。犯罪にかかわってるのはわかってると揺さぶりをかけるまではできても、逮捕することはできない。確たる証拠がなくてはね」

獲物のほうから近づいてくるのを待つのには慣れていないが、ほかに選択肢は見あたらない。ニコラスはしかたがないと短くうなずいた。

マイクのスマートフォンが鳴り、メールの着信を告げた。彼女が画面に目を落とす。「鑑識班だわ。搬入口の前にいるそうよ。階下《した》まで迎えに行きましょう」

ビクトリアがオフィスのドアをノックして開けた。「ケイン捜査官、邪魔をしてごめんなさい。FBIの人たちが到着したわ」

「ええ、メールが来たところです。迎えに行ってきますね」

「わたしが行くわ」ビクトリアが言った。「どのみち、わたしでなければセキュリティを通過できないでしょう。あなたたちはここで作業を続けていて。ところでケイン捜査官、画面に映っているその男だけど、見たことがあるわ。先週、イレインとふたりで昼食をとっていたわよ」

そう言って立ち去ろうとするビクトリアの腕をニコラスはつかんだ。

「話すんだ」

ビクトリアは足を止めてニコラスの手を見おろし、自分の腕にまわされた指にじっと目を注いだ。

ニコラスはすぐさま手を離して首を傾けた。「失礼、ドクター・ブラウニング。知っていることを話してもらえませんか?」

ビクトリアは自分の腕を見おろしたまま、顎をこわばらせた。「それ以上は知らないわ。イレインがその男と館内のカフェで食事をしているのを見かけただけよ。親しげにしていたわ。よくは見ていないけれど、イレインは危険を感じている様子ではなかった。すぐに戻るわ。もう行ってもいいかしら」

マイクがうなずいた。「もちろんです。情報に感謝します」

ビクトリアが去ると、マイクは言った。「彼女になんと言われようと、乱暴なふるまいは許されないのよ」

ニコラスはボーのオフィスのなかをうろうろした。「あの女はすべての答えを持っているんじゃないか？」彼が短い髪を指で梳《す》くと、毛先がはねた。「なんて長い一日だ」

「ええ、そうね。わたしたちふたりともろくに寝てない。それにあなたは友人を失った」

彼は無言で行ったり来たりを続けた。マイクの前を通るたび、ボーのオフィスの前に広がる光景を見おろす。壁を埋めつくすモニター画面に、魔法のように答えが表示されるとでもいうように。

「アナトリー・ファミリーについて教えてくれ」

マイクは顔認識プログラムを再度起動させ、その画面を見つめながらぼんやり思った。カーチンはイレインの共犯者で、彼がタイマー付きコンデンサを仕掛けて停電を引き起こしたのだろうか？「典型的なロシアン・マフィアよ。組織化されたイタリアン・マフィアと違って分裂を繰り返してばかりで、四六時中、ブラトバ——ほかの組織の同胞たちと抗争を起こしてるわ。ここニューヨークで、われわれは彼らを抑えこむのに成功していて、この数年で三百人以上を起訴してる。だけどドブネズミみたいなもので、暗がりでどんどん繁殖してるわ。密輸に武器売買、クレジットカード詐欺にサイバー犯罪。金のにおいがすればどこにでもわいてでて、しかも血も涙もない——邪魔者は容赦なく消されるわ。

ボスのアナトリーは……そうね、怖い男よ。頭の回転が速くて、逆らう者は許さない。二度の結婚で息子を七人もうけて、それぞれがさまざまなシンジケートを率いてる。全員が父親を超える巨漢で、凶暴さにおいてはその倍ね。少なくともアナトリーは、うわべだけは教養のある立派な人物に見えるわ。今夜のようなイベントでは、いかにも芸術を愛する裕福な実業家然として人前に出たがるの。ニューヨークのアート界では大物よ。持ちあげられるのが大好きで、公の場に顔を出しては金をばらまいてる。そのうえ、知恵が働くわ。自分の手は決して汚さず、汚いことはほかの者にやらせてる」

「カーチンのほうは?」

「話したとおり、カーチンはアナトリーの手下のひとりで、逮捕記録の長さは一キロにも及ぶわ。情報提供者にならないかと何度か打診したことがあるのよ。カーチンは表面上は協力的だったけど、有益な情報を流したことは一度もなかった。好きなのは金、それに酒場と娼《しょう》婦《ふ》よ」

「きみの話では、プラド美術館から盗みだされた《夜の塔》について、サビッチはアナトリーと話をしたがっているんだろう? アナトリーは美術犯罪に手を染めているくせに、メトロポリタン美術館の後援をしているのか?」

マイクが返す。「ええ、面の皮が厚いとはこのことよね。もっとも、アナトリーが知られてるのはダイヤモンドの密輸のほうよ。多額の金を動かすのには最適でしょう。ダイヤモンドは高価で、しかも持ち運びが楽。さっきも言ったように、しっぽはつかめてないの。わたしがニューヨーク支局に来てからずっと、捜査が続けられてるわ」

「コ・イ・ヌールの窃盗を実現させるだけの財力はあるようだな。ところで、ドレスは持っているのか?」

「なんですって?」

「ドレスだ。パーティで必要だろう。まわりは正装だ。その格好では目立つ」

マイクは自分のジーンズとブーツを見おろした。「そうね、家にはあるわ」

「じゃあ、誰かに取ってきてもらったほうがいい」

ニコラスの言うとおりだ。パーティ開始までもう時間がない。マイクはメールを送信し、彼を見あげた。「まさかその服の下にタキシードを着てるなんてことはないわよね。スーパーマンのスーツみたいに」

ニコラスは声をあげて笑った。「今回は着ていないな。ああ、タキシードはバッグのなかだ。旅に出るときは必ず用意する」

「ジェームズ・ボンドみたいに?」

「ボンドはタキシードに自分でアイロン掛けはしないと思うが」

「たしかにそうね。ああ、ビクトリアが戻ってきたわ。鑑識班のポーリーとルイーザも一緒ね。ケータリング業者の格好がよく似合ってるじゃない。それじゃあ、始めましょうか。そのあと、アナトリーの事情聴取の様子をモニターで見物といきましょう」

22

ニコラスはポーリー・ジャーニガンとルイーザ・バリーの姿を見て、たいしたものだと感心した。どちらも有能なのは明白で、ドクター・ブラウニングが検証方法にこまごまと注文をつけ、宝石と室内と展示ケースを――それにキュレーターの機嫌を――損ねることがないようくどくど言うのにも注意深く耳を傾けている。

ビクトリアの話が終わると、ポーリーが言った。「ご意見はありがたいんですが、指紋の検出法はもう考えてあるんですよ。ケースにはレッドワップ蛍光スプレーを使用します。これなら残留物はほぼゼロ。それにガラスクリーナーで簡単に落とせます」

ルイーザが言い添える。「宝石に使うのにも最適なんです。コーン状のカバーで検査部分を覆ってからなかに薬剤を噴きかけるので、まわりを汚すこともありません」

ビクトリアは片手をヒップに当てた。「試しにやってみてちょうだい」

ふたりは手早く実演してみせた。

「そうね、それならいいでしょう。だけど早く終わらせてもらわなきゃ。もうすぐパーティが始まるわ。コ・イ・ヌールのケースの側面から始めてはどうかしら」

ビクトリアはニコラスに向きなおった。「おそらく窃盗犯はこうやって寄りかかって」中央のケースの右側に手をやる。「こんなふうにケースの裏から開けたんじゃないかと思うの」

彼女はケースを解錠してみせた。ニコラスもなるほどと納得した。

ビクトリアが続ける。「指紋が見つかるとしたら、ケースの内側でしょうね。それからパビリオン——つまり、ダイヤモンドの下側の部分よ」

ポーリーが言った。「ドクター・ブラウニング、この部屋に入室できた人全員の指紋を採取させていただきたい。携帯用指紋スキャナを持ってきてます。今日ここに出入りした人たちの指紋は除外しなきゃな。マイク、きみかドラモンド警部はケースのどれかに触ったりしたか？」

「ああ、無意識のうちに触ったかもしれない」ニコラスが言った。

「わたしのは登録されてるわよね」マイクが言った。ニコラスを指で示す。「ポーリー、彼の指紋をお願い」

ニコラスはお手上げとばかりに両手を掲げた。「ロンドンの鑑識係を叩き起こして、ぼくの指紋情報を転送させるよりは手っ取り早いな」

ポーリーは手際よく指紋採取の作業を終わらせ、マイクはニコラスとともに五分後にはボーのオフィスに戻っていた。

「ベンからメールが来てるわ。アナトリーがフェデラル・プラザに到着したそうよ。表面的には協力的なよき市民らしく、黙ってついてきたみたい。すでに弁護士も同席してるんですって。一緒にパーティへ向かうところだったらしいわ。事情聴取の様子をここから見られるよう、ベンがカメラをつないでくれるから」

ニコラスはアナトリーとじかに会って話をしたいところだったが、館内ではあまりにもさまざまなことが起きていた。これまで数々の現場の任務で感じたのと同じ、張りつめた空気が漂っている。彼の直感は何かがおかしいとささやいているものの、それがなんなのかはわからなかった。

マイクがベンの番号にかけ、電話の向こう側で相手が応じるのが聞こえた。「二、三分でリンクを送る。ああ、アナトリーの弁護士は違法な取り調べだと言って、人身保護令状を申請すると騒いでるよ」

「騒がせておけばいいわ。アナトリーから情報を引きだせるだけ引きだして、ベン」マイクは通話を切り、ニコラスに向かって言った。「あと五分で準備が整うわ」

ニコラスは言った。「そのあいだにちょっとのぞき見だ」レザーバッグに手を伸ばし、なかからノートパソコンを取りだす。

「何を見るの？」

ニコラスはマイクの目を見返した。「正直に言っていいのか？　きみが自分のところの捜査官にさせたいのはわかるが、残された時間はどんどん減っていっている。これからイレインの日記を調べるよ。言ったように、彼女は長年オンラインで日記をつけていた。運がよければ、死の当日まで何をしていたかが記録されているだろう」

「ヨークのコンピュータは必要ないの？」

「ああ、なくていい」

「本当にそのノートパソコンで彼女の日記が読めるわけ？」

「そうだ。日記はベーシックなプログラムで暗号化されている。解析には一分もかからない」

ハッキングなら九歳の頃から普通にやっているが、それは言わずにおいた。ニコラスにとってこの程度の作業はなんでもない。

マイクは首をひょいと傾けた。テントのなかに鼻を突っこんでくるラクダも、たまには役に立つのかもしれない。「じゃあ、やってみて。入手可能な情報はすべて必要だわ」

キーボードに手を置いて、ニコラスは一瞬ためらった。一日じゅうイレインを頭から締めだそうとしていたが、今彼のまぶたには、ほほえみ、からかい、歯切れのいいオックスフォード訛りで反論する彼女の姿がよみがえっていた。友人であり同僚である女性の私生活を、自分はこれから勝手にのぞこうとしている。気は進まない。だがイレインは死に、もはや私生活を送ることはない。イレインを殺した犯人を見つけて彼女の潔白を証明するためなら、ここでプライバシーの侵害だとためらっている余裕はない。キーを三つ叩くとプログラムが起動し、ニコラスはクラウド上のイレインのファイルに侵入した。

イレインのファイルは几帳面《きちょうめん》に整理され、日記は苦もなく見つかった。朝に日記をつけるのを習慣としていて、頭に浮かぶことをそのまま文章に落としている。

最後に記入された日付を見ると、イレインが殺される一週間近く前だった。あれほどまめに日記をつける彼女にしては妙だ。

ニコラスは日記の日付をさかのぼってみた。

「眉間にしわが寄ってるわよ。どうかしたの？」

ニコラスは顔をあげた。「単語や文章がところどころ抜けている。丸々消えている箇所もあるようだ。文章に空白があるんだ」おかしい。なぜこんな日記をつけているんだ？　自分で文章を削除したのか？　数カ月前の分まで戻ったが、やはり同様に文や言葉が抜けていた。これをやったのはイレインではない。そうだ、何者かがすでに侵入したのだ。イレインの日記から何を削除すべきかを、自分の痕跡の隠し方を知っている者が。

実に巧妙だ。そしておそらくその人物がイレインを殺害し、彼女のノートパソコンを持ち去ったに違いない。

だが、とニコラスは思った。コンピュータを扱う能力に関しては自分のほうが上だ。かなりの確率で日記は復元できる。それにもしイレインのノートパソコンが見つかれば、一次ファイルに完全な日記が残っているはずだ。

　彼はアドレナリンが噴きだすのを感じた。三つのキーを同時に押して日記が映しだされた画面をスクリーンショットで撮影し、ノートパソコンに保存する。イレインが殺された月まで集められるだけ情報を集めるため、ニコラスは画面の撮影と保存をさらに二回繰り返した。

　次の週を撮影しようと日記のページを繰ると、続きが消えていた。

「くそっ《バガー》」

「どうかした？　何を見つけたの、ニコラス？」

　自分の目が信じられなかった。アップロードされた日記が次々に消えていく。ありとあらゆる手を試したが、やればやるほど単語が削除されるスピードが増すだけだった。

「見落としていたな。自動的に内容が削除されるプログラムが仕込まれていたんだ。単語が抜けているのかと思ったが、そうじゃなくてウィルスが削除している最中だったんだ。すべて消えて真っ白だ」

　マイクが言う。「なぜイレインは自分の日記に自動削除プログラムを組みこんでたの？」

「わからない」

　それが嘘だというのはどちらも知っていた。イレインの日記には、他人には見られたくない、何か重要なことが記されていたのだ。やりきれなさがニコラスの胸に満ちた。

「全部消える前に保存した分がある。何かわかるか見てみよう」

キーボードの上をニコラスの指が舞った。「これは一週間前の日記の一部だ。〝VKを採用〟その前日には〝ウラジーミル〟そのあと単語ふたつ分の空白に続いて、〝午後一時〟とある」

「待ち合わせの時間？　ほかには何も？」

「ビクトリアは、イレインが館内のカフェでウラジーミル《Vladimir》・カーチン《Kochen》と一緒に昼食をとっているのを目撃したと話していた。前もって約束していたらしいな」

マイクはニコラスの肩越しに画面を読んだ。「〝VKを採用〟前日にカーチンと会ったあとで？　イレインがカーチンを雇ったように聞こえるわね」

ニコラスは信じられなかった。だが、目の前にあるのは動かぬ証拠だ。アナトリーの手下と直接かかわっていたことが、イレイン自身の言葉で記されている。

マイクのスマートフォンが鳴った。「ベンだわ。ちょっと機材のトラブルがあったけど、もうすぐ映像が見られるそうよ」彼女はニコラスの肩を思わずぽんと叩いた。「慰めなんて、ミスター・スパイは何よりいやがりそうだけど。「ベンがアナトリーから何を引きだすか、お手並み拝見といきましょう。イレインの銀行口座の取り引き内容はすぐに調べさせるわ。それでカーチンに送金したかどうかわかるでしょう」

ニコラスは保存していたスクリーンショットの残りに目を走らせた。ところどころに単語が残っているが、意味をなしていない。

外務省時代、情報提供者とは暗号化されたメッセージをやりとりしていた。ニコラスはその解析用に自作したプログラムを試しに使ってみた。スクリーンショットのコピーを解析プログラムにかけ、画面上の単語が正しい順序で組みなおされるのを見守る。ニコラスは椅子にどんともたれかかった。その視線は画面から離れない。

「なんだこれは《ブラッディ・ヘル》。マイク、きみも見てくれ」

23

マイクは画面に目を注いだが、そこにあるのは意味不明な言葉の羅列だった。彼女はニコラスにもそう言った。

彼は画面を指さした。「文字化けしているんだ。だが、もとの日記の手がかりとなる語句がいくつかある。彼女の思考の断片だ。〝怖い、何かが起きそう。身を守らなければ〟イレインは何かに巻きこまれたことにはっきりと気づいていたんだ」

マイクが言った。「それで、身を守るためにカーチンを雇ったと考えてるの？」

「そう見えるだろう。ほら、ここだ、〝ウラジーミルが職場まで護衛。これでもう安心〟」

「だけどつじつまが合わないわ、ニコラス。身の危険を感じてたのなら、なぜイレインはボーに報告しなかったの？　彼女は警察官よ。頭が切れるし、やわじゃない――ええ、わたしにはまったく理解できないわ。それに、どうしてよりにもよってアナトリーの手下を雇うの？」

恐怖がニコラスの胸を占めた。自分には理解できる。殺されたロシア人は、イレインのボディガードだっただけではない。共犯者だったのだ。「イレインは必ずボーに報告していただろう。ただし自分が関与し、カーチンがその仲間だった場合は別だ」声に出して言うと、それは単なる可能性ではなく、事実として響いた。だが、なぜふたりは殺された？　この事件にはほかにも何かあるとわかっている。時間が刻々と失われているのがわかっているのと同様に。

マイクが言った。「ベンからのメールだわ。始めるそうよ。この件は事情聴取のあとで話しましょう」

ニコラスは認めざるをえなかった。アンドレイ・アナトリーは彼の想像とはまるで違っていた。ふさふさとした銀髪に黒縁の眼鏡をかけた姿は、犯罪組織のボスというより、外交官か大学の総長に見える。大きな体は爪の先まで美しく手入れされ、着ているものは――ニコラスの目に間違いがなければ――アルマーニのタキシードだ。アナトリーは白い壁の無機質そのものの小部屋に通された。ひとつだけあるテーブルの両側に椅子が二脚ずつ並んでいる。

「上品な紳士に見えるでしょう？」マイクが言った。「中身を見た目で偽る、まさに虚偽広告よ」

アナトリーに続いて、長身の男が入ってきた。洗練された物腰、引きしまった細身の体に日焼けした肌。アルマーニではないものの、仕立てのよいタキシードを着ている。ふたりともパーティへ向かうところを連れてこられたのは見ればわかった。賭けてもいいが、アナトリーは内心憤然としていることだろう。それでいい。

ふたりはベン・ヒューストン捜査官の向かいに腰をおろした。ＦＢＩの捜査官三人がベンの後ろの壁に寄りかかり、腕組みしていた。携帯しているグロックがアナトリーから見えるようにし、目を細めてにらみつけている。

アナトリーは気楽な様子で金属製の硬い椅子に背中を預けると、ベンに向かって愛想よくほほえんだ。

マイクが言った。「ベンには悪いことをしたわね。全然休んでないから、疲れが顔に出てる。しゃんとしないとまずいわよ。アナトリーの弁護士はきれいなスーツを着た上院議員みたいに見えるかもしれないけど、態度の大きさと押しの強さは大統領級なの。わたしも一度相手にして、さんざんてこずらされたわ」

ベンが自己紹介し、足を運んでもらったことに謝意を述べた。「それでは始めましょうか。ご存じでしょうが――」

弁護士がさえぎった。「ヒューストン捜査官、わたしの名前はローレンス・キャンベル、ミスター・アナトリーの代理人を務めています。ミスター・アナトリーはＦＢＩに敬意を払い、この場に来ることに自発的に同意された点をしかとご記憶願いたい。しかしながら、彼は大変忙しい身であり、今夜はメトロポリタン美術館でのガラパーティがこのあと控えています。ご存じのとおり、ミスター・アナトリーは美術愛好家というだけでなく、メトロポリタン美術館の後援者のひとりでもある。当然ながら、今夜のパーティでの英国王室のクラウン・ジュエルのお披露目にも参加する予定になっています。長時間足止めすることのないようご配慮いただきたい」

ベンはすらすらと返した。「ミスター・アナトリーのご協力には心から感謝してます。それではさっそく本題に入りましょう。ミスター・アナトリー、あなたのもとで働いてる男の居場所を教えていただけないでしょうか、ウラジーミル・カーチンですが？」

キャンベルは快く返答に応じた。「そういうご質問でしたら時間の無駄でしょう、ヒューストン捜査官。あなた方もご存じのように、ミスター・カーチンはゆうべ遺体で発見されています。場所はたしか、英国人の警察官のアパートメントでしたか」

アナトリーがうなずく。「ウラジーミルの訃報は本当に残念でした。一年前まではわたしのもとで働き、高く評価してましたが、その後辞めてからは一度も見かけてませんね」

「でしたら、ミスター・カーチンの携帯電話の通話記録に――」ベンは肘で押さえている数枚の書類に目を落とした。「ああ、ここです。あなたの自宅と携帯電話の両方の番号が先週少なくとも五、六回出てくるのはなぜでしょう？」

アナトリーはキャンベルの腕に手をのせて制し、さらりと弁明した。「この一年、ウラジーミルを見かけてないと言ったんです、ヒューストン捜査官。話してないとは言っていない。お知りになりたいのなら、言いましょう。ウラジーミルからもう一度雇ってほしいと頼まれたんですよ。双方で交渉中だったと言えますかね」

ニコラスはマイクに言った。「アナトリーにはほとんどヨーロッパ訛りがない。ロシア訛りは皆無だ。合衆国に住んでいるあいだに訛りを直したようだな――いつからこの国に？」

マイクは首を傾けた。「両親とともに二十二歳で移住してるわ。中途半端な年齢ね。まわりになじまなければよそ者扱いよ。だからロシア訛りを取る必要があった。社会の中心的存在である人物と見られたがるのも、そこから来てるのかもしれない」

画面上ではアナトリーが身を乗りだし、テーブルに両手を置いている。「ヒューストン捜査官、誓って言うが、哀れなウラジーミルの死にわたしは何ひとつ関与してない。あなた方と同様に戸惑ってるんですよ」

「ミスター・カーチンがあなたのもとを離れた理由をお聞かせ願えますか、ミスター・アナトリー？　あなたのほうから首にされたんでしょうか？」

「残念なことがありましてね。あの男はわたしの息子のひとり、ユーリに対し非礼を働いたんです。ユーリからその話を聞いたので、カーチンには辞めてもらうしかありませんでした。ふたたび雇い入れる条件には、息子に謝罪し、許しを請うことも含まれてました。近々そうなるはずでしたが――」いかにも残念そうに肩をすくめる。

ニコラスはマイクに言った。「アナトリーがのらりくらりとごまかしているせいで、らちが明かない。おいそれと、カーチンやイレインの殺害を認めるような男じゃない」

その声が聞こえたかのように、アナトリーが言った。「質問はこれで終わりでしたら、そろそろパーティが始まりますし、わたしとしては遅れるわけにはいきません。今夜の客は皆そうでしょうが、わたしもクラウン・ジュエルのコ・イ・ヌールを見るのを楽しみにしてるんですよ」アナトリーは弁護士とともに立ちあがった。ベンが首を横に振ってそれを止める。

「あとふたつ三つ質問があります、ミスター・アナトリー」

キャンベルがいらだたしげにうなった。「わたしのクライアントに何をまだきこうというんですか?」

「おかけください」ベンはぴしゃりと告げた。ふたりはいくぶん驚いた様子でそれに従った。弁護士はペンでテーブルをコツコツと叩き、アナトリーはいかにも退屈そうに自分の爪を眺めている。

ベンはヨーク警部補の写真をテーブルに置いた。

「この女性をご存じでしょうか?」

アナトリーは写真を一瞥し、ロシア訛りがわずかに増した声で言った。「これまで一度たりとも見たことはありません。ご冥福を祈るばかりです」

ベンがその横にさらに三枚写真を並べる。どれもイレインの遺体発見現場のものだとニコラスは気づいた。遺体の写真はこれまで一枚も見ておらず、ずしりと胸にこたえたが、アナトリーの反応に——自分のではなく——集中しようとした。

マイクの手が自分の腕にそっと触れるのがわかった。ニコラスは言った。「ほら、写真を見て、アナトリーはわずかに体をこわばらせただろう？　演技はうまいが、あの男はイレインを知っている」

「同感ね。ほかの人なら死体の写真を目にした自然な反応と考えられるけど、遺体の写真ぐらいで、アナトリーはたじろぎもしないはずだわ」

キャンベルが声をあげた。「これ以上お役に立てずに心から残念に思います。ほかになければ、これ以上は本当に時間がありませんので」

アナトリーが立ちあがり、弁護士がすばやく続く。

ニコラスは言った。「マイク、コ・イ・ヌールを盗みだすよう誰かに依頼したかと急いでベンに質問させろ」

マイクは目を丸くした。「何を言ってるの。こっちの手の内をばらすようなものじゃない」

「今はそんなのはどうでもいい。ぼくを信用してくれ。やるんだ」

マイクはベンにメールを送信した。その内容を読んでベンがぎょっとするのが、ニコラスにもわかった。だが、ベンはすぐに落ち着いた様子でゆったりと椅子にもたれた。「ミスター・アナトリー、これが最後の質問です。コ・イ・ヌールを盗みだすために、誰かを雇いはしませんでしたか？」

キャンベルが声を荒らげた。「もうたくさんだ！　ばかげているにもほどがある。あなた方の中傷にはうんざりだ。われわれは失礼する」

キャンベルが雇い主を押して部屋から出るよう促したが、アナトリーはその場に凍りついている様子だ。

いや、とニコラスは思った。それ以上だ。アナトリーは呆然《ぼうぜん》とし――恐慌をきたしている。これは演技ではない。彼はなんとか自分を取り戻したものの、その声は動揺していた。

「ヒューストン捜査官、それはコ・イ・ヌールが会場から盗まれたということか？」

「いいえ、サー。わたしはあなたに、ダイヤモンドを盗みだすよう依頼したかと質問してるんです」

顔を病的な深紅に染め、アナトリーが怒鳴りつけた。「わたしをここまで引きずりだして侮辱したかと思えば、今度は貴重なコ・イ・ヌールの窃盗を企ててると言いがかりをつけるだと？ いいか、ヒューストン、わたしはあのダイヤモンドを、いや、すべてのクラウン・ジュエルをここアメリカで展示するために、この三年間骨を折ってきた。展覧会には資金面でも協力してやってる。それなのになんてばかばかしい！ ふざけてるのか！ くたばれ《パシェル・ナ・フィ》、愚か者《スーカ》めが、くそったれ《ブリャーチ》！」

アナトリーはロシア語でわめき続けている。ニコラスの顔に大きな笑みが広がった。「やつのボートを揺らすのに成功したようだな」

マイクが尋ねる。「なんて言ってるかわかるの？」

「ああ、おおまかなところは。ニューヨークの社交界で使うのにふさわしい言葉ではないとだけ言っておこう」

ベンが声をかけた。「ミスター・アナトリー、出口まで捜査官に案内させましょう。ミスター・キャンベルもどうぞ。近いうちにまたお話しすることになるでしょう」

ベンはカメラをまっすぐ振り返り、終了のしるしに眉をあげた。

画面が真っ暗になる。

ニコラスは言った。「アナトリーはイレインを知らない、カーチンは最近見ていないと白々しい嘘を並べたが、コ・イ・ヌールの窃盗計画を疑われた際のショックと驚きは本物に見えた。あの男はダイヤモンドが消えたことは知らなかったんだろう」

「それでも黒幕だという可能性は残るわ。ヨークとカーチンを操ってたけど、計画が失敗してふたりを始末した。アナトリーの七人の息子たちを考慮に入れるのを忘れないで」しばらく考えて、マイクは言い足した。「だけど引っかかることがひとつある。カーチンに青酸カリを注射して殺害？　アナトリーのやり口とはまったく違うわ」

24

メトロポリタン美術館
〈ジュエル・オブ・ザ・ライオン〉展、ガラパーティ
木曜日、夜

ちらほらと舞う雪のもと、美術館周辺の通りはこれから会場を彩る数々の宝石と華やかなドレスできらびやかに輝いた。五番街はリムジンとタクシーがひしめいている。一部の強者《つわもの》たちは、この寒さにもかかわらず徒歩で会場へ向かっていた。パパラッチたちは猛烈な速さでフラッシュをたき、正面入口前はミラーボールが回転しているかのようだ。マイクは途切れることなく館内に流れこむ客たちを見守った。マンハッタンのエリートたち、有名人やその同伴者、それにやたらとカメラに向かってポーズを取っている数名――おそらくモデルだろう――は最新のニューヨーク・コレクションのハイライトを飾ったファッションを披露している。

マイクの左肩の後ろでニコラスがささやいた。「すてきなドレスだ」

『素晴らしき哉、人生!』のバイオレットみたいにヒップをひねって振り返り、〝この古いドレスが?〟と言いそうになったが、やめておいた。本当に古くてはしゃれにならない。

「サテンは手入れが楽だから。あなたのタキシード姿もなかなかよ」今世紀いちばんの過小評価。ニコラスのタキシードの着こなしは完璧だ。セクシーで危険、まるで007そのもの。それがマイクの正直な感想だ。ボンドがすばやく袖口を直して、ドライ・マティーニを注文するシーンをニコラスにリクエストしたい。そうする代わりにマイクは言った。「少なくとも、ふたりとも犯人を追跡中のFBI捜査官には見えないわ」

「きみはだろう、ケイン捜査官。ぼくはそもそもFBI捜査官じゃない」

「追跡中というわけでもないわね。ただ目を光らせてるだけ。別に文句を言ってるんじゃないわ――こんな盛大なパーティに出席する機会なんてめったにないもの。ああ、ニコラス、あそこにうちのボスがいるわ。マイロ・ザッカリー、階段のところよ。赤の蝶《ちょう》ネクタイをつけて、白髪まじりの髪の人、わかるかしら? 顔を合わせておいて」耳に装着しているイヤホンマイクを押して話す。「これからニコラス・ドラモンドがそちらへ向かいます」

なめらかな足取りで人込みを縫い、歩み去るニコラスをマイクは眺めた。彼を目にした女性たちがはっと振り返るのを見て、無理もないわねとひとりごちる。

ニコラスはザッカリーの赤い蝶ネクタイにたどりつき、挨拶した。「ドラモンドです、サー。はじめまして」

「ああ、ドラモンドか。会えてうれしいよ」ザッカリーは握手した。「ヨーク警部補のことは本当に残念だった」顔を寄せて小声になる。「ダイヤモンドの窃盗計画に関して質問されて、アンドレイ・アナトリーは激昂《げきこう》したそうじゃないか。あのハゲタカも盗難についてはシロだろうとベンは言ってる。きみも同じ意見か?」

ニコラスはうなずいた。「マイクも言っていますが、盗む気がなかったわけではなく、単に何者かに先を越されたようです」

「きみのおじさんは中央監視室にいる。ああ、バーカウンターの前にいるのはシャーロック捜査官だ。サビッチ捜査官も近くにいるな。ボーから聞いたが、オンラインでは顔を合わせているそうだな」

シャーロックはつややかな赤い髪を頭のてっぺんで結いあげ、耳にかかるように巻き毛を垂らしていた。耳からさがる黒のイヤリング、それに体にぴったりと沿う黒のドレスに包まれた姿は、人込みのなかでもひときわ目立つ。こうして直接見るとより印象的で華やかな女性だとニコラスは思った。

サビッチのほうは、じかに見るほうが単純に、より迫力があった。大柄でいかつい容貌。暗い路地で背中を預けるのに最適な男。喧嘩をすれば負けなしに見える。

シャーロックが視線に気づいて手を振った。ニコラスは会釈した。ザッカリーが促す。

「行って状況を伝えてくれ」

ニコラスはうなずいた。「捜査に加わらせていただき、感謝しています、サー」

「断ればステーキ代わりにボーにグリルであぶられてたよ」ザッカリーが言った。「わたしはきみのおじさんが怖いんだ」

「ぼくもです」ニコラスはマイクのところまで引き返し、腕を差しだした。「行こう。全宇宙のコンピュータ・キングとの謁見だ」

「わたしはシャーロックの足元にひざまずきたい気分よ。彼女がどうやって犯罪状況をぴたりと言いあてたのか、いまだにわからない」

ふたりが来るのを見たサビッチがバーテンダーに向かって手をあげ、ライム入りのミネラルウォーターをもうふたつ注文する。

シャーロックがマイクを抱きしめた。「マイク・ケイン、また会えてうれしいわ。そうね——十六時間ぶりに。赤いドレスがよく似合ってるわね」マイクをつかんだまま体を後ろへ引く。「わかってるわよ。わたしはぐっすり八時間眠ったけど、あなたはほぼ徹夜。大丈夫なの？」

「本当のところ、すっかり興奮してるんです。たくさんのことがめまぐるしい速さで起きていて、次は何が待ってるのかもわからない」マイクはサビッチへと視線を向けた。「ご主人はタキシードを着ると見違えますね」

ニコラスがサビッチに話しかけるのが聞こえた。「おじはMAXのことを話すとき、いつも神妙な顔つきになって声を潜めるんです。あれはMAXには魔力があると思っている顔だ」

サビッチが言った。「ここだけの話だが、きみのおじさんが考えてるとおりだ。ＭＡＸには毎日妖精の粉を振りかけてやらなきゃならん」

ニコラスは笑い声をあげた。「それが本当なら、ぼくもその粉を送ってもらわないと」

マイクはシャーロックに言った。「夫婦でペアを組んでる捜査官は聞いたことがありません。どういうふうにしてうまくやってるんですか？」

サビッチがシャーロックの腰に腕をまわした。「そうだな、たまに妻から〝サー〟と呼ばれさえすれば、夫の面目も立つってもんだ」

「また嘘ばっかり」シャーロックがサビッチの脇腹をつついた。

ニコラスは言った。「おふたりには小さな男の子がいるとおじから聞いています」

マイクが訂正する。「ただの小さな男の子じゃないのよ、ニコラス。ショーンは目下、世界一有名な男の子だわ――サンフランシスコでショーンがエマ・ハントにプロポーズした動画はユーチューブ《YouTube》で人気なの。あとで見せてあげるわ」

シャーロックは嘆いてみせた。「頭痛の種がもうひとつ増えたところよ。ショーンは三人の女の子に夢中で、四番目の子にも気持ちがぐらついてるの。四人全員をお嫁さんにしたいらしいわ。母親の心境としては複雑ね」

ニコラスは黒い眉をひょいとあげた。「まさか朝になると息子さんの部屋から女の子四人がぞろぞろ出てきて、一緒に朝食の席につくってわけじゃないですよね？　ぼくから息子さんにひと言言ってあげましょうか？」

シャーロックが笑い声をあげた。「そのうちディロンが加勢を頼むかもしれないわね。夫の父はあなたのボーおじさんの古い友人で、捜査官時代のパートナーだと聞いてるわ」

サビッチがうなずく。「おれの父とボーはしょっちゅうつるんでたもんさ。どっちかの自宅でバーベキューパーティを開いては、捜査官全員を招待してた。おれたち子どももみんな大はしゃぎだったのを覚えてる。きみの父親は内務省勤務だそうだな。こっちのＦＢＩみたいなもんだ。だがきみは代々の習わしを無視して、外務省の情報組織に入ってた。それがまたどうしてロンドン警視庁に？」

ニコラスの表情は変わらなかったが、彼がたちどころに内にこもるのをマイクは感じた。このことは話したくないらしい。何があったのだろう？　しかし、ニコラスは気楽な調子で答えている。「世界を股にかけて飛びまわるのはしばらくは楽しかったんです。敵対するスパイの活動を阻んだり、国家間の調停役を務めたり――けれども正直なところ、情勢が絶え間なく変動するなかでテロ攻撃を阻止するので、気が休まるときがありません。祖国に帰って家族のそばで地道な仕事に就こうという方向に、しだいに心が傾いていったんです。それにロンドンは挑みがいのある環境です」

転職の理由はそれですべてというわけではなさそうだ。興味深いわね。マイクは腕時計を見た。「わたしとニコラスは一般への公開の前に展示室へ行くことになってます。FBIきっての鑑識官がふたり、ドクター・ブラウニングと証拠採集をしてる最中なんです。何かはっきりとした手がかりが見つかるよう願ってるんですけど」

サビッチが言った。「同行していいかい？　美術館の心臓部を見てみたい。ほかに前科者が見つかってないかどうかも知りたいからな」

四人は人込みをかき分けてエレベーターへと向かった。蜜蜂の巣のなかのように客たちの話し声がわんわん響く。数百人もの華麗な人々がシャンパングラスを傾けるなかを、大勢のウエイターたちが銀のトレイを高く掲げてすり抜け、オードブルを運ぶ。誰もがカクテルパーティを楽しんで盛りあがり、英国王室の面々――ウィリアム王子とキャサリン妃は王室の仕事とやらで出席を取りやめたのでここにはいない――や、公爵もしくは駐米英国大使のピーター・ウェストマコット卿《きょう》に同行している外務大臣がいないかと探している。賢明な判断により、カメラを構えたマスコミとパパラッチは会場内に立ち入り禁止となっていた。

マイクがふと振り返ると、細い体にぴったり沿う黒のドレスをまとった上品な長身の女性が、ニコラスめがけて一直線に突き進んでくるのが見えた。何が起きようとしてるわけ？

25

ニコラスはその女性にはまだ気づいていない。マイクの視線の先で、彼はエレベーターの前で脇にどき、シャーロックとサビッチを先に通した。ニコラスがあとに続いて足を踏みだしたとき、女性が彼に呼びかけた。教養を感じさせる英国のアクセントは、ニコラスのそれとよく似ている。

「ニッキー？　ニッキー・ドラモンド？　あなたなの？」

まさかとニコラスが思った次の瞬間には、女性に抱きつかれていた。ニコラスの肩に手を置いたまま、女性は首を後ろへ引いて彼を眺めた。

「ニッキー、やっぱりあなたなのね。ニューヨークに来ているなんて、全然知らなかったわ」上から下まで彼を見る。「ああ、食べてしまいたいほどすてきよ、ダーリン。あなたのタキシード姿には昔からうっとりするわ」

感情のない声でニコラスは言った。「パメラ、久しぶりだね。こちらはぼくの友人たちだ」

だが気づくと彼女はすでにニコラスを見ておらず、サビッチに狙いを定めている。

「レディ・パメラ・カラザーズと申します。ハイクオリティなオンライン・マガジン、『ビューティ・イン・ネイチャー』の創刊者ですの。ここへは〈ジュエル・オブ・ザ・ライオン〉展の特集記事の取材で来ました。ああ、コ・イ・ヌールを見るのが待ちきれないわ。あなたもそうではないかしら？　ところでお名前は？」

サビッチは目の前に立つ、気の強そうな美女に向かってにっこりした。自分と妻を紹介してから、きれいな白い手を取って握手する。相手の人差し指には、彼の指の関節と同じ幅のルビーが鎮座していた。

ニコラスが言った。「それからパメラ、こちらはマイク・ケイン捜査官だ」

パメラはちらりと目を向けただけで話を続けた。「なんて刺激的なのかしら。あなた方はみんなFBI捜査官なんでしょう？　法執行機関の方々がどうしてここへ集まっていらっしゃるの？　何か事件なのかしら？」

「FBIの役得よ」マイクはさらりとごまかした。「たまにこういう華やかな場所にも出席させてもらえるの。ところで、あなたはどういう方なの？」

パメラは笑いながら、白い喉を彩るルビーのネックレスが光を反射するよう大きく首をそらした。髪飾りにちりばめられたダイヤモンドがマイクの目にまぶしく輝く。「役得ですって？　そんな嘘を言っていると鼻が伸びるわよ。わたしが何者かときいているのね。わたしはニコラスの妻よ。残念なことにね」

ニコラスの妻？　マイクは皮肉をはっきりと聞きとった。これはいったいどういうことなの？

ニコラスが言った。「実際には元妻だ。パメラ、ぼくの記憶では、お互い後悔はなかったはずだ」

レディ・パメラの目に怒りがひらめくのを見て、シャーロックが急いで割って入った。

「あなたのオンライン・マガジンの記事はいくつか拝読してるわ、パメラ。美容とファッションを体と心のバランス面からとらえた包括的《ホリスティック》なアプローチは大きな話題になってるわね」

パメラはつかの間シャーロックの髪をじっと見つめた。「ホリスティック・アプローチに関心を持つFBI捜査官？　まあ、すてきなサプライズだこと。どこにどんな愛読者がいるかわからないものね」

「ああ、わからないもんだ」サビッチが言った。

「あなたは『ビューティ・イン・ネイチャー』を読んでいるの、ニッキー？　朝から晩まで歩いて街をパトロールしたあとにでも、チェックしているんじゃない？　パブでお仲間とギネスを飲みながら、別れた妻の話をしているのかしら？」

ニコラスは言った。「パメラ、パトロールはぼくの仕事ではない。それにぼくの仲間はホリスティックなタイプとやらでもないんだ」

「ご家族はさぞがっかりされているんでしょうね、ニッキー。あなたが今ではただの警察官だなんて。だって、外務省にいた頃は――」きらめく笑顔をシャーロックとマイクに向ける。「彼と出会ったのはその頃なんです。場所はイスタンブール。ちょうどブルーモスクの前だったわ。想像していただけるかしら？　スパイの夫、初めは何もかもがエキサイティングで――」上品に肩をすくめる。「だけどニッキー、あなたは仕事漬けだった。そのうえアフガニスタンのことがあってから、あなたと一緒にいるのはすっかり難しくなってしまった」もう一度肩をすくめてから、満面に笑みを浮かべる。「ご存じかしら？　二年前の創刊から、わたしのオンライン・マガジンは登録読者数が三倍に伸びたんです。〈ジュエル・オブ・ザ・ライオン〉展の特集号は明日の公開よ。きっと過去最高のアクセス数を記録するわ」

誰もその件に関して意見はなかった。

パメラはニコラスに向きなおった。「ご家族は皆さんお元気なんでしょう？」

「みんな元気だ、ありがとう」

パメラがニコラスの頬にそっと触れた。「人生は続くわ、ニッキー。いつかあなたも前へ進むことを学ばなくてはね。ヨーク警部補が殺されたのは記事で読んだわ。新聞でもインターネットでも報道されている。不可解な事件にみんな首をひねっているわね。あなたはその捜査でここへ来ているんでしょう？」

ニコラスは何も言わなかった。

パメラが続ける。「そうそう、父が――クラレンス伯爵が先週あなたのお父さまにクラブで会ったと話していたわ。それで――」

ザッカリーの声がマイクのイヤホンから大きく響いた。「ボーがニコラスとサビッチとシャーロックに階上《うえ》まで来てほしいとのことだ。マイク、きみは残って目を光らせておいてくれ」

マイクは首をひねった。わたしのボスは客のひとりがポケットからコ・イ・ヌールを取りだして、赤い旗みたいに振ってみせるとでも思ってるの？

ニコラスはこの場から離れる口実ができてほっとした様子だ。彼はかつての妻にうなずきかけると、サビッチやシャーロックとともにエレベーターに乗りこみ、ボタンを押した。マイクが最後に見たのは、閉まるドアの奥で険しい表情を浮かべるニコラスの顔だった。

「あの人、昔から逃げ足が速いのよ」パメラはそう言うと、ぞんざいな会釈をして優雅にきびすを返して去っていった。十センチ以上あるクリスチャン・ルブタンのピンヒールが大理石の床にカツカツと響く。人波に紛れても、彼女の姿はまだ見えた。それほど背が高く、ほっそりとして気品があった。

彼はサー・ニコラスなのだろうか？　まさかね。サー・ニコラスは『ハリー・ポッター』に出てくるゴースト、〝ほとんど首無しニック〟だ。レディ・パメラ――彼のかつての妻。〝人生は玉ねぎよ〟とマイクの母親はいつも言っていた。ひと皮むいたら、次は何が出てくるかわからない。

アフガニスタンで何があったの?

まばたきするほどのあいだ照明が消え、さらにもう一度点滅した。会場の人たちは気づいていない様子だ。

「冗談でしょう」マイクは声に出して言った。「こんなときに停電なんて大ごとだわ」

イヤホンマイクからザッカリーの声が響いた。「雪のせいだろう。念のために、階上の者たちが調べてる。おそらく、配電が一瞬途切れただけだ」

「そう願います。八百人もいる会場で停電が起きたらどうなると思います? 大パニックですよ」

そのとき、スマートフォンが鳴った。表記されているのはニコラスの名前だ。「失礼します、サー」、ニコラスから電話が入りました」彼女はイヤホンマイクを切って電話に出た。

「マイク、照明が一瞬消えるのを見たか? ザッカリーは何も心配ないと考えているが、そうじゃない。何かおかしい。すぐにこっちへ来てくれ」

26

エレベーターのドアがようやく開き、マイクは大混乱を目の当たりにした。職員たちは皆、咳きこみ、涙を流し、大声をあげ、ゾンビのごとくあちこちをよろよろと歩いている。みるみるうちに廊下は濃い霧に覆われ、マイクの目も焼けるように痛みだした。

ガスだ。

ニコラスがシャーロックを肩に担いで、中央監視室から飛びだしてきた。シャーロックはぐったりしている。マイクはシャーロックのそばへ駆け寄って脈を調べた。幸い、脈はしっかりと規則正しく打っている。ガスの正体がなんであれ、命にかかわるものではないらしい。

ニコラスは激しく咳きこむと、すぐに監視室のなかへ引き返した。マイクはその背中に大声で問いかけた。「何が起きてるの？」

ニコラスが怒鳴り返す。「まだわからない。ザッカリーに連絡してくれ。中央監視室は全員やられた」

マイクはパニックを抑えこみ、イヤホンマイクに告げた。「中央監視室が攻撃されました。

全員動けません。繰り返します。監視室にいる者は全員ダウンしてます。催涙ガスのようです」

一瞬の間のあと、返事があった。「了解だ、マイク」

ニコラスを追って監視室に入ると、彼は職員たちを部屋から引きずりだしている。耳をつんざく音が鳴り響いた。火災警報器だ。

ニコラスは監視室のドアを大きく開き、新鮮な空気を取り入れてガスを排気した。やがて職員たちは自力でよろよろと廊下へ向かいだした。

サビッチがボーの肩を担いで出てきた。ふたりとも苦しげに息を詰まらせている。真っ赤な目から涙が筋になって流れていた。

マイクは目をこすり、うめきながら体を起こそうとするシャーロックのそばへ戻った。

「動いてはだめよ。じっとしていて大丈夫です。何が起きたんですか?」

シャーロックの目からは涙がぼろぼろ流れている。「着地と同時に爆発するタイプの催涙弾にガスが仕込まれてたんだわ。ニックはちょうど電気系統を調べに監視室から出ていて被害を免れた。あとは全滅よ」

ニコラスがシャーロックの顔を手でそっと包む。「誰にやられたか見ましたか?」

「いいえ。ディロンはどこ? ああ、そこね。あなたは大丈夫? ガスで目つぶしされる前に何か目撃した? わたしは監視カメラに録画されていた分の展示室内の映像を見てたから、ドアには背を向けていたの」

「おれも何も見てない」サビッチは妻の横で壁に寄りかかってどさりと座りこみ、互いの額を触れあわせた。「きみは大丈夫なのか？　目がぼやけてよく見えない」

「わたしは大丈夫――目が焼けるように痛むだけ。ドアのそばにいたからすぐに出られたのよ。わたしは覚えてるのは、誰かがドクターなんとかかと言って、そのあとこの混乱状態が始まったということだけ」

エレベーターのドアが開き、なかから走りでてきたザッカリーが後ろに従えた捜査官五人に大声で指示を飛ばした。

ニコラスは言った。「ＦＢＩの鑑識班はどうした、マイク？　展示室を確認しに行こう」

だがマイクはすでに立ちあがり、廊下を走っていた。ドレスの裾が闘牛士の赤い布のようにひるがえる。ニコラスはザッカリーに怒鳴った。「展示室を確認してきます」そしてマイクのあとを追った。

27

マイクは分厚い鋼鉄のドアを叩いた。「鍵がかかってる。それに返事がないわ。どうやってなかに入る?」

「ボーおじさんだ」ニコラスは走って中央監視室に戻り、廊下にいるサビッチとシャーロックの横で、目をぬぐいながらきれいな空気を吸いこもうとするおじを見つけた。

「ボーおじさん、展示室にはどうやって入ればいいんですか?」

「わたしが一緒に行こう。そこまで連れていってくれるか?」ボーが言った。「何も見えないんだ」

ニコラスはおじを導いて廊下を進んだ。いつの間にか警報が止まっている。今までそれに気づきもしなかった。

ボーが言った。「カードキーはポケットのなかだ。わたしの手を指紋認証リーダーにかざしてから、カードを通してくれ」

マイクがおじの指示に従うと、ドアからビープ音がした。

「よし、オーケーだ。暗証番号は3576733６だ」マイクが番号を入力し、エアロックがシューッと音を立ててドアが開く。

「ここにいてください、ボーおじさん」

「行くわよ」マイクはグロックを構えた。指でワン、ツーと合図し、スリーでニコラスとともに突入する。

室内に煙やガスはなく、FBI捜査官ふたりが床に倒れているだけだ。どちらも身動きひとつしていない。

「ポーリー？　ルイーザ？」マイクはふたりのそばで膝をつき、脈を調べた。ポーリーの後頭部からは血が流れている。ポーリーもルイーザも強打されて気を失っていた。

マイクは立ちあがった。「よかった、死んではいない。気絶させられたんだわ」

ニコラスは何か違和感を覚えた。音が聞こえる――。

チック、チック、チック、チック。

「ふたりを外へ出すんだ、今すぐ！」

マイクは無駄な質問はせずにニコラスを手伝い、ポーリーとルイーザを引きずりだした。廊下で待っているボーはまだガスで目が見えず、その横にはシャーロックとサビッチが来ていた。

ニコラスは言った。「ボーおじさん、展示室に爆弾がある。だめだ、ディロン、あなたとシャーロックはここにいてください。まだ目がよく見えないんでしょう。マイク、ザッカリーに全員を退避させるよう伝えてくれ。それから爆発物処理班の出動要請だ。ぼくは処理班に状況を説明できるよう、なかに何が仕掛けられているのか見てくる」

ボーは甥のほうへ慌てて体を動かした。「やめるんだ、ニック、ここで——」

ニコラスはおじをさえぎった。「自分がしていることはわかっています、ボーおじさん。マイク、みんなを安全なところまで連れていってくれ」

彼は展示室に駆け戻ると、足を止めて耳を澄ました。人けのない室内で、音がさらに大きく響く。

ボーが怒鳴るのが聞こえた。「一分で出てこい！」

ニコラスは部屋の中央にある展示品がおさめられたガラスケースへと駆けだした。すべて無事に見える。いや、待て。真ん中のケース、偽物のコ・イ・ヌールが飾られた王太后の王冠が入っているケースが——開いている。彼がケースへ近づくほど、音は大きくなっていった。

王冠はドアに背を向けて置かれ、ニコラスからは正面が見えなかった。ケースのなかに爆弾があるのかと思ったが、代わりに目に飛びこんできたのは王冠にぽっかりとあいた穴だった。偽物のコ・イ・ヌールが消えている——いや、偽物じゃなかったんだ。なんてことだ《ブラッディ・ヘル》。

チック、チック、チック。

ぐずぐずしている暇はない。膝をついてケースの下に潜りこむと、底の部分に爆弾が取りつけられているのが見えた。

チック、チック、チック。

室内の照明は暗いが、爆弾の表面にタイマーがついていないのは見てとれる。つまり、ニコラスとこの部屋が木っ端微塵になるまでの残り時間は知りようがない。じっと目を凝らすと、爆弾から出ている複数のリード線が携帯電話につながっているのが見えた。電話一本で今すぐにでも起爆できるという寸法か。

「くそっ《ブラッディ》、くそったれめ《ブラッディ・ヘル》」もっと明かりが必要だ。ニコラスはケースの下から起きあがり、廊下へ駆け戻った。開いたエレベーターの横にたたずむマイクが見える。

マイクがニコラスの腕をつかんだ。「全員避難したわ。わたしたちが最後よ。行きましょう、爆発物処理班がもうすぐ到着するわ」

「時間がない。携帯電話を使ったリモコン式の爆弾だ。ぼくが回路を切断する。きみは外に出るんだ」

ニコラスはマイクの手を振り払って中央監視室に駆けこみ、懐中電灯をつかんで廊下を引き返した。

28

マイクは何も考えずにただニコラスを追って走った。展示室のドアまで来ると、中央の展示ケースの下で床に仰向《あおむ》けになっているニコラスが見えた。

「ニコラス、正気なの？　そこから離れて！」

「きみがぼくに言われたとおりにするわけがないと気づくべきだったな」

マイクもケースの下に入り、ニコラスと並んで床に横になった。「わたしも残るわ。爆弾について説明して」

「携帯電話で起爆するお決まりのやつだ。アフガニスタンやイラクでの即席爆弾《IED》や、自爆テロ用のベストに使われるのと同じだろう。着信時にバイブレーターの振動で爆発する。電話をかければ、それでドカンだ。これから妨害電波を発生させて、携帯電話の筐体《ケース》を開ける。そのあと、振動モーターにつなげられた回線の切断だ」

「自分が何をしてるかわかってるよう願うわ。こっちに懐中電灯をよこして。両手を使うんでしょう」

「しくじったら即座にあの世だ。ここに明かりを当ててくれ。よし」

ロンドンの爆発物処理班の班長トミー・マガランが、やわらかだがしっかりとした声で何度も繰り返すのがニコラスの耳に聞こえた。〝ためらいは禁物だ。爆発物処理において、ためらいは死を意味する〟

ニコラスは自分のスマートフォンを操作し、妨害電波発信プログラムを起動した。電波が放射されるまで十秒待ち、スイスアーミーナイフについているスクリュードライバーでケースのねじを外す。

外れた蓋を脇に置き、起爆装置の内部に慎重に目を凝らした。なかから出ているリード線は、グレーの紙でくるまれた縦二十センチ、横三十センチほどのブロック状のものに接続されている。十中八九、中身はプラスチック爆弾だ。重さは一キロ以上あるだろうから、この美術館のかなりの部分を吹き飛ばせる。貴重な宝物が跡形もなく消えるのは言うまでもない。

ニコラスはスリー、ツー、ワンと数え、振動モーターにつなげられた細いリード線を切断した。ナイフの平らな面を使ってバッテリーを本体から外すと、彼のなかでふたたび時が動きだした。

これで安全だ。

チック、チックという不安をかきたてる音はまだ執拗《しつよう》に続いている。しかし、それは心配ない。爆弾のタイマーの音でないのはわかっている。

ニコラスはマイクとともにケースの下から出て、立ちあがった。マイクは顔こそ真っ青だが、狼狽《ろうばい》ひとつ見せなかった。王太后の王冠の向きをまっすぐに直して持ちあげると、下には髑髏《どくろ》の形をした小さなメトロノームが置かれていた。

チック、チック、チック。

ニコラスは指で振り子を止めた。

あたりに静寂が落ちる。

この髑髏は前にどこかで見たが？　丸一日以上ほとんど寝ておらず、アドレナリンはいまだルンバを踊っている。そしてニコラスの頭は冴え渡った状態ではなかった。だが、どこかで目にした。そう考えた瞬間、思いだした。

静まり返った室内で声に出して言う。「フォックス」

マイクは髑髏をじっと見ていた。「フォックス？」

ニコラスはプラスチックの小さな髑髏を彼女に渡した。

「これはなんなの？」

「メトロノーム——子どもだましだ。われわれを恐怖に震えあがらせる目的で置かれたんだ。しかも効果があった。起爆装置に携帯電話が使われているのを見たとき、実際のところ携帯電話はチクタクとは音を立てないから、音を出しているものはほかにあるとわかった。手のこんだことをする女だ。わざわざ王冠のなかに隠すとはね」ニコラスは首を横に振って笑った。「きみは利口だ。ああ、実に利口だよ」

マイクが尋ねる。「誰が隠したの？　利口って、わたしが？　わたしはただ懐中電灯を持ってただけよ」

「きみもよくやったさ。パーティ会場からこのフロアへ来たときに、ドクター・ブラウニングを見かけたかどうか覚えているかい？」

カチリと音を立てて、マイクの頭が捜査モードに切り替わる。彼女はゆっくりと答えた。

「いいえ、見なかった」

ニコラスは言った。「それは彼女がこのフロアにはいなかったからだ。われわれのキュレーターは、十分前にFBIと警備員たちの監視下で本物のコ・イ・ヌールを盗んでいった」

「ドクター・ブラウニングが？　そんなのおかしいわよ。だって――そのフォックスって何？」

「何じゃない。誰だ。フォックスが女だとは考えもしなかった」

「ニコラス、ガスで頭がどうかしたの？　言ってる意味がわからないわ」

ニコラスは説明した。「フォックスは世界で最も悪名高い宝石泥棒のひとりだ。この大がかりな盗みを実行可能な窃盗犯をリストに挙げておいたと話しただろう？　そのなかにアナトリー・ファミリーと関係のある者がいないかどうか調べる予定だった。こんな大胆な盗みを働く泥棒はわずかしかいない。そしてフォックスはそのひとりだ。彼については――失礼、彼女だ――誰も何も知らない。だが、これでわかったな」

「あなたはビクトリア・ブラウニングがフォックスだと言ってるの？　みんなに知らせないと。まだ館内にいるかもしれない。捕まえるのよ」彼女はイヤホンマイクでザッカリーに連絡した。伝達された情報をザッカリーの頭脳が高速処理するのが目に見えるようだ。続いて、彼が行動に移るのが聞こえた。マイクはスイッチを切った。「遠くへは行ってないはずよ。まだ十分しか経ってない」

ニコラスが言った。「彼女はとうに姿をくらましている。きみもわかっているだろう。賭けてもいいが、映像に残っているはずだ。ポーリーかルイーザが指紋を採るためにダイヤモンドを台座から外したところを、フォックスは頭部を殴って気絶させた。そして中央監視室にガス爆弾を放りこみ、自分は美術館の正面入口から堂々と出ていった。すべて秒単位で計画されていたんだよ」

「わたしのほうがガスで頭がどうかしたのかしら。わたしの理解が正しければ、あなたは本物のコ・イ・ヌールはずっと王冠にはまっていて、ケースのなかに鎮座してたと言ってるみたいだけど？　レプリカとすり替えられたんじゃなかったの？」

「ああ、きみの理解に間違いはない。あれは偽物ではなかったんだ。館内の唯一の偽物はブラウニングだ。架空の人物と経歴を作りだし、美術館に雇われて出世の階段をのぼり、ついには展覧会の責任者を任されるまでになった。彼女の忍耐力と頭脳には恐れ入るよ」

「ニコラス、でも、どうして今夜まで待つわけ？　ダイヤモンドを盗むのには四日もあった。閉館後とか、ダイヤモンドが到着したその夜でもよかったはずよ。それがなんの理由があってこんな大芝居を？　なぜわざわざ待って、ニューヨーク支局の捜査官半分と一千人近い人たちの目があるなかで実行に移すの？」

「普通に盗みだせば、たちどころに警備システムが反応するからだ。フォックスは最初からこれを狙っていたのさ。水曜日に停電を引き起こしたのも彼女に間違いない——その五分間にコ・イ・ヌールが盗まれたと全員に思いこませたんだ。ただし、もちろんダイヤモンドは盗まれていなかった。停電の目的は展示室から遠く離れた監視カメラに自分の姿を録画させること。完璧なアリバイ作りだ。まったく、実に鮮やかなものさ。傷をつけずに台座から外す作業は、ＦＢＩの鑑識班がやってくれた。あとはダイヤモンドをポケットに入れ、みんなに目つぶしを食らわせて、ここから出ていけばいいだけだ」マイクの手から髑髏を取り、宙に放り投げてキャッチする。

「われわれは見事フォックスに振りまわされ、彼女以外の全員を疑い——自分を弁護できないイレインを疑った——」ニコラスの言葉が途切れた。ふたたび話しだした声には今や怒りがにじんでいる。「われわれはあの女の話をすべて鵜呑《うの》みにして、今やコ・イ・ヌールは彼女の手のなかだ。してやられたな」

「そう断定するには証拠がいるわ」

「わかっている」

マイクは尋ねた。「イレインを殺したのはビクトリア・ブラウニングだと思う？」

「どうかな。この二日間、彼女から聞かされた話は、蜘蛛《くも》の糸のように張りめぐらされた嘘ばかりだ。その目的はＦＢＩの鑑識班を美術館までおびき寄せて、指紋採取のために王冠からコ・イ・ヌールを外させることだった。それだけはフォックスも自分ではできなかったんだろう。われわれはこの事件の振り出しまで戻って、新たな目ですべてを見なおす必要がある」

ようやくマイクにもこの計画の巧妙さがのみこめた。「わたしたち全員が手玉に取られたのね」

ニコラスは髑髏のメトロノームを持ちあげた。「フォックスは犯行現場に置き土産を残していく。捜査官たちをあざ笑うたぐいのものだ。われわれもまんまと引っかかった」

マイクは髑髏に触れてふたたび振り子を揺らした。チック、チックと音が響く。

そのとき、ニコラスのスマートフォンが鳴りだし、ふたりは飛びあがった。ニコラスは自分が何かを見逃してそれが爆発したのかと、とっさに両腕を広げてマイクをかばった。だが、何も起きない。彼は腕をおろし、電話に向かってぶっきらぼうに言った。「もしもし？」

返事はない。しんとした気配のあと、電話はぷつりと切れた。

29

ニューヨーク州ニューヨーク市
ジョージ・ワシントン・ブリッジ
木曜日、深夜

時間はあまりない。誰を追うべきか、今や彼らは知っている。それでも彼女はドラモンドに電話をかけた。彼らが味わった驚き、総毛立つような恐怖を想像するのは——認めよう、愉快だった。マイク・ケインとニコラス・ドラモンドが次に何をするかは手に取るようにわかる。今の通話の記録を調べ、発信元の位置を特定しようとするだろう。そして彼らはいずれ目当てのものにたどりつく——ハドソン川の底に沈んだ携帯電話に。それから自分たちの額を二、三度ぴしゃりと叩き、ドクター・ビクトリア・ブラウニングが、博識で仕事熱心な美術館のキュレーターが、いかにして世紀の犯罪をやってのけたかにようやく気づくのだ。

彼女は高らかに笑った。ＦＢＩの捜査官たちが彼女の思惑どおりに同じところをぐるぐるまわっているのを見物できないのは残念だが、こちらは飛行機を待たせている。

夜間も車の流れが途切れることのない橋で、彼女がまたがるドゥカティのストリートファイターはなめらかに走った。橋の欄干から携帯電話を放り捨て、腕時計に目をやる。テターボロ空港に到着するまであと五分。サリーム・ラナイハンが雇い主である利点のひとつは、女がひとりで事を成し遂げるのに必要なものをすべて買いそろえるだけの金があることだ。燃料満タンで彼女を待っている、ガルフストリーム社のビジネスジェット機もそれに含まれる。

バイクを加速させ、パワフルな走りと、腿の内側に響くエンジンのうなりを楽しむ。祝うのはまだ早いが、それもあと少し。ここまでは時計のように寸分の狂いもなく進んでいる。彼女は眉間にしわを寄せた。ひとつだけ、想定外の要素が飛びこんできた。ドラモンドのことは計算に入れていなかった。あの男は頭が切れて知恵が働くだけではない。気に食わなければFBIのやり方にも従わないのはわかっている。そう、ドラモンドは追ってくるだろう。外務省での諜報《ちょうほう》活動時代、あの男は任務遂行のためならどんな手も使い、必要とあらばあらゆるルールを破っている。ドラモンドが追ってくる気配を彼女は背中にひしひしと感じた。

ドラモンドが情報を整理して策を練り、しらみつぶしに捜索を開始するのが目に見える。熱い性格。男としても実に魅力的だ。彼はグラントによく似ている。やめるのよ、と彼女は自分を制した。今はグラントのことを考えるときではない。

ようやく到着だ。空港入口で警備員に手を振り、ゲートを通って出発ターミナルの裏手にまわる。すでに金が手から手へと渡り、施設内のカメラは手配されたとおりに十分間電源が切られ、彼女の存在には誰も気づきさえしない。人を動かすなら百ドル札の分厚い束に限る。ジェット機の尾翼に記された機体番号は、所有者を割りだせないよう変えさせてあった。乗っているのは機長ひとり。飛行計画では目的地はバンクーバーとなっているが、大西洋を横断するのに充分な燃料が搭載されている。真の行き先は搭乗後に指示することになっていた。目的地を隠すための二重の予防策で、これでＦＢＩは偽の足跡を追いかけることになるだろう。

もちろん、目的地を偽装したところでいずればれるのはわかっている。けれども、どこへ向かっているか判明する頃には、すでに手遅れであるよう願おう。

滑走路でバイクから降りたが、ヘルメットは脱がずにおいた。顔を見られる危険を冒すことはない。今はまだ。背中のバックパックの重みに満足し、彼女は収納ボックスから小ぶりのバッグを取りだした。段をあがって機内に入ると、機長がタラップを収納してハッチを閉めた。ようやく彼女はヘルメットを取ってポニーテールをほどき、肩と背中を伸ばしてストレッチをした。休息が必要だ。昨夜は神経が高ぶって眠れなかった。長時間のフライトは疲れを癒やすのに最適だ。

機長は若く、引きしまった体つきで、大きなブラウンの目が魅力的だった。彼は目がくらむほど白い歯を見せて彼女を迎えた。明日はどこへ向かうかも知らずに世界中を飛びまわるのがよほど性に合っているのだろう。腕はたしかなことを願いたい。「こんばんは、マドモワゼル《ボンソワール》」わずかにパリ訛りがある。機長は褐色の豪華なレザーシート
に座るよう身振りで示した。

「準備はできているわ。離陸して」

「行き先はどちらでしょう？」

「バンクーバーよ、忘れたの？　正確な座標は飛びたってから教えるわ」

「お望みのままに」

ええ、すべて望みのままに進んでいる。エンジン音が響いて機体が滑走路を走りだすと、
彼女は逃げきったことを確信した。五分後、眼下にはニューヨークの夜景が広がっていた。

またたく街明かりが彼女の幸運を願ってさよなら《アデュー》と挨拶する。彼女は笑いながら手を振っ
た。

肘置きにある電話が鳴った。

「ニューヨーク上空を出ました。どちらへ向かいましょう？」

「パリよ。ヨーロッパ上空に入ったら教えてちょうだい。座標はそれから指示するわ」

「了解しました。リクエストされていたシャンパンは冷蔵庫にご用意してあります」

「ありがとう、機長」

五十四年物のドン・ペリニヨン。いいわね。グラスにシャンパンを注いで、座席に深々と

身を沈め、小さなイヤフォンを耳にはめてからｉＰａｄを取りだす。何度かタップすると、黒ずんだ緑色の映像が画面いっぱいに映しだされた。灰色の人影がうごめいている。中央監視室内とそのフロアに盗聴器とスマートフォン用の小型中継器を仕掛けたおかげで、声も容易に拾えた。

音量をあげると、ちょうどマイク・ケインの声が聞こえてきた。「あの女を捕まえたら、この手で一発殴ってやるわ」

〝キツネ〟はグラスを掲げ、小さな画面に向かって乾杯した。

「幸運《ボン・シャンス》を祈ってあげる」

それから、彼女は雇い主に電話をかけた。

30

パリ
フォッシュ通り
金曜日、午前六時

甘美な夢のなかのまどろみをやわらかな声がさえぎった。

「ムッシュー・ラナイハン？ムッシュー・ラナイハン、サー？」

サリームははっと目覚めて体を起こし、全裸で自分の隣にいる秘書のコレットに頭をぶつけかけた。

「ムッシュー・ラナイハン、プライベート用の携帯電話にかかってきました」コレットが携帯電話をサリームに渡した。

音声データ暗号化機能付きのその携帯電話は、これまで一度も使用したことがない。その番号を知っているのは彼女のみだ。

ついに、ついに来たか。

「ありがとう《メルシー》、コレット。自分の部屋に戻ってくれ。あとはいい」

コレットがベッドからすべりおり、ひと言も言わずに退室してドアを閉めた。サリームは深々と息を吸い、電話に出た。

「はい《ウィ》？」

「おはよう《ボンジュール》、サリーム。夜明け前のこの時刻では、ライオンはまだねぐらのなかかしら？体をあたためてくれる相手もご一緒なの？　ゆうべのパリは冷えこんだそうね」

サリームの心臓は喉元までせりあがった。「キツネ、ダイヤモンドは手に入れたのか？」

「礼儀作法はどこへ置き忘れたの、サリーム？　二年近くも話していないのに、挨拶もなし？」

彼は喉の傷痕に手を触れた。「きみがダイヤモンドを入手したと言えば、きちんと挨拶しよう」

そんなのはどうでもいいとばかりの軽い調子でキツネが返す。「不愉快だわ、ライオン。あなたのお父さまのほうがよほど礼儀をわきまえていた。ええ、あなたの大事なダイヤモンドは手に入れたわ。今夜、凱旋門《ラルク・ド・トリオンフ》で会いましょう。繰り返すわよ、ラルク・ド・トリオンフでね。わたしの口座への入金を確認次第、あなたにご褒美を渡すわ」

前もって暗号で決められた場所が指定されたのは、引き渡しに危険を伴う問題が発生したことを意味していた。「何があった？」

「何も。すべて順調に進んだわ。ＦＢＩの目の前でコ・イ・ヌールが盗まれたと、そろそろ世界中のメディアが報道しだす頃よ。だけど、余計な危険は冒したくないの。計画に不確定要素が交じったわ。やたらと目端が利く男がね」

「何者だ？」

「名前はニコラス・ドラモンド。ロンドン警視庁の警部よ」

「だからなんだ？　ただの警察官だろう」

「それ以上よ、ライオン。以前は外務省に所属していて、凄腕のスパイだったと聞いているわ」

サリームはその男が到着するのにどれほどの時間がかかるか計算した。時間はたっぷりあった。もうすぐ、あと少しでコ・イ・ヌールをこの手にできる。

「待ち合わせの場所で会おう。きみには五千万ドルも支払うのだから、元スパイひとりを負かすぐらいの知恵があって当然だ。わたしを失望させるな」

「ええ、失望はさせないわ」キツネはそう言って通話を切った。

ぬくもりが失《う》せつつあるシーツの上で、サリームはしばらく座っていた。やがて裸のままベッドルームの巨大な出窓へと歩み寄って街を見渡すと、パリの夜明けが彼を迎えた。サリームは冷たい窓ガラスに手を当て、ダイヤモンドが自分のもとへ、真の相続人のもとへ戻ってきたら、何が起きるだろうかと想像した。

自分は成功するのだ。サリームの父と何世代ものラナイハンの男たちが失敗してきたことに。ばらばらになったダイヤモンドをこの自分がひとつにする。彼が、彼ひとりが、石の力を手に入れ、その後世界は永遠に変わる。薄闇のなかで白い歯をひらめかせ、サリームはほほえんだ。

31

メトロポリタン美術館
木曜日、深夜

美術館に押し寄せた報道陣は、次々に明らかになる信じがたい事件の様相に熱狂した。ボーはメディアの詮索の目と、階上で保険会社の査定担当者たちを相手に死に物狂いで取り繕っている美術館の理事会メンバーの怒りの眼《まなこ》から逃れるべく、美術館の地下に捜査本部を設置した。

ＦＢＩきってのコンピュータ専門家のひとり、グレイ・ウォートン捜査官にマイクが指示を出すのにニコラスは耳を傾けた。

「グレイ、チームを集めて。これから必要なことを言うわ。ニコラスのスマートフォンの通話記録を大至急調べてほしいの。最後にかかってきた電話の発信元よ。まだ十分も経ってない。それから、ドクター・ビクトリア・ブラウニングの捜査指令を出すこと。スコットランド人。エディンバラ大学で博士号を取得。移民帰化局にある彼女の就労ビザとパスポートのデータ、それに写真を、すべての空港と駅、バスターミナル、レンタカー会社に送って。ブラウニングのアパートメントにも捜査チームをやるわ。

ええ、この女がコ・イ・ヌールを盗んだ。そして、われわれはこれから世界中に大恥をさらすことになる。彼女は別名フォックス。武器を所持していて、とても危険人物であることを覚えておいて。わかったことはすべてわたしに報告してちょうだい」

グレイ・ウォートンが中央監視室から走り去ると、マイクはニコラスを振り返った。「行きましょう。ボーが待ってるわ」

ふたりは業務用エレベーターで地下へおりた。ボーはシャーロックと会話中で、その横でサビッチがキーボードの上に覆いかぶさって指を飛ぶように走らせている。

パンパンという音が響き、マイクとニコラスは足を止めた。

ザッカリーが拍手をしながら声をかける。「よくやった。きみのおかげで助かったよ、ニコラス」

ボーが言った。「ロンドンで爆発物処理班にいた経験が役に立ったようだな。みんな感謝してるぞ」

マイクはニコラスの肩をパンチした。「そういうことだったのね。キャプテン・アメリカ並みのヒーローだって言うとこだったわ」

ザッカリーが言った。「ブラウニングがほかにもサプライズを仕掛けてないか、爆発物処理班二名と捜査官たちが館内全体を調べているが、どうもなさそうだ。それからよく聞いてくれ。ブラウニングは監視カメラシステムに侵入し、ガラパーティが始まった直後からの映像をすべて消している。今、サビッチが映像の復元を試みてるところだ」

「ルイーザとポーリーの容態について連絡はありましたか？」マイクが尋ねる。

シャーロックが答えた。「レノックス・ヒル病院に搬送されたわ。後頭部への一撃のほかにも、催涙弾の中身と同じものを顔面に噴きかけられてるらしいの。それで不意を打ち、FBIの捜査官ふたりをいっぺんに昏倒《こんとう》させた。ブラウニングは細部に至るまで計算してたのよ。でも、心配はいらないわ、マイク。みんな無事よ」

マイクが言った。「取り返しのつかないことにならなくてよかった。状況確認がすみ次第、ふたりのところへ行ってきます」

ニコラスが声をあげる。「ボーおじさん、ビクトリア・ブラウニングに関して、知っていることをすべて教えてください」

ボーはマニラ紙の紙挟みを甥に手渡した。「ブラウニングに関する資料だ。メトロポリタン美術館で採用されたのは昨年の春、展示室監視スタッフ兼ガイドを一般公募したときだ。業務内容は館内のツアーガイドと、会場内での作品監視だ。最近はこの手の仕事に高学歴の者を雇うことが増えてるそうだ――一石二鳥だからな。応募するにも、修士号か博士号が必要となる。ガイドをしていたおかげで、ブラウニングは館内の警備システムについてもすべて知識を与えられていたわけだ。その後は昇進を繰り返し、ホリデーシーズンの直前にはキュレーターの座を得ている。クラウン・ジュエルの展覧会を担当してたキュレーターが病気になったときに、ブラウニングは代役候補の筆頭にいた。展覧会に関する諸事はすべてあの女が引き継ぐこととなり、イレインとも一緒に働いた」

マイクが言った。「待ってください。つまり、最初は別のキュレーターが担当してたんですか？」

「そうだ」

「てっきり最初から彼女が仕切ってたんだと思ってました。ニコラス、ブラウニングが展覧会の名称の話をしたのを覚えてるでしょう。〈ジュエル・オブ・ザ・ライオン〉展。人目を引く名前にしようと、彼女がつけたと言ってました」

「とんとん拍子に昇進するなんて、ずいぶん都合のいい話よね」シャーロックが言った。

「最初のキュレーターはどういう病気だったの？」

ボーが答える。「めまいだ。症状がひどかったと聞いたのを覚えてる。結局、早期退職せざるをえなかったんだ」

マイクが言った。「ヒッチコックの『めまい』に出てくる悪女みたいに、ブラウニングが細工したに違いないわ。彼女が展覧会の責任者になったとき、反対の声はあがらなかったんですか？　裏で何かあったとかの噂は？　代役を務めるなら新参者より、もっと経験豊富なキュレーターがいたはずです」

ボーは首を横に振った。「わたしが来る前の話だ。きみも知っているとおり、わたしはこの仕事に就いてまだ一カ月半だ。それに、わが社が展覧会の警備を始めたときには、ブラウニングはすでにここを取り仕切っていた。あの女がキュレーターになった経緯は、館長と人事の者にきくしかない。だが、うちのスタッフからは好かれてたよ。ブラウニングは一緒に働きやすい相手で、厳しいけれども思いやりがあった。ここに勤める誰もと同じく仕事熱心だった。もっとも、個人的なことといえば、好きな飲み物がダイエットコーラだというくらいしかわたしは知らない。詳しいことはブラウニングの同僚たちに話を聞こう」

ニコラスは言った。「ロンドンからの機内で展覧会の詳細についてざっと調べましたが、ブラウニングが採用された理由は、クラウン・ジュエルに関して深い知識を有するためと書かれていました」

ボーはうなずいて資料を振った。「ここにもそう書いてある。〝英国王室コレクション研究の第一人者〟だそうだ」

マイクがあきれた声をあげる。「第一人者？　職務経歴を詐称したに決まってるわ」

ニコラスは眉をあげた。「詐称？　ああ、経歴の一部どころか、丸ごと捏造することも可能だ。難しいのは、ばれないようにするほうだ。王室はブラウニングの身元調査をした。つまり、彼女の経歴は裏付けが取れている。それも相当念入りに調べたはずだ」ボーに向きなおる。「メトロポリタン美術館側も身元調査をした。そうですね？」

「職員は全員、経歴を調べあげてある。用務員から理事会メンバーに至るまでだ」ボーはブラウニングの資料に目を通した。「雇用記録、それに大学発行の学位授与証明書も調べたが、不審な点は何もなかった」

「それじゃあ、われわれはさらに掘りさげて調べましょう。十ポンド賭けてもいいですが、彼女の名前はビクトリア・ブラウニングではないでしょうね」

サビッチが声をあげた。「やったぞ。襲撃時の映像の復元に成功した。こいつは見ものだ」

32

ニコラスたちは粒子の粗い映像に目を注いだ。

ボーが言った。「まったく、利口な女だ。ブラウニングは中央監視室のコンピュータにあらかじめプログラムを仕掛けて、指定した時間に大量に電力を消費するよう細工してた。そのため一時的に電力不足が生じ、あのフロアの非常用発電機が作動した。つまり、四階部分だけ館内の電気システムから切り離された状態になったんだ。それで彼女が催涙弾を投げこんだときも、四階の警報器だけが鳴り、美術館全体の警備システムは作動しなかった。ダイヤモンドを奪って外へ出るのに必要な時間をそうやって稼いだわけだ」

ニコラスは声をあげた。「ディロン、巻き戻してもらっていいですか。画面が真っ暗になる前のところです。ほら、ここを見てください。ポーリーがダイヤモンドを台座から外した直後、ブラウニングは香水瓶のようなものを取りだして彼に噴きかけ、次にルイーザにもかけています。ふたりが目をやられてこすりだしたところを警棒で殴り、ダイヤモンドをポケットに入れている。ブラウニングの動きのすばやさを見てください。注意しなければ見落とすところだ」

サビッチは映像を一時停止させ、それから四分の一の速さでスロー再生した。

「ほら、ここだ」ニコラスは画面を指さした。「ふたりにひと噴きして、警棒を取りだし、体を回転させながら殴打している。マーシャルアーツの心得があるのは間違いない」称賛するように口笛を鳴らした。鮮やかな手並みと言うほかない。ブラウニングはまたたく間に犯行を終えている。

シャーロックが言った。「伸縮性の警棒は打撃力が強烈だわ。頭への一撃は危険も大きい。ポーリーとルイーザはひどい怪我でなくて幸運だったわ」

サビッチがうなずく。「ブラウニングはふたりを気絶させてダイヤモンドを奪い、中央監視室に催涙弾を放りこんだ。ものの十秒足らずで全員ガスにやられてる。彼女はガスが外へ流れ出ないようにドアをすべて閉めてから、非常階段へ向かった」

「そして、堂々と正面入口を通って外へ出た」ニコラスは言った。

マイクが声をあげる。「ニューヨーク市警に連絡して、市内に設置された監視カメラの映像からブラウニングを追跡するよう要請しましょう」

ボーが首を横に振った。「それには令状がいる。貴重な時間を無駄にしてしまう」

サビッチの指がキーボードを叩きはじめた。数分後、画面は五分割され、それぞれに交差点や信号が映しだされた。彼が手元のキーを叩くと、映像がいっせいにどんどん切り替わる。

「システムに侵入したか。きみなら一秒もかからないと思ったよ」ボーが感嘆して指を鳴らした。

サビッチがにやりとした。「さあて、彼女がどこへ行ったか見てみるとするか」

マイクが驚いて声をあげる。「セキュリティで保護されてるニューヨーク市の監視カメラ《CCTV》ネットワークに侵入したんですか？」

「いいや、それは違法行為だ」サビッチが言った。「これはセキュリティで保護されていない、観光向けの一般の街頭カメラだ。地域内の交差点はすべて網羅されてる。市警のカメラよりよく見えるかもしれないぞ、あっちは新しく車両ナンバープレート認識システムを導入したせいでトラブってるからな。フォックスがどこへ逃げたか調べよう」

サビッチは過去の映像を取りこみ、再生を始めた。マイクは分割された画面をひとつひとつ慎重に目で追った。「待って、ディロン、ここです」右上の映像を指さす。クリックとともに、その部分が全画面表示に切り替わった。サビッチが映像を巻き戻ししてキーを叩くと、ビクトリア・ブラウニングのしゃれたブーツが画面を横切り、タクシーに乗りこんだ。

マイクは言った。「通りで目立たないよう、パーティドレスからワンピースに着替えたんだわ。場所は五番街に東八十五丁目が交わる角、時間は午後九時三十九分。街なかへと向かってるわね」

サビッチは映像を一時停止させて拡大し、ふたたびキーを叩きはじめた。「タクシーの営業免許はNY670097。現在走行中、と」

ザッカリーが部屋に入ってきた。「爆発物処理班の班長から連絡だ。ブラウニングが館内に仕掛けた装置はすべて取り外した。ニコラス、きみによくやったと伝えてくれとのことだ。とっさに妨害電波を発生させるとは、そうそう思いつかない」

サビッチが声をあげる。「よし、あったぞ。タクシーはダニッシュ・ヒムサ名義で登録されてる。電話番号も見つけた。今、かけたところだ」

「言っただろう。サビッチに任せておけば心配ない」ボーがニコラスにささやいた。

「ええ、しかも波に乗っているみたいだ。どこまでできるか見物させてもらいましょう」

ノートパソコンのスピーカーから男の声がした。

「もしもし？」

「ミスター・ヒムサ、わたしはFBIのサビッチ捜査官です。一時間前に女性客を乗せましたね。五番街と東八十五丁目の角です。彼女をどこで降ろしましたか？」

カチッ。

「信じられるか——電話を切りやがったぞ」心底驚いたサビッチの声に、皆がどっと笑った。

ニコラスは言った。「ニューヨーク市警に運転手を捕まえさせよう。顔を合わせて質問されれば——」

話の途中で着信音が鳴りだした。サビッチがノートパソコンの画面をクリックすると、メッセージが現れた。「運転手がメールを送ってきたぞ」

客はまだ乗ってる。コネチカット州境の料金所を通過。行き先はトゥイード。

ザッカリーが声をあげた。「トゥイードはコネチカット州のニューヘイブンにある空港だ。そのまま向かうよう運転手に指示してくれ。取り押さえよう。感謝するよ、サビッチ」

サビッチが運転手に返信するのを、マイクは彼の肩越しにのぞきこんだ。

そのまま進んでくれ。空港で警察が身柄を拘束する。ご協力感謝する。

マイクは言った。「ニコラス、わたしたちも行きましょう。逮捕されたときのビクトリア・ブラウニングの顔が見たいわ。その前に、この赤いドレスをジーンズに着替えなきゃ」

33

ＦＢＩのヘリポートに着くと、ＭＤ‐５３０リトルバードが待機していた。ザッカリーが特別に手配した六人の特殊部隊が、武器を構えて物音ひとつ立てずに指示を待っている。

やりすぎだ。「マイク、いくらなんでも特殊部隊は必要ない」ニコラスが言った。

マイクは断固として譲らなかった。「ブラウニングはわたしたちを爆弾で吹っ飛ばそうとしたのよ。二度と同じ目に遭ってたまるもんですか」

「爆弾を解除する前にそこにつないだ携帯電話を鳴らせば、われわれは木っ端微塵だった。だが、ブラウニングはそうしなかった。ぼくが爆弾を解除するまで待ったんだ」

マイクは顔をしかめた。「そんなのは問題じゃないわ」

ふたりはシートベルトを締め、パイロットやお互いの声が聞こえるようヘッドセットをつけた。ヘリコプターが浮上してわずかに向きを変え、機体を右に傾けて北へ向かった。

ニコラスが見やると、マイクは満面に笑みを浮かべていた。ヘッドセットを通した彼女の声はひび割れ、ゆがんで聞こえる。「ヘリコプターは最高ね。自由に使わせてもらえることはあまりないのよ」

「たしかに車よりは断然速い」

「十五分もかからないわ。ブラウニングのタクシーより先にトゥイード空港に着かないと」

「たぶん間に合うだろう」

「何か裏があると思ってるんでしょう?」マイクがきいた。

「うまくいきすぎている気がするんだ」

パイロットの声が聞こえた。「五分経過」

「ありがとう、チャーリー」マイクはニコラスを振り返った。「たしかにうまくいきすぎてるかもしれないけど、行ってみる価値はある。あわよくば、これで事件解決よ。ブラウニングをニューヨークに連行して、ダイヤモンドを王冠に戻す。英国の人たちも喜ぶでしょうね」

チャーリーの声がヘッドセットに響いた。「ダイヤモンドの盗難事件のことはラジオで聞いてます。大騒動になってるそうですね。無事取り戻せるといいですが」

「大丈夫よ」マイクはニコラスのほうを向いた。「この追跡の片がついたら、ブラウニングに自白させてやるわ。事件の経緯や雇い主のことをね」

「仮に逮捕したとしても、あの女が口を割るとは思えないな。あれだけ評判の高い泥棒が雇い主を裏切るなんてありえない」

「泥棒倫理に反するというわけ？」

「ブラウニングの場合は間違いなくそうだろう」

遠くにトゥイード空港の滑走路の着陸灯が光っている。パイロットがふたりの会話に割りこんだ。「トゥイード空港上空に障害物はありません。現在、着陸準備中です。作戦開始ですか？」

マイクが答えた。「作戦開始よ、チャーリー。頻繁に離着陸がある空港ではないけど、タクシーは何台か向かってるみたいね。容疑者は見つかった？」

「ええ、目標をとらえました。空港に着く前にタクシーを止めましょう。高速道路から出て き次第、容疑者の目の前に縄梯子《なわばしご》をおろします。犯人は武装してますか？」

「わからない。どんな事態にも対応できるよう備えておいたほうがいいわ」

チャーリーが部隊にその内容を伝えると、六つ並んだ頭がそろってうなずいた。

ヘリコプターは機体を左に傾け、水上を迂回《うかい》して滑走路に向かった。そのとき、パトカーのランプが点灯するのが見えた。タクシーの前に二台、後ろに三台が集結した。これ以上ないタイミングだった。タクシーはスピードを緩め、道路脇で停《と》まった。

チャーリーがヘリコプターを空中停止させると、部隊が縄梯子をおろして行動を開始した。武器を向け、タクシーを取り囲む。州警察の警官が踏みこんだ。

ほんの一瞬の出来事だった。タクシー運転手が出てきて、手を頭につけて地面に伏せ、後部座席からビクトリア・ブラウニングが引きずりだされた。マイクがヘッドセットを取ると、ヘリコプターの轟音《ごうおん》に交じってブラウニングの叫び声が聞こえた。「何するの？　どうして逮捕されなくちゃいけないの？」

チャーリーがヘリコプターを着陸させた。ニコラスがヘッドセットを取って外に飛びだし、そのあとにグロックを構えたマイクが続く。

ニコラスはビクトリア・ブラウニングのもとに着く前に言った。「ブラウニング、コーイ・ヌールはどこだ？」

「なんの話かわからないわ」ダークブラウンの髪が額から後ろに向かって吹きあげられ、顔があらわになる。マイクは物事がそう簡単に運ぶはずがないことを思い知った。

「なんてことだ。彼女は誰だ？」

マイクは銃をおろした。「わからない。でも、ビクトリア・ブラウニングでないことだけはたしかね」

34

ヘリコプターの轟音が響くなか、マイクは大声を出した。「違うタクシーだったんだわ。止めるタクシーを間違えたのよ」そう言って部隊のリーダーに詰め寄ったが、ニコラスが彼女の腕をつかんだ。

「いや、車のナンバーは一致している。また一杯食わされた。とんだ茶番だ」

マイクはニコラスに向きなおり、親指で自分の首をかききるしぐさをした。チャーリーがヘリコプターのローターを止め、ふたたび声が届くようになる。警官は女性を車の後部座席に乗せ、運転手は別の車に乗せた。

マイクはヘリコプターの着陸脚《スキッド》を蹴飛ばしたい衝動に駆られた。「なぜこんなことになったの？　ブラウニングは途中で車を降りて、この女性と入れ替わったのかしら？　こうなるように仕組んで、あらかじめ準備してたっていうの？」

ニコラスが答えた。「これを見てくれ」美術館を出る前に、サビッチがノートパソコンに動画を送ってくれたのだ。ダウンロードされるのを待って再生ボタンをクリックし、タクシーに誰かが乗りこんだところで一時停止した。ニコラスは画面を指さした。

「間違いなく、われわれが美術館に着いたときにブラウニングが着ていた服だ。髪も身長も同じ。だが、顔は横からしか見えない」マイクは州警察のパトカーでべそをかいている女性を指さした。

「たしかにタクシーに乗りこんだ女性だが、フォックスではない」

マイクは画面を見た。「あなたの言うとおり、茶番だわ」

ニコラスは荒々しくノートパソコンを閉じ、こぶしで殴った。「フォックスであるはずがなかったんだ。われわれが追っているのはあの世界有数の窃盗犯だ。準備には少なくとも一年、もしかしたらそれ以上費やしているだろう。美術館で九カ月も働いていたんだから。前もって逃走手段も用意していたに違いない。こんなにやすやすと捕まるはずがないことくらい、わかっていたはずなのに。とにかくあの女性と話してみよう」

マイクもニコラスに続いてパトカーに近づき、ＩＤカードを見せる。「よく阻止してくれました。今から彼女と話をします」警官はうなずき、脇によけた。マイクは車の開いた窓に向かって身をかがめた。

「車を降りてもらえる？」

後ろ手に手錠をかけられた女性が、よろけながら後部座席から出てきた。ダークブラウンの長い髪がブラウニングを思わせる。同じ服を着ているのだからなおさらだ。追っ手の目を欺くには充分だろう。

女性は震える、泣く、しゃっくりをするという三つの動作をいっぺんに行うという芸当をやってのけた。マイクをひと目見るなり、声を張りあげて何か口走ったが、ニコラスの耳に聞きとれたのは〝雇われた〟という言葉だけだった。

マイクは穏やかな口調でゆっくり話しかけた。「逮捕されるわけじゃないから大丈夫。泣くのはやめて、協力してほしいの。わたしはＦＢＩのケイン捜査官よ。あなたの名前は？」

女性はふたたびしゃっくりをしたあと、深呼吸をした。

「タニア。タニア・ヒルです」

マイクは警官に合図して手錠を外させた。タニア・ヒルは手をこすりあわせ、手首をさすると、また何回かしゃっくりをした。「わたしは何もしてません」

「どうしてトゥイードに向かうタクシーに乗ってたの？」

「ダラスに行く予定でした。女優の募集があって、それに応募したんです。契約内容はこの服を着て、メトロポリタン美術館から出ていくことでした。タクシーに乗ってトゥイードに行き、ダラス行きの飛行機に乗るよう言われたんです。報酬は千五百ドルで、運転免許証とガラパーティの招待券、それにこのブーツまですべてくれました」

「免許証はバッグのなか？」

「ええ、そうです」

警官がマイクにバッグを渡した。「なかに危険物は入ってませんでした」

マイクはグリーンのクロコダイルのフェイク・レザーバッグから、黒い財布を取りだした。財布のなかには、ビクトリア・ブラウニングの名前と住所が記載された写真付きの運転免許証があった。マイクは免許証をニコラスに渡した。

タニア・ヒルはふたりをまじまじと見つめると、ふたたび泣きはじめた。「何も悪いことをするわけじゃなかったし、わたしにとって千五百ドルは大金だった。その、わたしは女優の仕事だけで暮らしてるんです。お金は没収されるんでしょうか？　もう家賃の支払いに使ってしまったんです。返してほしいなんて家主に言ったら、アパートメントを追いだされてしまうわ」

ニコラスは言った。「きみを雇った女性のことを包み隠さず話してくれれば、金はすべてきみのものだ」

刑務所行きにはならないと知るや、タニアは泣きやみ、とたんに饒舌《じょうぜつ》になった。

「さっきも言ったとおり、〈バックオンステージ〉っていうサイトで、リアリティ番組に出る女優の募集があったんです。ちゃんとした募集広告に見えたわ。先週応募してプロフィールを送ったら、すぐに電話があって採用が決まった。わたしは完璧だと言ってくれたんです。でも、そんなリアリティ番組なんて実在しないんですよね？　あれは嘘だったんですね？」

「ええ、残念ながら、彼女は嘘をついたの。なぜダラスに行く必要があったのかきいた？」

「いいえ」

「ダラスで何をする予定だったの?」

「空港近くのホテルで一泊して、翌日好きなときに家に帰れることになってました。楽な仕事です」

マイクはニコラスを見て、身振りでヘリコプターを示した。その場を離れると、低い声で言った。「ニューヨークまで連行して取り調べをしても無駄だと思うわ」

「同感だ」

そのときスマートフォンが鳴り、マイクはため息をついた。「ザッカリーだわ。残念だけど報告しないと」ザッカリーと話すうち、落胆していた顔に輝きが宿った。

マイクは電話を切ると、ニコラスとハイタッチした。「爆弾を解除したあとブラウニングからかかってきた電話の追跡に成功したそうよ。マンハッタンの基地局から発信されてたわ。携帯電話から送られてくる信号が特定できれば、突きとめるのは難しくない。でも、もっといいニュースがあるの。ルイーザは治療が終わって病院から解放されたし、ポーリーも目を覚ましたわ」

35

マイクは頭の上で指をまわし、部隊に呼びかけた。「ヘリコプターに戻りましょう。チャーリー、エンジンをかけて。すぐにニューヨークへ戻るわよ」

マイクは警官のほうを向いて言った。「ミス・ヒルを家まで送り届けて、彼女の電話番号を控えておいてもらえる？　またわたしたちから連絡するかもしれないから。それから雇い主の女性について思いだしたことがあれば、電話するよう伝えてほしいの。そうそう、運転手も解放して、お礼を言っておいて」マイクは財布から五十ドル札を出して警官に渡した。

「あの運転手はいい人そうだわ。これで足りるといいけど」

マイクはヘリコプターに乗りこみ、ニコラスの隣に座った。「ザッカリーから、途中でポーリーのところに寄るよう頼まれたわ。気を失う前のことを何か覚えてるかもしれないから。チャーリー、レノックス・ヒル病院まで大至急お願い」

「了解」

ヘリコプターは空中で旋回すると、前傾姿勢でニューヨークが位置する南へと出発した。

「ルイーザのほうはザッカリーとボーがもう話をしたけど、手がかりになる情報は何もなかったそうよ。美術館側は記者会見を開いて、爆弾が仕掛けられたことやコ・イ・ヌールが盗まれたことを発表したわ。ボーは狂気の沙汰だと言ってたけど。メトロポリタン美術館の館長が自ら話したの。今はテレビもインターネットもその話題で持ちきりで、こうしているあいだにも話はどんどん広まってる。ここまで注目を浴びるなんて気に食わないわ。今のところ、手がかりといえばビクトリア・ブラウニングがあなたのスマートフォンに残した通話だけなのよ」

ニコラスが指で膝を叩く。「展示室で受けた電話の追跡に期待する気にはなれないな」

「おそらくブラウニングは、ワイヤレス信号をたどるのにどのくらい時間がかかるか知ってるわ。だから、電話のことなんて気にもしてないと思うの。こちらにグレイ・ウォートンという腕利きの捜査官がついてることも、グレイが国家安全保障局《NSA》の元恋人といまだに仲がいいことも知らないはずよ。その元恋人がすぐに調査してくれたから、早々に信号を追跡できるというわけ」

「うまくいくかもしれないし、うまくいかないかもしれない。電話を追跡される可能性については充分考慮に入れているだろう。いつまでも手元に置いているはずがない」ニコラスは声を落とし、ニューヨークの明かりが見えはじめるとヘリコプターの窓から外を眺めた。

「どうなるかすぐにわかるわ」

十分後、チャーリーはレノックス・ヒル病院のヘリポートに着陸した。マイクとニコラスはブルーの手術着を着た看護師にすぐさま三階へと案内された。ふたりが個室に入ると、ポーリーが横になったままベリーショートの看護師と言い争っていた。

ポーリーはふたりを見て、今にもハレルヤを歌いだしそうな表情を浮かべた。「マイク、やっと来てくれたのか！　助けてほしいんだ。きみからも、ぼくはもう大丈夫だと言ってくれ。頭なら前にも殴られたことがある。子どもの頃、兄によくげんこつを食らってたからな。早くここを出て、仕事に戻らなきゃならない。ザッカリーからブラウニングのことを聞いたよ。力になりたいんだ。集めるべき証拠が山のようにある」

看護師はマイクとニコラスには見向きもしなかった。「これを言うのはもう三回目よ、ジャーニガン捜査官。先生の許可がおりるのを待ちなさい。あなたがなんと言おうと、先生からは明日の朝まで退院させられないと言われているの。そんなに早くはここから出られないわ。頭に怪我をしたときにひどい脳震盪《のうしんとう》を起こしているから。それに血液検査の結果を待って、浴びせられた化学物質を特定する必要があるわ」

ポーリーは顔をしかめた。「吸血鬼め。十リットルくらい採血したんだろう？」

マイクは咳をして笑いをごまかした。

看護師がポーリーの肩を優しく叩く。「そのとおり、わたしたちは吸血鬼よ。血を抜くことで生活しているの。さあ、横になってリラックスして。頭痛に効く薬を点滴に入れておいたから、すぐ楽になるわ。そうしたら、わたしのことが吸血鬼じゃなくて妖精に見えるようになるわよ」

看護師はポーリーの肩を軽く叩きながらマイクに言った。「巡回に行かないといけないの。彼がベッドから出ないように見張っておいてくれる?」

「もちろん。気難しい患者は得意分野よ」

マイクはポーリーに向きなおった。威勢のいいことを言っていた割に、彼の顔色は真っ青だ。「聞こえたでしょう? あなたが反抗してるあいだはここにいるわ。包帯で頭をぐるぐる巻きにした自分の姿を鏡で見てみなさいよ。そんな格好で出歩くわけにはいかないわ。子どもたちが泣いて逃げだすもの。いいかげんあきらめて、おとなしくしなさい」

「たったの八針だよ、マイク。ただのかすり傷だ。まったく、いったいあの看護師は点滴に何を入れたんだろう? ふわふわ浮かんでるみたいな気分だ。みんなは無事か? ルイーザは自分は女だから、ぼくの頭蓋骨よりも頑丈だと言ってたが」

マイクはベッドの横の椅子に座った。「みんな無事よ。ただ、あまり時間がないの。薬が完全に効く前に、何があったか教えて」

「ブラウニングは呪いのことを話してた。ダイヤモンドを扱えるのは女性だけだから注意したほうがいいと。ぼくが土台からダイヤモンドを持ちあげて、ルイーザに渡そうと振り返ったときに、ブラウニングが〝ごめんね〟と言ってぼくの目に何かを噴きつけた。ぼくは助けを呼ぼうとして倒れてしまった。そのあとは、警報が聞こえたこと以外ほとんど覚えてない。すまない、マイク」ポーリーの声が弱々しくなる。マイクの目にも、彼が必死に眠気と闘っているのがわかった。ポーリーの頭が後ろに倒れ、枕にぶつかる。「痛っ」

「気をつけて。ほかに覚えてることはない？」

ポーリーがうなずく。

「わたし、本当に怒ってるのよ、ポーリー。コ・イ・ヌールを取り返さなければ、英国はアメリカに宣戦布告して、またホワイトハウスを襲うわ。しっかりして。考えるのよ。ほかには？」

薬の効き目が現れはじめていた。ポーリーのまぶたは重たげだ。彼は数回まばたきして、目を閉じてしまった。

マイクはニコラスと目を合わせ、ドアを目配せで示した。

突然、ポーリーが目を開いて起きあがった。「思いだした。ブラウニングはひとり言を言ってた」ふたたび頭を押さえてベッドに横たわる。「ああ、痛い。ぼくは意識が朦朧としてたけど、たしかにブラウニングは何か言ってた。〝正午にアークで〟とかなんとか」

マイクは言った。「アーク？　ノアの方舟《アーク》のこと？」

「そんなふうに聞こえた。覚えてるのはそれだけだ。すまない」

「そんなことないわ。貴重な情報よ。調べてみるわね。ブラウニングが消したファイルをサビッチが復元してくれてるから、全体の文脈もわかるかもしれない。さあ、やすんで。いいわね？　朝になったら迎えに来るわ」

エレベーターに乗って階下におりると、ニコラスがマイクのほうを見た。「正午？　明日の正午だろうか？　だとしたら、あと十二時間しかない。ノアの方舟が流れついたアララト山に行くだけでももっと時間がかかる」

マイクはにっこりした。「サビッチがいるわ。彼は魔法使いなの。なんとかしてくれると思う」病院を出ると、スマートフォンを取りだしてザッカリーにかけた。「ザッカリー、サビッチにどうしても頼みたいことがあります。ビクトリア・ブラウニングがポーリーたちを襲ったときの音声を拾ってほしいんです。ポーリーによれば、ブラウニングは〝正午にアークで〟というようなことを言ってたらしいんです」

36

ニューヨーク州ニューヨーク市
西五十一丁目二五〇番地
アーチストーン・ミッドタウン・ウエスト、二三二四号室
金曜日、深夜過ぎ

マイクとニコラスはパトカーのランプをつけてサイレンを鳴らしながら、ビクトリア・ブラウニングの自宅とされる場所に向かった。粉雪が降りやんで、街は真っ白になっていた。セントラル・パークのベンチと錬鉄製の柵が月明かりを浴びて銀色に輝いている。すべりやすくなった道は人影がほとんど見えない。公園の南側にまわりこむあいだ、マイクは事故を起こさないよう慎重に運転し、そのあとは劇場街に向かってブロードウェイを駆け抜けた。いつもなら何時であろうと人でごった返している場所だが、今夜はミッドタウンの人はベッドに入っているのか、車はすいすい進んだ。

ニコラスが口を開いた。「どうしたんだい、そんなふうに顔をしかめて?」

マイクは彼にちらりと目をやった。「こんなとき、父だったらどうするかと考えてたの。

父はネブラスカ州のオマハで警察署長をしてるのよ。ネブラスカっていうのは中西部にある州で——」

「わざわざありがとう。だが、イートン校でもアメリカの地理は勉強する。それで、きみのお父さんならどうするって？」

「間違いなくおとなしいシマウマだと思っても、必ず縞模様《しま》が本物かどうか確認しろ——父はいつもそう言ってたわ」後部座席で酔いつぶれた男が寝ているタクシーを、マイクは追い越した。

「それで、どうなんだ？　フォックスはおとなしいシマウマか？」

「今のところ、違うわね。これまで仕掛けた罠《わな》やおとりを使ったことから考えても、決してシマウマとは言えないわ。家宅捜索で手がかりがつかめるといいけど」マイクは赤信号で停まった。着ぶくれしたホームレスの女性が山積みになったカートを押して通りを渡る。「あの人の帰る場所があたたかいといいわね。冷えこんできたから」

暗い谷底にいるような気分のニコラスとは異なり、女性の足取りはたしかだった。「街がこんなふうに寝静まっているのは奇妙なものだな。ロンドンは静かになることがほとんどない。もっとも、ロンドンはニューヨークほど大きな都市でもないけどね。何か言いたそうだな、マイク」

「真夜中を過ぎていて、雪が降ってるのよ。まともな人なら家にいるわ。でも、いつも思うの。深夜の街はわたしたちの知らないことを知っていて、何か悪いことが起きるって」マイクのスマートフォンが鳴った。「ベンだわ」ニコラスにも聞こえるように、スピーカーフォンに切り替える。

考えこんだようなベン・ヒューストンの声が響いた。「われわれは世界でいちばんうたぐり深いと言われるFBIだ。それに世界一の皮肉屋でもある。それなのに、なぜ表面的な小細工にだまされたんだろう？　停電が起こって、ブラウニングがダイヤモンドは偽物だと言ったとき、その言葉を疑う者は誰ひとりとしていなかった。本当に偽物かどうか確かめることすらしなかったんだ。とんだ愚か者だよ」

マイクにはベンの気持ちが痛いほどわかった。「ボーが確かめたのよ。でもブラウニングは偽のダイヤモンドテスターを使ったから、だまされてしまった。わたしたちが信じこんだのも無理はないわ。盗難だと訴えたのはブラウニングだし、資格も持っていて美術館のスタッフからの信頼も厚かった。そして、ポーリーとルイーザを部屋に入れて、レプリカのダイヤモンドの指紋を採取するよう仕組んだ。かなり大胆な計画だけど、うまくいった。そうね、たしかにわたしたちは愚か者だわ」

「すまない、愚痴を言いたかっただけなんだ。だが、こんな遅くまで何をしてるんだ？」

「ニコラスと一緒にビクトリア・ブラウニングの家に乗りこむのよ」

「気をつけろよ、マイク。あの女は切れ者だ。ハーボーよりも複雑な作戦を用意してるだろう。裏をかかれないよう注意してくれ」

マイクは電話を切ってニコラスを見た。

「兄と弟、どっちのハーボールがわかるの？」

「アメリカン・フットボールがわかるの？」

「ぼくはアメリカ人とのハーフだぞ」ニコラスが言った。「ああ、ここだ」

ブラウニングはタイムズ・スクエアからほど近い、マイクもそうと認めざるをえないほどの高級アパートメントに住んでいた。不動産業者を呼ぶと、ルーベンスの絵画に描かれていそうなふくよかな四十代後半くらいの女性が現れ、赤ワインのにおいをぷんぷんさせながら、ふたりをロビーに案内した。

「FBIのマイク・ケイン捜査官です。こちらはニコラス・ドラモンド警部。今日は遅い時間にもかかわらずお越しいただきありがとうございます」マイクはそう言って、FBIのIDカードを見せた。

「ジリアン・ドカティよ。いったい何があったの？」

ニコラスは答えた。「一三二四号室と、あなたがお持ちの関連書類をすべて拝見させてもらえませんか？　居住者の名前はビクトリア・ブラウニングです」

ドカティが目を細めた。「ええと、残念ながら、令状がないとお見せできないわ」

「ミズ・ブラウニングの消息を心配してるんです。生死にかかわるのでなければ、こんなことはお願いしません」

「ドクター・ブラウニングのことね？　彼女からそう呼ぶよう言われていたものだから。ドクター・ブラウニングに部屋を貸したのはわたしよ。何があったの？　彼女は病気なの？　それとも何かトラブルに巻きこまれたとか？」

ニコラスはドカティに近づき、声を潜めた。「現在捜査中なのですが、難航しています。なんとか部屋に入れてもらえませんか？」

ドカティはえくぼを見せ、意味ありげにまばたきした。少なくとも、マイクにはそう見えた。「ああ、なるほど。もちろんいいわよ」そう言って、ドカティは鍵を取りに行った。

またジェームズ・ボンドの登場だわ、とマイクは心のなかで言った。「扱いにくい証人が出てきたときのために、あなたの声を録音しておいたほうがよさそうね。ちなみに、もちろん女性の証人だけど」

ニコラスは無視した。

「ドカティに嘘をついたわね」

「ああ、だからといって、ぼくが道を外れる心配は皆無だ。自分のなかでやっていいことと悪いことの区別は明確についている。彼女が拒否したら、頭を殴って鍵を奪うまでだ」

「それは見ものね」

「きみだって彼女に嘘をついただろう」

「事を荒立てない言い方ってものがあるの。そう教えられてきたわ」

「きみはさぞ優等生だったんだろうな」

三分後、三人はエレベーターで二十三階に到着した。ブラウニングの部屋は廊下のなかほどにある。

ドアの前に来ると、ニコラスがささやいた。「気をつけてくれ。ベンの言うとおり、ビクトリア・ブラウニングの行動は予測不可能だ。しかも、今日はすでにひとつ爆弾を仕掛けられている」

37

マイクはドアに近づいて耳を澄まし、何も聞こえないことを確かめてうなずいた。マイクがグロックを構えると、ドカティが息をのんだ。

ニコラスは言った。「ミズ・ドカティ、危険ですから階下《した》でお待ちになったほうがいいかもしれません。それに、ほかの捜査官が来るかもしれないので、彼らをここまで案内してもらう必要があります。」ここはわれわれにお任せいただけますか？」

「でも、ああ、なんてこと。「ドクター・ブラウニングが何をしたというの？　彼女は博士なのよね？」

「とにかく、すぐにほかの捜査官たちを連れてきてください」ニコラスはドカティの腕をつかんでガラス張りのエレベーターまで連れていくと、関連書類を受けとり、下降ボタンを押した。

マイクは思わず感心した。うぬぼれ屋ではあるが、評判にたがわぬ腕前だ。

ブラウニングの部屋のドアに鍵を挿しこみ、ゆっくりとドアノブをまわす。ニコラスが戻ってくると、マイクは静かに三つ数えてドアを開けた。

空っぽだ。不自然なくらい空っぽだった。家具こそあるものの、この部屋の住人の人となりを感じさせるものは何ひとつなかった。本棚にも本はなく、雑誌も膝掛けも、とにかく生活感のあるものはいっさい置いていない。ビクトリア・ブラウニングがこの家で暮らしていた痕跡はなかった。

ニコラスは言った。「少なくとも、爆弾がないことはわかった」

マイクはひらひらと手を振った。「まるでモデルルームみたいだわ。もう引っ越していったのかしら？」

「もしくは、ここに引っ越してもいないのかもしれない」ニコラスは大きな窓まで行き、ブラインドを開けた。景色がいいとは言いがたく、視界はほとんど建物で占められているが、北側の隙間からはセントラル・パークが見えた。粉雪が舞い、ときおりブロードウェイからこちらに向かって走ってくる車のライトが光る。

マイクは書類をぱらぱらめくった。「不動産業者によれば、ブラウニングは去年の六月に部屋を借りて、七月一日に引っ越してきてるわ。家賃は月々五千二百ドル」

「ええと、だいたい三千三百ポンドか」ニコラスはそう言って、もう一度部屋を見渡した。「割安だな」

「ロンドンとは相場が違うの。ここはニューヨークよ。場所と広さを考えれば、まあ適正価格ね」マイクは身震いした。暖房が入っていないし、窓も一重だ。部屋に吹きこんだ冷たい夜風が、レザージャケットの襟元から忍びこんで首を撫でる。

「月五千二百ドルの家賃は、美術館スタッフにしては高すぎないか?」

「人事記録によると、キュレーターに昇格したあとでも年収は手取りで六万二千ドルよ。家賃にすら満たないんだから、生活していけるはずがないわ」

「雇い主が負担しているんだろう」ニコラスは窓に寄りかかった。「かなりの額を支払っているのは間違いない」

「少なくとも、雇い主がアナトリーではないことはわかったわね」

マイクも窓辺にやってきた。再度、眼下に広がる冷たく静かな街を眺めてから、ニコラスにゴム手袋を手渡す。「そうね。ひととおり見終わったから、今度は詳しく調べましょう」

マイクが最初に取りかかったのはベッドルームだった。空っぽの引き出しを抜いて、下を確認する。何もない。ドレッサーにもクローゼットにも、服は一着もなかった。ベッドルームのキャビネットも、シャワールームも空っぽだった。部屋じゅうをくまなく捜索したが、何ひとつ見つからなかった。

「ニコラス、何か見つかった?」

「いいや」ニコラスがセカンド・ベッドルームから叫んだ。「とんでもなくきれいな家だ」

ふたりはキッチンで合流した。ニコラスが冷蔵庫を開ける。なかは冷えていて、温度設定は強になっていたが、食材は何もなくきちんと掃除されていた。

「最初からすぐにここを離れるつもりだったのね。何ひとつ残ってないわ。引き出しは空だし、バスルームには汚れひとつない。暖房も止まってる。さすが抜かりないわね」

ニコラスはじっと考えこんだ。もし自分がビクトリア・ブラウニングだったらどうするだろう。どうすれば、社会とのつながりを絶ち、身を潜めることができる？　熟考の末に言った。「ブラウニングはここには一度も住んでいない」

「でも、美術館に提出した書類に書いてあった住所よ。不動産業者もブラウニングに会ってるし、タニア・ヒルに渡した偽の運転免許証の住所とも一致するわ」

「借りていたことは間違いない。だが、実際には引っ越してこなかったんだ。住んでいれば部屋をここまできれいに保つのは不可能だ。だが、これでブラウニングがシマウマではないことはわかった。彼女は完璧な経歴と仕事を持つ、まったく別の人格を作りあげたんだ。ここでDNA鑑定をしても、まず何も見つからないだろう。見つかったとしても、それはブラウニングのものではない。そもそもビクトリア・ブラウニングというのも偽名なんだ。そこから出てきた手がかりも偽物でないと、どうして言いきれる？」

マイクはしばし考えて言った。「どこかに本物の考古学者のビクトリア・ブラウニングがいるという可能性はある？　本物は、自分の名前が盗まれたことに気づいてないの」

「FBIが科学捜査をしているあいだに、ぼくのほうでデータベースを当たってみる」

「ちょっと失礼」ジリアン・ドカティが三人の鑑識班のFBI捜査官を連れて戻ってきた。

「ドラモンド警部、皆さまをお連れしたわ」

「ああ、ミズ・ドカティ。どうもありがとうございます」

マイクは捜査官たちを脇へ連れていった。「手がかりを見つけて。女はすでにわれわれの同志をふたり病院送りにしてるの。DNAでも指紋でも、とにかく何か見つけたらすぐに連絡して」

「了解、マイク。遺留品があるとしたら、必ず見つける」

「ありがとう」

マイクは後ろにさがり、鑑識班の仕事ぶりを見物した。ニコラスはジリアン・ドカティにさらなる質問をしていたが、石から血を抜こうとするようなもので、まったく情報は得られなかった。ドカティは何も知らないのに、ハンサムな英国人と話を続けたいがために協力するふりをしているだけだ。

マイクは自分の世界に入りこみ、リビングルームの窓から外を眺めながら、考えをめぐらした。

お父さん、フォックスはおとなしいシマウマではなかったわ。いえ、それよりも、何か重要なことを見落としてる気がするの。もしわたしが泥棒だったら、どうやってこの大仕事を成功させる?

マイクの背中にかすかな衝撃が走った。

わたしだったら、これほどの大仕事をするときには、まず細部に至るまで綿密に計画を立てて、それから誰か協力してくれそうな人に取り入るわ。内部の者を利用して、頃合いを見て切り捨てればいい。

そう、たとえばイレイン・ヨーク警部補みたいな人を。

シマウマだって、場合によってはライオン並みに狡猾になれるものだ。

38

メトロポリタン美術館
金曜日、午前一時

　サビッチは夜食に宅配ピザを注文した。自分を含むベジタリアンにはベジーデライトを、肉好きにはペパロニとソーセージがたっぷり乗ったピザを用意した。シャーロックは幸せそうにペパロニのピザを頬張っている。サビッチも小さなデスクに座り、仲間に加わった。

「気をつけて。きれいな服にこぼしたら大変だ」

「催涙ガスのにおいがしみついて、取れそうにないの。それに正直言って、おなかがぺこぺこでそんなことにかまってられないわ」

　サビッチのポケットから、ブルース・スプリングスティーンの《ボーン・イン・ザ・USA》がけたたましく鳴り響く。「ちょうどよかった、ニコラスからだ」サビッチは電話に出ると、スピーカーフォンに切り替えた。「きみが何か言う前に言っておくが、警備会社の調査で、美術館の館内に巧妙に仕掛けられた盗聴器が見つかった。今日の行動はすべてブラウニングに筒抜けだったというわけだ。ここのはすべて撤去済みだが、そのアパートメントも盗聴器が仕掛けられてないかどうか、鑑識官に確認してもらったほうがいい。ブラウニングはなかなかのやり手だ」

マイクが言った。「今も盗聴されてるかもしれないということですか？　ブラウニング、そっちがその気なら、すぐに捕まえに行ってやるから。ディロン、アパートメントから出るから少し待ってもらえますか？」

しばらく間が空き、ふたたびマイクが電話口に出た。

「もう大丈夫です」

「アパートメントで何か手がかりが見つかったか？」

ニコラスが言った。「ブラウニングが借りていたアパートメントに人が住んでいた形跡はありません。建物の防犯カメラを過去一カ月分確認しましたが、彼女がアパートメントに出入りする姿はいっさい映っていませんでした。それより古い映像は保管されていません。毎月十三日にビデオテープを上書きするんです。今のところ、ブラウニングの実態はまったくつかめていません」

「だから捜査が行きづまってるんだ」サビッチは言った。「交通網にも引っかかってこない。飛行機にも、電車にも、バスにも乗ってない。もし乗っていれば、今ごろはしっぽをつかめてるはずだ。車で北の国境に向かった可能性もあるが、料金所に来た人をすべて顔認識プログラムで解析するにはかなりの時間がかかる。それから、カナダの税関とハイウェイパトロールには捜査指令に注意するよう通達済みだ。そろそろ捜査網を拡大する必要がある」

ニコラスが言った。「ブラウニングは雇い主と落ちあうために、まだニューヨークに潜伏しているかもしれません。ダイヤモンドを盗んだのは自分のためではなく、雇い主のためでしょう。われわれの考えに誤りがなければ、報酬はかなりの額にのぼるはずです」

サビッチが答えた。「もう深夜二時だ。今夜はもう終わりにしてゆっくりやすんで、明日の朝また仕切りなおそう。朝八時にフェデラル・プラザで捜査会議があるだろう?」

マイクが口を開く。「そうですね。それがいいと思います。でも、これ以上ブラウニングを先に行かせるわけにはいきません」

ザッカリーもコンピュータから顔をあげた。「そろそろ休憩が必要だ。仮眠を取って、何か腹に入れて、数時間後に会おう。ブラウニングの追跡はデータベースに任せよう。大丈夫だ、きっと見つかる。わかったな?」

「はい」

電話を切ると、サビッチはスマートフォンをしまってあくびをした。

そう、ときには仕切りなおすしかないこともある。

39

大西洋上空

キツネはケインとドラモンドがサビッチ捜査官と、自分の潜伏先について話すのを聞いていた。サビッチは興味深い。会えなかったのが残念だ。

ケインとドラモンドは、用意しておいたダミーのアパートメントを捜索したようだ。サビッチの予想どおり、メトロポリタン美術館と同じく、アパートメントにも盗聴器を仕掛けておいた。だが、サビッチはキツネが物事を徹底してやることを理解していない。盗聴器をつけたのは、部屋の外の廊下からエレベーターに至るまですべてだ。フェデラル・プラザに盗聴器を設置できなかったのが悔やまれる。もしそうしていれば、ＦＢＩの計画はすべて筒抜けだったのに。

キツネは声をあげて笑った。マイク・ケインはハンデがたった数時間だと思っているのだろうか？　こちらは二年も前から準備しているというのに。アパートメントは月五千二百ドルで借りた完全なカムフラージュだ。残念だけれど、ＤＮＡは見つからないし、見つかったとしてもそれはあの太った不動産業者のものだ。だからあきらめて、さっさと眠ったほうが

て、携帯電話に警報が入るのだ。

本当のすまいがばれたときには、すぐさまこちらにわかるようにしてある。ドアが爆発して、携帯電話に警報が入るのだ。

だが、発見するのは難しいだろう。本当のすまいはそこからかなり離れたヘルズ・キッチンにあった。家に出入りするときは必ずウィッグをつけ、学生が着るようなくたびれた服を着て、野球帽をかぶるようにしていた。家賃は一年先まで支払ってあるし、必要があれば遠隔操作で爆弾を解除することもできる。キツネは足取りを消す方法を熟知していた。何年も繰り返してきたためか、もはや第二の本能のようになっている。

ケインたちの電話が終わると、キツネはなめらかなレザーのソファに身をうずめ、今後の計画について考えた。FBIの捜査は、まだこちらが予期していたところまでは進んでいない。テターボロ空港で乗り換えたことに彼らが気づくのは時間の問題だ。だが、このまま運が味方してくれれば、そのことを嗅ぎつけられる前に着陸できるかもしれない。

だが、ドラモンドはどうだろう？　彼が本来の縄張りであるロンドンにいてくれればよかったのに。

大丈夫、捕まりはしない。万事うまくいく。サリーム・ラナイハンと落ちあって、仕事をすませたら姿を消す。盗みはこれで最後にして、引退するのだ。居心地がよく、誰も自分を捜しに来ないような、太平洋に浮かぶ小さな島で過ごそう。それとも、ロンドンに戻ってグラントと話をしようか。いや、彼とは終わったのだ。あきらめなくては。

スピーカーから機長の声が聞こえた。「現在、フランス上空を飛行中です。どちらに向かいますか？」

ボタンを押してキツネは指示を出した。あそこの滑走路は完全にプライベートなものだし、以前も使ったことがある。着陸しても、記録はいっさい残らない。

キツネはドン・ペリニヨンを飲み干した。着陸まであと一時間だ。待ち合わせ場所までは車でさらに一時間かかる。三時間で場所を下見し、ラナイハンがきちんと手順に従っているかどうか確認しよう。いつもどおりの工程だ。

残りの二千五百万ドルが入金されたら、すぐに世界中の口座に分割して送金する。それで、仮にラナイハン側の者が報酬を取り返そうとしても追跡は不可能だ。

かつて、サリーム・ラナイハンの父に出し抜かれそうになったことがある。アムステルダムからマネの珠玉の作品を運んだときの出来事だった。支払いが取り消されたのだ。だが、キツネのほうがライオンよりもすばやかった。彼が取り消し手続きを完了する前に、キツネは金を各口座に送金したのだ。キツネはライオンに電話をかけて、ばかな真似はやめるよう警告した。サリーム・ラナイハンの父は謝罪し、それ以来、キツネの頭脳と計画に敬意を表すようになり、二度と彼女を欺こうとはしなかった。実入りのいい関係だった――マネの一件以来、彼は信頼の置けるクライアントになった。それだけではない。サリーム・ラナイハンの父が所持したコレクションの半数以上は、キツネが何年もかけて集めたものだった。ジェット機の下方に見える着陸灯は、あまりにも速いスピードで後ろに流れてしまうので、確認できなかった。目印になるものもない。パイロットがキツネの指示に従っている確証があるわけでもない。自分はきっと神経過敏になっているのだろう。だが、それでかまわない。そのおかげで、いつも神経を研ぎ澄ませていられるのだから。

彼女はフォックスという呼び名を勝ちとったのだ。ずる賢く、俊敏で、あらゆることを計算に入れている。

そう、ありとあらゆることを。

キツネは腕時計をちらりと見て、携帯電話を手に取った。

マルベイニー。番号を押しながら顔がほころぶ。もう二十年以上のつきあいになる。マルベイニーは師であり、親友であり、父でもあった。さらに言うならば、うまくいっているときも、そうでないときも常にそばにいてくれる心の支えだった。キツネは盲目的にマルベイニーを信頼していた。彼はどの仕事を受けるべきか助言し、策略を一緒に検討してくれた。金銭面でも面倒を見てくれたし、困ったときにはいつでも飛んできて、手を差し伸べてくれた。これまで、片手では数えきれないほどそんなことがあった。マルベイニーのためなら人生を捧《ささ》げてもいい。簡単なことだ。ときどき、マルベイニーはわたしがグラントに会うまでのあいだ、わたしをこの世界につなぎとめてくれていたのだと思うことがある——だめよ、キツネ、いいかげんグラントのことを考えるのはやめなさい。

呼び出し音は鳴り続けていた。朝のこの時間、マルベイニーは別荘の四階のテラスでくつろいでいるはずだった。あたたかなそよ風が、敷地内にあるレモンの木立を吹き抜ける。本を読みふけっているマルベイニーの手元には、一日何杯も飲むエスプレッソの最初の一杯が置かれている。

なぜ出ないのだろう？ わたしからの電話にはいつも必ず出るのに。

キツネは電話を切った。あとでかけなおせばいい。だが、何かが引っかかる。まったくいやになってしまう。またしても神経過敏になっている。おそらく、マルベイニーはただ手が離せないだけだろう。

疲労困憊《こんぱい》していた。一時間後に着陸したら、次の計画に着手しよう。

キツネは目を閉じて眠りに就いた。

40

ニューヨーク州ニューヨーク市
ビクトリア・ブラウニングのアパートメント
金曜日、午前二時

ニコラスはザッカリーとサビッチに従うしかなかった。自分たちは時間を浪費している。たとえニコラスがキーボードを叩いて独自の捜査を始めたくてたまらなかったとしても、もう限界だ。何しろ、三十六時間も眠っていない。

「マイク、今日は終わりにしよう」

マイクは唇を嚙んだ。「何か見つかった?」自身がネズミと呼んでいる鑑識官に尋ねた。

ネズミは首を横に振った。「もう捨ててしまったが、虫が六匹いただけだ。あとは何も見つかってない。何かあったとしても、きみかニコラスのものだと思う」

フォックスに抜かりはなかった。マイクはため息をついた。「わかったわ。もう家に帰っていいわよ」

エレベーターに乗って一階におりるあいだに、ニコラスが言った。「ブラウニングはこの建物にも監視カメラを設置したんだろうか？」

「彼女ならやりかねないわ」

車に乗りこむと、マイクもニコラスも身震いした。マイクは暖房を強にして、吹き出し口の前で手をこすりあわせていたが、しばらくしてニコラスのほうを向いた。「どこに泊まってるの？」

「バンダービルト通りだ。四十四丁目と四十五丁目のあいだだよ」

「イェール・クラブ？　おしゃれなところね」

「知っているのかい？」

マイクは笑った。「外から見たことがあるだけよ。捜査官をしてるとニューヨークの隅々まで詳しくなるの。どんなタクシー運転手にも負けないわ。イェール・クラブは南東の方角ね」マイクは左右を見て七番街に車を出した。「ベッドが恋しいわ。たしかにそろそろ睡眠が必要ね」

「ニューヨークに来た当初、イレインは相当道に迷ったみたいだ。近所の道を覚えようと、毎日一時間余分に走っていたよ。一度ぼくに電話をかけてきて〝ニコラス、聞いてよ。今日わたしがどれだけ迷子になったと思う？〟と言っていたな」

ニコラスは黙りこんだ。

マイクのおなかが鳴り、ニコラスが彼女を見た。「そういえば、おなかがすいたな」

「ええ、ぺこぺこよ。最後に食事をとったのはいつだった？　起きてからずっと動きまわってるもの。もうへとへとだけど、何か食べたいわ」マイクはにっこりした。「安いピザをあたためなおそうかな」

「ピザか。いいね」

マイクはニコラスの声に訴えかけるような響きを感じとった。

つらいのだろう。悲しいのだろう。きっと今日はひとりになりたくないのだ。その気持ちがマイクには痛いほどわかった。ジョンのことを思いだして、しばらく感傷に浸った。あれからもう五年も経ったとは。

「わたしの家までは十分ほどよ。一緒に来る？　イェール・クラブに帰るより、そっちのほうが楽だもの。住所はビレッジで、大きくて座り心地のいいソファもあるわ」マイクは息も継がずに続けた。「アフガニスタンでは何をしてたの？」

「ソファはぼくでも眠れるくらい大きいのかな？　任務に関することは機密情報だ」

本当かもしれないし、嘘かもしれない。少なくとも、そこでの日々の出来事は機密情報ではないはずだ。何があったにしろ、いい思い出ではないのだろう。

マイクは言った。「二メートル以上あるわ。あたたかい毛布もいっぱいある。アフガニスタンで過ごしたあと、外務省を辞めたんでしょう？　スパイ活動からきっぱり足を洗って、ロンドン警視庁に入った。ねえ、いったい何があったの？」

「きみのサイズのパジャマを着られるとは思えないな。まあ強いて言うなら、家に帰りたくなったんだ。ロンドンに帰って、泥臭い仕事がしたかった。殺人事件の捜査をしたり、困っている人を助けたりね」

「まさにジェームズ・ボンドね。パジャマは貸さないわ」黄色から赤に変わろうとしていた信号を突き進む。「この時間帯はバイオリズムの関係で気分が落ちこみやすいから、みんな自分のことをぺらぺら話すものなのよ」

「そうならないようにする訓練を受けているから大丈夫だ。さすがに裸では寝ないから安心してくれ。それよりも、きみのバイオリズムがどうなっているか試してみよう。前の恋人の名前はなんていうんだ?」

マイクは噴きだした。「機密情報よ。前の奥さんの話を聞かせて。伯爵令嬢なんでしょう?」

無難な話題だったようだ、とマイクは思った。ニコラスが背筋を伸ばして彼女のほうを向いたからだ。「パメラの父親は金持ちの伯爵で、娘になんでも好きなものを買い与えるんだ。パメラが立ちあげたオンライン・マガジンの会社に金を出し、マンハッタンの家の家賃も肩代わりしていた」

「どこで出会ったの?」

「ロンドンの何かのパーティだったと思う。とにかくその二年後、ぼくがチューリッヒでの任務を終えようとしていたとき、パメラはエンゲルベルクでスキーをしていたんだ。たまたまバーでばったり会った。知り合いに会うのはうれしいものだからね。彼女は友達と別れてひとりだった。一瞬の出来事だったよ。いろいろなことがね」ニコラスはシートに身をうずめて目を閉じた。

「ごめんなさい。わたしには関係ないことなのに」

ニコラスは目を開けなかった。「別に国家機密でもなんでもない。パメラはスパイのぼくが好きだったんだ。彼女にとってスパイは架空の職業で、手に汗握る危険と男らしさの象徴だった。だが、半年ほどで目が覚めたらしい。ぼくは家を空けることが多かったし、潜伏先もパメラを連れていけるような場所ではなかった。ロンドンに戻ったら戻ったで、疲れきっていてパーティやらバーやら週末のイベントに出かける余裕もなかった。そのうち、アフガニスタン行きが決まった」ニコラスは肩をすくめはしなかったが、そうしたいふうに見えた。「ぼくはアフガニスタンで変わった。だが、警察官の妻としてロンドンに定住するのは、パメラが思い描いていた結婚生活とはかけ離れていた。パーティのとき、パメラはいらいらして、嫌みばかり言ってたな。いつもはあんなじゃないんだが」

「大切な人だったのね」

「もう過去の話だ。今欲しいのは、ピザと睡眠と、それから新しい手がかりかな」

マイクは言った。「今日はかなり前進したわ」

ニコラスはおもしろくもなさそうに笑った。「振りまわされるのが前進することなら、たしかに今日は大躍進だ。アナトリーとブラウニングのあいだを行ったり来たりさせられたからな」

41

ハドソン通りと西十一丁目の角
マイク・ケインのアパートメント
金曜日、午前二時三十分

マイクのアパートメントがある建物は一九七〇年代半ばに建てられたものだった。五階建ての赤煉瓦造りで、ウエスト・ビレッジの真ん中に位置している。マンハッタンのほかの地区とは異なり、一日じゅう明るく騒がしい。ニコラスはこの場所が気に入ったようだ。「いいね。いかにもニューヨークという感じだ」

マイクはタクシーをやり過ごすと、ハンドルを切って地下駐車場に向かった。「九〇年代に集合住宅に改築したそうよ。家探しをしてたとき、この物件には気に入った点がふたつもあったの。ひとつは地下三階建ての駐車場があること。もうひとつは警備員がいることよ。近所のレストランの警備員も入れれば合計三人ね。通りの反対側に、〈ホワイト・ホース・タバーン〉っていうお店があったでしょう？　食事がおいしい、昔ながらの店なのよ」

マイクは財布からカードを取りだし、カードリーダーに通した。鉄のゲートが奥に向かって開く。彼女は地下一階までおりて、車を停めた。「さあ、着いたわ」

ニコラスは車を降りた。あまりの寒さにあくびが引っこむ。背筋が凍りそうだ。暗く静まり返った駐車場は、ひっそりとした車たちの墓場のようだった。不気味なほど静かだ。真夜中だから、もちろん駐車場内は闇に包まれている。いや、何かがおかしい。これまでの苦い経験から、ニコラスは決して直感を軽視してはならないことを学んでいた。すぐそこで何か不吉なものが牙《きば》をむこうとしている。ニコラスはじっと耳を澄ました。マイクが何か話しているが、耳を傾ける余裕はない。聞こえるはずのない音を聞きとろうと、全神経を集中させた。

物音ひとつしない。

マイクが運転席側から車を降りても、ニコラスは車のドアの横で石のようにじっとしていた。「どうしたの？」マイクの指はすでにグロックにかけられている。

ニコラスは動かなかった。今、何か聞こえた。息遣いだ。押し殺した息遣いが聞こえる。マイクを手招きして車両の前に来させ、ニコラスはふたたび足を止めて耳を澄ました。まただ。今度は低く荒い呼吸音に加えて、コンクリートの上をこするような足音も聞こえた。

暗闇のなかから男が姿を現し、ニコラスの頭めがけてタイヤレバーを振りおろした。ニコラスはとっさに飛びのいたが、間に合わなかった。タイヤレバーが肩をとらえた衝撃でコンクリートに倒れかかる。とりあえず、頭でなくてよかった。肩が燃えるように熱くなったけれども、そんなことは気にもならない。よろよろと立ちあがると、もうひとつの人影が目に入った。今度も男だ。男が左足に体重をかけ、無駄のない動きで右足を高く蹴りだす。タイミングは完璧だ。

ニコラスが声を張りあげるよりも早く、男の足がマイクの頭に命中した。マイクは小さく悲鳴をあげて倒れ、動かなくなった。

ひとり目の男がふたたびタイヤレバーを振りかざす。ニコラスの体のなかをアドレナリンが駆けめぐった。身をかがめて前腕でタイヤレバーを受け流し、男の喉元めがけて思いきりこぶしを繰りだした。

男はタイヤレバーを取り落とし、喉を押さえてかがみこんだ。ぜいぜいと苦しそうにあえいでいる。次の瞬間にはふたり目の男――ニコラスは〝キッカー〟とあだ名をつけた――が襲いかかってきた。マイクにしたのと同じように、頭を狙ってくる。

ニコラスにためらいはなかった。ニコラスが男の顔面に頭突きを浴びせると、男はよろけ、バランスを取ろうと腕をまわした。

銃声が鳴り、弾がニコラスの頭をかすめた。なるほど、そういうつもりか。奇襲者たちはもはや闇に潜んではいなかった。全面戦争に突入だ。

ニコラスはマイクをクラウンビクトリアの後ろに引っ張っていき、覆いかぶさるようにして言った。「起きろ、お願いだから起きてくれ！」マイクの肩を揺さぶるあいだも、銃声が三発鳴り響く。

「やめてよ、大丈夫だから」マイクは手をついて膝立ちになった。銃声は鳴りやまない。マイクはスマートフォンを取りだし、警察に通報した。右手でグロックを握り、左手を足首の銃に伸ばす。予備のグロック27を引き抜いて、ニコラスに手渡した。

ふたりは並んで身をかがめて応戦した。盾になるのはクラウンビクトリアだけだ。

奇襲者たちは一気に三十二発を撃ちこんできた。MP5だ。弾はクラウンビクトリアのフロントガラスにひびを入れ、サイドウインドウを粉々に割り、柱に当たってコンクリートのかけらをあたりにまき散らした。ニコラスがマイクを見ると、彼女の首からは血が流れていた。

一瞬、張りつめた静けさが訪れ、次の集中攻撃が始まった。ひとり目の男がふたたび銃撃を開始したのだ。だが銃弾の多くは見当違いの方向へそれ、ほかの車に当たって窓を割り、ただあたりを破壊しただけだった。銃声が閉ざされた空間に響き渡り、耳がおかしくなりそうだ。

またもや銃弾がニコラスの頭をかすめ、背後の柱のコンクリートが破片となって散らばった。

間一髪だった。いったいこの男たちは何者だ？「警察は？」

「もうすぐよ。七番街をまっすぐ来るから早いの」ニコラスはエスポジートと彼のナイキのスニーカーを思いだした。腹這いになり、駐車場のなかほどの車の下から見える男の足を狙って発砲する。男は飛びあがって叫び、ののしりの言葉を吐くと、すぐにSUVの後ろにまわりこんだ。

居場所がつかめないが、キッカーのほうが主犯格なのは明らかだった。やつは手下を置いて逃げたのだろうか？　それともまだ近くにいるのか？

さらなる銃弾がクラウンビクトリアを襲う。今度はフロントガラスが粉々になった。そして、ふいに発砲がやんだ。

ニコラスはマイクの腕に手を触れた。マイクも撃つのをやめた。

あたりは水を打ったように静まり返っている。弾丸が命中したのは足だから、男がSUVの後ろで死んでいるとは考えがたい。

マイクが大声で言った。「警察よ。サイレンが聞こえる？　あなたたちは包囲されてるわ。銃をおろしなさい！」

返事はない。今、かすかに聞こえたのは話し声だろうか？　低く荒々しい声だった。自分の激しい呼吸音のせいで、ほかの音がよく聞きとれない。だが、ふたりの男が闇に身を潜めているのは感覚でわかる。次に取るべき行動を考えているのだろう。

左側から銃弾が六発飛んできて、マイクの車に当たった。想像していた方向とは逆だ。弾丸はマイクの頭すれすれに飛んできた。またしても間一髪だった。

ふたりがいる場所に、両方向から雨のように弾が降り注いだ。キッカーがMP5を手に参戦したのだ。

ニコラスは、血がにじんだマイクの頬に唇を押しあててささやいた。「手下のほうはスロープの上にいる。主犯格はきみを蹴ったやつ——キッカーだろう。一時の方角にあるSUVの後ろに潜んでいる。まずは狙いやすい手下のほうを片づける。掩護《えんご》を頼む」そう言うと、スロープに向かった。マイクは銃を構え、スロープとキッカーに交互に狙いを定めた。

ニコラスが駐車場の反対側に着くなり、銃弾の閃光《せんこう》が闇を照らした。ニコラスは柱にぴったりと身を寄せ、ゆっくり二回息を吸いこむと、手下を確認して二回引き金を引いた。最後の二発だ。弾は外れ、男は闇のなかに逃げてしまった。

息をつく間もなく、ニコラスは背後から強く殴打され、顔面から倒れこんだ。息が詰まる。なんとか仰向けになって息をつこうとすると、手下が飛びかかってきて、口元をこぶしで殴られた。歯が口に食いこむ感覚があり、口のなかに血の味が広がる。

ニコラスは跳ね起き、男に頭突きで応戦した。肉と肉がぶつかりあう不快な音がして、ニコラスは男の顎を銃で殴った。そのとき、銃声が響いた。手下が崩れ落ち、コンクリートに頭がぶつかる鈍い音がした。ニコラスは男の痙攣《けいれん》している脚から離れると、大の字になって倒れこんだ。生々しい血のにおいが空気中に重く漂っている。

マイクが手下を撃ったのだ。

ニコラスは立ちあがると、男を引っ張ってコンクリートの柱の後ろに隠し、黒の目出し帽を脱がせた。三十代くらいで黒髪の、これといって特徴のない男だ。男は目を見開いていた。背中から流れる血が後光のように体のまわりに広がっていく。完全に死んでいた。

マイクが大声を出した。「ニコラス、キッカーがスロープをあがっていくわ」

サイレンの音は先ほどよりもさらに大きくなっていた。

ニコラスが飛び出し、マイクもあとに続いた。駐車場の出口へと通じる最後のカーブを曲がると、ニコラスは歩調を緩め、マイクに止まるよう合図した。ニコラスはさらに三歩進み、駐車場のゲートを確認した。ゲートはしっかりと閉じられていたが、その隣にある街路に続くドアは全開になっている。

足音と叫び声が聞こえた。開いたドアから外に出ると、細長い光が明滅し、騒音が耳のなかでこだました。ニューヨーク市警のパトカーが急停止し、警官がふたり、拳銃を構えて車から降りてきた。「止まれ！　ニューヨーク市警だ」

マイクが叫んだ。「FBIよ！　撃たないで！」片手でグロックを持ち、もう片方の手でIDカードを高く掲げた。

ニコラスは右手の黒い影に気づいた。警官の声を無視して慎重に路地へ向かう。マイクも続いて路地に向かいながら、肩越しに叫んだ。「掩護して！」

キッカーは背後に高いフェンスがある路地に追いつめられた。振り返ったマスクの下から、白い髭がのぞく。こともあろうに、キッカーはにやりとしてから、フェンスに足をかけてのぼりはじめた。猿のように身軽で、無駄のない動きだ。ニコラスのグロックにはもう弾がなかった。肩の痛みで腕もあがらないほどなのだから、あとを追ってフェンスをのぼるなどできるはずもない。男がフェンスを越えて反対側に着地し、足取りも軽く夜の闇に消えていくのをただ見つめるしかできなかった。

マイクは弾がなくなるまで撃ったが、男に逃げられてしまった。

彼女はニコラスを見て、視線を落とした。そして、笑いだした。息を詰まらせながら言う。

「嘘よ。わたし、信じないわ」

「頭は大丈夫か？　何を信じないんだ？」

「コートを脱いで、自分の格好を見てごらんなさいよ。まだタキシードを着てたのね。まあ、もうぼろぼろだけど」

ニコラスは答えた。「これじゃあクリーニング店もお手上げだろうな」

42

ニューヨーク市警のパトカーがさらに三台来ていた。一台は縁石の脇に、一台は私道にそれぞれ駐車し、最後の一台はごみ箱をふたつ倒して停まっていた。

FBIの捜査官だと全員に納得してもらうまで、現場は大混乱だった。巡査部長まで現れたところで、ようやくキッカーの捜索をしてもらえることになった。

マイクはため息をついた。「もうかなり遠くに行ってしまってるわ。見つかる見込みなんてない。逃げ足も速いしね。あの蹴りのせいで、今でもめまいがするわ。これは何？」マイクは建物の壁にもたれるように倒れこみ、顔を拭いたときに手についた血を見た。

ニコラスは警官からティッシュペーパーを受けとり、マイクの血を拭きとってやった。「コンクリートの破片が飛んできたんだ」マイクの頭を確かめるように触る。「それに、かなり大きいこぶがひとつ。頭が固くてよかったよ」

「ティッシュペーパーを貸して。あなたも口が切れてるわ」マイクはニコラスの口元を軽く押さえた。「肩はどうしたの？」

「タイヤレバーでやられた」ニコラスは少しだけ肩を動かした。先ほどよりは痛みもおさまっている。ふたりはニューヨーク市警の警官が四方に散らばっていくさまを眺めた。

「どうしてわかったの？」

ニコラスはなんの話かわからないふりこそしなかったものの、どこか気まずそうだった。

「スパイの嗅覚？」

「たぶんね。車を降りたとき、何かがおかしいと思った」

マイクはニコラスの鼻をつまんだ。「いやがらせをしてるわけじゃないわよ。あなたの鼻に感謝してるの」

ニコラスはこらえきれずに笑いだした。髪を三つ編みにしたラテン系の警官がニコラスに下っ端の男の財布を渡した。免許証の交付場所はカリフォルニア州サクラメントで、男の名前はデニス・パーマーだった。

「偽物よ」マイクが言った。「ほら、三色のホログラムがないもの。またしても偽造よ、ニコラス。きっとブラウニングの仕業ね。あのふたり組にわたしたちを襲わせたのよ」

ニコラスは免許証を手に取り、裏返した。「もしくはアナトリーかもしれない。キッカーのマスクの下から白い髭が見えたんだ。信じられないよ。あの動きは若者並みだ。俊敏で鍛え抜かれているうえに、MP5まで用意していた。主犯は死んだほうではなく、キッカーだと見てまず間違いないだろう。下っ端のほうも同じくらい腕が立っていたら、サブマシンガンは不要だっただろうな」ニコラスは鑑識班や七分署の刑事に取り囲まれた死体を見やった。寝ているところを叩き起こされたのであろう検死官が大股で歩きまわっている。頭のてっぺんに生えた白髪まじりの髪が、まるでとさかのようだ。

「ウエスト・ヴィレッジのど真ん中の駐車場で銃撃戦が繰り広げられるなんて。近所の人たちはきっと大喜びよ」マイクはそう言うと駐車場のゲートの隣にあるドアを確認しに行き、声をあげた。「侵入方法は簡単にわかったわ。鍵をこじ開けたのよ。たぶん監視カメラに映ってると思う」

ようやくその日の仕事が終わったのは午前三時三十分だった。ニコラスは見るも無残なクラウンビクトリアの後部座席からレザーバッグを取りだした。隣でマイクが言った。「お気に入りの車だったのに。修理店に電話をかけたら、夜のうちに人をよこしてくれるそうよ。明日の朝には、この場所に新しい車が届いてるわ。まあ、本当に新しいわけじゃないんだけど。意味はわかるわよね」

「ちゃんと走って、窓にガラスが入っていれば問題ない」

エレベーターに乗ってロビーに向かう途中、ニコラスが言った。「警備員は不審者は目撃していないと言っていたが、鑑識班にきみの部屋をひととおり確認してもらった。何も問題はなかったらしい。でも念のため、自分の目でも確かめたほうがいい」

マイクは警備員に会釈した。すっかり興奮して質問を浴びせたそうな警備員を横目に、ふたりはさっさと歩み去った。

三階の廊下は駐車場と同じくらい静まり返っていた。ひとしきり騒いだあと、皆ふたたびベッドに戻ったのだ。この建物の住人は非の打ちどころのないニューヨーカーらしい。叫び声や、飛び交う銃弾、目と鼻の先で鳴り響くサイレンをもってしても、彼らを長時間とどまらせることはできなかった。

マイクの隣人のフランク・プレスフィールドがドアを開けた。「大丈夫かい？　きみに声をかけようと思ったんだが、現場を取り仕切ってた鼻水垂らしたガキどもがうるさくてね」

「大丈夫よ。あなたなら的確な指示ができるのに、最近の警察は礼儀がなってないわね。駐車場でふたり組の男に襲撃されたの。ひとりは死亡、もうひとりは逃走中」マイクはニコラスを紹介した。「こちらはロンドン警視庁のニコラス・ドラモンド警部。ニコラス、フランクは昔、六十八分署に勤めてたのよ」

ふたりの男は握手をした。フランクが口を開いた。「大変だったね、そうだろう？」

「ええ」そう言いながら、ニコラスはイレインのことを考えた。

怒り、悲しみ、疑問、そのすべてが心に浮かびあがった。数時間の睡眠では、骨の髄までしみこんだ疲労をぬぐい去ることはできないだろう。イレインは逝《い》ってしまった。見知らぬ土地で、親しい人に看取《みと》られることもなく死んだのだ——そう考えると頭がどうにかなりそうだった。しかもイレインを殺した人物が、今度はマイクと自分の命を狙っているのだ。だがなぜだろう？　ニコラスもマイクも捜査チームの一員にすぎない。仮にふたりを殺しても、FBIにはあとを引き継ぐ者がいくらでもいる。

ビクトリア・ブラウニングとアンドレイ・アナトリー、そしてあの白髭の男に対する怒りが胸にふつふつとわきあがってきたが、ニコラスはぐっとこらえた。この怒りというエネルギーが必要になるときが必ず来る。

「もう体の限界よ」マイクがフランクに話す声が聞こえてきた。「今日はずっとこの事件にかかりっきりなの。心配してくれてありがとう」

ニコラスはフランクに会釈して、マイクについて廊下を歩き、彼女の部屋に入った。マイクが明かりをつけてコートを脱いだ。彼女がこれほどひどい目に遭わされていたとは思わなかった。レザージャケットはびりびりに破け、ジーンズは油まみれになっている。もっとも、ニコラスのオーダーメイドのタキシードもごみ同然だった。

だが、そんなことはどうでもいい。

ニコラスはこぢんまりとした玄関から右手にあるリビングルームまでをぐるりと見渡した。広くはないが、魅力的であたたかみのある部屋で、居心地がよさそうだ。床から天井までびっしり詰まった本棚も、本日のベッドになる大きなソファも、部屋にひとつだけある通りに面した大きな窓もすっかり気に入った。壁には美しい額に入れた印象派絵画の複製画が飾られ、オーク材の床にはカラフルなラグが敷いてある。それからマイクに案内されて、入口の横にあるキッチンと、短い廊下の左手にあるベッドルームとバスルームものぞいた。どこもきちんと整理整頓されていた――マイク自身が片づけたのか、それとも彼らを襲った者たちが片づけたのかはわからないが。

「どこにも異状はないわ。あのふたり組はここでは何もしなかったみたいね。そもそも、そんなことをする気はなかったのかもしれない」

「たぶん荒らしたくなかったんだろう。いい部屋だ」

マイクはにっこりした。「大好きなわが家よ」

「フォックスが盗聴の天才だということを忘れてはだめだ。確認しておこう。だが、残念なことに道具がない」ニコラスは肩をすくめた。

「ちょっと待って」マイクはキッチンに入っていった。引き出しを開けているようだ。しばらくのちに、アンテナとコントロールボックスとヘッドフォンを持って戻ってきた。「よろしく」

「スーパースカウトNLJ？　なぜこんなものを？」

「信じてもらえないかもしれないけど、あなたのおじさんが去年のクリスマスにこの盗聴器発見機をプレゼントしてくれたのよ」

ニコラスはマイクの前で電話機や電灯や通気口を調べはじめた。マイクは念のため、通りすがりにステレオのスイッチを入れた。ダイアナ・クラールのとろけるような歌声が部屋を満たす。

ニコラスがキッチンの入口に現れた。「確認完了。盗聴器はなかった」そう言って、発見機一式をマイクに返す。「ぼくもおじからこんなクリスマスプレゼントを贈られてみたいものだな。でも、おばのエミリーがセーターを編んでしまうんだ。紫のね」

マイクはカウンター越しに振り返った。「あなたが来てくれてよかったわ。駐車場で待ち伏せされてたことにも気づいてくれた。あなたの勘が働かなければ、わたしは今ごろ死んでたわ。ありがとう、ニコラス」マイクは冷蔵庫から箱をふたつ取りだし、ニコラスに向きなおった。「だけど実を言うと、今は食べ物のことで頭がいっぱいなの。ペパロニ・マッシュルームとチーズだと、どっちがいい？」

ニコラスはペパロニのピザを指さした。「何か手伝おうか？」

「ええ、寝てしまわないように何か話していてくれる？」マイクはピザをオーブンに入れ、タイマーをセットした。

ニコラスは肩をさすっていた。マイクが眉をあげると、彼は口を開いた。

「殴られたとき、骨が折れた気がしたんだが」

マイクは引き出しから痛み止めの軟膏《なんこう》を取りだした。「座って。これと氷があれば、少し楽になるわ」

ニコラスは何も言わずに血がしみてぼろぼろになったタキシードとシャツを脱ぎ、上半身をさらけだした。

もちろん、ニコラスは裸だ。マイクはその肉体美に感心してから、ゆっくりと彼の肩に軟膏をすりこみ、力強くもんだ。ニコラスがうなった。

マイクは疲れ果てて半ば死人のようになっていたが、それでも彼の体に気を取られてしまいそうだった。「ボーが妹、つまりあなたのお母さんは女優だって話してくれたときのことを知ってる？　わたしの父にその話をしたときは、電話が爆発するかと思ったわ。『ア・フィッシュ・アウト・オブ・ウォーター』っていうコメディドラマで、あなたのお母さんに恋しちゃったの。再放送も欠かさず見てるわ。父に電話をかけて、憧れの人の息子が家に来てるわよって教えてあげないと」

「母が聞いたら大喜びするだろうな。でも、いつも自分で言っているように、母はただ顔がきれいなだけじゃない」マイクが軟膏を塗り、なじませ、もみこむとニコラスはふたたびうめき、テーブルについていた手に顔をうずめた。

「ええ。だけど、どういう意味で？」

ニコラスはくぐもった声で言った。「ぼくの警察官の血は母譲りなんだ。母は村の謎を次々に解決した。まさにジェーン・マープル（アガサ・クリスティの作品に登場する田舎のおばあさん探偵）さ。子どもだったぼくを連れだして、いろいろな手がかりを見せては、この謎が解けるかどうかはわたしたちふたりにかかっていると言っていた」

「たとえばどんな？　洗濯物を盗んだのは誰とか？」

「まあね。あとは教会の募金箱から金貨を三枚盗んだのが誰かとか、ミリー・ハイタワーを妊娠させたのは誰かとかね。警察が解決できなかった殺害事件を解決したこともある」ニコラスは伸びをして、肩をまわした。「だいぶよくなったよ。ありがとう」驚いた顔で言った。「トイレを借りてもいいかい？」

「もちろんよ」

ニコラスはぼろぼろになった衣類とレザーバッグをつかんで出ていった。戻ってきたときには、黒のTシャツと黒のズボンというういつもの格好だった。

「コ・イ・ヌールを盗むためにフォックスを雇ったのがアナトリーでないとすると、ほかに充分な金を持っている宝石コレクターはヨーロッパに数人しかいない。つまり……」

マイクのスマートフォンが鳴った。顔をしかめてスマートフォンを見おろし、大きなため息をつく。「ごめんなさい、ニコラス。この電話には出なければならないの。もしもし、ティモシー。こんな遅い時間にどうしたの？」

一瞬、マイクの顔にいらだちと混乱の表情が浮かんだ。ティモシーだと？

マイクはニコラスに目配せしてキッチンを出ていった。彼女が三分後に戻ってくると、ニコラスは同じ場所で腕組みして立っていた。顔は傷と痣《あざ》だらけで、口元には乾いた血がついていたが、その割にはのんびりとくつろいでいる。「ティモシーっていうのは誰なんだい？」

マイクはしげしげとニコラスを見つめた。「あら、ピザが焼けたわ」

「ティモシーのことは話したくないのかい?」

マイクはふたたびじっとマイクを見つめた。「ティモシーはまあ、あなたにとってのアフガニスタンみたいなものね。さあ、ニコラス、食事の時間よ。睡眠時間は長くて三時間といったところね。一分も無駄にはできないわ」

43

イタリア、ナポリ
二十二年前

青い空、黄色に輝く太陽。その日はアマルフィ海岸を訪れる旅行客が夢に見るような快晴だった。彼女はスペインのバレンシアからクルーズ船に飛び乗り、台湾人の銀行家の娘のふりをして、船尾側にある誰もいない客室で、なんの悩みごともなく地中海を航海していた。クルーズ船は裕福な女性とその宝石であふれていたので、女性と親しくなって宝石を奪うには絶好の機会だった。ナポリの埠頭《ふとう》に着いたとき、船員たちは乗客のなかに泥棒がいることはわかっていたが、美しい十代の少女を疑う者は皆無だった。

彼女がへまをして、地元で〝第九圏の地獄〟（ダンテの『神曲』において、最も罪の重い者が送られる地獄）と呼ばれるナポリの刑務所に入れられそうになったのは、そのあとしばらくしてからだった。

だが彼女は若く、無謀だった。その年頃の若者の例にもれず、彼女も自分は絶対にミスをしないと思っていた。

マルベイニーがいなければ、すぐさま〝第九圏の地獄〟に送られ、そのまま死んでいただろう。

彼女はほかの乗客と一緒に広場をぶらつき、風通しの悪い観光客相手の店で人をかき分けて進みながら物色を続けた。ナポリのこの界隈《かいわい》で売っているのは軒並みがらくたで、観光客をだまして法外な金額を払わせるために作られた中国産の土産物ばかりだった。

そんななか、彼女は上物に出くわした——ダイヤモンドがちりばめられた四角形のサファイアの指輪だ。ひと目見て、手に入れようと心に決めた。旅行客たちが昼食に行き、宝石店の店主も昼寝《シエスタ》のために店を離れた頃、彼女は店に戻ってやすやすと鍵を開け、首尾よく店内に忍びこんだ。

運悪く、暑い日だった。店主が帽子を取りに店へ戻ってきて、彼女を現行犯で捕まえた。店内の製品はほとんど価値のない偽物だが、店主は白昼堂々と小娘に盗みを働かせるほど甘くはなかった。ナポリ訛りのイタリア語で大声で怒鳴りつけると、猿みたいな顔をした警備員が飛んできた。店主の兄弟か、いとこかもしれない。その男は彼女を警察に突きだす代わりに、店の裏手へ連れていった。店主もぶつぶつ文句を言いながらあとをついてきた。

建物の脇にあった道が突然途切れ、ナポリ湾に続く白亜の断崖絶壁が口を開いていた。そこでは、うさん臭い男がふたり待ち受けていた。警備員らしき猿みたいな顔の男は、実は警官だったのかもしれない。ようやく男たちの会話が少しだけ聞きとれた。すぐに崖から突き落とすか、それとも少々楽しんでからにするかでもめているようだ。店主は、彼女が下着のなかに現金を隠し持っているかもしれないから脱がせようと主張しているらしい。

ここは男たちに一発蹴りを入れてから、自ら崖から飛びおりるのが得策だろうか？　そう真剣に思い悩んでいたとき、男の声がした。

「キツネ？　キツネ？　どこにいるんだ？　船が出発するぞ。早く出てきなさい。どこにいる？　もう出発だ」

洗練された服にパナマ帽を身につけた、見知らぬ長身の男が建物の裏までやってきて四人の男たちをじろじろと見た。男は立ちどまり、口を開いた。「いったいなんだね、きみたちは？」完璧なイタリア語で、しかもナポリ訛りだ。だが、イタリア人ではない。ジャケットを無造作に指に引っかけて肩からさげるしぐさはヨーロッパ共通だが、イタリア人にしては肌の色が白すぎるし、背も高すぎる。アメリカ人か、もしかすると英国人かもしれない。白い肌はかすかに日焼けしている。パナマ帽からのぞく長髪こそ白かったものの、実際は四十そこそこらしい。年齢的には父親であってもおかしくないにもかかわらず、どう見ても父親という感じがしない。

四人の男は呆然と立ちつくしていた。

パナマ帽の男は彼女のほうを向いてにっこりし、きれいな英語で言った。「キツネ、いったい何をしているんだい？〈パラッツォ・ペトルッチ〉でみんなと一緒に食事をする約束だっただろう？　ひとりで広場を歩きまわってはいけないよ」

彼女はかぶりを振った。この男は、いったい何がしたいのだろう？　自分の愚かさを呪いたかった。こんなつまらないがらくたを盗んだがために捕まるなんて。いっそ走って逃げてしまおうか。足の速さには自信がある。だが目の前には、猿たちが彼女を取り囲むようにして立ちはだかっていた。後ろは海だ。飛びおりたとして、もし命が助かればだが、走るのではなく泳ぐはめになる。

見知らぬ男がふたたび四人組と話しはじめた。なんてことだろう。ほどなくして、全員がまるで昔からの知り合いのように楽しげに笑いだした。パナマ帽の男が四人組のそれぞれに金をつかませる。店長には多めに握らせた。

男が彼女のほうを向いた。「さあ行くよ。悪い子だね」そう言って、彼女の腕をつかんで引っ張っていった。どうしよう？　暴れる？　逃げる？　それとも黙ってついていく？　いや、しばらく様子を見よう。今度は相手はひとりだから、先ほどよりも逃げだせる見込みはある。しばらく歩いたあと、彼女が抵抗しだすと、男は突然立ちどまって振り返った。笑みは消えている。「よく聞け、この愚かな娘め。命を助けてやったんだから、わたしを信じたらどうだ」

「助けてもらってなんかない。海に飛びこんで船まで泳いで戻るつもりだったんだから。何も問題なんてなかったのに」

男がまじまじと彼女を見た。彼の親指が彼女のやわらかな二の腕に食いこむ。男が笑った。

「残念だが、飛びこんだ先は岩だ」彼は指を鳴らした。「一巻の終わりだな」

「そうかもしれない。でも、どっちにしろあなたにはついていかないわ。あの四人組みたいに乱暴しようっていうんでしょ？」

一瞬、男は悲しそうな表情をすると、肩をすくめ、彼女の頭を思いきりこぶしで殴った。彼女は目の前が真っ暗になって意識を失った。やがて、ゆらゆらと揺れる感覚に包まれた。彼女はゆっくりと目を覚ました。午後の日差しを浴びながら、小さなボートの上で横になっている。

そういうことだったのか。男は奴隷商人で、わたしをシークか何かに売り飛ばすつもりなのだ。彼女は起きあがり、ナポリ湾の方角の海に飛びこんだ。

男はデッキの上でエスプレッソを飲みながら、本を読んでいた。彼女が飛びこむ音を聞いてこちら側まで走ってくると声を張りあげた。「海岸までは一・五キロ以上ある。危害は加えないから戻ってきなさい。これはビジネスだ。向こうに白い家が見えるね？　あれがわたしの家だ。あそこに行って一緒に食事をする。わたしの提案が気に入らなければ出ていってくれてかまわない。きみに要求しているのは時間だけ、それもほんの一時間だ。約束する」

男の口調からはユーモアが感じとれた。それに泳ぎはそこまで得意ではない。彼女は男が指さした家を見た。白壁で四階建ての、巨大かつ近代的な建造物が崖のなかに陣取っている。ナポリから西に十七海里先にあるカプリ島かもしれない。

彼女は泳いで船に戻り、梯子をのぼった。水をしたたらせながらデッキに座り、男を見据える。

男がタオルを投げてよこした。

「セックスはなしよ」

男は傷ついたように胸を押さえた。「もちろんだ。わたしは礼節を重んじる男だからね。きみの父親になってもいいくらいだ」

父親？　それもいいかもしれない。「じゃあ何が望みなの？」

男は笑った。「昼食だ。おなかが減っているかい？」

彼女はうなずいた。食べ物で簡単に買収されてしまうほど、まだ子どもだった。特に多忙な朝を過ごしたあとはなおさらだ。

「よかった。わたしはマルベイニーだ」

彼が本を閉じると、タイトルが目に入った。彼女がその意味に気づくのは、もっとずっとずっと先の話だ。マルベイニーが読んでいたのは『透明人間』だった。

44

にわかには信じられないかもしれないが、よい教師には教え子が必要だし、師には弟子が、スベンガーリ（ジョージ・デュ・モーリアの小説『トリルビー』に登場する、よこしまな催眠術師）には助手が必要だ。マルベイニーは言った。

キツネは男の家のベランダで、チーズを塗ったパンとオリーブを食べ、ワインを飲みながらマルベイニーの話に耳を傾けた。ワインがなくなると、彼はキツネにグラス一杯のリモンチェッロをくれた。キツネはすっかりいい気分になり、少し酔っ払ってもいた。

マルベイニーは金持ちで、退屈していた。フランソワ・ミッテランの暗殺未遂にかかわっていたフランス人たちと手を組んだことで名が知られてしまったので、騒ぎがおさまるまでカプリ島で見せかけの隠居生活を送っているのだという。目的を遂行するうえで、姿を見られたり存在を知られたりするのはタブーだ。ここは彼の本拠地で、キツネ以外は誰ひとりとして連れてきたことはない。

マルベイニーは自分にはパートナーが必要だと言った。しかもこの計画では、姿かたちが愛らしい、若い娘が最適だ。つまり、マルベイニーがロシアの実業家のコンピュータに侵入し、ファイルをディスクにコピーして逃亡するまでのあいだ、警備員の目をそらすのがキツネの役割だ。

興味があるかと、男は流暢《りゅうちょう》なロシア語で尋ねた。キツネも流暢なロシア語で〝ええ〟と答えた。マルベイニーが驚いて目を見開いたので、キツネはあっけらかんとして、自分にとって語学を身につけるのはなんでもないことだと言った。マルベイニーは両手を叩いて笑った。

「きみはひと味違うと思っていた。指輪を手にしたまま現行犯で捕まって、不機嫌な猫みたいにぶすっと突っ立っていたね。あの指輪は結局せしめたんだろう?」

キツネはポケットから指輪を取りだし、テーブルに置いた。

マルベイニーはうなずいた。声には尊敬の色がうかがえる。「さすがだよ、キツネ。いちばん手に入れたかったものは譲らなかったわけだ」マルベイニーの笑顔を見て、キツネはうれしくなった。最後に誰かに認めてもらえたのはずっと昔のことだ。九歳という幼さでキツネが時計を盗んだとき、両親はショックを受けた。だが、その両親はもういない。三年前にキツネを置いて出ていってしまったのだ。それから、彼女が言うところの冒険が始まった。

食事と酒がなくなる頃、協定が成立した。キツネはロシアの仕事を手伝い、それがうまくいったらしばらくここに身を寄せ、マルベイニーに師事しながら、彼がフランスに戻れる日まで代理を務める。

キツネの仕事は依頼されたものを手際よく盗み、雇い主に引き渡し、マルベイニーのもとに戻ってくることだった。そして必要があれば殺しにも手を染めなければならない。仕事を完遂するためには、どんなことでもせざるをえないのだ。

その代わり、彼はキツネをかくまい、充分な報酬を払う。

彼女はなぜ自分をキツネと呼ぶのかときいた。マルベイニーはこともなげに答えた。「きみが子ギツネみたいにすばしこくて、ずる賢くて、知恵がまわるからさ。ほとんどの人にはわからないだろうが、きみには日本人の血が混じっている。それにインド人の血も。とにかく、きみにぴったりの名前だ。一緒に伝説を作ろう」

マルベイニーはキツネの才能を見抜き、銃弾やナイフにも負けない凶器に仕立てあげた。キツネは筋がよかった。才能がある。この仕事に向いているうえに、自分の価値観や行動に影響を与えるような資本主義的道徳観念を持ちあわせていなかった。思いどおりに姿を消し、言葉を操り、年齢も十歳くらいごまかすことができた。しかも、どこにいても周囲に溶けこめる。良心もなければ、罪悪感もない。仕事は仕事で、彼女は盗みにかけては天才だった。キツネは自分の技術に絶対的な自信を持っていた。成功に頰を紅潮させ、マルベイニーのもとに戻ってきては、存分に褒めてもらった。もちろん報酬は各口座に分割して送金する。

特に印象に残っているのは、ドイツの連邦外務大臣ヨシュカ・フィッシャーからレンブラントの絵画を盗んだときのことだった。マルベイニーはキツネをウィーン生まれのベッティーナ・ゲンシャーと名乗らせ、私立高校に編入させた。キツネはすぐに外務大臣の娘リーゼと仲よくなった。キツネは当時二十一歳だったが、素直で純粋なリーゼと同じ十六歳であることを疑う者はいなかった。またたく間にキツネはリーゼと親友になり、フィッシャー家に頻繁に遊びに行くようになった。なかでも外務大臣は、若いのに言葉遣いがきちんとしていて愛らしいキツネを気に入った。彼女のドイツ語は素晴らしかった。

レンブラントの絵画が消えたのち、キツネは私立高校での最後の二週間を終えた。学校では十年にひとりの天才と言われていた。彼女はリーゼとその家族に涙の別れを告げた。

キツネは金のためならなんでもしたが、とりわけ美術品の窃盗は得意分野だった。

マルベイニーは仕事内容だけでなく、金の隠し方、武器の使い方、テクノロジーや爆発物の扱い方など実務的なことも教えた。キツネは武術の達人になった。疑われずに国境を越える方法や、金払いのいいクライアントの見つけ方、そして慎重に行動することの大切さも学んだ。最も大事なのは、どうやって人と距離を置き、感情に流されないようにするかだった。標的に同情してはならない。恋をするのも、弱さを見せるのも厳禁だった。それが失敗につながるからだ。

マルベイニーはキツネを大学に入学させ、世界中の富豪たちに溶けこめるだけの知識を身につけさせた。社会的地位の高い人物たちの仲間入りをするためには、きちんとした血統が必要だ。ふたりで相談して、隠れ蓑《みの》は考古学にするのがベストだという結論に至った。キツネは砂埃《すなぼこり》が舞う現場や、ローマのカタコンベで丸五年働き、古代エトルリアの美術に関する学位論文を執筆し、二十五歳で博士号を取得した。ふたりにとって誇らしい瞬間だった。キツネの才能が開花するにつれ、その評判も高まった。マルベイニーが思いついたフォックスという名前は実に好都合だった。性別がわからないから、クライアントの多くはキツネが女であることを知らない。キツネは陰に潜み、誰にも見られることなく盗品を届けた。マルベイニーはキツネに名刺を選ばせた。被害者はキツネの置き土産を目にして、自分の芸術品を盗んだのは彼女だと気づく。キツネは有名になりつつあった。キツネがプラスチック製の透明なカードを選ぶと、彼は声を出して笑った。

あるとき、マルベイニーは自分をキツネの最大のライバルと位置づけ、キツネに勝利を譲った。そしてそのことを適切な人たちに吹聴《ふいちょう》して、彼女の評判を高めた。ふたりは報酬を山分けし、ともに財産を殖やしていった。

すぐにキツネは世界中から追われる身になった。専門は芸術品関係だったが、実入りがよければそれ以外の仕事も引き受けた。そしてあの小さなプラスチックの透明なカードが、キツネのトレードマークになっていった。キツネが女だと勘づく者はいなかった。

彼女には、ひとつだけ守っているルールがあった。

それは絶対に銃を使わないということだ。マルベイニーにさえ、扱いが下手だと予想外の事態が起こりやすいし、音が大きいからいやなのだとだけ言い、本当の理由は言わなかった。

十年前、マルベイニーは引退した。キツネには、なぜ彼が辞めることを選んだのか理解できなかった。マルベイニーはまだたくましく、強く、俊敏だった。キツネはマルベイニーの頭の回転の速さと切れを尊敬していた。もう年だから、そろそろ太陽の下でのんびり過ごしたいのだと、彼は説明した。キツネを見捨てることは決してない。いつでもここから見守って、何かあったら助けに行くと。キツネは全身全霊でマルベイニーを愛するようになっていた。深く変わらぬ愛で、父と子よりも強い絆で結ばれている。自分の人生からマルベイニーがいなくなり、彼と切り離されるなど考えられなかった。その気持ちをマルベイニーにも伝えた。マルベイニーはキツネを抱きしめ、頬を軽く叩き、額にキスをした。一緒にいると、守られているようで安心する。そう思わせてくれるのは彼だけだ。

マルベイニーは上客を全員譲ってくれた。サリーム・ラナイハンの父のロバート・ラナイハンもそのひとりだ。それがきっかけでサリーム・ラナイハンと知りあい、入手不可能なものを手に入れたいという彼の情熱を目の当たりにすることになる。世界一厳重な警備がなされていると言っても過言ではないコ・イ・ヌールを、歴史的にも価値の高い宝石を、イングランドの歴史の一部を盗めというのだ。これまで彼女が取り組んだなかでも、最も苦労を伴う大きな仕事になるだろう。

この仕事が終われば、キツネも引退することができる。カプリ島でもいいし、同じくらい美しく、人目につかないところでもいい。そして、そこで弟子を見つけるのだ。

45

初めてサリーム・ラナイハンから連絡があったとき、キツネはこの仕事を受けるかどうか真剣に悩んだ。コ・イ・ヌールを盗むなどということが果たして実現可能なのだろうか。あらゆる選択肢を検討して、マルベイニーとも詳細に話しあった。ラナイハンと話そうと決め、メールのアカウントを利用してやりとりを開始するまでさえ、三カ月を要した。

ラナイハンの要望は単純明快だった。金はいくらかかってもかまわないから、コ・イ・ヌールを手に入れてほしいという。ラナイハンは、マルベイニーがこれまで受けたどの案件よりも多額の報酬をのんだ。法外な金額を要求するように指示したのはもちろんマルベイニーだが、キツネも賛成だった。どんな理由があるにせよ、ラナイハンは喉から手が出るほどそのダイヤモンドを欲している。図太く行け、というのがマルベイニーの教えだった。キツネはそのとおりにした。

彼女ははるか昔に見た冬の太陽を思いだした。海にすべり落ちそうになりながら、この世のものとは思えない輝きを空に放っていた。マルベイニーは意を決したようにバルコニーに向かい、美しい地中海をじっと眺めた。港のほうを見ながら、ボートや、外のレストランに群がる人たち、そして伸びゆく影にも目を配っている。やがてキツネを振り返ると、深く落ち着いた声で言った。「ひとつだけ、破ってはいけないルールがある、キツネ。決してそのルールを忘れてはならないし、疑ってもならない。わかるかね？」

「ええ、サー」

キツネは今まで誰かを進んで〝サー〟と呼んだことがなかったので、その言葉を口にするのは奇妙な気がした。

「いいだろう。ルールはこうだ。絶対に〝なぜ〟ときいてはいけない」

「どういう意味なの？」

「雇い主から依頼があったら、おまえの仕事はそれをやり遂げることだ。どうしてその仕事をしてほしいのかは決して尋ねてはならない。それはおまえには関係ない話だ。わかるか？」

よくわからなかったが、キツネはうなずいた。理由も知らないまま盗みや殺人をするというのは想像ができない。だがマルベイニーの言葉を反芻《はんすう》するうち、その重い意味を理解した。なぜ、という問いかけは、キツネに倫理観の欠落に対する疑問を抱かせ、進むべき方向を見誤らせる。

結果として、彼女自身を危険にさらすことになる。

キツネはもう一度うなずいた。マルベイニーにも、キツネが理解したのが伝わったようだ。その後の泥棒人生において、キツネは一度も雇い主に理由を問うことはなかった。

だが、コ・イ・ヌールは別だ。ラナイハンは熱心なコレクターだが、コ・イ・ヌールを欲するのはただ蒐集《しゅうしゅう》したいがためではない。何かそれ以上の理由がある。まるで取り憑《つ》かれたような、常軌を逸した執念だ。でも、なぜだろう？ たしかにコ・イ・ヌールは血塗られた歴史を持つ、第一級のダイヤモンドだ。しかしそれにしても――ラナイハンが五千万ドルという要求をのんだとき、キツネはどうしてもその理由を知りたくなった。なぜという言葉をのみこむために、唇をきつく嚙みしめた。

彼女はそんな考えを頭から追いやった。今はやらなければならない仕事がある。

キツネは容姿という点において非常に恵まれ、また呪われてもいた。かわいらしい十代の少女は、においたつような美人に成長した。美貌はキツネが大切にしているピッキングツールに負けるとも劣らない武器であると同時に、障害でもある。すぐに顔を覚えられてしまうからだ。キツネの真の才能は盗むことではなく、必要に応じてその美しさを隠せることにあった。

また必要なときには、ふたたびその美しさを披露することもできた。

コ・イ・ヌールを王太后の王冠から奪取するという人生最大の仕事に取りかかるべく、ロンドンに住居を構えはじめたとき、キツネは今こそ美貌を存分に活用すべきときだと悟った。

彼の名前はグラントといった。グラント・ソーントン。前職は陸軍特殊空挺部隊《SAS》の下士官で、忠誠心にあふれ、意欲に燃え、勲章も授与されていた。ハンサムでたくましく、優しかった。グラントの新しい勤務地はロンドン塔で、役職は栄えあるヨーマン・ウォーダーズのジュニアメンバーだった。

衛兵として王冠を守るのだ。

ロンドンのパブでグラントに会ったとき、彼は三度目のアフガニスタン出兵から帰ってきたばかりだった。翌週からはロンドン塔で職務を開始するという。新しい任務に就く前に、友人たちと最後の夜遊びに繰りだしたようだ。自慢話をして楽しそうに酔っ払っている。

キツネはかなり深いスリットが入った黒のドレスで颯爽《さっそう》とグラントの横を通り過ぎた。まともな男なら見逃すはずはない。グラントもすぐにキツネの存在に気づいた。

ふたりはひと晩じゅう一緒に飲んだ。その次に会ったときは、いろいろな話をした。そうしてデートを重ね、つきあいはじめて三カ月が経つ頃、グラントが一緒に住まないかと言ってきた。

色仕掛けが嫌いなキツネだったが、今回は別だった。グラントは頭がよくハンサムで、優しい恋人だった。キツネとも対等に接し、もてあそぶようなこともなかった。キツネはグラントが好きだった。

愛していたわけではない。そんな危険は冒さない。だが、今までないくらい任務を楽しんでいた。

衛兵たちはロンドン塔内に一三〇〇年代に建てられた建物に住んでいた。妻や子どもも一緒に生活している。パブもあったし、医師や牧師も在駐しており、衛兵たちとその家族が必要とするものはすべてそろっていた。女たちは城壁の外で働くことも多かったが、男たちは外に出る必要がなかった。

グラントにプロポーズされたとき、キツネは目をみはるようなクッションカットのダイヤモンドと塔内への移住のどちらも喜んで受け入れた。

内部から切り崩すのはキツネの十八番だった。

まずは下調べが必要だ。キツネは英国人を素直に尊敬していた。彼らは物事を見た目だけでは判断しない。自分たちのコミュニティーに入ってきたよそ者についてはなおさらだ。彼らにまさる警戒心を持っているのはアメリカのＦＢＩくらいだろう。

キツネはかなり現実に近い設定の身分を語った。ジュリア・ホーンズビーは、スコットランド人の父と日本人の母を持つハーフで、親元を離れて暮らしている。リーズ大学で歴史を専攻したものの特に大きな功績もなく、現在はノッティング・ヒルのモダンアートのギャラリーで働いている。

グラントは軍事専門家にもかかわらず人を信じやすかったが、英国政府の役人たちはそうではない。疑われないようにするため、ジュリアはノッティング・ヒルで働いているというあまりうまくない設定は捨てることにした。ペッカムの近くでギャラリースペースを借り、スーパーマーケットで買った安っぽいアートを並べ、平日は毎日律儀にそこへ通った。近所のアパートメントには家具はほとんど置かず、あらゆる段階の描きかけのジャクソン・ポロックのような抽象画を大量に立てかけた。もし誰かが様子を見に来ても、彼女は鳴かず飛ばずの無名アーティストに映るだろうし、かわいそうなほど収入がないのも、納税記録がないのも説明がつく。

薄っぺらい設定だが、これで充分だ。マルベイニーはこの仕事を知りつくしていた。ひとどおり身元調査が終わると、グラントと一緒にロンドン塔に住むことが認められた。なかに入りこんでしまえば、あとは簡単だ。王冠は世界有数の厳重なセキュリティで守られている。セキュリティはコンピュータ管理されており、バックアップ用のコンピュータが複数台ある。一台がクラッシュした場合にはすぐに予備のコンピュータがカバーするというわけだ。キツネの仕事はこうだ。まずコンピュータをハッキングしてシステムエラーを起こし、予備のコンピュータがネットワークに接続されるのを待ったうえで、そのコンピュータも制御不能にする。グラントの鍵を使って展示されている王冠のところへ行き、ダイヤモンドを王冠からねじりとる。

盗むことそのものはたいした問題ではなかった。困難ではあるが、不可能ではない。問題はむしろ、ダイヤモンドを持ったままロンドン塔を脱出するほうだ。セキュリティ・システムがダウンした時点で、衛兵たちは異変に気づくだろう。何かおとりを用意しなければならない。

ロンドン塔の周囲は絶えず衛兵が巡回している。日が落ちると、禁欲的な衛兵たちは紺と赤の制服と熊革の帽子から暗い色の戦闘服に着替え、オートマティック銃を手にする。まるでアフガニスタンの基地を警備しているかのような厳重体制だ。

ロンドン塔での日常生活に紛れる以外に逃げだす方法はない。皆がキツネを認識していて、さらに城壁にある門を通る際のパスワードも知っていれば、逃げきれる見込みはある。仮病を使うのがいいだろう。ロンドン塔の医師では手に負えない深刻な病気をでっちあげ、病院に行かざるをえなくする。逃げようとする犯人たちに切りつけられたことにしてもいいかもしれない。

裏の城壁を抜けだしたら解毒剤をのみ、ラナイハンのダイヤモンドをポケットに入れたまま逃亡する。

危険な計画だ。マルベイニーはあまりにばからしくて話にならないと言った。キツネが丸めこんだグラント・ソーントンという男の存在を知ると、彼について詳細に尋ねた。まさか恋に落ちたりしていないだろうな、人質や捨て駒に恋するなどということがあってはならないと。それは失敗につながる。まさか、とキツネは言った。グラント・ソーントンに恋をするなどありえない。彼女はそんなに愚かではない。

作戦決行まであと三週間というところで、女王が王太后の王冠をアメリカに貸しだすことを決めた。戴冠六十周年を記念して、他の数点の王冠とともにニューヨークのメトロポリタン美術館で展示するという。

キツネは計画を練りなおした。時間はかかるかもしれないが、ラナイハンは喉から手が出るほどダイヤモンドを欲しがっているから、辛抱せざるをえない。すでにキツネには二千五百万ドルを投じていることもあり、彼女に計画を変更したと言われればどうしようもないのだ。

46

どんな仕事にも運はつきものだ。それは大なり小なり、避けられない現実である。大切なのは、小さな運をいかに活用するかだ。

メトロポリタン美術館で展示されるという情報を聞いた日から、キツネはそこでの仕事をくまなく探しはじめた。そして、小さな運が自ら姿を現した——メトロポリタン美術館が人材を募集している。しかも、キツネは応募条件を充分に満たしていた。問題は門をくぐれるかどうかだ。ひとたび潜りこんでしまえば、なかの者をだますのは簡単だ。

マルベイニーは記録的な早さでビクトリア・ブラウニングの身分を作りあげた。つまり、最初から作ってあったのだ。可能な限り後ろ暗いところのない身で臨みたかったキツネにとって、まさに好都合だった。

マルベイニーが書類を送ってくると、キツネは内容を暗記して書類を焼き捨て、ブラウニングとしてのオンラインのアカウントを作成し、展示室監視スタッフ兼ガイドの職に応募した。自分が持つスキルと資格があれば、必ずこの職を射止められる——キツネはそう確信していた。その確信は正しかった。二十四時間もしないうちに、メトロポリタン美術館から面接の連絡が来た。

次はグラントだ。関係を終わらせ、動揺する彼を置き去りにして家を出た。祖母から受け継がれてきたという優美なアンティークのクッションカット・ダイヤモンドの指輪を外しながら、キツネもまた動揺していた。想像していた以上につらかった。グラントはショックを受けていたが、やがて彼女が本気であること、ここを去って二度と帰らないことを理解したようだった。

キツネはこれほどまでに傷ついた自分自身に驚きながらも、自らの心から目をそらした。マルベイニーにグラントを愛していないことを証明してみせたのだ。マルベイニーはキツネの行動を褒めたたえた。

アパートメントとギャラリーを退去し、メールアドレスも解約した。ロンドンを引き払うと、キツネは目前に迫った問題に取りかかるべく、行動を開始した。ビクトリア・ブラウニングの目の色はチョコレートブラウンなのだ。

王冠の展示は何カ月も先だ。誰にも怪しまれずにカラーコンタクトレンズを装着し続けるのには無理がある。短期ならいいが、長期の仕事には向かない。勘が鋭い者は細部の違和感にすぐ気づくものだし、コンタクトレンズも完璧ではないからだ。手術なら、以前にも受けたことがあるし、少しのあいだ我慢すればいいだけだ。あとでもとの色に戻すこともできる。

キツネはマルベイニーからベルンの名医を紹介してもらった。彼は日々進化するレーザー治療の第一人者で、キツネのように特殊な事情がある患者のために日夜休みなく執刀していた。手順は白内障手術と同様だ。白内障手術では、濁った水晶体を透明な眼内レンズに交換するが、キツネの場合はその透明なレンズの代わりにブラウンのレンズを用い、本物の虹彩の上にかぶせる。術後二日間は涙が出て目に違和感があったが、そのあとは順調だった。

次は髪だ。キツネはショートヘアだった。ウィッグを使うのが手軽ではあるが、ここは最高級のエクステを装着するのがいいだろう。ハイド・パーク付近のカリスマスタイリストの手を借りて、肩下で揺れるキャサリン妃風のヘアスタイルを作りあげると、髪の色も地毛より少しだけ明るいダークブラウンにした。

落ち着いたグレーやブラウンの上品なワンピース、レザーやスエードのブーツやプラットフォームパンプスなどを一式買いそろえた。古着屋へも行き、はき古されたジーンズや、十年前のエディンバラ大学のトレーナーなども購入しておいた。

そして新生活を始めるべく、ニューヨークへ旅立った。

思ったとおり、メトロポリタン美術館はキツネを雇うことになった。経歴も能力もそれだけのアピール力がある。彼女が応募してくれて幸運だとさえ思っただろう。次はアパートメントだ。大仕事の舞台としてふさわしく、かつ目立ちすぎないところがいい。一週間ほど物件を探し、アーチストーンにある物件に決め、そのあと実際のすみかとしてヘルズ・キッチンにある目立たない古いアパートメントを借りた。

あとはメトロポリタン美術館にとって欠かせない人材になればいいだけだ。

キツネは二、三カ月でその聡明《そうめい》さを買われ、アシスタント・キュレーターに昇進した。だが、時間が足りない。ニューヨークでの展覧会はあと数カ月にまで迫っているのに、いまだに目的の役職に就けないでいる。

キュレーターには出ていってもらわなければならない。

それならば、病気がいいだろう。職務を続けることはできないが、死に至るほどではないものがいい。若くない彼は治療に専念しなければならず、申し訳なさそうにしながら退職するだろう。

これで道が開けた。キツネはキュレーターの後任に手をあげ、役職を手に入れた。準備は整った。

47

ニューヨーク州ニューヨーク市
FBI支局——フェデラル・プラザ二十三階
金曜日、午前八時

会議室は人であふれており、皆思い思いにコーヒーを飲んだり、話したり、皿に盛られたデニッシュを頬張ったりしていた。

そのとき、ひどくぐったりした様子のポーリー・ジャーニガンが部屋に入ってきた。額に巻いた包帯のあいだから、黒い目がのぞいている。

マイクはポーリーに抱きついた。「ポーリー、生きて戻ってくれてよかったわ。具合はどう?」

ポーリーが包帯に触った。「とんでもなく頭がガンガンするけど、あの吸血鬼たちのおかげでなんとか生きながらえたよ。ルイーザはラボでメトロポリタン美術館の遺留品を解析してる。部屋じゅうがきれいに拭きとられていて指紋はなかった。だが、まったくの無駄ってわけでもない。ルイーザがひらめいて、今朝早くビクトリア・ブラウニングのオフィスから遺留品を集めてきた。指紋は出なかったが、もしかしたらDNAが見つかるかもしれない」

何もないよりはましだろう。

ポーリーが続ける。「結果としてみんな無事だったし、もっと深刻な事態になる可能性だってあった。あの爆弾だって爆発してもおかしくなかったはずだけど、ブラウニングはそうしなかった。おそらく彼女はただの窃盗犯で、殺人鬼ではないんだ」

ニコラスは言った。「あるいは単に、世界中から集めた宝物を破壊する意義を見いだせなかっただけかもしれない」

グレイ・ウォートン捜査官がポーリーの肩を叩き、ふたりはしばらくデニッシュとベアクロウ（熊の手の形をしたペストリー）のどちらがより優れているか議論を闘わせた。グレイはいかにもコンピュータおたくという感じだ、とニコラスは思った。痩せ型で眼鏡をかけ、しわくちゃの服も無精髭もおかまいなしだ。年は四十歳を過ぎたくらいだろうか。グレイがニコラスに会釈した。「こんな朝早くから捜査会議だなんて最高だ」

ニコラスは笑った。「アメリカ人は眠るのが嫌いらしい」

マイクが見やると、サビッチとシャーロックがボーと何やら話しあっている。いったい何があったのだろう。

ザッカリーがペンでコーヒーカップの縁を叩いた。「よし、みんな席についてくれ。捜査会議を始める」

マイクはニコラスの隣に座ったが、自分がひどくみすぼらしく見える気がした。一方のニコラスはたった今プレス機から出したばかりといったチャコールグレーのスーツに身を包み、ブルーのネクタイを締め、しゃれたブルーのシャツを着ている。あの小さなレザーバッグのなかに、マジックの種のようにスーツを仕込んでおく秘密の隠し場所でもあるのだろうか？

三リットルものコーヒーと大量のアドレナリンが必要だ。ニコラスはゆっくりと肩をまわしている。やはり彼も昨日の短期決戦の疲労が抜けきれていないらしい。昨夜、横になって眠りに就く前にあの襲撃を思い返してみた。一連の出来事はものの五分もかかっていなかった。もっとずっと長い気がしたのに。

ザッカリーはひとりひとりの目を見ながら、六時間前のマイク宅への襲撃を説明した。

「つまりニコラスの顔の痣と、マイクの頭のコ・イ・ヌールと同じくらいの大きさのこぶができたのはそういうわけなんだ。襲撃者のうちひとりは死亡したが、身元はわかってない。指紋自動識別システム《AFIS》でも見つからなかった。現在、国際刑事警察機構《インターポール》にも問いあわせてる」

どこに問いあわせても、身元が判明するはずがない。マイクにはわかっていた。「ニコラス、キッカーのことを話してあげて」

「そのあだ名はいったいどこから来てるんだ？」ベン・ヒューストンがきいた。

ニコラスが言う。「キッカーとはマイクの頭を蹴った男のことです。路地に追いつめたとき、黒の目出し帽から白い髭がはみだしているのが見えました。注意すべきは、男の身のこなしがとても老人のものとは思えなかった点です。俊敏で無駄がなく、マイクの頭を蹴ったときも、足をあげる高さから当たったあとの振り抜き方に至るまで完璧でした。間違いなく彼が主犯だと思われます。やつらはビクトリア・ブラウニング、つまりフォックスの手下ではないかと考えています」

ザッカリーが言った。「いずれわかるだろう。マイクとニコラスはふたりとも熟練していて機敏だったから――」

「それに、運がよかったんです」マイクが割りこんだ。

「そう、それに運がよかった」ザッカリーは繰り返した。「だからふたりは助かった。みんな、昨日は大変だったな。でも全員が生きてるし、誰が宝石を盗んだのかもわかってる。われわれにはもっと情報が少ない大事件にも取り組んできた経験があるんだ。

各局の報道やインターネットで、われわれは袋叩きに遭ってる。この事件が世界中で話題になってるのは驚きに値しない。

しかし、われわれだけでなく、メトロポリタン美術館やドクター・ビクトリア・ブラウニングと少しでもかかわりのある者すべてが、世間からの批判に苦しめられてる。もちろんロバート・ミュラFBI長官も大統領も事態を憂慮してる。保険会社の社員については言うまでもないだろう。ダイヤモンドを取り返せなかった場合に生じる多額の支払金を軽減しようと、責任転嫁を画策中だ。

残念だが、この流れは食いとめられないし、言い訳もできない。世界のどこかで次の惨事が起こるまで注目を浴び続けることになる。われわれにできるのはただひとつ、できるだけ早急にコ・イ・ヌールを見つけだすことだ。ではグレイ、ブラウニングの捜査の進捗状況を説明してくれ」

グレイが立ちあがった。「現時点でわかってることはこちらです」そう言って、リモコンで照明を落とす。スクリーンにスライドが映しだされた。ドクター・ビクトリア・ブラウニングが、上品で慎み深い表情を張りつけ、モナ・リザのようなほほえみをたたえてこちらを見つめている。マイクはそのきれいな顔をひっぱたきたくなった。

「彼女の本名はビクトリア・ブラウニングではありません。そういった人物は実在しないと思われます。彼女の経歴には事実と虚偽が入りまじってるようです。彼女が現に英国籍を持っていて、三十八歳で、スコットランドで生まれ育ち、現地で教育を受けている可能性は充分あります。パスポートの記録によれば、昨年の四月に就労ビザでアメリカに入国してます。

おそらくブラウニングはコ・イ・ヌールを盗むためにでっちあげられた架空の人物でしょう。とはいえ、ある程度は事実に基づいてるようです。事実を織りまぜた嘘のほうが見破られにくいと言いますが、メトロポリタン美術館で一緒に働いてた人たちの証言によれば、ブラウニングはクラウン・ジュエルにおける専門家で、考古学界とのつながりについては間違いなく本物のようです。この点から言えるのは、ブラウニングは実際にエディンバラ大学で考古学の博士号を取得してる可能性があるということです。これは大学に記録を照会すればわかります。

しかし非常に残念なことに、スコットランドは現在大雪に見舞われており、大学も無人で記録を送ってもらえません。情報を入手するまで、最低でもあと一日はかかる見込みです」

ベンが言った。「ルールにのっとってやらなきゃならないというのは、こういうときに不便だよな。大学のデータをハッキングさせてもらえないんだから」

ニコラスはペンを手でもてあそびながらにやりとした。

シャーロックが言った。「ブラウニングとヨーク警部補が知りあったのはいつ?」

ベンが答えた。「去年だ。四カ月前にブラウニングがニューヨークに来るまで、ふたりは遠く離れた場所にいながら協力して仕事をしてた」

「仲はよかったの?」

ベンがうなずく。「密にコミュニケーションを取りながら働いてたし、仲もよさそうだった。仕事のあと、一緒に飲みに出かけることもあった」

シャーロックが言った。「ヨーク警部補殺害事件について、何か進展はある?」

マイクが言った。「近所の住人が、今週月曜の昼頃に、争うような物音を聞いたと言ってます。それから、ウラジーミル・カーチンが午前十一時四十五分にイレインと一緒に建物に入ったこともわかりました。イレインはその三十分後に血まみれになって、ふらふらと建物から出てきてます。

それから、通りの反対側の食品雑貨店から防犯カメラのビデオテープを押収しました。今は建物に入っていった人と出てきた人を比較して、ブラウニングの顔認識プログラムのデータベースと照合してるところです。変装したブラウニングを見逃す可能性がありますので」

「もしくは、まだ容疑者としてあがってきてない人物の可能性もある」ザッカリーが言った。

ニコラスも口を開いた。「ポーリー、昨日病院でブラウニングが言ったことを教えてくれただろう？　あの〝アーク〟という言葉が頭から離れないんだ。〝アーク〟ではなく、似たような言葉だった可能性はないかい？　たとえば〝公園《パーク》〟とか。〝正午に公園で会いましょう〟のほうが〝正午に方舟で会いましょう〟より理にかなっている」

ポーリーは答えた。「そうかもしれない。ぼくは気を失いかけてたしね」

マイクは言った。「ディロン、ブラウニングがポーリーとルイーザを襲撃したときの音声を復元することはできないんですか？」

「実はほかに思いついたことがあるんだ。魔法をかけられないかどうか、ちょっとやってみよう」サビッチは立ちあがって会議室を出ていった。

ザッカリーに目配せされ、グレイは次のスライドを映しだした。「これはメトロポリタン美術館から押収された催涙弾と爆発物で、ゆうべ分析にかけました。今回使われてるC‐4プラスチック爆弾の爆薬は、昨年五月のトリポリの爆発事件と化学成分が一致しました。催涙弾のなかに入ってたのは一般的な催涙ガスです。襲撃の目的は明らかに警備態勢を崩すことで、殺害ではありません」

ザッカリーがきく。「C‐4がどういう経路でわが国に入ってきたか、手がかりはあるのか？」

「いいえ。そもそもアメリカで作られて、トリポリに運ばれた可能性もあります」

ザッカリーはぐるりと目をまわした。「とんでもないニュースを発表することになりそうだな」そう言うと、今度はベンに質問を投げる。「ロシアン・マフィアのお友達に爆発物を使うやつはいるか？」

ベンはかぶりを振った。「こういったたぐいのものは使いません。テロ抑止策として、検査結果を外部に公表してみたらどうでしょうか？」

「もういい。これ以上、手をこまねいてるのはまっぴらだ。この捜査を進めるために、今できることはなんだ？」

マイクが答えた。「アンドレイ・アナトリーです。アナトリーはウラジーミルがもう自分のもとで働いてないと言いましたが、あの男の部下がイレインの部屋で殺されたことに変わりはありません。もしかするとアナトリーはコ・イ・ヌールを狙っていたけど、先を越されただけかもしれません。彼ともう一度話をする必要があります」

「ベン、きみがその仕事を引き受けてくれ。マイク、きみは引き続きブラウニングを追うんだ」

「ブラウニングとアナトリーは、われわれの知らないところで手を結んでる可能性があります」マイクは言った。「その輪のなかに、ヨーク警部補も入ってるかもしれません」

「もちろんその可能性はある」ザッカリーが言った。「だが、ベンに任せよう。きみとニコラスにはビクトリア・ブラウニングの本名と潜伏先を突きとめてほしい。何か手がかりがあるはずだ。必ず見つけてくれ」

マイクはうなずいた。

「グレイは継続して、プライベート空港を当たってくれ。ブラウニングは必ずどこかを使ってるはずだ。まずは彼女がアメリカから出国したかどうかを結論づけよう。よし、みんな、貴重なダイヤモンドの捜索はわれわれの肩にかかってる。マスコミもわれわれの一挙一動に注目してる。とにかく答えが必要だ。それも、できるだけ早く」

48

マイクはニコラスを自分のオフィスに連れていった。会議室から廊下を歩いて角を曲がった先にあるブルーの壁の小部屋だ。

ニコラスはロンドン警視庁内にある、大きな窓がついていて広々とした自分のオフィスを思い浮かべた。この部屋はマイクが両手を伸ばせば、両側の壁に手が届きそうだ。

「居心地のいい部屋だね」

マイクはうなずいた。「ええ、そうなの。質素だけど、自分だけの部屋よ。どうぞ座って。FBIの機密ネットワークにアクセスできるように、セキュリティUSBメモリを用意してあげる。必要なものはすべて手に入るわ。FBIのコンピュータ・システムはふたつに分かれてるの。緑は総務関係で、セキュリティもかかってない。インターネットにメール、フェイスブックもできるわよ。赤は機密事項で、セキュリティがかかってる。ここからアクセスできるのは部外秘のFBI部門別機密情報運用ネットワーク《SCION》だけなの。あなたの仕事内容を見られると困るから、赤の側にアカウントを作るわ。余計な情報をいじくるのは禁止よ、いいわね？」

ニコラスはおかしそうに言った。「ぼくが？　まさか」

マイクは目を細めてニコラスを見た。「さあ、どうだか」そう言うと、作業用のUSBメモリを手渡した。

ニコラスは感無量だった。ビクトリア・ブラウニングが本当にエディンバラ大学を卒業したかどうかをはじめ、彼女のすべてを調べられるコンピュータが目の前にある。

ニコラスがシステムにログインしたとき、マイクの電話が鳴った。彼女は電話を見た。「ザッカリーのオフィスからだわ」そう言って受話器を取る。

電話をかけてきたのは秘書ではなく、ザッカリー本人だった。「サビッチがどんな魔法を使ったのか知らんが、うまくいったらしい。ブラウニングがポーリーとルイーザに危害を加えたときの音声を手に入れた。こっちに来て聞いてみてくれ」

「すぐそちらに向かいます」マイクは電話を切って立ちあがった。「サビッチが期待に応えてくれたわ。行きましょう」ふたりは廊下を一分ほど進んだ先にあるザッカリーのオフィスへと急いだ。

ザッカリーは笑顔でふたりを迎えた。「サビッチは展示室の音声を再現しただけじゃない。〝アーク〟と聞こえたのはフランス語だったんだ。〝凱旋門《ラルク・ド・トリオンフ》〟――約束は明日の正午、パリで〟だ。グレイもテターボロで十分間の停電があったことを突きとめた。航空管制塔でもその時間にプライベートジェットが一機離陸したことを確認してる。ブラウニングはふたりの警備員を買収して、自分が空港に行って飛行機に乗りこむまでのあいだ、防犯カメラの電源を切らせたようだ。逮捕者のひとりの話によると、ブラウニングの飛行機はバンクーバーへのフライトプランを提出してるそうだが、もちろんこれは嘘だ。ガルフストリーム機なら同じ量の燃油で簡単にパリに行けてしまうからな。

飛行機は一時間で準備できる。フランス当局に話を通しておくから、迎えをよこしてくれるだろう。フォックスを逮捕して、ダイヤモンドを取り返してくれ」

マイクは舞いあがって、思わずニコラスに抱きつきかけた。ニコラスはうれしそうに手をこすりあわせている。マイクのオフィスに戻ると、ニコラスが言った。「イェール・クラブに帰る必要がなくて何よりだ。バッグは持ってきているからね。きみの自宅には寄ったほうがいいかな?」

マイクは待ちきれない思いで言った。「いいえ、ここに全部そろってるわ」引き出しを開け、ナイロンバッグを取りだした。ノートパソコンとグロックの四〇口径をバッグに入れる。

「行きましょう」マイクはバッグを担いだ。とてもきみのバッグを持とうと言いだせる雰囲気ではない。ニコラスはバッグを持つ代わりに、マイクを先に行かせた。マイクは時間がもったいないと言わんばかりに意気揚々と胸を張り、バイクブーツを履いた長い脚でどんどん歩きだした。マイクはたくましく、健康的で、笑顔もすてきだ。ジャスミンだろうか、ニコラスの母がつけていた香水と似た香りがする。昨日はあまりに疲れすぎていて、ＦＢＩの魅力的な女性の真価を吟味することができなかった。

エレベーターに乗り、駐車場までおりると、そこには代車の黒のクラウンビクトリアが待っていた。後部座席に荷物を放りこみ、ふたりは車に飛び乗った。

雪は溶けていたが、空はどんよりと曇っている。右折と左折を繰り返し、リンカーン・トンネルを通ってニュージャージーに向かった。

「どこの空港から出発するんだ？」ニコラスはシートベルトを締めながらきいた。

「ブラウニングと同じテターボロよ。離陸前に空港のスタッフにがつんと言っておきたいしね」

しばらくこんだ道が続き、マイクがニコラスのほうを見た。「ずいぶんと静かね」

「頭のなかで事件を一から考えなおしていたんだ。過去の事件から判断するに、フォックスに共犯者はなく、単独で仕事を請け負っているらしい。大仕事の前には、何カ月も前から準備を開始することで有名だ。今回は、準備に少なくとも一年はかかっているはずだ。そのあいだずっとぼろを出さないとは、たいしたものだな。

フォックスはミスをしないし、これまでの調査では人も殺していない。もしフォックスがイレインの殺害に関与しているとすれば、計画外のことだったに違いない。だが、どうだろう？　前にもぼくの推理は外れた」

マイクはトンネルを抜けた。「心配しすぎよ。ほかには何を考えてたの?」

「今まさにブラウニングの仕掛けた罠に飛びこもうとしているのではないか、とか。正午にパリの凱旋門では簡単すぎるからね」

マイクは自信たっぷりにほほえんだ。「心配無用よ。ふたりだけで行くわけじゃないし。ザッカリーの話を聞いたでしょう? こうして話しているあいだも、援軍を手配してくれてるわ。ブラウニングのことは心配いらない」マイクは眉をあげた。「むしろ心配なのは、宝石の恐ろしい呪いのほうよ」

「きみには笑われるかもしれないが、ぼくは呪いの存在を完全には無視できない」

マイクは言った。「ねえ、ニコラス、考古学って、墓荒らしを思いとどまらせるための呪いやタブーだらけよね?」

ニコラスは両手で髪をかきあげ、肩をまわした。痛み止めの軟膏をもっと塗ってもらえばよかった。少なくとも、あのソファの寝心地はよかった。「ああ。だがコ・イ・ヌールの歴史を時代ごとに追っていけば、迷信を完全に無視する気にはなれないだろう。われわれ英国人はそこまで迷信深くはないが、その真偽をわざわざ身をもって確かめようとは思わない。この宝石の歴史は血塗られている。植民地主義については知っているかい?」

「英国人は植民地が大好きで、アメリカ人はそこまでではなかったというのは知ってるわ。そのせいで、しばらくアメリカ国内は紅茶が不足したのよ」マイクに笑顔を向けられて、ニコラスもほほえみ返さずにはいられなかった。バイクにまたがる図書館司書の笑顔はかわいらしかった。しかも昨夜の駐車場の一件で明らかになったとおり、頭がよくて機転も利く。

ニコラスは続けた。「ダイヤモンドを所有していた部族や国はすべて没落している。だからこそ、英国はあのタブーを心にとめているんだ。同じ目に遭うのはごめんだからね」

マイクが不思議そうにニコラスを見た。「どうしてそんなことを知ってるの?」

「ぼくの曾祖父は第六代ベシー男爵で、最後のインド総督だった。コ・イ・ヌールは曾祖父の好きな話題のひとつだった」

マイクは考えこむようにニコラスを見た。「サー・ニコラスとお呼びしたほうがいいかしら?」

ニコラスは笑った。「ぼくに爵位はない。祖父は男爵で、父はその跡継ぎだが、ぼくはただのニコラス・ドラモンド警部だよ。ぼくは家業にはかかわっていないんだ」

「でも、お父さんは内務省で働いてるんでしょう? それならお父さんも家業とは無関係よね? そもそも家業ってなんなの?」

「〈デルファイ・コスメティックス〉って聞いたことがあるかい?」

マイクはニコラスをまじまじと見た。「冗談でしょう?」

「祖父は八十六歳だけど、今でも毎日、社長の業務をこなしているよ。それに、田舎者のアメリカ人の母を一族に招き入れた」

「あそこのリップグロスは最高よ」

ニコラスは笑った。

「まあ、あなたは化粧品は使わないものね。おじいさんとお父さんは、あなたがスパイになることに反対しなかったの？」

彼はほほえんだ。「祖父はスリルと冒険に満ちた仕事だと思ったみたいだが、父は実態を知っていた。外務省の仕事は汚くて危険なうえに、誰からも信用されない。計画どおりにいくとは限らない極秘任務ばかりで、悲惨な結果に終わることもしばしばだ。それから――」口をつぐみ、しばらくしてつけ加えた。「今の仕事はきみと同じだ。ずっとやりがいがある」

マイクが何かききたそうにしているのには気づいていた。だが、答えたくない。疲れていたし、そうでなくてもしゃべりすぎていた。

49

大西洋上空
金曜日、午前

ＦＢＩのガルフストリーム機が時速八百五十キロで飛びたつと、マイクはすぐさま枕ふたつと毛布を取りだし、大きなレザーシートに身をうずめて眠りはじめた。少し仕事をしたら自分も眠ろうとニコラスは考えた。

ニコラスはエディンバラ大学のシステムに侵入し、あっという間にビクトリア・ブラウニングの記録と写真を見つけた。ブラウンの前髪と、澄んだブラウンの瞳——きらきらした無邪気な笑顔でこちらを見つめている。それはスコットランドの小さな町を飛びだし、大都市での生活に心を躍らせる学生の姿だった。世界的宝石泥棒の顔ではない。ニコラスはまたしても、存在しない人物になりすますブラウニングの才能に驚かされた。

ニコラスはさらに詳しく調べはじめた。十分後、負けを認めざるをえないと思ったとき、気がかりなことを発見した。ファイルは二年前に作成されたものだったのだ。大学側が古い記録を電子記録に作り替えた可能性もあるが、このファイルの場合は当てはまらない。同じようなケースがあるかもしれないと思って調べた結果、ブラウニングの同窓生のファイルはすべて四年前までにオンライン化されていたからだ。

これは突破口になりそうだ。

ニコラスは美術作品の窃盗について、メトロポリタン美術館のエレベーターでブラウニングと交わした会話を思い返した。ブラウニングはミュージアム・セキュリティ・ネットワークや、美術犯罪情報協会《ARCA》に協力していると言っていた。

ミュージアム・セキュリティ・ネットワークのファイアウォールは強固だが、まだまだ甘い。数回のクリックで記録の閲覧に成功した。もちろん、ドクター・ビクトリア・ブラウニングの記録もある。さらに奥深くまで侵入し、作成当時のデータを探した。あった。やはり二年前の記録だ。

ＡＲＣＡのホームページにも、二年前の時点で彼女の名が記載されていた。

ニコラスは座席の肘掛けを指でコツコツと叩きながら考えた。このあと探すべき情報はわかっていた。パスポートや免許証などあらゆる身分証明書からわかるように、ビクトリア・ブラウニングは表面的には完璧に作りあげられている——だが、彼女は二年以上前には存在しないのだ。このことを突きとめられる人物はそう多くはあるまい。もちろん、サビッチならできるだろうが。ブラウニングがここまでの技術を備えているとしたら、こちら側との力はほぼ互角かもしれない。ありえない話ではないが、それではワンダーウーマン（アメリカの人気コミックのヒロイン。超能力を有する〉だ。それよりは、ハッカーが協力していると考えるのが妥当だ。そちらの捜査も必要だが、今はかまっていられない。

ニコラスは書きあげた時系列表を眺めた。ダイヤモンドを盗む計画は、少なくとも二十四カ月前から始まっている。もっと前からの可能性もある。だがイレインの話によれば、〈ジュエル・オブ・ザ・ライオン〉展の開催が正式に決定したのはわずか一年前だ。

ニコラスは友人のマイルズ・ヘリントンに電話をかけた。マイルズはバッキンガム宮殿で女王の秘書官として働いていて、不名誉なことに、かのハーミッシュ・ペンダリー警視正の義理の息子だ。事件情報についても、ニコラスが電話をかけたことも他言しないという点で信用できた。

マイルズはすぐさま電話に出た。「ニコラス、この野郎。コ・イ・ヌールは見つかったんだろうな？」

「まだだ、マイルズ。今、捜査中だ」

「政権が倒れたり、アメリカに宣戦布告したりする事態になる前に取り返してくれよ。いや、それよりも宮内長官に電話を替わってやろうか？　おまえを見つけたら、さんざん油を絞ってやると言っていたぞ」

「元気そうで何よりだ、マイルズ」

「おまえは今世紀最大のスキャンダルに足を突っこんでいて、しかも聞くところによると、自らまいた種だそうじゃないか。帰国時に歓迎されると思うなよ」

「わかっている」ニコラスは答えた。つまり、ペンダリーはぼくが勝手に行動していると言いふらしているわけだ。まずい事態だ。

「マイルズ、ぼくは今、飛行機でパリに向かっているんだ。窃盗犯が現れると思われる場所で張り込みをする。フォックスという名を聞いたことがあるか?」

「子ども向けアニメに出てくるキャラクターの?」

「フォックス違いだが、まあいい。王冠をアメリカに貸しだすことを検討しはじめたのはいつだ?」

「ええと、女王の戴冠六十周年の計画を練っていて、メトロポリタン美術館がアメリカでの企画を持ちかけてきたときだから、二年以上前だと思う。正確な日付を調べておくよ」

「頼む。その計画の検討にかかわった者と、コ・イ・ヌールがアメリカに渡る可能性があるという情報を真っ先に手に入れることができた者全員の名前を教えてほしい」

「なんのために?」

「情報がもれていたんだ。交渉が進行中であることを知っていた人物が口外したはずだ」

マイルズはぎょっとしたようだった。「ここのスタッフに責任があるかもしれないということか?」

「ああ。間違いなく、初期段階の会議に参加していた人物だ。意図的にもらしたのかそうでないのかは定かでない。いずれにしろ、王冠がアメリカに送られるという情報が、世界有数の窃盗犯の耳に入ったんだ。そこから逆にたどれば、何があったかは明らかだ」

「なんてこった。わかった、リストにまとめよう」

「ありがとう、マイルズ。超特急で頼むよ」

ニコラスは電話を切った。これで事態が急展開するといいのだが。マイクを見やると、ぐっすり眠っていた。ニコラスも二分もしないうちに眠りに落ちた。


マイクは飛び起きた。夢を見ていたようだ。テニスラケットを盗んだティモシーをぶとうと追いかけるが、どうにも捕まえられない。どうか正夢になりませんように。マイクは起きあがって伸びをした。マイクが動いたせいだろう、ニコラスも目を開け、満面に笑みを浮かべた。「実はきみが喜びそうなニュースがある」

「へえ、そう？　予知夢でも見たの？」

「ちょっと違う」ニコラスはビクトリア・ブラウニングという人物が誕生してからまだ二年しか経っていないことを告げた。エディンバラ大学のシステムをハッキングしたことには触れなかったが、口に出さなくてもばれているだろう。セキュリティUSBメモリをくれたときから、彼女にはこうなることがわかっていたに違いない。マイクが起きあがって、水のボトルとサンドイッチを取ってきた。

ハムサンドはおいしかった——あるいは、単におなかがすいていただけかもしれない。マイクも同じだったようで、ふたつ目のサンドイッチに手を伸ばしている。卵サンドだ。ニコラスは口を開いた。「つまり、ビクトリア・ブラウニングという人物は二年前、コ・イ・ヌールをアメリカに持ちこむ計画が検討されはじめた時点ですでに作りあげられていた。イレインがクラウン・ジュエルの特別随行員に抜擢《ばってき》されるずっと前だ。この事件の首謀者が誰にしろ、女王のかなり近くにいる人物とつてがあるのは間違いない」

「完全に秘密にしておくのは難しいわね、ニコラス。特にこれだけの規模のものは」

「ああ。フォックスは、英国がメトロポリタン美術館と契約した時点ですでに、コ・イ・ヌールを盗みだそうともくろんでいたに違いない。ブラウニングという人物をでっちあげ、アメリカに渡り、メトロポリタン美術館で働きはじめた。目的の宝石を所持している団体に紛れこむのは彼女の得意技だ。これまでにも同じ手を使っている」

「じゃあいったいフォックスは何者なの？　ワンダーウーマン？」

ニコラスはにやりとした。「おもしろい。ぼくもそう思ったんだ。フォックスが何者なのか、誰がフォックスを雇ったのか、いくら考えても堂々めぐりだ。パリ、ロンドン、ニューヨーク——この計画は少なくとも二年以上かけて練られているはずだ。膨大な時間をかけていくつもの要素を複雑に絡みあわせている。だが、答えを見つけなければ」立ちあがって脚や背中を伸ばし、肩をまわしながら狭い機内を歩いた。だいぶ楽になった。

ニコラスはキッチンからもう一本水のボトルを持ちだした。「ずっと考えていたんだが、イレインのノートパソコンには美術館のセキュリティ計画が入っていたはずだ。窃盗犯にとってはまさに犯罪の企画書のようなものだ」

「だから？　ブラウニングは美術館で働いてたのよ。イレインのノートパソコンからじゃなくても、ファイルにはアクセスできる。どうしてイレインのパソコンが必要なの？」

「ブラウニングはパソコンを盗んでいない」

「でも、イレインのアパートメントからはノートパソコンがなくなってるのよ。誰かがあのパソコンを欲しがってたはず。でも、いったい誰が？」

ニコラスは言った。「ぼくはアンドレイ・アナトリーではないかと考えている。アナトリーはダイヤモンドを手に入れたがっていたが、イレインは協力しなかった。だから殺したんだ」

「だけど、イレインは身の安全に気を配ってたわ。だからこそ、ボディガードを雇ったのよ。たしかにカーチンがアナトリーの仲間だということは知らなかったのかもしれないけど、彼女くらい聡明で用心深ければ、雇ってすぐ正体に気づいたはずよ。ねえニコラス、忘れてはだめよ。イレインは脅迫されてるとも、危険を感じてるとも報告してなかったのよ」

またしても同じ議論の繰り返しだ。

「やっぱりイレインも窃盗に加担していたという結論になるわね」

ニコラスは残っていた水を飲み干して座席に戻った。「援軍を呼ぼう」

スマートフォンを取りだすと、唯一自分を助けてくれる可能性のある人物に電話をかけた。

「ディロン？　ニコラスです。頼みがあるんですが、ＭＡＸで調べてもらいたいことがあります」

50

大西洋上空
金曜日、正午

サビッチは言った。「今、パリに向かってるそうだな。きみの要望を聞く前に、まずおれがやっている仕事について聞いてくれ。インターポールのファイルを調べたんだが、フォックスが過去十年で十回以上アクセスしてることがわかった。しかも、先方から提供されたファイルだけでだ。おそらくそれのみではないだろう。フォックスの正体と、金を払ってる雇い主を突きとめる必要がある。盗まれた宝石からたどっていって、金の流れがつかめれば……」サビッチの会話が途切れる。キーボードを打っているようだ。

サビッチとは気が合いそうだとニコラスは考えた。まさにそれこそ、ニコラスが頼もうとしていたことだ。キーボードを打つ音が止まった。

ニコラスは言った。「過去にフォックスと一緒に仕事をした人物の情報があるはずです。盗難のニュースを洗うだけでもいい。取り返したものがあればなおいいですが。フォックスはそれなりに目立つ仕事をしているに違いない」

サビッチが答えた。「明らかになっている盗難事件の日時と場所も調べておこう。部分的にではあるが、フォックスの活動範囲がわかるはずだ。最近の動向がつかめたら、その地域にある金融機関の金の流れを調べて、情報を照らしあわせる。うまくいけば、直近の送金履歴を追跡して雇い主を特定できるかもしれない」

「まさにその情報が欲しかったんです」

サビッチが続ける。「何かわかればすぐにメールで連絡してくれ。おれのほうでデータを追加する。フォックスの交流関係が判明すれば、捜査もスムーズに進むはずだ」

「もうひとつあるんです。せっかくインターポールのファイルにアクセスしているのであれば、インド人とパキスタン人とイラン人の血が流れている人物もチェックしてもらえませんか。この事件には、何かもっと大きな思惑が働いている気がするんです。フォックスを雇った人物が誰であれ、その人物は辛抱強いだけでなく、莫大な財産を持っています。何か事情があるに違いない――そんな予感がするんです」

「おれは第六感というのを信じてる」サビッチが答えた。「MAXでわかったことがあれば、すぐに連絡するよ」

「ありがとう、ディロン。シャーロックにもよろしく伝えてください」

ニコラスは電話を切った。振り返ると、マイクもスマートフォンで話していた。マイクはニコラスに待つよう合図すると、話を続け、うなずきながらメモを取った。

彼女はすぐに電話を切った。「美術館側が採用時に身元調査をしたんだけど、そのときの指紋は偽物だったらしいわ。それをブラウニングの指紋として登録してたみたい」

「その指紋は二年前に指紋自動識別《AFIS》システムに登録された。そうだろう？　何をにやにやしているんだ？」

「毎日働いてたオフィスに何ひとつ遺留品がないなんてありえないわよね。ブラウニングはオフィスを完全に引き払ったつもりみたいだけど、ルイーザが歯形がついた鉛筆を見つけたの。検査の結果、なんとＤＮＡが検出されたわ。ブラウニングは鉛筆を噛んで、その鉛筆を捨て忘れた。今から該当する人物がいないかどうか、システムにかけて調べるところだそうよ」

「ルイーザはさすがだな。だが、一致するＤＮＡの記録がなかったらどうしようもない。ブラウニングを捕まえない限りは」

「ブラウニングを捕まえるまではね。そのとおりよ。でも、ＤＮＡからはさまざまな情報を引きだせる。目の色も、人種も、それにミトコンドリアを追跡すれば、血縁者を探すこともできる。二十四時間で結果がわかるわ」

「素晴らしい。ほかには？」

マイクは三つ編みをほどき、手櫛《てぐし》で髪を梳いてからふたたび編みはじめた。迷いのないなめらかな動きで、髪を三つの束に分けて編みあげていく。「グレイが言ってたんだけど、食品雑貨店の防犯カメラが、殺人があった日の朝、不審な男がイレインのアパートメントがある建物に入っていく様子をとらえてるそうよ。建物の全住人に話を聞いたけど、その男を知ってる人はいなかった」

「男か。ビクトリア・ブラウニングが変装した可能性は？」

マイクは首を横に振った。「ブラウニングではないわ。背が高すぎるもの。それに痩せすぎてる。これで殺人犯の映像を押さえたわけね。グレイの昔の恋人が国家安全保障局《NSA》にいたのは覚えてる？ 彼女がブラウニングの携帯電話を追跡してくれたの。ブラウニングは空港に向かう途中で携帯電話をハドソン川に捨てたけど、別の携帯電話から電話をかけてたことがわかったわ。メトロポリタン美術館が襲撃されたときにあなたにかけた携帯電話と、シリアルナンバーが連番になってる。グレイの話では、同じときにまとめて買ったプリペイド式携帯電話のようね。二台目からかけた通話は盗聴防止機能で保護されてたけど、発信されたのは大西洋上空で、東に向かっていたそうよ」

「ブラウニングだろうか？」

「タイミングは一致するわ。電話をかけた先を追跡してみたんだけど、相手は出なかったみたい。彼女は一時間で二回電話をかけてる」

ニコラスはシートに座りなおし、指で顎を撫でながらじっと前方のコックピットを見つめた。以前の動きを取り戻そうとするかのように肩をまわしている。髭を剃ったほうがよさそうだ、とマイクは思った。でも、別にそれほど気にしなくてもいいのかもしれない。ぼくの邪魔をしたら首の骨をへし折ってやるというオーラが、髭によっていっそう強調されるからだ。

ニコラスがシートから飛びあがった。「そうだ。二回の電話に、コンピュータの専門知識——間違いない、ブラウニングは共犯者にかけたはずだ」

ニコラスの興奮に水を差したくはないが、あらゆる可能性を検討する必要がある。「雇い主にダイヤモンドが手に入ったことを伝えただけかもしれないわ」

「だとすれば、なぜ雇い主は応答しない？　二年間待ちに待った電話だ」

「共犯者が電話に出ないのだっておかしいじゃない」

ニコラスはふたたびシートに身を預けた。「わからない。だがこれだけの大仕事となれば、裏で支える人物がいることはほぼ間違いない。窃盗犯や暗殺者が事務的な補佐なしで仕事をする——つまり案件の事前調査や、金銭面の管理をすべてひとりでこなすケースはほとんどないんだ。後方支援を担当する者がいるのはごく当然だし、フォックスは命がけでその人物の身元を隠そうとするだろう」

「でも過去の事件から見て、共犯者はいないと言ってたじゃない。フォックスは単独犯で通ってるんでしょう」

「ああ、ぼくは間違っていた」

マイクは言った。「それなら共犯者が誰かを探りだして、そいつの居所を突きとめないと。これ以上出し抜かれるのはごめんだわ」

ニコラスは通路の反対側から手を伸ばしてマイクの膝を叩いた。「悪いが、グレイ・ウォートンはぼくが借りるよ。有能そうだからね」

「簡単には渡さないわ。グレイはFBIきっての敏腕捜査官なのよ」

マイクのスマートフォンが鳴った。

「ザッカリーよ」そう言うと、スピーカーフォンに切り替えた。ザッカリーは興奮していた。

「マイク、飛行機の行き先を変更してくれ。フォックスが向かったのはパリではない。グレイと国家安全保障局《NSA》は運がいい。衛星から送られてくる画像を分析して、飛行機に搭載した燃料の量で行ける範囲のヨーロッパの空港を調べたところ、フランスのメジェーブのプライベート滑走路に不審な機体を確認した。パイロットの身柄はフランス政府が拘束済みだ。フォックスはスイスのジュネーブに向かった」

51

フランス、メジェーブ
スイスとの国境付近
金曜日、午前

機体が高度をさげて着陸するまでのあいだ、キツネはずっと眠っていた。それはかえって幸運だった。ここの滑走路は狭いうえに、場所が悪い——モンブランの岩壁に激突するかのような錯覚に陥ったところで、突然機体が傾いて着陸するのだ。

キツネは車輪が地面について、エンジンが逆噴射を開始したときに目を覚ました。あくびをしながら伸びをし、バッグのなかからあたたかいコートを引っ張りだした。外は寒い。鮮やかな水色の空を背景に、真っ白な雪を戴《いただ》いたアルプス山脈が見える。

パイロットが機体を指定の場所まで移動させると、コックピットから出てきた。

「今日じゅうにまた飛行機に乗りますか？」

キツネはしばらく考えた。当初の予定では飛行機は送り返すつもりだったが、念のためここで燃料を積んだ状態で待機させておくのも悪くない。

「スキーはするの？」

「ええ、します」

キツネはにっこりした。「一日で終わるわ。雪山を満喫して。土曜の朝六時に、またここで落ちあいましょう。遅刻は厳禁よ」

タラップをおり、待機していた車に向かった。指示したとおり、黒のメルセデスのセダンだ。運転手がドアを開けて待っている。

キツネが無事になかへ乗りこむと、運転手はハンドルを握ってフランス語で言った。「一時間でジュネーブに着きます、マドモワゼル」

彼女は携帯電話のスピーカーのミュートボタンを押し、ふたたびマルベイニーにかけた。出ない。キツネは電話を切って膝の上に置いた。右手の道路の向こうに流れるアルブ川は、冷たい水とぶつかって混じりあい、不気味な緑色になっている。奇妙だ。この川もマルベイニーも。マルベイニーはこれで三回電話に応じなかったことになる。その事実が意味することはわかっていた。さらわれたか、死んだかのふたつにひとつだ。

キツネは、マルベイニーを失ってしまうかもしれないという底知れない不安を押しやった。今は彼のことを考えている場合ではない。だが、その鮮烈な痛みは、心の奥深くに巣くったままだった。だめよ、まずは仕事を終わらせないと。サリーム・ラナイハンと話をつけて、ダイヤモンドを渡し、報酬がきちんと支払われたことを確認する。マルベイニーならどう言うだろう？　サリーム・ラナイハンは物わかりのいい父親とは違って、信用できない。用心しなければ。

ダイヤモンドの受け渡しには特に注意が必要だ。ラナイハンが裏切っていないという確信が持てるまでは、ダイヤモンドを入れた貸金庫の鍵は渡さない。ラナイハンはいい顔をしないだろうが、それがいちばん安全な方法だ。そういえば、ドラモンドは今どのあたりにいるのだろう。近づいてきていると、キツネは直感で思った。すぐそこまで迫っている。

髪と服を整えてから窓の外をのぞくと、遠くのほうに高く噴きあがる噴水が見えた。レマン湖にある大噴水だ。なんて美しい景色だろう。

キツネは時計を見た。予定どおりだ。ラナイハンとの約束の時間まであと二時間ある。今の状況を考えると、待ち合わせ場所を暗号にしておいたのは賢明だった。仮にドラモンドが先まわりしたとしても、彼がたどりつく先はジュネーブではなくパリだ。

ラナイハンに対する不安よりも、ドラモンドに対する不安のほうが大きい。念のため、もう少し罠を仕掛けておいたほうが安心かもしれない。

運転手はキツネの指示に忠実だった。メジェーブでキツネを拾ってからぴったり一時間後に、ベルグ通り沿いのドイツ銀行の前に車をつけた。

午前中に行くべき場所はすべて徒歩圏内だ。キツネは運転手に別れを告げ、ドイツ銀行の建物に入った。さっさとロビーを通り抜け、中庭に入り、そのまま北側の門から外へ出る。

ノートルダム聖堂までは歩いて五分だ。通りをくねくねと曲がり、途中の店の窓をのぞきこみ、ようやく誰もあとをつけている人物がいないと確信した。

冷たく晴れ渡った日で、街は喧騒に包まれていた。キツネはジュネーブが好きだった。濁った湖の水しぶきが車やボートや歩道を氷で包む、そんな冬すらも気に入っていた。

キツネは湖のほうへ戻り、ホリム銀行の豪華なロビーに入っていった。

三十分後、最後の用事をすませ、モンブラン通りをあがっていき、ホテル・ド・ラペでエスプレッソを飲んで暖を取った。

あと少しだ。報酬を受けとって、安全な場所へ慎重に移したら、すぐベルンに行って瞳の色をアイスブルーに戻し、カプリ島にいるマルベイニーのもとへ向かう。彼の身に何かあっただなんて——事故や心臓発作を起こしたかもしれないなんて考えたくない。大丈夫、マルベイニーはきっと無事だ。お気に入りのカプリ島産ファランギーナの白ワインを片手に、笑顔で迎えてくれるに違いない。もうすぐ彼と再会して、ニューヨークの大冒険についてふたりで笑いあうのだ。

キツネの脳裏をグラント・ソーントンの顔がよぎった。すべての片がつけば、もしかしたら、本当にもしかしたらだが、またグラントのもとに戻れるかもしれない。わたしが捨て駒に恋をしたと知れば、マルベイニーはいい顔をしないだろう。彼のこれまでの教えのすべてに逆らうことになるからだ。だけど、これはわたしの人生で、わたし自身の決断だ。欲張りすぎだろうか？　そうかもしれない。でもグラントのことを思うと、自然と口元が緩んでしまう。

五分後、エスプレッソのカップは空になっていた。時間だ。

52

スイス、ジュネーブ
金曜日、正午

サリームはロルフ・ヘイヤー名義の偽造パスポートで移動していた。空港の税関より、国境の検問所を欺くほうがたやすい。だからこそ、今回は車で国境を越えることにしたのだ。検問所は混雑していて、車はほとんど動いていなかった。サリームは窓をおろし、冷たい空気を吸いこんだ。気持ちがいい。あと少し、あともう少しだ。

書類の提示を求められると、サリームはにっこりして差しだした。第一印象がものを言う。心を落ち着けて堂々としていれば、何も恐れる必要はない。犯罪組織のメンバーとして顔が割れているわけでもない。ロルフ・ヘイヤーは、慎重かつ聡明な、法を遵守するビジネスマンだ。

しばらくして車内のチェックとパスポートリーダーでの読みとりが終わると、サリームは先に進むことを許可された。

そのあとはなんの問題もなかった。四時間後、高速道路を抜けてジュネーブの街路に出たところで携帯電話が鳴った。コレットだ。ついに来たか。

「頼むから、いい知らせであってくれ」

「ええ、そうです。電話が来ました。例のものを確保したようです」

サリームはほっとした。「素晴らしい、コレット。ありがとう《メルシー》」

「お礼をおっしゃるのはまだ早いです。ラスボーンを失いました」

「拉致されたか？　それとも殺されたのか？」

「殺されました。遺体を取り返すことはできませんが、身元が割れることもなさそうです。ヨーロッパでもアメリカでもシステムに登録されていないので。ラスボーンの死がこちらの不利になることはありません」

サリームはため息をついた。ラスボーンはお気に入りの部下だった。ガラガラヘビのように獰猛《どうもう》でありながら俊敏で頭もよく、逮捕されたことすらなかった。もう何年もサリームのもとで働いていたけれども、いつも彼の指示に喜んで従った。

「この損失は大きいが、やむをえない。コ・イ・ヌールを手に入れようとする過程で、多くの命が犠牲になってきた。ラスボーンは英雄として皆の記憶に残るだろう」これで追悼は終わりだ。サリームは鋭い声できいた。「それで、ダイヤモンドはどこに？」

「フランスのガニーにある倉庫です」

サリームはすっかり満足して電話を切った。

キツネにすべてがかかっている。裏切らせるわけにはいかない。莫大な金とおのれの運命を彼女に託したのだ。アメリカから出国するときにあと一歩のところまでFBIに迫られるとは、キツネもうかつだった。傲慢にも、世界一の法執行機関であるFBIよりも自分のほうが上だと思っているのだろう。

サリームは実に辛抱強い男だ。彼が手に入れようとしている力には、長いあいだ待つだけの価値がある。だが、危険を冒さないよう充分注意しなければならない。なぜなら今は、コ・イ・ヌール以外にもうひとつ大事なものがあるからだ。

サリームは計画どおり、大噴水の反対側のほとりにあるホテル、ボー・リバージュを予約していた。チェックインして、優美なスイートルームにバッグを運びこむと、バルコニーに出て、空中百五十メートルまで噴きあがる水柱を眺めた。

二時間後にキツネと会う。彼女もすぐ近くまで来ているに違いない。あと少しで〈ジュエル・オブ・ザ・ライオン〉を手にできるのだ――きたるべき運命への期待に、サリームは体を震わせた。

サリームはバルコニーのドアを閉め、ルームサービスでラクレット（チーズを溶かしてジャガイモなどに絡めて食べるスイスの伝統料理）とシャンパンを頼むと、熱いシャワーを浴びた。丁寧に服を着こみ、バルコニーに出て、カクテルを飲みながら食事の到着を待つ。

輝くモンブランを遠く望みながら、サリームはただひとり、つかの間の平和を楽しんだ。

人生をかけた夢が、今まさに実現しようとしている。しかもコ・イ・ヌールを確実に手に入れるための保険は、想定していたよりもはるかに安く手に入った。

父は死ぬとき、かつて自分や自分の父がそうであったように、息子もまたコ・イ・ヌールを求め続けることを知った。そして、フォックスのことを教えたのだ。この二年、何度も疑問に思ってきたことだが、なぜ父はフォックスが冷徹な美女であることを黙っていたのだろうか？

いや、父が死んだのはずいぶん昔の話だ。もう関係ない。

コ・イ・ヌールが持つ力は、サリームにとっては伝説などではなかった。力は実在する。ライオンとはこの自分のことだ。もうすぐあの高名なコ・イ・ヌールを手に入れ、望むすべてをわがものにできる。誰も自分を止めることはできない。サリームはそう確信していた。

大西洋上空

53

マイクが言った。「スイスですって？」

「そうだ、運がよかった。フランスの衛星がフォックスが到着したところをとらえていたんだ。静止画像を見てもわたしにはわからなかったが、顔認識プログラムにかけてフォックスだと断定された。今は黒のショートヘアで、まさかとは思ったが、背も低くなってるようだ。さすがは変装の名人だ。

乗車した車はメルセデスで、Ａ４０号線からＡ４１１号線を通って北西のジュネーブ方面に向かった。ナンバープレートはよく見えないが、一時間後にジュネーブ市内に入ったところを衛星が確認してる。

運転手はフォックスを街なかにあるドイツ銀行の前に降ろして走り去った。ジュネーブ警察は運転手の行方を捜しているが、パイロットと同じような立場だとしたら、役に立つ情報は持ってないだろう。フォックスは仕事ごとに毎回違う者を雇い、繰り返し仕事を依頼することはない」

ニコラスは言った。「そっちのほうがはるかに安全だ。予想外の裏切りに遭う心配がほぼないですからね。銀行前で降りたあとは見失ったんですか?」

「そうだ。ジュネーブ警察に防犯カメラの映像を集めてもらってるが、現時点で収穫はない。わかってるのは、フォックスが間違いなく市内にいることだけだ。

現地に着いたら、ピエール・メナールという人物と落ちあってくれ。ジュネーブ駐在のスイス連邦警察官だ。勇敢でアメリカ人好きで、信用できる男だ。メナールの連絡先をメールで送っておいたから、電話をかけてほしい」

「ええ、連絡を取ってみます。着いたらすぐにドイツ銀行へ向かって、手がかりがないかどうか探るつもりです。着陸したら、また電話します」

マイクは通話を切り、機内のコールボタンを押した。パイロットが応答した。「スイスのジュネーブに行き先を変更よ。どのくらいで着く?」

「少々お待ちください。フライトプランを見なおします。五分後にまたご連絡します」

マイクはニコラスのほうを向いた。「ジュネーブよ、どう思う?」

「銀行なら世界一だ」

「ジュネーブで何をする気かしら?」

「たとえば雇い主がスイスの銀行口座に金を振りこんで、受け取りに本人のサインが必要という可能性もある」

マイクはがっかりした。「わたしたちが着く頃には、もうスイスにはいないかもしれないわね」

「そんなに落ちこむな。フォックスはわれわれがまったく違う時間にまったく違う場所に向かうと思いこんでいる。だが、そうはいかない。フォックスはスイスにいて、これからわれわれが逮捕するんだ」

「雇い主と事前に暗号を決めてたのかしら？　たとえば、〝正午に凱旋門で〟は〝夕刻にジュネーブで〟とか」

ニコラスがうなずく。「きっとそうだと思う」

認めたくなかったが、マイクはブラウニングを尊敬せざるをえなかった。「何から何まであらかじめ考えておいたのね」

「フォックスがジュネーブに行ったことがわかったのは本当に幸運だった。われわれがあとを追っていることは知っていても、まさかここまで早く追いつくとは考えもしないだろう。以前はフォックスを見くびっていたが、今度は違う」

スピーカーからパイロットの声が響いた。「航路をジュネーブに変更しました。二時間弱で目的地に到着します」

マイクはスイッチを切り替えて言った。「了解」そして、ザッカリーからのメールを開いた。「連邦警察官と一緒に働いたことはある？」

「連邦警察官？　ああ、何度もある。結果はうまくいったり、いかなかったりだ。インターポールにはわれわれみたいに実際現場に行く捜査官はいなくてデータ処理ばかりだから、よく連邦警察とタッグを組んで仕事をしていた。ヨーロッパの主要国にはほとんどと言っていいくらい支局がある。正直、話を通さなければならない国際法執行機関が多すぎて官庁が大変だが、今はヨーロッパじゅうを自由に行き来できる人物が必要だ。じきにメナードが役に立つか、足手まといになるかわかる」

　本物のスパイみたいな話し方をするのね、とマイクは思った。

「ザッカリーは勇敢な人だと言ってたわ。しかもアメリカ人好きだから、少なくともわたしのことは好きになってくれるはずよ。どのくらい好きなのか確かめてみましょう」そう言って、メナールに電話をかけた。

「メナールだ。ケイン捜査官かい？」

「ええ。それから、ロンドン警視庁のニコラス・ドラモンドも一緒です」

「名前は聞いたことがある。外務省にいた――そうだろう？　わたしの友人にジャック・ブートンという男がいるんだが、知っているかな？」

　ニコラスが笑った。「よく知っていますよ。あのご老体は最近どうしているんです？」

「退職した。でも、引退はできないんだ。外務省の人間はそういうものだろう？　シャモニー・モンブランの山小屋《シャレー》に住んでいるのに、どういうわけかわたしの事件にも首を突っこんでくる。きみのことも話していた。信用できる人物だと」

「お褒めにあずかって光栄です」信頼関係が築けたようだ。ニコラスはきいた。「容疑者の潜伏先はわかりますか？」

「今、捜索中だ。ジュネーブ警察も力を尽くしているが、まだ何も見つかっていない。それで、到着予定時刻は？」

「二時間後です」

「了解だ。空港で会おう。ではまた」

ニコラスが言った。「よかった、彼なら大丈夫だ。ブートンの友人なら、ルールのすり抜け方を心得ているからね。メナールはきみよりぼくを気に入ったらしい」

マイクはしばらく黙っていたが、やがて口を開いた。「ブートンというのは誰なの？」

「友人さ。昔からのね。五年前にアルジェで起きた危険な任務を一緒に担当したんだ。メナールがブートンを知っているなら、われわれはついている」ニコラスは一瞬、間を置いて続けた。「フォックスを捕まえるには、一線を越えなければならないだろう」

マイクはブーツを脱ぎ捨て、レザーシートの上で脚を引き寄せた。「わたしたちはルールをすり抜けるためにヨーロッパに向かってるわけじゃないわ、ニコラス」

「今、従わなければならない唯一のルールは、フォックスを逮捕することだ」

マイクはニコラスが言い終える前から首を横に振っていた。「ねえ、ＦＢＩは法をないがしろにはしないのよ。知ってるでしょう？」

「ああ」

「そう、もちろんあなたは知ってる。でもフォックスがイレインの死に絡んでると思うから、復讐《ふくしゅう》したいんでしょう？　顔にそう書いてあるわ。だけどあなたの仕事は法を破らず、自分に妥協せずに事件を解決することよ」

ニコラスが冷たい声で言った。「もしイレインが死んだ悲しみのあまり、ぼくが捜査方法を変えたと思っているなら、それはお門違いだ。きみはぼくのことをまったくわかっていない。ぼくのほうがよっぽどきみのことをわかっている」

「いいえ、あなたはわたしのことなんてこれっぽっちもわかってないわ」

ニコラスはシートに座りなおして眉をあげた。「父親がオマハの警察署長で、農家の出身とは思えないほどの地位にまでのぼりつめたと、自分で言っていたじゃないか。それにお父さんは二回ベトナムに行って、名誉戦傷章と銀星章をもらっている。両親は離婚していなくて、少なくとも傍目《はため》には幸せな暮らしを送っている。ティモシーという弟もいる。残念ながら時間がなくて、詳しいことはまだ調べていないけれどね。ティモシーは昨日の夜中に電話をかけてきただろう？　ぼくにとってのアフガニスタンのようなものだと言っていたから、彼とのあいだには何か問題があるに違いない。たとえば――」

マイクがさえぎった。「もうやめて。そんなのはグーグルで調べれば誰でもわかることでしょう？　仕事の進め方とは無関係よ。わたしは、状況に応じて捜査のやり方を変えたりしない。ルールがあるからこそ、わたしは犯罪者じゃないって自覚できるの。それはあなただって同じはずよ」

ニコラスの表情は変わらず平静だったし、口調も軽かった。だが、マイクは一瞬たりともごまかされなかった。「信じてくれなくてもいいが、ぼくが知るイレインはきみにそっくりだった。だからこそぼくはどんなことを頼んでも、安心して自分の背後を彼女に託せた。きみのことも同じように信頼できるといいと思っている」

マイクは腰につけたグロックに指で触れた。彼女の声も、ニコラスと同じくらい何気なかった。「あなたはばかよ。自覚してる？　わたしのことは心配いらないわ。人生で一度も、戦いから逃げたことはないから。でも、法律違反はだめよ、ニコラス。犯罪者を捕まえるために、自ら犯罪者になりさがることは許されないわ」

54

ニコラスは何も答えなかった。スマートフォンを手に取り、ふたたびサビッチに電話をかけた。

「申し訳ないが、まだ何も新しい情報はありません」

「もうひとつわかったことがある。犯人が三十分前、ジュネーブのドイツ銀行に入った」

「助かります。ありがとう。その情報も加えて、引き続き捜査します」ニコラスが電話を切ると、マイクのノートパソコンからメールの着信音がした。

「やっと来た。イレインのアパートメントがある建物の防犯カメラの映像よ。どうしてビデオテープを別の場所に保管するのかしらね？　手に入れるまでにひどく時間がかかったわ」

ニコラスはマイクの隣に座って、彼女がノートパソコンで動画を開くのを見守った。映像は建物のロビーに設置されたカメラで撮られたもので、撮影時刻は午前十時十四分だ。

黒のジャケットにスラックスという格好をした、長身の痩せた男が映った。黒のニット帽から白髪がはみだしている。あたりをきょろきょろすることもなく堂々と歩いているが、顔

けているのが映った。

「駐車場でわれわれを襲った人物だ、マイク。間違いない」

動画は午後十二時十分まで早送りになっていた。男が出ていく。今度はヤンキースの野球帽をかぶっている。リバーシブルだったのだろう、ジャケットの色はライトグレーに変わっていた。ドアを通り抜けるときはやはりうつむきかげんで、顔立ちはいっさいわからなかった。カメラに映ったのは細い刃《やいば》のような鼻と、笑みをたたえた口元だけだった。男が曲がると顎があらわになったが、それもほんの一瞬だった。そして、そのまま画面の外に歩み去った。動画はそれで終わりだった。

マイクが口を開いた。「人ふたりを殺した帰りにしては、ずいぶん楽しそうね」

「ゆうべ、われわれを殺そうとしたときもそうだった。もう一度、再生してくれ。この男はプロだ。カメラにも気づいているし、どうすれば顔が映らないかも熟知している。顔認識プログラムにかけるだけの情報さえ残していないかもしれない」

「ザッカリーのメールによると、解析を試みてるそうよ」マイクは動画を再生した。「この男のボスは誰かしら？　ロシア人には見えないわよね？」

「ああ、ロシア人ではないな。公道の防犯カメラに、逃げるところが映っていないか？　移動手段が車か徒歩かくらいわからないだろうか？」

マイクはメールを見なおした。「これだけね。もしほかにも何かあれば、絶対に送ってくれるはずだもの」

「もう一度、再生してくれないか。男のバックパックに注目してほしい」

マイクはじっと動画に見入った。

「出ていくところを見たか？ バックパックがかなり肩の下のほうまでさがっている。何か重いものを運んでいるんだ。しかも、入ってきたときには持っていなかったものだ」

「その可能性は高いな。グレイに頼んで、バックパックの種類を特定してもらえないだろうか？ 何か糸口になるかもしれない」

「そういうのを藁《わら》にもすがるというのよ」

「何もないよりはましだ」

ニコラスは怒っていた。イレインが殺されたことを考えるだけで吐き気がするのに、殺人犯が今にも口笛を吹きそうな笑みを浮かべ、何事もなかったかのように悠々と歩み去る様子を見るはめになるとは。はらわたが煮えくり返りそうだ。かわいそうなイレインはこの数分後に男のあとを追い、川に落ちて死んだのだ。

マイクがニコラスの腕に手を添えた。「この男を捕まえましょう。わたしたちなら絶対できるわ」

こぶしを握っていたことに気づき、ニコラスは手の力を緩めた。「何もわからないのにはうんざりだし、ばかにされるのもごめんだ。それなのに、いまだやつらに遅れをとっている。そろそろ我慢の限界だ」

55

ニューヨーク、ブライトンビーチ
金曜日、正午

太陽がまったく顔を見せない、暗く曇った風の強い日の昼前。ベン・ヒューストン捜査官がアナトリーの所有する地中海風の豪邸を観察しはじめてから三時間が経ったが、今なお何も動きがなかった。暗い部屋に明かりをつけることもなければ、新聞を取りに出てきたり、犬の散歩に行ったり、車で出かけたりすることも、とにかく何もない。つまり、アナトリーはまだ家のなかにいるということだ。

ベンは時計を見た。間もなく、サビッチとシャーロックが合流する。その後、全員でアナトリーの玄関のドアを叩き、プラド美術館から消えたサラ・エリオットの絵画に関して尋問するのだ。サビッチがあのサラ・エリオットの孫だということに、ベンはいまだに感銘を受けていた。

何か起きてくれと祈るかのように、彼はひたすら物言わぬ家を見つめた。サビッチとシャーロックが到着する前に、家に入っていってアナトリーを叩きのめし、ウラジーミル・

カーチンとイレインのことをすべて吐かせたかった。ベンはこぶしをハンドルに叩きつけた。イレインのことを考えてもどうしようもない。ルールはルールだし、法は法だ。

マイクとあのロンドン警視庁から来た男は何をしているのだろう？　ニコラス・ドラモンドは頭がいいと思っていたが、彼は危険を冒した。自分なら、危険は避ける。だが、ニコラスは展示室の爆弾を解除した――あれはこのうえなく危険だった。ベンはため息をついた。ニコラスと自分にはひとつだけ共通点がある。イレイン・ヨークだ。またしても彼は腹におなじみの痛みを感じた。

もうこの眺めにも飽きた。ベンはクラウンビクトリアのエンジンをかけ、一ブロック北に移動した。これで家の三面がよく見える。ベンはふたたび腰を据えて張り込みを開始し、サビッチとシャーロックを待つことにした。スマートフォンが鳴った。シャーロックだ。到着まで、あと三十分かかるらしい。

ベンはハンドルを指でコツコツと叩いた。アナトリーの七人いる息子のうち、一緒に暮らしているのはふたりだけだ。母親も、妻も、小さな子どももいない。根っからの腐りきった大人が三人いるだけだ。やつらとポーカーをするのはごめんだ。おとなしく負けるようなたちではないだろうから。実を言うと、朝食を一緒にとるのさえ遠慮したかった。

そう考えて初めて、ベンは腹が減っていることに気づいた。朝食のベーグルはとっくに消化されていた。すぐ近くに、たしか〈パパ・レオーネ〉というピザの店があったはずだ。ペパロニのピザなんかがいいかもしれない。アナトリーの事情聴取が終わったら、サビッチとシャーロックを誘って行ってみようか。

もうひとまわりしよう。ベンはそう決めて、クラウンビクトリアのエンジンをかけた。アナトリーの豪邸の脇をゆっくりと通り過ぎていく。すると驚いたことに、玄関のドアがわずかに開いていた。

どうして先ほどは気づかなかったのだろう？　いや、見えないところで、何かが起こったのだ。体じゅうをアドレナリンが駆けめぐる。こうしてはいられない。だが、ひとりで突入するわけにもいかない。とりわけ昨夜アナトリーに、おまえは頭が首とつながっていないほうがいい男なんじゃないか、という目で見られたあとでは。しかも、アナトリーなら本当に彼の頭を切り落としかねない。

サビッチとシャーロックを待っている時間はない。ほかのＦＢＩ捜査官を呼んでいる時間もない。その代わり、ベンはブライトン分署に連絡を入れた。

三分後、青と白のニューヨーク市警のパトカーが一台、そしてさらに続けて二台やってきた。ブライトン分署もこの家の住人が誰かを把握しているのだ。

車がゆっくりと停止したので、ベンは手を振った。禿《は》げかかって腹が出はじめた年配の巡査部長が近づいてきた。名札に〝Ｆ・ホラス〟と書いてある。

「どうされましたか？」

ベンはFBIのIDカードを突きつけた。「FBI捜査官のベン・ヒューストンだ。ゆうべ、フェデラル・プラザでミスター・アナトリーと話をした。捜査官があとから二名来ることになってるが、二十分はかかるだろう。時間がないんだ」そう言って、玄関のドアを指さした。「ドアが開いてる。だが、この三時間、誰かが出入りした様子は見られなかった」

「ミスター・アナトリーがなぜドアを開けっぱなしにしてるのか気にかかるってことですね。なるほど、たしかに不可解です。見てみましょう」ホラスはグロックの安全装置を外した。ほかの警官に手を振って、あとから来るふたりのFBI捜査官を外で待ち、目を光らせておくよう伝えた。ベンとホラスは捜査を開始した。

ベンが玄関のドアを押すと、ドアはすんなりと動いた。

ベンははたと立ちどまった。まずい、まずいぞ。「におうか？」

「ええ、血ですね」ホラス巡査部長が答えた。それまでの陽気な様子はすっかり消え失せている。「いやな感じだ。実に気味が悪い」ベンの肩に丸々とした手をのせた。「聞いてください、ヒューストン捜査官。万が一、誰もあなたに教えてなかった場合に備えて言っておきますが、気をつけて歩いてください。証拠物件が損なわれては大変ですから」

どこからその笑みがわいたのか自分でも不思議だったが、ベンはにやりとした。「ありがとう、巡査部長。充分に注意しよう」

ホラスから返ってきたのはかすれた笑い声だけだった。

ふたりは銃を構えたまま、だだっ広い玄関ホールを歩き続けた。細部に至るまで、イタリアのアンティークと思われる装飾が施されている。

ふたりはにおいのもとをたどり、円天井の広いキッチンまで来たところでぴたりと足を止めた。キッチンは最新式で、ぴかぴかに磨きあげられていて、清潔だった——部屋の真ん中に折り重なって倒れている、後ろ手に縛られた三つの死体以外は。ふたりはうつぶせで、もうひとりは隣の男と秘密を語りあうかのように横向きになっている。三人とも、処刑されたように後頭部を撃ち抜かれていた。

ホラスは肩にさげたマイクの電源を入れた。「アナトリーの自宅に捜査班と検死官をよこしてくれ。死体は三体だ」そう言うと、ベンのほうを向いた。「ひとまず家のなかを確認しましょう。気をつけてください」

ホラスが一階を確かめているあいだに、ベンはグロックを構えたまま二階へ向かった。

右側二番目の部屋に、もうひとつ死体があった。白人の男が背中を戸枠にもたせかけて、乾いた血の海に座っている。見開いた目には目やにがたまり、顔はベッドのほうを向いていた。黒い服に身を包み、両手で腹の傷口を押さえている。死後しばらく経過しているらしく、男の服についた血はすでに黒く固まっていた。

この男はアナトリーのような大物ではない。おそらく襲撃犯だろう。ということは、少なくともうひとり狙撃犯がいるはずだが、この対応はあまりにひどい。死にかけている男を放置して逃げたのだ。非常に残酷だと言わざるをえない。ベンは男のポケットを探ったが、身元がわかるものは何ひとつ出てこなかった。

部屋のなかも壊滅的だった——ベッドは乱れ、汚れた洗濯物と、なぜか古くなったトーストのにおいがした。おそらく、ふたりの息子のうちどちらかの部屋だろう。襲撃犯が部屋に入ってきたとき、アナトリーの息子はすばやく銃をつかみ、男の腹部を撃ったのかもしれない。

アナトリーの息子はそのあと一階におりたものの、あえなくキッチンで殺されたのだろうか？　銃を手にしていたということは、異変には気づいていたはずだ。だが、無駄だった。一階にいた人物は彼よりもうわてだったのだ。

ベンは二階にあるそのほかの部屋を念入りに見てまわったあと、ホラスに声をかけた。

「二階は完了だ。腹部を撃たれた死体が一体見つかった。押し入った一味のうちのひとりらしい」

「つまり、死体は四つか。さわやかな金曜日が台なしですね」

ベンはキッチンにいたホラスと合流した。ホラスが死体を指さした。「真ん中がアナトリーで、若いほうのふたりは息子です。怨恨による殺しでしょうか。キッチンで殺してくれただけありがたいですね。カーペットが汚れなくてすみましたから。でも、いったいどうやってこの腕っ節の強い三人に銃を突きつけることができたんでしょうね？　どうも納得がいきません」ふたりはそろって死体を見おろした。

ベンは口を開いた。「単独犯であるはずがない。今きみが言ったとおり、相手は屈強な大男三人だ。アナトリーだってまだまだ現役だ」

ホラスがうなずく。「しかも、アナトリーの息子たちは腹をすかせたワニより凶暴ですからね。父親もかつてはそうでしたが、最近は落ち着いていて、怒りを買ったやつに自ら手をくだすことはもうありません。ただ命令するだけです。こちらに来てみてください」

ベンはホラスに案内されて、アナトリーのオフィスらしき部屋に入った。荒らされた形跡はない。巨大なマホガニーのデスクの後ろに飾ってあった本物のピカソとおぼしき絵が外され、壁に立てかけられている。壁には金庫が設置されており、分厚い金属のドアが開いたままになっていた。

ホラスが言った。「なかには札束や契約書、それに見てください――コカインが五百グラムもあります」

「奇妙だな。金目のものを奪うのが目的なら、なぜ現金やドラッグを置いていったんだろう？」

「もしわたしがここに押し入ったとしたら、現金とコカインは放っておきません。いったい金庫から何を奪ったんでしょうね？」

ベンはグロックをホルスターにおさめた。

「わからない」見あげると、サビッチとシャーロックがリビングルームのドアのところまでやってきていた。

56

ベンが経緯を説明するあいだ、サビッチとシャーロックはキッチンの床に転がった三つの死体を見おろしていた。

「二階にもう一体死体がある。おそらく襲撃した側の人間だろう。誰が殺したのかは知らないが、強靭で俊敏な大男に違いない。残念なことに、この三人はなかなかの曲者《くせもの》で、言われるままにひざまずいて撃たれるような輩《やから》じゃない」

シャーロックは膝をついて、三人の顔を検分した。灰色になった顔の筋肉は緩み、目は見開かれて床を凝視している。「あんまりだわ」シャーロックが言った。「これほど残忍な行為をしておきながら、怒りや激情といったものは何も感じられない。淡々と仕事をこなしたという印象ね。犯人はとても冷静だわ。家に侵入して、仕事を片づけて、出ていったのよ。たいして時間もかからなかったでしょうね」

ホラスが言った。「ええ、わたしもそう思います。でも、どうやって？　三人に銃を向けるだけではとても無理でしょう。進んで協力したとも思えません。いいからさっさとおれたちを殺してくれとでも？　まさか」

シャーロックがてのひらでそっとアナトリーの頬に触れた。「死んでからそんなに時間は経ってないみたいね。だいたい二時間というところでしょうけど、すぐに検死官が調べてくれるわ」顔をしかめて鼻をひくつかせ、サビッチを見あげた。「ディロン、どう思う？」

「やつはあっちこっちに出没してるな」サビッチが言う。

「どういうことです？」ホラスがきいた。「何がにおうんですか？」

シャーロックが言った。「なんでもないわ、巡査部長。昨日、青酸カリの事件があったんだけど、ここではそのにおいはしない。ベン、カーチンが麻酔銃で自由を奪われてから殺されたのは知ってるでしょう？　彼も大男だった。殺人鬼は反撃のチャンスを与えたくなかったのよ。ここでも同じことが起きたんだと思う」

ベンが言った。「つまり、カーチンやイレインを殺害したのと同一犯だと？」

シャーロックはうなずいた。「あなたが言ったとおり、被害者はみんな屈強で物騒な大男よ。アナトリーを除けば、年齢的にもいちばん体力がある時期のはず。ここに引っ張ってこられて、こうして並んで後頭部を撃ち抜かれたときには、すでに意識はなかったと見て間違いないわ」ひと呼吸置いて続けた。「仕事を終えると銃をしまって、金庫にお目当てのものを取りに行ったというわけ」

ホラスが言った。「犯人はひとりではありません。ヒューストン捜査官が二階で共犯者を発見してます。息子のどちらかに腹部を撃たれたようです」

「だとすれば、息子が大声で叫びながら一階に飛んできたときに」サビッチが言った。「麻酔銃で撃ち、キッチンに運び入れて殺したんだろう。それから、父親や兄弟と一緒に並べた。賭けてもいい、階段か壁あたりから薬莢《やっきょう》か弾痕が見つかるはずだ。ひょっとしたら銃も見つかるかもしれない」

シャーロックが言った。「拷問をしてないのは、探してるものがどこにあるかわかってたからね。無理やり吐かせる必要がなかったのよ。でも、どうして殺したのかしら？　殺すよう指示されてたか、仕事が首尾よく終わった記念かもしれない」

ベンは言った。「二階の男は出血してたが、死ぬまでには時間がかかったと思う。共犯者に見捨てられたんだ」

「おそらく気にもかけなかったんだろう」サビッチは三つの死体を見てうなずいた。「もう一度金庫を見てみよう。犯人が探してたものの手がかりが残されているかもしれない。《夜の塔》があるかどうかも確認したい」

ホラスは顔をしかめた。「夜の塔が金庫のなかに入ってるって、いったいどういうことです？」

サビッチは笑った。「おれの祖母は画家でね。《夜の塔》というのは祖母の作品だ。スペインのプラド美術館から盗まれたんだよ。アナトリーが本物を盗んで贋作と置き換えたという噂があったんだが、噂は本当だったことがわかった」

ラインバッカー並みの巨体を誇るふたりの若い男が入ってきたとき、サビッチはアナトリーの息子に覆いかぶさるようにして、首にあるタトゥーを調べていた。男の片割れがあらん限りの大声で叫んだ。サビッチが身を起こすと、ふたりの男は暴言を浴びせながら飛びかかってきた。ひとりは拳銃を、もうひとりはこぶしを振りまわしながら、怒り狂ってサビッチに襲いかかる。男たちの後方から、ニューヨーク市警の警官がふたり、銃を構えて大声をあげながら入ってきた。

時間が止まったかのようだった。肩に大きなこぶしを食らい、サビッチはよろめいてアイランド型のカウンターにぶつかった。もうひとりの男が拳銃を構えたかに見えたそのとき、サビッチは目にもとまらぬ速さで足を鋭く蹴りあげて男の腕をとらえ、銃をキッチンの向こうまではじき飛ばした。さらに勢いにのったまま向きを変えて前かがみになると、残りの男の喉元に手の甲を叩きつけた。サビッチは動きを止め、はなをすすってべそをかいている男をまじまじと見つめた。

一連の動作にはものの三秒もかからなかった。

ホラスはサビッチを見つめた。「うちの息子なら〝すげえ〟と言ってるところですよ。いやあ、素晴らしい」そう言うと拳銃を拾って弾を取りだし、そろって目を丸くして息をのんでいる部下ふたりに大声で叫んだ。「もう大丈夫だ。ふたりとも外に戻れ。話はあとだ」

ホラスは折れた手首を抱えてすすり泣いている男に向かってかがみこんだ。「ユーリ、落ち着け。わたしはニューヨーク市警の警察官で、こちらはFBIの捜査官だ。きみの父親や兄弟を殺したのはわれわれではない。来たときにはすでにこの状態だった。何者かに殺害されたあとだったんだ」

ユーリは目に涙をため、手の甲で鼻をぬぐった。もうひとりのほうはいまだに喉元を押さえながらぜいぜいと息を切らし、立ちあがろうとしている。ホラスは言った。「きみもだ、トマス。しっかりするんだ。サビッチ捜査官は少なくともきみを殺しはしなかった」

シャーロックはゆっくりと立ちあがった。死んだ父親と兄弟を呆然と見つめるふたりに声をかける。「ユーリ、トマス、気持ちはわかるわ。でも、取り乱さないで」シャーロックはサビッチを見てうなずいた。「おとなしくしないと、彼がただじゃおかないわ。あなたの安全のためにも静かにするのよ。わかった?」

一時間半後、サビッチ、シャーロック、ベンの三人は豪邸の玄関に立ち、検死官の車二台を見送った。一台にはアナトリー・ファミリーの三人の死体が、もう一台には容疑者の死体が、それぞれ黒い遺体袋に入れられて積まれている。鑑識班が屋敷内を捜索し、警官たちは近隣の聞き込みを行った。サビッチも妻と同意見だった。犯人は数日のうちに五人を殺害したのだ。昨夜ニコラスとマイクを襲ったのも同一犯かもしれない。

「鮮やかなお手並みだな」サビッチは静かに言った。「しかも初犯じゃない。もう何年も殺人に携わってきたベテランだ」空を見あげると、灰色の雲の後ろからふいに太陽が顔を出した。風はいまだに刺すような冷たさだが、冬晴れになりそうだ。

サビッチは隣にやってきたシャーロックに話しかけた。「犯人はピカソの絵を壁に立てかけただけで、手を出さなかった。マネの絵画が二点に、ピサロもあったし、壁には素晴らしいベルト・モリゾの絵がかかったままだった。盗品の可能性はあるが、すべて高価なものだ。それから、現金にもコカインにも興味を示さなかった。犯人が何を探してたのか、手がかりはない。どう思う？　犯人は求めてたものを見つけたのか？」

「ええ」シャーロックが答えた。「確実に見つけたと思うわ。ほかのものを盗まなかったのは、正真正銘のプロだからよ。それも莫大な報酬を受けとるプロね」

サビッチはコートの襟を立てた。「《夜の塔》の手がかりはなかった。祖母の絵が見つかる日は来るんだろうか？」

シャーロックはその可能性は限りなくゼロに近いと思ったが、何も言わなかった。

二時間後、サビッチとシャーロックはルイーザと鑑識班に連れられて、ミッドタウンにあるアナトリーのオフィスに向かった。

のちにサビッチがシャーロックに語ったところによると、〝第六感が働いた〟のだそうだ。

サビッチは、アナトリーのオフィスの近くに小さな隠し部屋を見つけた。室温も照明も完璧に調整されている。部屋の中央に座り心地のよさそうな肘掛け椅子が置かれ、白い壁には全部で十二枚の絵画がかかっていた。そのなかに、サビッチの祖母が描いた《夜の塔》もあった。

57

スイス、ジュネーブ
金曜日、午後

ピエール・メナール連邦警察官は約束どおり、ジュネーブ国際空港の滑走路で待っていた。こめかみに白髪が交じった小柄でこぎれいな男で、チャコールグレーのスリーピースのスーツを身につけていた。

どの程度勇敢な男なのだろう、とニコラスは考えた。まあ、すぐにわかるに違いない。トヨタの白のランドクルーザーの側面にはブルーの〝POLICE〟の文字が、背面にはオレンジの線が入っていた。メナールはてきぱきとふたりを車に案内し、市街に向かって走りはじめた。

ニコラスはジュネーブに来るのは数年ぶりだったが、街はほとんど変わっていなかった。建築物は新しいものと古いものが混在し、現代的なビルと、伝統的なフランス風建築や中世の教会が隣り合わせに立ち並んでいる。ジュネーブは世界有数の時計メーカーが軒を連ねていて、建物の横には六メートルもの巨大なロゴがついている。ロレックス、パテック・フィリップ、モンブラン、エルメスなど、目の肥えた人が欲しがるものはすべて、この時空を超えた都市に本社を構えている。

現代的なガラス張りのビルと、新古典主義の装飾が施された大きな公園の前を通り過ぎる。マイクは流れる景色に見入った。ヨーロッパに来るのは初めてだ。到着するなりすぐさま船を降り、未知の世界に足を踏みだした気分だ。

メナールの英語は素晴らしかったとはいえ、口数は多くはなかった。ニコラスは詳しい話を聞きたがったが、メナールはかぶりを振った。「すまない、ドラモンド警部。知っていることはもうすべて話したんだ。まずは銀行に向かう。防犯カメラに何か映っていれば、その人に話を聞く。容疑者の女はなんと言ったかな？」

「フォックスです」

その名前を聞いて、メナールがはっとした。「あの絵画泥棒の？　なんてことだ《モン・デュー》。大物じゃないか。だが、フォックスは男ではなく女なのか？」

「そうです。フォックスについて知っていることがあれば教えてもらえませんか？」

メナールは右手でハンドルを切り、普段そうしているのか、煙草《たばこ》をふかすかのように左手を窓枠に添え、窓の隙間から灰を捨てるしぐさをした。「もちろん、複数の国で令状が出ている。個人蔵であれ美術館蔵であれ、価値ある作品を次々と盗んでいる。そのほかに高価な宝石も盗んでいて、なかにはコ・イ・ヌールのようなきわめて貴重なものもある。言うまでもなく、これまでしっぽをつかまれたことはない。それだけ優秀な泥棒だ」

マイクが言った。「フォックスを尊敬してるんですね。どうしてみんなそんなに彼女を敬うのかしら？　ただの泥棒なのに」

メナールが首を横に振る。「いや、フォックスはただの宝石泥棒《ボールズ・ド・ビジュー》ではない。これだけ大がかりな盗みを働きながらも決して姿を見せず、長いあいだ指名手配されているにもかかわらず決して捕まらない。実に見事だ《マニフィーク》。しかも、女だというんだから」そう言って、フランス語らしい発音で言った。「ああ《Huh》」

「わたしはこの手でフォックスに手錠をかけたいと思ってるんです」マイクは言った。

メナールが〝せいぜい頑張ってくれ〟とつぶやいた気がして、彼女はニコラスを見やった。

ニコラスは肩をすくめた。

メナールが言った。「テレビのニュースはどれもコ・イ・ヌールの話題で持ちきりだ。ピレネー山脈の村々にまで知れ渡っている。ＦＢＩもほとほと手を焼いているそうじゃないか」

「ええ」マイクは答えた。メナールはＦＢＩがこけにされてもなんとも思わないらしい。

「何が起きたかを完全に知っているはずはないから間違いなく創作だが、今回の盗難のことを書いたブログも見かけた。英国の放送局も激怒していたよ。本当にひどい事件だな？」

ニコラスはうなずいただけだった。「フォックスはこれまでに殺人を犯したことがあるんですか？　それとも窃盗だけでしょうか？」

メナールはふたたび煙草の灰を捨てるしぐさをした。「わたしは十年か十五年前の暗殺事件を覚えている。ミラノの近くに住むイタリア人の銃製造業者を殺したのはフォックスだという噂だったが、証拠がなかった。未解決事件になって、以来なんの進展もない。ところが、今度はコ・イ・ヌールを盗んだという」

他人ごとのように興味津々といった様子のメナールを、マイクは殴りつけてやりたくなった。

メナールが続けた。「マスコミは英国から来たヨーク警部補がどんな役割を果たしたのか、数々のシナリオを検証している」

ニコラスの口調は冷ややかだった。「フォックスが彼女の殺害にかかわっているかもしれないんです」

「それは驚きだ。さあ、着いたぞ」

前方に、レマン湖と有名な大噴水が見えた。遊歩道には人が列をなし、寒さをものともせずに眺めを楽しんでいる。

マイクは車を降り、腰につけた銃を確認した。長年夢見ていたヨーロッパに、こんな形で来ることになるなんて。

輝く太陽を尻目に、冷たい風が街を吹き抜ける。ニコラスはコートの襟を立て、マイクを見た。彼女はレザージャケットのなかで震えていた。

メナールが言った。「今日は風向きが悪い。湖の波が来て、水が通りにかかる様子を見てほしかったのに。だが、運がいい。今年の冬はあたたかいんだ」

マイクは身震いした。「これ以上寒いときがあるんですか?」

「なんだって? きみはニューヨーク生まれだろう? このくらい平気だと思っていたよ」

ニコラスはそう言って笑ったが、風が吹いてくるほうに向かって立ち、自ら風よけになった。

「これで少しはましだろう。でも銀行に行くから、すぐに通りを渡らなければならない。心の準備ができたら言ってくれ」

メナールはすでに街路を横断しはじめていた。「ニコラス、あなたはフランス語ができるわよね?」マイクがきいた。

「まあね。ジュネーブの公用語はフランス語とドイツ語とイタリア語だが、みんな英語も話せる。普通に生活する分には困らないだろう」

「よかった。高校で勉強したフランス語では、トイレにさえまともにたどりつけそうにないもの。心の準備ができたわ。行きましょう」

ふたりはベルグ通りを駆け抜けた。風が追いかけてくる。ドイツ銀行に入ると、マイクは両手で頬をあたためた。

にこやかな目ときれいな白い歯が印象的な、小柄で太った銀行の支店長が挨拶に来た。

「こんばんは《ボンソワール》、マドモワゼル、ムッシュー。州警察が言っていたFBIの方ですね?」

ずいぶん愛想がいい。あらかじめふたりが来ることを知らされ、丁寧に対応するよう指示されているのかもしれない。

「ドラモンド警部です。こちらはケイン捜査官」

「連邦警察のピエール・メナールだ。協力を頼めるかな?」

「ティボリと申します。わたしの力が及ぶことなら、なんでもお手伝いしましょう。いかがされましたか?」

ニコラスは写真を差しだした。「この女性に見覚えはありませんか? 今朝ここに来ているのですが」

ティボリは写真を見てすぐに首を横に振った。「いいえ、見覚えはありません」

「間違いありませんか? もう一度見てください。貸金庫の利用の仕方などをきかれませんでしたか? 髪はダークブラウンのロングヘアではなく、黒のショートヘアのはずです」

ティボリは写真に視線を注いでいたが、やがて首を横に振った。「断言できます、ムッシュー。今日は忙しい日でした。部下がひとり病欠でしたので、わたしが自ら貸金庫の管理を担当していました。彼女を見ていたら覚えているはずです。ビデオテープは警察から連絡があったときにすでに送ってしまいましたが、わたし自身も該当する時間の映像を確認しています。彼女らしき人物は映っていませんでした。申し訳ありません」

ニコラスは言った。「いいえ、ありがとうございます、ムッシュー・ティボリ。ご協力感謝します」

三人はロビーの、唐草模様が施された正面のドアの横で立ちつくした。

マイクが口を開いた。「ねえ、どうする?」

ニコラスは手で顎を撫でた。「フォックスは愚か者じゃない。予防線を張って、万一追っ手が来た場合でも逃げきれるようにしたんだろう。白昼堂々ドイツ銀行に乗りつけるなんて、あまりに単純だし、大胆すぎる。警察の目を欺くためのカムフラージュに違いない。フォックスはここに入ってきて——」ニコラスはロビーの反対側を指さした。「そのまま通り抜けた。確認すべきは、銀行内部を映したビデオテープではない」

メナールもうなずく。「監視カメラの映像を集めよう。まっすぐ銀行に来るとは、たしかに不可解だ」

マイクが言った。「窃盗の報酬を受けとりに来たんだと思ってたけど、あなたの言うとおりカムフラージュかもしれない。フォックスがまだジュネーブにいるかどうかも怪しいわね」

メナールが言った。「フォックスが乗った飛行機のパイロットによれば、彼はスキーを楽しんだのち、二十四時間後に落ちあうことになっていたらしい。フォックスは約束を守るだろうか?」

「ええ、もちろん守るでしょう」

「そうであれば、まだ街にいるはずだ。必ず捜しだそう。ついてきてくれ。何かあたたかいものでも飲んで、さらに捜査しよう」

58

メナールは誰に電話をかけるべきか、そしてさらにありがたいことには、どこで暖を取るべきかも心得ていた。十分もしないうちに、三人は小さなカフェで熱々のエスプレッソを飲みながら、ドイツ銀行周辺の監視カメラが記録した新たな手がかりが届くのを待っていた。店内のあたたかさがありがたい。湖を吹き渡る風で、すっかり体が冷えてしまった。〝ミスター・ぼくってすごいだろう〟のニコラスは、寒さにもまったく動じていなかった。

ニコラスがメナールに尋ねた。「あなたは美術犯罪が専門なんですか?」

「そうだ」

「これだけ大がかりな窃盗を依頼するだけの経済力がある人物をリストにしてみたんです。そこで質問ですが、あなたの経験から言って、なぜ犯人はコ・イ・ヌールを盗んだのだと思われますか? 世界一有名な宝石だから、売ることはできない。飾るにしても、誰かに見つかるリスクがつきまとう。雇い主だって、英国がコ・イ・ヌールを捜し続けるのをあきらめないことはわかっているはずです。それなのにどうしてほかの宝石ではなく、コ・イ・ヌールを盗んだんでしょう？」

驚いたことに、メナールはひと口でエスプレッソを口のなかに流しこんだ。コーヒーは熱々だ。彼の喉はアスベストでできているに違いない。メナールは話しながら両手を自由に使えるように、小さなカップをカウンターに置いた。表現豊かな人だ、とマイクは思った。しかも非常に頭が切れて、使命感に燃えている。わたしたちは運がいい。だが、いつになったらアメリカ人がいちばん好きだと言ってくれるのだろうか？

「美術品の窃盗犯について説明しよう。一般的に、考えられる動機は三つある。今回のような場合、つまりコ・イ・ヌールや、そのほかの特異な歴史がある美術品を盗む場合は四つだ」

メナールは片手をあげて、指でひとつずつ数えはじめた。

「ひとつ目は、売却すること。この場合、犯人は金を得るだけで、思想があるわけでもなければ、戦利品を見せびらかすこともない。単に仲介しているだけだから、盗品は発見できないことが多い。ふたつ目は、正式な持ち主に返還すること。その場合、犯人は狂信的で、邪魔する者は殺害することも辞さないから非常に危険だ。三つ目は、高価なものを所持しているという所有欲を満たすことだ。その場合、犯人はコレクターということになるが、これが最も捜すのが難しい。ひそかに戦利品に酔いしれ、世間の目に触れないようにするからだ」

「四つ目は？」ニコラスはきいた。

メナールの表情が暗くなった。「ダイヤモンドにまつわる伝説を信じた場合だ。行動は予測不能で、危険きわまりない。手に入れるのをあきらめるくらいなら、ダイヤモンドそのものを破壊してしまおうと考えるタイプだ」

マイクが尋ねた。「今回はどのタイプだと思いますか？」

メナールが両腕を広げてみせた。「わからない。だが、四つ目でないことを祈ろう」

ニコラスは煮えたぎるように熱く、タールのように濃いエスプレッソをすすった。うまい。

「フォックスに共犯者がいるという話を聞いたことは？」

「一度もない。わたしの考えでは、彼は——いや彼女はいつも単独で犯行に及んでいるようだ」

ニコラスは言った。「フォックスは、アメリカからヨーロッパに飛ぶ途中、同じ電話番号に二度かけています。どちらも応答はありませんでした。アメリカ政府が現在追跡していますから、かけた先はすぐに特定できると思います」

「申し訳ないが、フォックスに共犯者がいるというのは聞いたことがないな」

「それなら敵はどうです？　ライバルはいるんでしょうか？」

メナールは店員に向かってエスプレッソのお代わりを要求すると、力強くうなずいた。

「ああ、それならわかる。ライバルは三人いる。ひとり目は、今は亡きアルジェ出身のフランス人だ。テート・モダンの作品を盗もうとして、警備員に撃たれて死んだ。彼はゴヨと呼ばれていた。ふたり目はルーベンという男で、ロシア政府のためにセザンヌの作品を三枚盗み、二年後にプラハ近郊で逮捕された。今は終身刑を言い渡されて服役している。三人目はゴーストだ。わたしが知る限り、やつは誰よりも長くこの仕事に従事しているベテランだ。国籍は不明だが、請け負う仕事は最も大がかりで、最も耳目を集め、最も危険を伴う困難なものばかりで、殺しもいとわない。ゴーストの犯行とわかる特徴を見なくなってもう十年になるから、引退したか死んだかのどちらかだろう」

マイクが尋ねた。「ゴーストの犯行とわかる特徴というのは?」

「爆発物だ。ゴーストは保険として、現場に爆発物を仕掛ける。まず現場に爆弾をひそかに取りつけ、危険を知らせるメッセージを残す。盗みに成功したら、美術館にしろ邸宅にしろ、作品を保管している場所全体を爆破することはしない。二十四時間後には爆弾のタイマーが切れて無効化される。原始的な方法だが、効果は抜群だ。ゴーストは必ず逃げきった」

ニコラスの体内をアドレナリンが駆けめぐる。「聞き覚えがある話だと思いませんか? メナール、フォックスはコ・イ・ヌールに爆弾を取りつけました。爆弾は、爆破前に解除することができた」

メナールは唇を引き結んだ。「おもしろい。ふたりには関連があるかもしれないし、単なる偶然かもしれない。どちらだろう?」

「わかりません。インターポールか連邦警察にゴーストの身体的特徴の記録がありませんか？」

「ある人物が語った逸話がある。ゴーストは子どもの頃、幽霊《ゴースト》を見て髪が真っ白になったというんだ。彼について明らかになっていることといえばそのくらいだ」

マイクとニコラスは思わず立ちあがった。

「何か思いあたるふしでもあるのか？」

「ええ」マイクがメナールにノートパソコンを見せた。「今日、これが届いたんです。イレイン・ヨーク警部補の殺害現場となったアパートメントがある建物の映像です」再生ボタンをクリックする。

メナールは映像に見入った。「白髪の男か」

「ゴーストである可能性は？」ニコラスはきいた。

メナールは肩をすくめた。「ないとは言えない。映像を送ってくれ。連邦警察のデータベースにアップロードしてみる。もしかしたら何かヒットするかもしれない」

マイクがメナールにメールで映像を送った。ニコラスは口を開いた。「もうひとつ、この男はゆうべ、マイクのアパートメントの地下駐車場でわれわれを殺そうとしたやつかもしれません。われわれも抵抗して、ふたり組のうちひとりは死亡しました。だが、こいつには」

そう言って画面をつつく。「逃げられてしまった。男の目出し帽から白い髭がはみだしていました。屈強で俊敏で、武術の心得があるふうでした」

メナールは興奮していた。「つまり、ゴーストは健在かもしれないわけだな？　だがなぜニューヨークにいて、きみたちやヨーク警部補を襲撃する必要があるんだ？　ゴーストはコ・イ・ヌールの窃盗とは無関係のはずだろう？」

「もしかしたら」マイクが言った。「ゴーストはフォックスの共犯者で、彼女を陰から支えているのかもしれません」

ニコラスは言った。「ザッカリーとサビッチにメールを送って、情報を共有しよう」

ニコラスがメールを打っていると、メナールのスマートフォンが鳴った。話を聞いたメナールの顔に笑みがあふれた。彼は電話を切って言った。「さあ、行こう」

ニコラスはさらに数語打ちこんでから急いで立ちあがった。「見つかったんですか？」

「二時間前の居場所がわかった。ホリム銀行——通りの反対側だ」

59

ホリム銀行は街路を一ブロック半くだった川沿いにあった。三人は急ぎ足で現地に向かった。ニコラスは、今にも全力疾走で走りだしそうになるのを懸命に抑えた。もう少しで犯人を追いつめられるとわかっていた。においがすると言ってもいいほど、フォックスを近くに感じる。

サイレンの音が鳴り響いた。メナールが招集したパトカーが近づいてきた。

メナールは脚が短いうえに、肺は喫煙者仕様だった。追いつこうとして息があがっている。

「スイスの銀行へは世界中から金が集まってくる。ホリム銀行は秘密保持に優れていて、非常に用心深い。チューリッヒ、ジュネーブ、ルクセンブルク、シンガポールに支店があって、ロシア、香港、イスラエルにも駐在員事務所がある」メナールが立ちどまって息を整えた。「ドイツ銀行のムッシュー・ティボリと同じくらい協力的だといいが」そう言いながらも、期待はしていないようだった。

三人は建物に入り、支店長を呼びだした。ガラス張りのオフィスに案内されると、すぐに光沢のある黒いスーツを身にまとった背の高い年配の女性が現れた。赤みがかったブロンドを上品なボブスタイルにカットしている。笑顔は見せなかったが、三人がＩＤカードやバッジを見せるたびに丁寧にうなずき、快活な調子で話しはじめた。「マリー＝ルイーズ・エルムートです。何かご協力できることがあればお申しつけください」

メナールが言った。「二時間前にこの銀行へやってきた女性を捜している。彼女がここで何をしていたか教えてもらえないか？」ニコラスはブラウニングの写真を見せた。

エルムートは儀礼的に答えた。「仮に彼女が当行にいらしていたとしても、お答えすることはできません。お客さまの個人情報を守るため、わたくしどもは非常に厳しい守秘義務を課されているのです。正式な書類をお持ちいただかなければ、お話しすることはできません」

ニコラスは狼のような鋭さで一歩前に出た。エルムートは警戒したのか、とっさにあとずさった。

マイクはニコラスが表情をこわばらせ、身構えているのがわかった。だが口を開いたとき、彼の口調は穏やかだった。「一刻を争う緊急事態なのです、マダム。もう一度ご覧になってください」

エルムートは警戒しながらも、ニコラスを見据えた。「正式な書類が必要です」

「少しだけ待ってくれ」メナールはスマートフォンを取りだし、地元警察に電話をかけた。

「メナールだ。ホリム銀行に来ている。銀行の入口に武装した警察官を手配してくれ。犯人が戻ってくるかもしれない」

メナールは電話を切ると、エルムートににっこりとほほえみかけ、名刺を差しだした。

「もし気が変わって協力する気になったら連絡してほしい。さもなければ、令状が手配できるまで銀行は警察官に包囲されることになる。それに、これから建物にいる者全員の話を聞くから、銀行業務は停止せざるをえないだろう。午前中いっぱいかかると思ってくれ」

「困ります、ムッシュー。こんなことをされても、答えるわけにはいきません。わたくしどもには守秘義務があって――」

ニコラスが写真を目の前に突きつけた。「彼女はここで何をしたんですか？　今言わなければ、今後数週間にわたって全口座を確認してもらうことになります。この銀行は国際マネーロンダリング及びテロ資金対策機構に加入していますね。われわれには銀行口座、送金履歴などすべてを捜査する権限があります。徹底的に調べあげるためにはどれほど時間がかかってもかまわないと思っています」

エルムートは三人を銃で撃ちたいという顔をしていたが、そんなことができるはずもなかった。しかたなさそうに答える。「彼女と取り引きは行っていません。ただ道をきかれただけです」

ニコラスが言った。「時間を無駄にさせる気ですか？」

「本当です。取り引きはしていません」

マイクが進みでた。「これは生死にかかわる問題なんです。彼女は危険きわまりない逃亡犯だわ。ここで何をしたのか教えてください」

エルムートはしばし目を閉じた。顔をしかめていたが、次の瞬間には背筋を伸ばした。心を決めたらしい。「写真の女性は貸金庫の契約を検討されました。わたくしは、予約がいっぱいなので二年以上お待ちいただく必要があるとお伝えしました」自嘲するように言った。「わたくしどもは紹介者のいないお客さまはお断りしているのです。彼女はずいぶんお怒りでした。代わりに、シュバリュー広場にある貸金庫業者の〈サージュ・フィデリテ〉をご案内しました。同様のサービスを提供していて、すぐに利用できます。セキュリティも同じくらい強固ですが、その点はあまり気にしていらっしゃらないようでした。それだけ緊急だったのでしょう」

エルムートがドアを示した。「知っていることはすべてお話ししました。仕事があるので失礼させていただきます」

ニコラスは怒りのあまり体が震えた。「これだけ話しあった結果がこれですか？　行き先を隠して、時間を稼いでいるだけでしょう」

エルムートが腕組みする。「わたくしは銀行とお客さまを守ったまでです。どうぞお引きとりください」

メナールが言った。「そうはいかない、マダム・エルムート。警察官は今、こちらに向かっている最中だ。残念ながら、あなたの言葉を鵜呑みにはできない。本日、防犯カメラが撮った映像を提出してもらおうか」

そのとき、マイクのスマートフォンにメールが届いた。彼女はひと目見て息をのんだ。ニコラスはマイクに目をやった。

「どうしたんだ?」

「メナール、ミズ・エルムート、少し失礼します」

メナールはうなずき、マリー＝ルイーズ・エルムートとにらみあいを続けた。マイクが通りに出て、ニコラスがそれに続く。

「尋問中に外へ連れだすなんて、いったい何事だ?」

ニコラスは声に出して文面を読みあげた。「〝アンドレイ・アナトリーとその息子ふたりが殺された。時間があるときに電話をくれ。サビッチからも伝えたいことがあるそうだ〟」

マイクは何も言わずにベン・ヒューストンが送ってきたメールを見せた。

メナールが合流した。

「エルムートはしらを切っているが、防犯カメラの映像は提出するそうだ。いったいどうした?」

「ニューヨークから新たな情報が入ったんです」マイクが答えた。「それも予想外の情報が。

当初の容疑者のひとりが殺害されました。アンドレイ・アナトリーというマフィアのボスです。名前を聞いたことはありますか？」

「初耳だ。それで、これからどうする？」

ニコラスは言った。「〈サージュ・フィデリテ〉について教えてください」

「ホリム銀行に比べればずっと協力的だ。金さえ持っていれば、サイとだってビジネスをしかねない。わたしはここに残って防犯カメラの映像を入手する。歩くには遠すぎるから、タクシーを拾うといい」

メナールが手をあげると、即座にタクシーが近くにつけた。ニコラスは言った。「何かわかったら、すぐ戻ります」

三人の訪問者が銀行の前から立ち去るや、マリー＝ルイーズ・エルムートは静かに電話の受話器を取りあげた。

60

マイクはジュネーブの街を疾走するタクシーのなかからベンに電話をかけ、ニコラスにも聞こえるようスピーカーフォンに切り替えた。

「やあ、マイク、ちょうどよかった」

「いったいそっちでは何が起こってるの?」

「死んだマフィアに振りまわされて、ビールでも飲みたい気分だよ」

「ベン、ふざけるのはやめて、何が起きたか話して」

ベンは真面目な声で話しはじめた。「シャーロックによれば、犯人はカーチンやイレインを殺したのと同一人物だ。もしかすると、ゆうべ駐車場できみとニコラスを襲ったのもそいつかもしれない。現場にはやつの共犯者の死体もあったが、大量出血してるところを見捨てられたらしい。サビッチは、犯人は目的のものを入手したと考えてる。

それからユーリとトマスという息子ふたりが家に帰ってきて、父親と兄弟が殺されてるのを見て飛びかかってきたが、サビッチが華麗な身のこなしでふたりを組み伏せた。今までのところ、近所の住人の目撃情報はない。

さて、話をフォックスに戻そう。メトロポリタン美術館の展示で使われたC‐4プラスチック爆弾は、その特徴からチュニジア製だと判明した。アナトリーの金庫に使われた爆弾とも関連があるんじゃないかと思ってる。詳しい検査結果はまだだが、同じものである可能性が高い。

ユーリもトマスも金庫の中身は知らなかった。息子はあと三人いるが、彼らとも電話で話をした。ポーリーとルイーザが徹底的に屋敷のなかを捜索したが、現在までのところ不審なものは出てきてない」

ニコラスが言った。「ベン、白髪の男に関して新たな情報を入手した。ゴーストと呼ばれる伝説の窃盗犯らしい。ブラウニングの共犯者かもしれない。なぜコ・イ・ヌールの窃盗にかかわっているのかは定かでないが、一枚嚙んでいることは確実だ」

ベンが口笛を吹いた。「次々と新事実が明らかになるな。偶然を目の当たりにした気分はどうだ？」

「決して偶然なんかじゃない。そうだろう？　ほかにも何か新しい情報があるかい？」

「ああ、もうひとつだけ。令状を手配してイレインの口座を調べたところ、カーチンに五千ドルを三回に分けて支払ってることがわかった」

「なんの代金か手がかりはあるのか？」

「いや。とにかく背後に注意してくれ。悪いやつらがうろうろしてるから」

「ああ、そうする。何かわかったらまた電話をくれ」

マイクは電話を切り、ニコラスのほうを向いた。「ベンの言うとおりだわ。事件がひとりでにねじれて複雑になっていく」

ニコラスは心ここにあらずという様子だ。口を開いたら、声までぼんやりしていた。「イレインはカーチンに金を払っていたのか」

マイクはニコラスの肩にそっと手をのせた。「気持ちはわかるわ」

ニコラスがかぶりを振った。「まだイレインが有罪だと決まったわけではないよ、マイク」

運転手はスピードを緩め、車を道路脇につけると、不機嫌そうに言った。「三ユーロだよ」

ニコラスは前後の座席を隔てる仕切りの隙間から金を手渡した。「よし、着いた。フォックスが何をしたのか調べてみよう。徐々に全体像が見えてくるかもしれない」

61

フランス、シャルトル近郊、ロワール渓谷
ラナイハン邸
三十年前

父が間もなく死ぬであろう祖父を最後に見舞うべくサリームを連れていったのは、彼が八歳のときだった。祖父の希望で、サリームは書斎で死にゆくライオンとふたりきりになった。部屋にある明かりといえば、暖炉だけだ。その暖炉の正面、骨の髄まであたたまることができる位置に椅子が置かれ、祖父が座っている。耳は少しも遠くなっていない。使用人がそっとドアを閉めて部屋をあとにすると、祖父が命令口調で言った。「こちらに来なさい」

サリームはおずおずと前に出た。この前来たときとは、祖父の姿はまるで違っていた。少年を膝にのせてきつく抱きしめた祖父は消え去り、火が燃え移りそうなほど暖炉に近づいて体を丸めている灰色の化石へと変わり果てていた。

重い病気であることは知っていたが、急に祖父に対する恐怖が芽生えた。祖父は異臭を放っていた。濃い眉には、触角のような長い毛がまばらに交じり、まるで毛むくじゃらの毛

虫みたいだった。

あと数十センチほどまで近づいたとき、祖父が腕を伸ばしてサリームを抱き寄せた。少年はかび臭い死のにおいに圧倒されて咳きこんだ。

「サリーム、おまえに伝えておきたい話がある。わたしはもうすぐ死ぬ。おまえには、死とは何かをよく理解してほしい」

「おじいちゃんはどうして死ぬの？」

「心臓が壊れてしまったのだよ。穴があいていて、もう治らない。心臓から血液を送りだす速さがだんだんゆっくりになっていって、やがて止まる。わたしの手がどれだけ冷たいか、爪がどれほど青いかをしっかりと感じてごらん」

祖父の手が少年の額に触れ、サリームは飛びあがった。まるで氷のようだった。

「暖炉にもっと薪《まき》をくべようか？　そうすればあったかくなる？」

老人は乱れた髪の頭を横に振った。「暖炉では無理なのだ。さあ、よく聞いておくれ。今から、決してほかの人に言ってはならない大切な秘密を教えよう。わたしが秘密と言ったときの意味はよくわかっているだろう？」

「誰かに言ったら、ぼくは死んでしまうんでしょ？」

老人の目にいたずらっぽい光が浮かび、灰色のかたまりのなかから、かつての祖父の姿が垣間見えた。サリームは祖父を喜ばせたことがうれしくて、にっこりした。「教えて、おじいちゃん。ぼく、誰にも言わないよ」

「いい子だ、サリーム。小さい声で言わないといけないから、もっと近くに来てごらん」サリームが頭をかがめると、祖父が口を開いた。老人特有の、臭く熱っぽい息がサリームの顔に吹きかかる。「わが一族は、昔から続く大事な秘密を守っている。おまえはその一族の子なのだよ。あのテーブルの上にある箱が見えるかね？　あれを取ってきてくれないか」

それは紫檀《したん》でできた小さな茶色い箱で、手のこんだ鍵がかけられていた。

「おじいちゃん、鍵はどこにあるの？」

「今から教えよう。その箱と、箱の隣にある小さなナイフを持ってきておくれ」

サリームは言われたとおりにした。祖父は震える手で箱を受けとり、膝の上にのせた。節だらけの手にもかかわらず、象牙の柄がついたナイフで驚くほど手際よく親指を切る。傷口から血があふれだした。だが血を拭こうとはせず、箱の錠に親指を押しつけた。ガチャリという低い音が響いて錠が開いた。

サリームは声が震えた。「血なの？　血で鍵を開けるの？」

祖父がにっこりした。「どんな血でも開くわけではないぞ、サリーム。われわれの血でなければならない。ライオンの血だ。われわれは〈パンジャーブのライオン〉の子孫で、わが血統だけがこの偉大な遺産を受け継いでいる。われわれが、ほかの誰でもないわれわれが、宝石の守り人なのだ」

祖父が箱の蓋を持ちあげると、なかにはやや不格好な、祖父のこぶしくらいの大きさの、透明でいびつな楕円形の石があった。すごく立派でもなければ、わくわくするものでもなく、サリームはがっかりした。

「これがおまえの定めだ、サリーム。これは世界一歴史あるダイヤモンドの一部なのだ。昔、われわれの祖先は偉大な石を持っていた。英雄神クリシュナ自らが、太陽神スーリヤからもらった石だ。この石を手にする男は、世界をも手にできる。この力は金で買うことはできない。与えられるか、さもなければ……」祖父が声をこわばらせた。「力ずくで奪うしかない」

祖父は箱から石を取りだして高く掲げた。暖炉の火がダイヤモンドに反射する。サリームはダイヤモンドの奥をのぞきこんだ。断言してもいい。サリームには馬に乗る盗賊が見え、足元から巻きあがる砂塵のなかに響き渡る叫び声や、鉄剣がぶつかりあう音が聞こえた。

サリームは飛びすさったが、祖父は腕をきつく握って放さず、ふたたびサリームを引き寄せた。祖父はほほえんだ。「石がおまえに話しかけているのだよ、サリーム。正統な後継者だからね。見てごらん、これが石の効果だ。このダイヤモンドを手にすれば、若返って、心臓も治るのだ」

サリームは祖父に見入った。そこにはすでに年老いた祖父の姿はなく、若さに満ちあふれた健康な男が立っていた。

「おじいちゃん、何が起こってるの?」

祖父は答えなかった。石を箱に戻すと、叫び声や音が鳴りやんだ。ひとりでに鍵が閉まる。

祖父が言った。「ほかのかけらがなければ、ほんのわずかな時間しか効果は続かない」祖父はふたたびぼんやりとした灰色の、死のにおいを放つ命の残滓《ざんし》に戻ってしまった。

「これはもともとの石の一部でしかない。いくつかあるかけらのなかでも最も謎に包まれていて、石の血統を受け継ぐ者のほかに、そのありかを知る者はいない。おまえはその後継者なのだ。わたしが死ねば、おまえの父親とおまえが運命を受け継ぐ。運命をまっとうしておくれ、サリーム。三つの石をひとつにするのだ」

「もし三つの石があったら、おじいちゃんはまた若くなれるの？　死なないでいられる？」

「そんなことを考えてはならない、サリーム。この世に生を受けた者は必ず死ぬのだ」

62

幼いサリームは困惑した。「よくわからないよ、おじいちゃん」

「つまり、魔法で命を引き延ばしてはならないということだ。三つの石にまつわる話をしてあげよう」そう言って、老人は紅茶をすすった。「もともとのダイヤモンドは、われわれの祖先であるアウラングゼーブ帝によってふたつに分けられた。アウラングゼーブ帝も、その祖父や父から石を受け継いだのだ。だが石の噂が徐々に広まり、やがてその価値が国じゅうに知れ渡るまでになった。そのダイヤモンドで、世界を丸二日間もたせることができるとまで言われていた。国などという小さな規模の話じゃない。全世界だ。これがどういうことかわかるかね？　石を持つ者は、神と見なされるのだ。アウラングゼーブ帝もそうだった。

石を手にしたことで、アウラングゼーブ帝は予知能力も手にした。彼にはきたるべき未来が見えた——帝国が荒らされ、ダイヤモンドが盗まれ、国はよそ者の手によって滅ぼされる。しかも、それを防ぐ手立てはない。そこでアウラングゼーブ帝はある方法を思いつき、イタリアの宝石職人ボルジョに依頼した。その理由は、表向きにはダイヤモンドを美しく加工して人々の羨望《せんぼう》と尊敬の念を集めることだった。

公式には、ボルジョのずさんな仕事のせいで、七百九十三カラットのダイヤモンドが百八十六カラットにまで小さくなってしまったと言われている。そんな不手際があったにもかかわらず、アウラングゼーブ帝は小さくなった石を展示して、世界の人々を驚かせた。

だが内々では、ボルジョは石をふたつに分割するよう言いつかっていたのだ。アウラングゼーブ帝は、大きいほうの石の存在は誰にも明かさなかった。そして子孫のために宝石を小さな紫檀の箱にしまい、死ぬ間際になって息子に打ち明けた。こうして、宝石は代々受け継がれてきたのだ」

祖父はテーブルの上にある木箱を、長い指でそっと叩いた。

「のちのドゥリープ・シングの治世に、英国が今はコ・イ・ヌールと呼ばれる小さいほうの石を盗んだ。ドゥリープ・シングはおまえのひいおじいさんの、そのまたおじいさんに当たる。英国人は石を輝かせたいというくだらない理由で、さらに切り刻んだ。

幼いサリームよ、よく聞きなさい。あの石を壊すことはできない。石をカットしたときに出たダイヤモンドのくずは、集めて袋のなかに入れられた。すると翌日にはひとりでにくっついていたのだ。こうして三つ目のダイヤモンドができた」

老人が咳きこんだので、サリームは紅茶を飲ませ、口元を拭いてあげた。祖父はふたたび椅子に身をうずめ、弱くかすれた声で続けた。

「石は石自身を癒やすだけではない。人間をも癒やすのだ」祖父は木箱を指さした。「先ほど説明したように、ここにあるのは最も大きい原石のかけらにすぎない。おまえはほかのふたつのかけらを見つけだして、ひとつにしなければならない。それができなければ、おまえの息子がそれをまっとうできるよう、このかけらとそれにまつわる秘密を受け継がせる。それが神から負わされた務めだ。なぜわたしは、おまえの父さんが話す前にこの話をしたのだと思う？」祖父がにっこりした。「わたしは運というものを信用していない。確率は高ければ高いほどいい。これで、わたしの子孫ふたりともが秘密を知ったことになる。このほうが安全だろう？」

サリームは黙っていた。混乱し、うろたえていた。石だの死だの癒やしだのという話にはついていけない。おじいちゃんはかなり年を取っている。ひょっとしたら、頭がどうかしてしまったのかもしれない。確率の話もよくわからなかった。

サリームは鉤爪《かぎづめ》のような祖父の手から逃れようとしたが、祖父はいっそう力をこめた。

「ダイヤモンドに関する予言がある、サリーム。おまえはこれを覚えておかなければならない。世界に知られているのは一部だけ、コ・イ・ヌールの部分だけだ」

このダイヤモンドを持つ者は世界を手に入れる。

しかし、それとともに、あらゆる不幸をも知ることとなろう。

神、もしくは女のみが、禍をこうむらずに身につけることができる。

「予言の第二節は、わが一族しか知らない。これがわれわれの守る秘密だ」

クリシュナの石がふたたびひとつになるとき、それを抱く手は全能となる。

〝光の山〟に女の血を注げば、再生と歓喜を手にできるであろう。


サリームはとにかくどうにかして逃げだしたかった。「覚えとくよ」

祖父の声が力強くなっていき、部屋じゅうに響き渡った。「クリシュナを通じて、スーリヤがわが民族に与えた石が三つになっている。ひとつ目は、先ほど見たいちばん大きなかけら。ふたつ目は、石の真の力を知らない英国の略奪者に盗まれ、今はロンドン塔に保管されている。切り刻まれたコ・イ・ヌールからできた三つ目のかけらは、一八五二年にビクトリア女王が国民を喜ばせるべくダイヤモンドのカットを命じた際に消え失せている。おまえと父さんはそのふたつのかけらを見つけて持ち帰り、三つのかけらをもう一度合わせるのだ」

祖父は疲れ果て、ベルベットの椅子にくずおれるように身を預けた。目は閉じている。サリームは死に物狂いで部屋から走って逃げたかった。

それでも、あのほのかに光る石にもう一度触れてみたい。あの叫び声を聞いて、石が持つ力とわくわくする気分を味わいたい。

石がぼくに話しかけた。ぼくは石の声を聞いたんだ。

サリームが木箱に手を伸ばすと、祖父が突然かっと目を見開いた。祖父の声は力強く、明瞭だった。

「これがおまえの定めだ、サリーム。おまえの人生は、その使命を果たすために使われる。かつてはわたしが、そして今はおまえの父が人生をすり減らしているように。覚えておくがいい。おまえの前に石を取り戻そうと試みた者は皆、失敗に終わっている。だが、もしおまえが成功したら、サリームよ、石を故郷の地に返すのだ」

「故郷？」

「インドのコルラー鉱山だ。石をひとつにして、ダイヤモンドをあるべき場所、つまり大地に返すのだ。そうすれば大地を豊かにするダイヤモンドの力にあずかって、われわれの国はふたたび立ちあがり、栄えるだろう。おまえは世界においてわが国をしかるべき地位に高めた人物として英雄になる」

祖父は少年を胸に抱きしめた。

「どうかおまえに幸運が訪れますように」

翌日、父はサリームを庭に連れだした。

「使命のことを聞いたんだな？」

「はい、お父さん」

「どういう意味かわかったか？」

サリームはかぶりを振った。「いいえ、お父さん」

ロバート・ラナイハンは石造りのベンチに腰かけ、ひとり息子を手招きして、隣に座らせた。

「わたしが今のおまえの年だった頃、おじいさんが失われた石の話をしてくれた。当時のわたしも、その重大さがよくわからなかった。おまえはまだ幼い、サリーム。だが、そろそろわたしのように強くなってもいい頃だ」

ロバートはライオンのように吠《ほ》えてみせ、サリームを笑わせた。

「やってごらん」

サリームはライオンの真似をして庭を歩きながら、吠えて、吠えて、吠えまくった。父はとうとう腹を抱えて笑いだした。幸せな時間に、心が少し軽くなる。サリームは父が笑うのが好きだった。

父はサリームを引き寄せ、抱きしめた。「おじいさんは昨日の夜、おまえに伝統を受け継がせてから一時間後に亡くなった。サリーム、おじいさんのことをずっと心のなかにとどめておいてほしい。おじいさんの愛と、それからわたしの愛が、邪悪な心からおまえを守る。おまえはもうラナイハンの男なのだ。おじいさんが残してくれた足跡の続きを歩こう。なんとかして失われたダイヤモンドを見つけ、コ・イ・ヌールを英国から取り戻さなければならない。三つの石をひとつに合わせるんだ。

それから、もうひとつだけ伝えておきたいことがある。この使命を成し遂げても、決して自分だけのために石を使ってはいけない。いつでもおまえの役割と、責任を覚えておいてほしい。どんな男も、ひとつになった石の力を手にすることはできない。そんなことをしようとすれば、狂気と絶望が待ち受けている。大地のみがダイヤモンドの災いを消すことができる。もしわたしが失敗して、おまえが成功したときには、必ずダイヤモンドを故郷の地に返すと約束してくれ」

「約束するよ、お父さん」

八歳のサリームは心からそのつもりでいた。

月日が流れ、父が病気で倒れた。ロバートは失われたふたつのかけらを手に入れようと躍起になった。ロンドンのコ・イ・ヌール強奪をもくろんだが、結果は失敗に次ぐ失敗で、ついには英国政府が黒幕の存在にうすうす気づくまでになった。ビクトリア女王がダイヤモンドをカットさせたあとに集まったとされるかけらのほうも、いっこうに見つからなかった。父はあらゆる手がかりを探してサリームを世界各地に送ったが、三番目のかけらはついに見つからなかった。

それ以上は生きながらえられないと悟ったとき、父はサリームを病院に呼んだ。病気で弱り、肌も白くなっている。父はサリームの手を取って言った。

「息子よ、わたしは失敗した。失敗は死を意味する。わたしにはもう時間がない。おまえはかけらを探し続けてくれ。石の力を知っているだろう？　おまえにはそれが必要だ。今だから言うが、石を集めておまえ自身の病気を治しなさい」

「大丈夫だよ、父さん。子どもの頃以来、病気は出ていない」

父はかぶりを振った。その目に痛みが宿る。

「今は病気でなくても、いずれは病気になる。わたしもそうだった。三つ目のかけらを探し、ロンドン塔にあるコ・イ・ヌールを解き放って、石をひとつに合わせなさい。そのときになって初めて、おまえの命が助かるのだ」

63

スイス、ジュネーブ
ローザンヌ通り
金曜日、昼

キツネは街を北西に向かって進み、小学校の裏手にある目立たない通りをのぞきこんだ。ナビガシオン通りを進んで回転扉を抜け、校庭で遊んでいる児童たちを迎えに来た車の前を横切り、この静かな一方通行の通りに出たのだった。

キツネはホテル・キプリングを予約していた。部屋の金庫にバックパックを入れ、シャワーを浴びて服を着ると、ラナイハンに会う前に腹ごしらえをしようと、ローザンヌ通り沿いにある〈ロード・ジム・パブ〉を訪れた。このイングランド風のパブでは、夕方になって集まってきた客たちが地ビールをあおりながら、大画面テレビに映しだされるサッカーの試合について酔っ払いの議論を闘わせている。

ソーセージとマッシュポテトを注文して、キツネは物思いにふけった。これまでも繰り返し考えてきたことではある。しかし今度こそ本当に、これが人生で最後の食事になってしまうかもしれない。グラントの顔が頭に思い浮かび、キツネは悲しみと後悔から目をそらした。

食事が運ばれてきた。キツネはあたたかいマッシュポテトをフォークで口に運び、塩気の利いた玉ねぎのソースを味わった。テムズ川沿いで食べたものと同じ、伝統的な英国の味がした。


キツネはゆっくりと食事を味わった。

盗みの事前準備として、キツネはコ・イ・ヌールのありとあらゆる歴史を勉強し、専門家と言えるほどまでに知識を深めた。さらには言い伝えまで――いや、言い伝えこそ熱心に勉強したと言ったほうがいいだろう。

ほとんど信じられないような伝説まであったけれど、そういったものは長い悲劇の歴史の陰に隠れて、人の口にのぼることもなく忘れ去られていた。

研究を進めるうちに、三つの石が存在するという説を記した羊皮紙の本を見つけた。それを読んだとき、キツネは頭を振ってくだらない説を追い払った。著者はおそらくアヘンを吸って幻覚でも見たのだろう。だが今、キツネはその話を思いだして、言葉の裏に隠された真実を読みとろうとした。

本によれば、スルタンであるアウラングゼーブには予知能力があり、ダイヤモンドが原因で自分の命が狙われることを予期していた。彼は身の安全を図るため、ボルジョに依頼してダイヤモンドをふたつに分割し、小さいほうをコ・イ・ヌールとして展示し、もう片方のはるかに大きいかけらは、誰にも知られないところに隠したという。

この秘密は何世紀にもわたって父から子へと受け継がれた。コ・イ・ヌールが血や争いを招き、略奪や奪回を通じて幾百の命を犠牲にする一方、大きいほうのかけらは人知れず守り抜かれ、そのありかは一族に脈々と受け継がれてきた。

はるか昔、王子に盲目の息子が生まれたとき、王子が赤子の額に石をあてがうと、赤子の目が見えるようになったという。もしこの石に治癒能力があるとすれば——いや、そんなことはありえない。

ラナイハンは本気でこの逸話を信じているのだろうか？

それから三百十五年後、アルバート公は宝石職人のコスターに命じ、ダイヤモンドをさらにカットさせた。

そして、そのときに出たダイヤモンドのくずを、別のダイヤモンドを加工する道具に使おうと、ベルベットの袋に入れて金庫にしまった。これは特に珍しいことではなく、ダイヤモンドをカットした場合はそのくずを集めて再利用するのが常だ。

翌日、そのくずを使おうと袋を取りだした若い宝石職人は、袋のなかに何かかたまりが入っていることに気づいた。ダイヤモンドのくずがまとまり、ひとつのダイヤモンドになっていたのだという。宝石職人は震えながらこの話を妻にし、自宅の金庫にしまおうとドイツに飛んで帰った。この男はベルリン行きの列車のなかで死体となって発見され、宝石も盗まれていた。

こうして三つ目にして最後のダイヤモンドは歴史から姿を消すことになる。

三つのダイヤモンド。コ・イ・ヌールの熱狂的な愛好家しか知らない伝説だ。三つの石を手にした者は、兵士一万人に匹敵する力を与えられる。その価値は黄金をも凌駕《りょうが》し、その力を手にした者は、自身や他者の運命を意のままに操ることができる。

だが、呪いもある。キツネはこの呪いを信じざるをえなかった。自分こそは石の所有者であり守護者だと驕《おご》り高ぶる男は、例外なく非業の最期を遂げている。神か女のみがその力を正しく扱うことができるというのはたしかだ。

伝説――それは人々を楽しませたり、啓蒙《けいもう》したり、はるか昔に人間界から失われた宝への欲求を助長したりする。

三つに分割されたダイヤモンド。そのうちのひとつが今、自分の手元にある。三つのかけらがひとつになるという石の魔力を信じた男が探し求めているものだ。

サリーム・ラナイハンの父親がキツネに打ち明けた話が本当だとすれば、ラナイハン家は四世紀以上にわたって、最も大きいかけらを守り続けてきたことになる。

キツネは三つ目のかけらのありかを知っていた。マルベイニーが教えてくれたのだ。

もともと石を所有していたインドの一族しか、石をひとつにすることはできない。

キツネはかぶりを振った。言い伝えは知っていたが、その内容はとうてい信じられるものではなかった。

キツネは代金を支払い、腕時計を見た。ラナイハンとの約束の時間だ。この生活ともうすぐお別れだ。

64

スイス、ジュネーブ
ホテル・ボー・リバージュ
金曜日、夕方

三十年前の会話が、彼を困難な道に駆りたてた。石をひとつにすれば、人間を治すこともできる。

人間なんてくそくらえだ。

十六歳のときから、サリームは神の石を欲していた——インドのためではなく、自分のために。父は正しかった。サリームは自分自身を治すために、石を必要としている。

もしコ・イ・ヌールを祖父の死までに取り返せていれば、祖父の病気は治ったのだろうか？　かけらを手にした祖父の顔から苦痛や老いが取り除かれるのを、自分はこの目で見たのだ。

腎臓病に冒された父も、六十の年を迎えることができただろうか？

サリーム自身についても同じことが言えた。石があれば、十代の頃に病気が完治していただろうか? なんとか快復し生き延びたものの、病気のせいで子孫を残すことはできなくなっていた。

そして先月、毎年欠かさず受診している健康診断の血液検査で、白血球の数が異常に多いことがわかった。十代の頃にかかっていた白血病が再発したのだ。もう時間がない。

三つのかけらがあれば、病気が完治し、不死身になれる。今日、コ・イ・ヌールが手に入るだけではない。ベルギーのアントワープにあった、失われた七十七カラットのダイヤモンドもすでに入手していた。もし父が、旧友のアナトリーがダイヤモンドを持っていることを知っていたら、父は自らの手で彼を殺していただろう。

まあいい。アナトリーは死んだ。いちばん小さなかけらは、無事パリの倉庫で兄弟の到着を待っている。

パリに戻って鍵のかかった箱を開け、三つの石をひとつにして、病気を治すのだ。そうしたら子孫を残そう。

背後で、ドアを軽くノックする音が聞こえた。

65

サリームはスイートルームのドアを開けた。最後にキツネに会ってから二年が経つが、息をのむ美しさは今なお健在だった。だが、何かが違う。何かおかしい。美しさは衰えていた。結局、キツネもただの女で、記憶していたような女神ではないのだ。

そのとき、ふと思いあたった。

「その目は？」

キツネはなんでもないというふうに手を振った。「必要悪よ。なかに入ってもいいかしら？　それとも廊下で取り引きする？」

サリームは後ろにさがり、キツネを部屋に通した。ドアから頭を出し、左右を見る。廊下には誰もいない。指示どおり、ひとりで来たようだ。

ドアを閉めて振り返ると、キツネがじっとこちらを見ていた。キツネはバックパックをテーブルに置き、蓋を開けた。

「コ・イ・ヌールは手に入ったんだな？」

「もちろんよ。さっさと仕事を片づけてお別れしましょう。送金の準備はできているんでしょうね？」

「先にコ・イ・ヌールを見せてくれ」

キツネは手を差しだした。てのひらに、数センチほどしかない小さな封筒がのっている。

「お金をもらったら、鍵を渡すわ」

「鍵？　なんの鍵だ？　ダイヤモンドはどこにある？」

「安全な場所に保管しておいたの。口座にお金が振りこまれたのが確認できたら、あなたでも受けとれるようにしてあるわ」

それでは、キツネは本当に裏切るつもりなのだろうか？　噂は耳に入っていたから、心の準備はできていた。「なぜダイヤモンドを持ってこなかった？」

キツネは手を引っこめた。

「本気でここで石を渡すと思っていたの？　わたしをばかにしているんでしょう？　これがビジネスの流儀よ。知らないとは言わせないわ。あなただってコートの下に銃を隠し持っているもの。ダイヤモンドを手に入れたとたん、わたしを撃ち殺すつもりかしら？」

ふたりは間合いを取りあった。キツネは、サリームがポケットから銃を取りだす動きを見逃さないよう気を張りつめた。二年前の彼とは何かが違う。

絶望しているのだ。ようやく違和感の正体がわかった。でも、どうして？　この二年のあいだに何があったというのだろう。

まあ、たいした問題ではない。マルベイニーにも、サリームは信用するなと言われている。

「もう一度きこう。ダイヤモンドはどこだ？」

「コ・イ・ヌールは無事よ。送金してくれたら、どこにあるか教えるわ。約束は守るし、これまでもそうしてきた。あなたはどうなの？」

サリームはしびれを切らしつつあった。彼が銃を抜こうとするそぶりに気づき、キツネは三歩後退した。後ろ脚に体重をかけ、防御の姿勢を取る。

サリームはポケットから銃を取りだすと、キツネの胸に突きつけた。「おまえの計画はもう耳に入っている。金とコ・イ・ヌールのどちらも手に入れようというんだろう？　そんなことは許さない。ダイヤモンドをよこせ。今すぐ」

キツネは左脚を軸にして体をひねり、右足でサリームが持っていた銃を蹴り飛ばした。続いてサリームの顎に肘鉄砲を食わせる。サリームはのけぞってテーブルに倒れこんだ。キツネは部屋の反対側に突進して銃を拾うと、起きあがって彼女のほうに歩いてきたサリームに銃口を向けた。

キツネの声は冷徹だった。「止まりなさい。止まらないと撃つわよ。そうしたらあなたにとって得なことは何もないわ」

サリームは体の横でこぶしを握りしめた。怒りが爆発しそうだ。彼は歯を食いしばった。

「どうやらあの忠告は本当だったようだな」

「誰が何を言ったの？　わたしはいつもルールどおり行動してきたわ。あなたのほうこそ素人よ。さっさとお金を振りこんで。そうすれば、すぐに鍵を渡してお別れよ。お互いに満足のいく結果が得られるわ」

「わかった。先に鍵をくれ。わたしを信用するという証拠を見せろ」

キツネは銃を向けたまま封筒を放った。

「ダイヤモンドはここから歩いて五分のところよ。さあ、お金を振りこんで」

「わたしと一緒に来い」

キツネは首を横に振った。「送金する前にこのドアをくぐろうとしたら、撃ち殺してダイヤモンドは手元に残すことにするわ」

「ダイヤモンドはどこにある？」

「ホリム銀行よ。この部屋からでも見えるわ。バルコニーに出て、右手を見てごらんなさい」

サリームは一瞬キツネに疑いの目を向けたが、すぐに肩をすくめ、バルコニーに出た。外の空気は刺すように冷たく、日が急速に落ちようとしていた。右を向くと、一キロほど先で、青と白のランプが点滅しているのが見えた。

「キツネ、こっちに来い」

「バルコニーから突き落とすつもり？　遠慮しておくわ」

「いいから来い！」

キツネは用心深くバルコニーへ出るドアに近づいた。明かりが見えると同時に、ホリム銀行の周辺に警察官が集まっていることに気づいた。

キツネの携帯電話が鳴った。安心できる番号だ。発信者はマリー＝ルイーズ・エルムートだった。

年配の女性がささやき声で言った。「あなたのことをきかれました」

「誰に？」

「アメリカのＦＢＩ捜査官と、ロンドン警視庁から来た英国人、それから連邦警察のフランス人もいました。限界まで時間を稼ぎましたが、あなたがこの地にいることはもうばれていますし、令状もすぐに用意されるでしょう。彼らが貸金庫を開けるのを阻止するのは不可能です」

ドラモンドに見つかった。いつかこうなると思っていた。そう、心の奥底ではわかっていたのだ。でも、どうしてだろう？　なぜ居場所がばれたのだろう？

ダイヤモンドが入っているうちは、貸金庫を開けられてはならない。

キツネは言った。「あなたが貸金庫を開けて、中身を取りだして」

「それはできません。連邦警察官がまだここにいるんです」エルムートは続けた。「言われたとおり、ほかのふたりは〈サージュ・フィデリテ〉に向かわせました。三人目の警察官さえいなくなれば、こっそり中身を取りだせます」

キツネの心臓が早鐘を打った。つまり、チャンスはゼロではない。

「しっかり働いてちょうだい。三人目を追っ払うのよ」

キツネはサリームに向きなおった。

「問題が発生したけど、なんとかするわ。また二時間後にここで」

キツネは返事も待たず、きびすを返して静かに去った。自分の目でキツネを見ていなければ、サリームは彼女がこの部屋にいたことすら信じられなかっただろう。

66

スイス、ジュネーブ
〈サージュ・フィデリテ〉
金曜日、夕方

〈サージュ・フィデリテ〉は小さな建物で、カウンターの向こうの壁三面に、床から天井まで貸金庫がぎっしり並んでいた。マイクとニコラスが飛びこんでいくと、カウンター係の男がはじかれたように立ちあがって両手をあげた。その怯《おび》えっぷりに、マイクは思わず笑いそうになった。この分ではホリム銀行より首尾よく事が運びそうだ。

店長代理だというその臆病な青年は、まだ髭を剃る必要もないくらい若く見えた。トマと名乗り、きけばなんでも答えてくれたが、あいにくたいしたことは知らなかった。

写真を見せると、トマは勢いよくうなずいた。「ええ、この人なら今日の午後、ここへ貸金庫を借りに来ましたよ。非居住者向け料金を二年分前払いして、貸金庫に何か入れて帰りました」

「貸金庫の中身は？」

トマがごくりと唾をのみこんだ。「鍵がないと開けられないんです」

ニコラスはカウンターにこぶしを叩きつけた。「それなら、トーチランプを持ってこい。今すぐ貸金庫を開けるんだ。それから、手続き書類も見せてくれ」

ニコラスの本気を見てとったらしく、トマが言った。「やめてください。マスターキーならあります。でも、使用を許されていません。緊急用なので」

マイクはグロックに手をかけた。「今が緊急時よ。貸金庫を開けなさい」

トマはふたたび唾をのみこみ、書類を渡してから、奥に保管してあるマスターキーを急いで取りに行った。

マイクは言った。「ここに貴重品を預けるのは不安ね」

「銀行だったらこうはいかない。ドリルで鍵を壊さなければならなかっただろう。こういった店は安全の保証はないな」ニコラスは書類に目を落とした。「ふざけた真似を――ドゥリープ・シングの名前で借りている」

マイクはきき返した。「ドゥリープ・シングって、英国に引き渡される前のコ・イ・ヌールの最後の所有者よね？」

「ああ。あの女はわれわれをもてあそんでいるんだ」

戻ってきたトマが貸金庫の鍵を開けて、すみやかに後ろへさがった。ニコラスはなかからグレーのプラスチックの箱を引きだした。

箱は軽かった。ニコラスの鼓動が速くなる。ついにたどりついたのだろうか？　このなかにコ・イ・ヌールが入っているのか？

心がはやり、テーブルに置く前に箱を開けた。しかし、なかに入っていたのは一枚の紙だけだった。

「ダイヤモンドが入っていてほしかったが、そううまくはいかないな」

ニコラスは紙を取りだした。番号のリストだ。なんの番号かはわからない。

「見せて」

マイクが紙を取りあげてじっくりと見た。「銀行の口座番号ね。全部十三桁だもの。番号口座（秘密保持のために番号のみで識別される銀行口座）よ。サビッチに調べてもらいましょう」

「裏に何か書いてある」

マイクは紙を裏返した。そこには美しい筆記体でこう書かれていた。

これでおしまい。手を引きなさい。

マイクがきいた。「わたしたちに言ってるんだと思う？」

ニコラスはメッセージを読みながら答えた。「ほかの誰かに向けて書かれたものだろう。われわれが来ることを予想できたはずはない。だけど、これでまた一歩近づいた」

トマに目をやると、彼はおずおずとこちらを見ていた。

ニコラスは箱を置いてトマに詰め寄り、胸ぐらをつかんで引きあげ、顔をのぞきこんだ。

「あの女はほかに何をした？」

「な……何もしていません、サー」

「嘘だ。ほかにも貸金庫を借りただろう？」

トマが口を閉ざした。ニコラスは彼を揺さぶった。「どの貸金庫だ？」

「貸していません。本当です」

ニコラスはマイクに向かって言った。「メナールに連絡してくれ。この男を逮捕するから警察官をよこすようにと」

「ちょっと待ってください。わかりました。もうひとつ貸しました」

ニコラスはトマを放した。「あの女から口止め料をもらったんだな、トマ？　無駄だったが。早く開けろ」

今度の箱は最初のものより重かった。ニコラスはその箱を部屋の中央にある合成樹脂の小さなテーブルに置いた。蓋を持ちあげると、ブルーのベルベットと輝くダイヤモンドがちらりと見えた。

コ・イ・ヌールだ。

ふいに、手が止まった。ニコラスは息を殺してゆっくりと蓋を戻した。

「みんな、動かないでくれ」蓋を押さえたまま、ポケットから懐中電灯付きのスイスアーミーナイフを取りだした。

ニコラスはそっとかがみこんで、蓋に目の高さを合わせた。ふたたびわずかに蓋を開けて、なかを照らす。

やはりコ・イ・ヌールだ。リード線が巻きつけられている。

なんてことだ。ブラッディ・ヘル《ブラッディ・ヘル》

自分たちがまだ生きていることを神に感謝しながら、ニコラスは静かに蓋を閉じた。落ち着いた声で言う。「マイク、爆弾が仕掛けられている。トマを連れて外に出るんだ。ぼくもすぐ行く」

マイクはすぐにトマの腕をつかんだ。「一緒に来て、早く」

ふたりが無事に外へ出たあと、ニコラスは蓋からそっと手を離した。蓋を四分の一開けた瞬間に爆発する仕組みになっている。

ニコラスはゆっくりとあとずさりした。まだ無事だということは、圧力スイッチは作動していない。だからといって安全なわけではなかった。タイマーが設置されているかもしれないし、ニューヨークで仕掛けられた爆弾と同様に遠隔操作ができる可能性もある。いつ粉々に吹き飛ばされてもおかしくない。

自分で爆弾を解除するのはまず無理だ。一刻も早くここを離れなければならない。専門家を呼び寄せて、遠隔操作ロボットを使ってスイッチを解除させるのだ。

ニコラスはガラスドアに向かって後退し、すばやく取っ手をまわして外へ出た。身を切るような冷たい空気が顔に当たり、大きく息を吸いこむ。まだ近すぎる。とんでもなく近い。

ドアを閉めたあと、マイクの姿を探した。通りの向こうに、青ざめた顔をしたマイクがトマと一緒にいた。怯えた様子で、両腕を振りまわしながら叫んでいる。

その瞬間、背後で耳をつんざく爆発音とともにガラスが砕け散る音がして、すさまじい熱風が吹きつけた。ニコラスは地面に倒れこみ、体を丸めて頭をかばった。轟音のなか、火中から飛んでくる熱いガラスや金属片が手に降りかかった。

耳が聞こえなくなり、目が見えなくなる。ニコラスは意識を失った。

67

サン・ジャン公園

ドラモンドとケインがカウンター係の男に話しかけ、手荒い扱いをして貸金庫を開けさせるまでの一部始終を、キツネはずっと見ていた。とにかく、あの青年は彼女の指示に従った――男女のふたり連れがやってきたら、紙の入った箱を見せるよう言っておいたのだ。

サリーム・ラナイハンが来た場合は、別の指示を与えていた。

キツネは左手の親指を起爆装置のスイッチにかけ、右手に持った単眼鏡を〈サージュ・フィデリテ〉のロビーに向けた。公園を挟んだこの場所は安全なうえに、充分に電波が届く範囲だ。

ふたりは紙に書かれた口座番号について話しあっている。ケインが紙を裏返し、それをドラモンドが奪いとって読んだ。彼らに向けたメッセージだった。

これでおしまい。手を引きなさい。

ところが、そのあとドラモンドはトマを脅しつけて、もうひとつの貸金庫を突きとめた。なかにはラナイハンのために用意した箱が入っている。これで本当におしまいだ、とキツネは思った。

親指を少し動かすだけで、すべてが終わる。

ドラモンドももはやこれまでだ。そのときキツネはふいに、自らの行いに対する怒りに駆られた。もっと若く、自制心に欠けていた頃によく覚えた感情だ。感情に従って行動したことは、これまでに一度しかなかった。ためらいなど感じている場合ではない。生き延びるためには。

ふたつ目の箱はラナイハンに開けさせるつもりだった。キツネを裏切った際の報いとして、この世から抹殺するために。

キツネは起爆装置に指をかけたまま、状況を見守った。わざわざスイッチを入れる必要はない。ドラモンドが箱を開けて、自ら爆発させてくれるだろう。

彼女はマルベイニーに何度か言われたことを思いだした。この状況にふさわしい言葉だ。

〝焦ってはいけない、キツネ〟

キツネは歯を食いしばり、師のことを頭から追いだした。今は集中する必要がある。マルベイニーに何があったのかは、あとでゆっくり調べればいい。

ドラモンドが体をこわばらせたのを見て、爆弾が仕掛けられていることに気づいたのだとわかった。ケインがトマを引きずるようにして建物から出てきて、街路を渡った。ドラモンドは箱の蓋を閉じ、おもむろにドアのほうへと歩きはじめた。彼の命はキツネの手中にある。

こんな結末は望んでいなかったのに。キツネは唾をのみこんで深呼吸をし、気を静めようとした。

やるのよ。

生き延びなければならないのだ。このままでは危険すぎる。

さあ、早く!

ドアが開いて、ドラモンドが出てきた——今だ。

キツネは親指を動かした。

68

爆発の衝撃にあおられながらも、キツネは車のギアを入れ、飛んでくる破片や燃え盛る炎に紛れて走り去った。

二ブロック先の人目につかない静かな通りに、エンジンをかけっぱなしのグレーのフィアットが停めてあった。持ち主は家のなかに何かを取りに戻っているのだろう。ちょうどいい。

キツネはレンタカーをタウンハウスの狭い私道に乗り捨てた。所持品をフィアットに投げ入れ、一分足らずで走りだしていた。

これからどうするか落ち着いて考えよう。すでに外は暗くなりはじめている。きっと大丈夫だ。バックパックのなかにはまっさらのＩＤカードがふたり分入っている。どちらもマルベイニーが用意してくれたもので、その手腕にかけて彼の右に出る者はいない。マルベイニーはどこへ行ってしまったのだろうか？　いや、彼のことを考えるのはまだ早い。その前にすべきことが山ほどある。

キツネはまっすぐ西へ向かった。ほんの数キロ行けば国境だ。警戒態勢が敷かれる前に通過しておきたかった。

連邦警察官を含めた当局の人員は皆、爆発現場へ向かっているだろうから、エルムートがあの箱を取りだす時間は充分あるはずだ。そうしてもらわないと困る。エルムートには大金を支払ったのだから。

ラナイハンには裏切られた。マルベイニーに警告されていたとはいえ、実際に裏切られるとは思ってもみなかった。キツネは二年前、パリでラナイハンに初めて会った夜を振り返った。慎重に考慮した結果、彼のコ・イ・ヌールに対する思いの強さが裏切りへの抑止力になると判断したのだ。ラナイハンは実業家だ。世の中の仕組みは理解している。それなのに、なぜ変わってしまったのだろう。わたしを敵と見なし、わたしが彼を裏切ると思いこんでいるのはどうしてなのか。

盗品を手渡しするような愚かな泥棒はプロとは言えない。そんなことはラナイハンもわかっているはずだ。彼に鍵を渡して、口座に報酬が入れば、双方が満足できる。そうすれば滞りなく事をすませられたのに。おかげですべてが台なしだ。

だが裏切りへの対策を講じておいたのが、ラナイハンだけでなく警察からも身を守るすべとなってくれた。

キツネは血の味がするほどきつく唇を嚙みしめた。当面のあいだは我慢するしかない。この手をラナイハンの血で汚すまでは。

キツネは車を停め、急いで新しいウィッグをつけて、バックパックの底からIDカードを取りだした。それから、ホリム銀行のマリー＝ルイーズ・エルムートに電話をかけた。

「貸金庫の中身は取りだせた？」

「はい、マダム。偶然、近くで爆発事件があって、残っていた警官も現場へ向かったんです。当行にはもうお越しいただけないのでしょう？」

「ええ。アンリ・ファジー通りの〈カフェ・パポン〉へ届けてくれる？」

「かしこまりました」

「十分後に行くわ。女性用トイレに誰かよこして」

「十分後ですね」電話を切る頃には、キツネは平常心を取り戻していた。十分後にはふたたびダイヤモンドをこの手にできる。車の流れに戻り、尾行されていないかどうかミラーで確認した。

五分後に〈カフェ・パポン〉に到着し、キツネはカウンターでクロワッサンとコーヒーを注文した。レジの上方に設置されたテレビに目をやると、地元局が爆発事件のニュースを流していて、噴きあがる炎と建物の残骸が映しだされた。身近なニュースとして、コ・イ・ヌール盗難事件をしのぐ衝撃を与えたようだ。

キツネは早口のフランス語に耳を澄ました。負傷者が三名、死者は出ていない。ということは、ドラモンドは命拾いしたのだ。しばらくは病院にいるだろうから、そのあいだにダイヤモンドを持って逃げきれるだろう。

若い女が店に入ってきて、キツネの横を通り過ぎた。キツネは女のあとを追って化粧室へ向かった。

受け渡しはすんなり完了し、キツネはダイヤモンドをポケットに入れて店を出た。車に乗りこみながら、やはり助けが必要かもしれないと考えた。助けを求めたら、彼は驚くに違いない。

69

スイス、ジュネーブ
ホテル・ボー・リバージュ
金曜日、夕方

爆発音を耳にしたサリームは、急いでバルコニーに出た。手すりが揺れ、窓がガタガタ鳴っている。前方で炎が立ちのぼり、黒い煙がもうもうと立ちこめて空を暗くした。

キツネか？　彼女の仕業なのか？

三十分後、携帯電話が鳴った。

キツネは開口一番言った。「あなたの助けが必要なの」

一瞬驚いたあと、サリームは答えた。「わたしはダイヤモンドが必要だ」

「ダイヤモンドはわたしの手元にあるわ。でも、火事のせいで橋が通行止めになっているから、ホテルに戻れないのよ。ＦＢＩとロンドン警視庁に追われているし――どういうわけかここまで追ってきたの」

「さっきの爆発はきみの仕業だろう？　殺せなかったのか？」

「そのつもりだったのに、なんとか逃げ延びたみたいね。どの程度かはわからないけれど怪我をしていて、少なくとも今夜は病院にいると思う。彼らが退院してきたら、殺さなくていいから、しばらくわたしを追ってこられないようにしてほしいのよ」

「わたしのダイヤモンドは？」

「パリで会ったときに渡すわ。時間と場所はわかっているでしょう？」

サリームは不信感に駆られ、つかの間沈黙した。「いいだろう。そいつらのことは任せてくれ。パリで会おう」

そこで電話が切れた。

サリームは携帯電話をポケットに戻し、荷物をまとめて部屋を出て、階段で下までおりてBMWを調べた——キツネが爆弾を仕掛けていないとも限らない。何もないとわかると、車を発進させ、ホテルからモンブラン通りに出た。電話を切ってから二分も経っていなかった。検問が始まる前に、国境を越えておいたほうがいい。

ジュネーブ市街から離れて西へ向かいながら、一本電話をかけた。三回目の呼び出し音が鳴ったところで相手が出た。サリームは要求を伝え、満足して電話を切った。これでＦＢＩたちはキツネから手を引くだろう。ダイヤモンドはこちらのものだ。

サリームは続けて、キツネに電話をかけた。「はい」そっけない声が応じた。

「こちらの手配はすませた。それにしても、とんだへまをしてくれたな。父の話では、フォックスは絶対にミスをしないということだったが。報酬に見合うだけの価値があるのかどうか疑問に思いはじめたところだ」

彼の上品でなめらかな口調に裏切りの気配を感じとったキツネは、嬉々《きき》として言った。

「よく聞いて、サリーム。パリであなたが前金を支払うときに使用した電信送金の番号から、これまであなたがほかの窃盗犯たちと取り引きする際に使用した口座番号を調べあげたの。そのリストを〈サージュ・フィデリテ〉の貸金庫に入れておいたわ。それが警察の手に渡っていたら、法廷会計士が名義人を突きとめてくれたかもしれない」

サリームはぞっとした。キツネがはったりを言っているのではないと直感でわかった。だが、待て。たいした問題ではない。取り引きを終えるごとに口座は解約してきた。しかし、時間をかけて捜査されれば……彼は弱々しい声で言った。「この性悪女《ビッチ》め」

キツネが笑い声をあげた。「そのとおり、わたしは女ギツネ《ビッチ》よ。さあ、話はまだ終わっていないわ。わたしは必ず契約を守る。あなたはずっと慎重にふるまってきたんだから、口座番号からあなたの名前が割れることはまずないと思うわ。

でも、これは警告よ。わたしを裏切るような真似をしたら、今度は直接警察に密告するわ。わかった？ あなたの帝国はわたしの手のなかにあるのよ、サリーム。契約を守って」

「わたしははなからそのつもりだった。だが、おまえは信用できない」

「信用してくれていいはずよ。わたしの評判は聞いているでしょう。明日もう一度、取り引きしましょう。ダイヤモンドはわたしが持っていることを忘れないで。FBIたちのほうは任せたわ」

サリームは怒って早口で言った。「おまえと違って、わたしはへまはしない」携帯電話を助手席に放り投げてエンジンを吹かし、ジュネーブを出てA4号線に到着した。猛スピードで走ってくるパトカーとすれ違った。

サリームはバックミラーを確認しながら、パリへ向かう高速道路に入った。怪しまれないよう、周囲の車に合わせて自動速度制御装置《クルーズ・コントロール》を時速百二十キロに設定した。愚かで傲慢な女だ。パリに戻ったら、サリームは自らの力をキツネに思い知らせてやるつもりだった。

70

スイス、ジュネーブ
金曜日、夜

遠くで名前を呼ぶ声が聞こえて、誰かの手に体を揺さぶられるのを感じた。彼はまだ目を覚ましたくなかった。深く心地よい眠りに浸っていたい。しかし背中に激痛が走り、しかたなくまぶたを開けた。

強烈な光に目がくらみ、叫び声や呼び声が耳に響いた。目を凝らしてみても、ぼんやりとした姿しか見えない。女性の落ち着いた声が耳元で聞こえ、指でそっと触れられた。「ニコラス？　聞こえる？　返事をして」

聞き覚えのある声だった。ニコラスは女性の名前を思いだそうと記憶をたどった。マイク。マイク・ケインだ。金色の髪が目の前で揺れている。その髪を払いのけようとしたのか、あるいは抱きつこうとしたのかわからないまま手を伸ばすと、ふいに抱きしめられた。マイクの熱い涙を感じて、ニコラスはほほえんだ。こうして彼女の腕のなかにいると、体の痛みまでやわらいでいく気がした。マイクはやわらかくあたたかで、髪は野草のにおいがする。それから、ジャスミンの香りも。

マイクが体を離したとたん、ニコラスは背中に刺すような痛みを覚えた。彼はあえぎ、ふたたび気を失った。

次に目を覚ましたときには混乱はおさまっていて、ほてりも雑音も消えていた。あたりはひっそりと静まり返っている。何か冷たいものが顔に当たっていて、鼻に酸素チューブが挿入されているのがわかった。規則的な電子音がかすかに聞こえ、心臓は力強く打っている。消毒液のような変なにおいがした。病院。ここは病院だ。

「ニコラス？　意識が戻ったのね。しっかりして。目を覚まして聞いてちょうだい。もう大丈夫だから」

徐々にまわりが見えてくる。ベッドの端にマイクが腰かけ、彼の手を握っていた。頬が黒く汚れている。ニコラスは拭きとってやりたかったが、腕が妙に重くて動かせなかった。

マイクがかがみこんで、唇に軽くキスをした。「まったく、ばかね。もう少しで死ぬところだったのよ」

ニコラスは声が出せなかった。マイクが水を飲ませてくれた。祖父が愛飲しているシングルモルトウイスキーのグレンフィディックよりうまく感じる。彼はかすれた声で言った。

「何があった？」

「あなたが建物を爆破したのよ」

少しずつ思いだしてきた。箱に入っていた青白く輝くダイヤモンド。赤とオレンジのリード線。背後で起きた大爆発。

「ぼくのせいじゃない。蓋は開けなかった」

「そんなことは知らないわ。あなたが建物から出てきた瞬間、爆発が起こったのよ。あなたの背中にガラスや爆弾の破片が刺さって、それを全部取り除いたの。手にも軽いやけどを負ってたわ。軽い脳震盪を起こしてるから、しばらくは耳がよく聞こえないかもしれない。わたしの耳はようやく普通に戻ったところよ。大きな爆発だったから」

ニコラスは背中の感覚がないことに気づいてうろたえた。「ぼくの背中は？」

「麻酔を打ってるから、感覚が麻痺《まひ》してるのよ。少し縫合しなければならなかったの。麻酔が切れたら痛むだろうけど、大丈夫よ」

「ほかに怪我人は？」

マイクが首を横に振った。「怪我した人もいるけど、みんな軽傷よ」

ニコラスは室内を見まわした。椅子が一脚あるきりの狭い部屋だ。ブラインドはおろされていたものの、夜だという感じがした。「ぼくはどのくらい気を失っていたんだ？」

「数時間よ。出血がひどくて失神したの。わたしはてっきり……まあ、今は大丈夫だから。トマもあなたを心配してた。彼は無事よ。最後に会ったときは、ぶるぶる震えながら警察の事情聴取に答えてた」マイクがニコラスの頰に触れた。「もうあんなことはしないで」

「気をつけるよ」ほほえんだ瞬間、痛みが走り、ニコラスは糊《のり》の利いた枕に頭をうずめた。

「メナールとジュネーブ警察が爆発事件を調べてくれてるの。火災の被害を受けたのは、奇跡的にあの建物だけ。C‐4プラスチック爆弾が使われたみたい。メトロポリタン美術館に仕掛けられたのと同じじゃない?」

「いや、圧力スイッチがついていた。今回は本気だった」

マイクが口をきつく引き結んだ。「そう。フォックスを捕まえたら、わたしが叩きのめしてやるわ」

ニコラスは笑おうとした。そのとき、ふいに思いだして体を起こした。「ダイヤモンドはどうなった?」

「起きあがったらだめよ。怪我人なんだから」

マイクにそっと肩を押され、痛みをこらえながらふたたび横になる。「ダイヤモンド――コ・イ・ヌールだ。箱に入っていたんだ。爆弾と一緒に。リード線が巻きつけられていて、箱を大きく開けた瞬間に爆発する仕組みになっていた」

「たしかなの、ニコラス?」

「ああ。みんなに伝えてくれ。トマは爆弾のことを知っていたのか?」

「いいえ。さっきも言ったように、すっかり怯えてるのよ。口座番号を書いた紙が入った箱をわたしたちに見せることを、金をもらって引き受けたのは認めたけど、爆弾が入ってた箱はほかの誰かのために用意されたものだったらしいわ。黒髪と黒い目の男がひとりでやってきた場合に渡すよう言われてたそうよ」

「雇い主か」ニコラスは言った。

「たぶんね」マイクが同意する。「万一のときには、フォックスは雇い主を殺して証拠を隠滅するつもりだったのよ。でも、わたしたちがふたつ目の箱を引きだして、台なしにしてしまった。メナールに電話して、ダイヤモンドのことを伝えるわ」

マイクが電話をかけるあいだ、ニコラスはまどろんでいた。マイクが戻ってきて椅子に座る。「調べてくれるそうだけど、まだ現場は熱すぎて、とても入れないみたい」身を乗りだして、彼の目をまっすぐ見つめる。「ニコラス、冗談抜きで死ぬほど心配したのよ」

「きみがあの女を叩きのめしたあと、ぼくが首を絞めてやる。二度も殺されかけたんだ。個人的な恨みがわいてきた」

「ねえ、爆弾が仕掛けられてるとどうしてわかったの？」

「どうしてだったかな？」ニコラスは必死に思いだした。「そうだ――箱に違和感を覚えたんだ。重すぎた。何か厄介なものが入っている気がしたんだ」

マイクがふたたび彼の頬に触れた。「あなたの第六感に感謝しないとね。この数日間で二度も命を救ってもらったんだもの。ひとつ借りができたわ」

「厳密に言えばふたつだと思うが、おまけしておこう」ニコラスはほほえもうとしたものの、痛くて無理だった。だが、生きているのだからいつかは治る。「フォックスも今回はやりすぎたな。爆発事故で大勢の人が死ぬ可能性もあった。マイク、フォックスの逮捕まであと少しだ。ここであきらめるわけにはいかない」

マイクがかがみこんで、ニコラスの額にかかった髪をかきあげた。「あきらめるつもりはないわ。でも、今夜はここでやすんで。軽い脳震盪でも安静が必要だとお医者さんが言ってたわ。薬が効くのを待ちましょう。今のところ手がかりはないし。フォックスはもう逃げてしまった」

ニコラスは反論しなかった。頭がはっきりするまで動きまわるのは難しいだろう。脳震盪なら以前にも経験しているので、無理をすれば結局嘔吐《おうと》して、ベッドに逆戻りするはめになるのはわかっていた。それに点滴のせいか体が宙に浮いているような感じがして、動く気になれない。こめかみをそっとさすってくれるマイクの手の感触が心地よい。ニコラスは穏やかな気分になって、体から力が抜けていった。

遠くでマイクの声が聞こえた。「それでいいのよ。リラックスして。わたしがそばについてるから。悪いことなんて起きないわ」

まるで母親のようだ。ニコラスはそう思いながら眠りに落ちた。

71

ジュネーブ大学病院
土曜日、早朝

ニコラスは薬のせいで奇妙な夢を見て、寝苦しい夜を過ごした。一時間ごとに看護師が巡回に来たことをうっすらと覚えている。マイクはベッド脇の椅子に座ったまま眠っていた。

夜明けに目を覚ましたときはまだ頭痛がしたが、視界ははっきりしていた。ニコラスは部屋を見まわして時計を探した。午前五時。〈サージュ・フィデリテ〉を訪れ、大爆発が起こってから十二時間が経った。

マイクの言うとおり、フォックスはとっくに姿を消してしまっただろう。コ・イ・ヌールも。

マイクが目を開けると、ベッドの上で起きあがっているニコラスの姿が見えた。澄んだ目をしていて、顔の痣《あざ》は薄くなっている。

「ねえ、もう少し寝たら？」

ニコラスが言った。「もう目が覚めた。気分がよくなったよ。メナールから連絡は？ ダイヤモンドは見つかったのか?」

マイクはあきらめて答えた。「見つからないみたい。熱で溶けてしまったんでしょうね。ダイヤモンドが熱で溶けるのかどうか知らないけど、C-4プラスチック爆弾を巻きつけられたら、どんなものでもひとたまりもないんじゃないかしら」

「それは爆発半径によるな。ダイヤモンドは無事で、まだ見つかっていないだけかもしれない」

「昨日の夜ずっと考えてたんだけど、そもそもコ・イ・ヌールじゃなかった可能性もあるわ。箱に入ってたのはもうひとつのレプリカで、爆弾はフォックスがかけた保険だった」

きっとそうだ。そんなことにも気づかないとは、よっぽど脳をひどくやられたらしい、とニコラスは思った。

「ホリム銀行からは何も出てこなかったそうよ。記録によると、フォックスが銀行にいた時間に貸金庫が借りられてたことはたしかなんだけど、こじ開けてみてもなかは空だった。支店長のマダム・エルムートは何も知らないと主張してるわ」

「嘘をついていると思うか?」

「メナールはそう思ってる。フォックスについて言えば、ゆうべフィアットの盗難届があった場所の近くで、乗り捨てられたレンタカーが発見されたの。国境警備隊は、その盗難車が昨日午後十時にスイスからフランスに入国したところを撮影記録していた。女性がひとりで乗っていて、パスポートに記載されていた名前はステファニー・アルル、住所はフランスのカレー。ブロンドだったけど、写真に写ってるのは間違いなくフォックスよ」

「どこへ向かったんだろう」

「国境を越えてからの足取りはつかめてないの。偽造した身分証明書を複数持っているのはたしかね。どこかに潜伏してるのかもしれないし、また別の車を盗んだ可能性もある」マイクが少し間を置いてから続けた。「ねえ、パリはフォックスが最初に行くはずだった場所よ。ここから車で四時間もあれば行ける。そこで雇い主と会うつもりかもしれない」

理にかなった推理だ。「〈サージュ・フィデリテ〉の貸金庫に入っていた紙に書かれた口座番号については何かわかったのか？」

「残念ながら、爆弾と一緒にリストを置いてきてしまったみたいね」

あの紙を置いてきた？　そんなはずはない。「ズボンのポケットを調べてくれないか。いや、待てよ、財布だ。財布のなかに入れた気がする」

マイクはベッドの下から、ニコラスの服の残骸が入っているビニール袋を取りだした。血のついたズボンに刺さっているガラスの破片で手を切らないよう注意しながら、ポケットを探る。レザーの財布は尻の形になじんで丸みを帯びていた――あら、すてき。

果たして、ユーロ紙幣とドル紙幣のあいだに紙切れが挟まっていた。マイクはそれを引き抜き、ニコラスの顔の前で振ってみせた。

「お見事、ニコラス、持ちだしてたのね」

ニコラスは一瞬にっこりしそうになったものの、思いとどまった。どこもかしこも痛くて、とりわけ顔を動かすのがつらい。眉や耳、歯にさえ痛みを感じた。

「サビッチに連絡してくれ。彼のデータベースと照らしあわせてもらおう」

マイクはスマートフォンを取りだし、口座番号を入力したメールを作成して送信した。顔をあげると、ニコラスがこちらを見ていた。痛みを我慢しているのが伝わってきて、見るに忍びない。フォックスを捕まえたら絶対に殴り倒してやると、マイクは誓った。

「レザーの財布でよかったわね」マイクはズボンを掲げて言った。「こっちはぼろぼろだもの」

「そのズボンは大のお気に入りだったのに」

冗談を言えるくらいだから、もう大丈夫だ。マイクは神に感謝した。

「昨日の夜、あなたが傷口を縫われてた頃、ルイーザが報告書を送ってくれたの。ビクトリア・ブラウニングが嚙んだ鉛筆から採取したDNAが、統合DNAインデックス・システム《CODIS》に登録されてるものと部分的に一致したそうよ。インターポールを通じて外国人のデータとも照合できるの」

ニコラスが身を乗りだした。「それで？」

「フォックスには兄がいた。しかも、運よく刑務所に入ってるの。殺人罪で終身刑の判決を受けてる。会いに行きましょう。フォックスの素性がわかるかもしれないわ。ひょっとしたら潜伏先も」

「どこの刑務所だ？」

「パリのサンテ刑務所よ。すでに面会の手はずは整えてあるわ。あなたが動けるようになったら、すぐに空港へ向かうのよ」

「〝すべての道はパリに通ず〟だな。その男のことを教えてくれ」

「名前はアンリ・クーベレル。けちな犯罪から殺人まで、前科が山ほどあるわ。ほとんどがドラッグ関連ね。殺した相手もドラッグの売人だった。クーベレルは男をめった刺しにしたあと、恍惚《こうこつ》状態で血の海に座りこんでたところを発見されたの。爆弾を使うプロの宝石泥棒のプロファイルには全然当てはまらないわ」

「すると、盗みの片棒を担いだことはないのか？」

「ないでしょうね」マイクは言った。「犯罪歴に一貫性がないし、フォックスの役に立つとは思えないわ。彼女が精密機械だとすれば、兄は大ハンマーといったところね。ドラッグを売りながら、自分もヘロインを常用してたみたい。ヘロイン常用者が手のこんだ犯罪を犯せるはずがないわ」

ニコラスは背中の痛みと吐き気をこらえて言った。「だいぶよくなった。行こう」

「タフね。やっぱりジェームズ・ボンドなんじゃない？」

「ああ、実はそうなんだ」

「でも、横になって、ニコラス。始発の飛行機は午前八時よ」

そこに看護師が入ってきて、採血したあと鎮痛剤を打った。ニコラスはシャワーを浴びに行こうとベッドからおりた。一瞬めまいがし、背中の傷口がずきずきと痛んだ。

大丈夫。痛みはあるけれど、大丈夫だ。

看護師がドアのところで振り返った。「検査結果に異常がなければ、一時間後には退院できるわ。あなたみたいなたくましい男性なら、もっと早くてもいいかもしれないわね。そうだ――シャワーを浴びているあいだに倒れないよう気をつけてね」

72

ニコラスはできるものなら這っていきたかった。一歩足を踏みだすたびに背中が引きつれるように痛むのを我慢しながら、病院のロビーを歩くマイクにやっとの思いでついていった。昨日とは打って変わった曇り空で、凍てつく風が建物の合間を吹き抜けている。もうすぐ雪が降るのだ。

ゆっくりとしか歩けなくても、起きあがって外を動きまわるのはやはり気持ちがいい。冷たい空気が頭のもやを取り払ってくれた。道路脇に、彼らが乗ることになっている黒のメルセデスが停めてあった。

マイクが言った。「メナールがこの車を用意してくれたの。空港は結構近いわ。それと、運転手が昨日フォックスを乗せた人なのよ。車に乗ってるあいだに話を聞けるわ」

ニコラスがマイクのためにドアを押さえていたとき、何かが耳をかすめた。それを追い払おうと手を伸ばしたのと同時に、車の側面に穴が五つあいた。

ニコラスは身をひるがえして歩道に伏せ、マイクに向かって叫んだ。「伏せろ！　伏せろ!」ところがマイクはすでに同じ言葉をニコラスに浴びせていて、グロックを引き抜いてから、足首につけていた予備のグロック27を彼に放った。

さらに銃弾が飛んできて、ニコラスはマイクをかばいながら撃ち返した。マイクが運転手を車から追いだす。「逃げて、早く!」運転手が病院の入口へと駆けていき、マイクも反撃を開始した。

ニコラスは運転手に向かって叫んだ。「きみを呼びだした人に連絡して、このことを伝えてくれ!」

マイクが開けっぱなしの運転席側のドアの陰に隠れた。ニコラスは助手席側のドアを開けた。「どこから撃っているんだ?」

マイクが答えた。「通りの向こう、右側からよ。ふたり確認できたわ。これじゃあ身動きが取れないわね」

ニコラスは銃をおろした。一ブロック先に、話をしているふたりの男が見える。メナールが乗せてくれたパトカーに似たランドローバーに乗っていた。

二度引き金を引いて、ニコラスはランドローバーのフロントガラスにひびを入れた。

一瞬、静まり返ったあと、エンジンを吹かす音が聞こえたかと思うと、ランドローバーがタイヤをきしませながら猛スピードでこちらへ向かってきた。

振り向いてニコラスが叫んだ。「こっちに来るぞ。逃げよう。車のキーはどこだ?」

マイクが叫び返す。「運転手が持っていったわ」

ニコラスは助手席を飛び越えて運転席に乗りこみ、グロックの銃把《じゅうは》を二回打ちつけて、ステアリングコラム下のプラスチックのパネルを割った。ワイヤーハーネスを引き抜いていると、マイクが叫んだ。「急いで！」その瞬間、フロントガラスに弾丸が二発撃ちこまれた。

ニコラスが二本のワイヤーを接触させると、エンジンがうなりをあげた。

「かかったぞ。早く乗れ！」

マイクが助手席に乗りこんで、ドアを勢いよく閉めた。ニコラスはアクセルを踏みこんで急発進した。ランドローバーは真っ向から突っこんでくる。ニコラスはハンドルを左に切って、フロントグリルを相手のバンパーに思いきりぶつけた。

ニコラスはスピンしながらも車をUターンさせ、ランドローバーの後方につけた。

「行くぞ」アクセルを踏んで、車をさらに寄せる。ランドローバーの助手席に座っている男が窓から顔を出して、銃を乱射しはじめた。

ドライバーのほうは交差点を突っきり、横から来る車をスリップさせている。ニコラスはハンドルを小刻みに切って、ぴったりあとについていった。

「撃て、マイク。タイヤを狙うんだ」

「わかってる」マイクが言う。「まっすぐ運転して」

「いったいどこへ向かっているんだ？」

「大噴水のほうだと思う」

北西か。クレディ・スイス銀行を右手に見ながら通り過ぎたあと、ランドローバーはムーラン通りにかかる橋を渡って右折し、モンブラン通りへ入った。

「あと少しで広い道に出る。誤って観光客を撃たないよう気をつけろ」

前方に飛びだしてきた回転灯をつけたパトカーを、マイクが指さした。ニコラスは急ハンドルを切ってよけ、ランドローバーを追い続けた。

エンジンを最大限に吹かし、車間距離を詰める。AT車で本当によかった。

ニコラスは左手を窓から突きだして、何度か引き金を引いた。弾は車の後部に命中したものの、タイヤには当たらなかった。悪態をついてふたたび狙いを定めたところで、ランドローバーの助手席の男がライフル銃を取りだしたのを見て、手を引っこめた。

「AR15だ。やつを撃てないか?」

マイクが狙いやすいよう、ニコラスは車を左に寄せた。助手席の男が銃を乱射し、メルセデスのフロントガラスとボンネットがへこんだ。

ニコラスは思わず笑い声をあげた。「防弾ガラスで助かったよ。マイク、このままガラスの後ろにいて、やつらを追いこもう」

彼らが市街を疾走しているあいだに、磁石に吸い寄せられる砂鉄のごとく、サイレンをけたたましく響かせたパトカーが集まってきた。すれ違うドライバーがぎょっとし、怒ってクラクションを鳴らすのもかまわず、ニコラスはひたすら目の前の車を追いかけた。ランドローバーは蛇行しながら、車のあいだを巧みにすり抜けていく。だが、ニコラスのほうが一枚うわてだった。「止まれ!」車をぎりぎりまで寄せて叫びながらアクセルを踏みこみ、ランドローバーに激突した。ランドローバーは左にそれつつも持ちこたえ、助手席の男が銃で応戦した。

広い道に出ると二台の車はさらに加速した。マイクは片手でダッシュボードをつかんで体を支えなければならなかった。ニコラスがわずかにスピードを緩め、車を安定させてから叫ぶ。「撃て!」

マイクは狙いを定めて引き金を引いた。ランドローバーの左後輪が破裂して、白い煙をあげる。

ニコラスが叫んだ。「今だ! 右も狙え!」

「わかってるわ!」マイクが叫び返し、銃を連射したものの、的を外した。

右手にある湖の青灰色の水が、やけに冷たそうで気味悪く見える。桟橋を離れるボートが目にとまり、市街を抜けたことに気づいた。

「標識があるわ。ローザンヌまで六十キロ」

ニコラスがふたたびスピードをあげた。「ベルビューに入ると、また道は狭くなる。やつらの横につくから、ハンドルを握っていてくれないか」

「むちゃはやめて、ニコラス」

「わかっている。運転席の男を仕留めて、道路を離れよう」

ニコラスはほかの車を蹴散らすように暴走した。比較的道がすいている街の北側へと、ランドローバーを徐々に追いこんでいく。週末でよかった。これが平日の通勤時間帯だったら、もっと多くの人々を危険にさらすはめになっていただろう。

前方に空き地があり、生い茂る木々の隙間から湖が見えた。

ランドローバーの助手席の男が窓から身を乗りだし、ニコラスたちに狙いを定めた。

「マイク、ハンドルを握って、アクセルを踏むんだ」

マイクは言われたとおりにし、ニコラスは窓から上半身を出して、飛んでくる銃弾をかわしながら銃を構えた。

「くたばれ《バガー》！」バックミラー越しに見えた運転席の男の目は正気ではなかった。ニコラスは吹きつける風をものともせず、運転席側の窓にありったけの銃弾を撃ちこんだ。窓ガラスが血しぶきで染まったのを見て、体を引っこめた。

そのあとすぐ、ランドローバーは左に大きくそれてコンクリートの壁にぶつかり、右へ跳ね返ってガードレールを突き破った。そして空中へ投げだされ、回転しながら木の桟橋に突っこみ、レマン湖に真っ逆さまに転落した。

ニコラスは車を路肩に寄せて停めた。すぐさまマイクが飛びだしていき、ニコラスもあとに続いた。ふたりとも銃を手にしていたが、その必要はなかった。ランドローバーは乗っていたふたりの男とともに冷たい水のなかに沈んでいった。

終わったのだ。

ふいに、ニコラスは笑いがこみあげた。「なあ、背中の痛みが吹き飛んだよ。すっかりよくなった」

サイレンの音が聞こえたかと思うと、パトカーが到着して、A1号線を両方向から封鎖した。水中に沈んだ車へ向かって、警官たちが土手を駆けおりていき、そのなかの二名がマイクとニコラスの前に立ちはだかってフランス語で叫んだ。「銃を捨てろ!」

マイクがFBIのIDカードを掲げた。「FBIのマイク・ケイン捜査官よ。もうひとりはロンドン警視庁のニコラス・ドラモンド警部。連邦警察官のピエール・メナールに連絡して。彼と合同捜査を行ってるの」

マイクはニコラスを見やり、呼吸を整えながら、頭を振ってポニーテールを揺らした。

「あれがむちゃではないっていうの?」

73

メナールがダイバーたちとともに到着した。ニコラスとマイクは発泡スチロールのカップに入った熱いコーヒーを飲みながら、かんかんに怒っている若い州警察警部の事情聴取を受けているところだった。ジュネーブの大通りでカーチェイスを行い、銃を乱射してあらゆるものを破損したあげく、レマン湖に車と人間ふたりを沈めたニコラスたちが市を出ることを、警部は認めたがらなかった。しかし、メナールが連邦警察のバッジを見せて、フランス語でふた言三言何やら言うと、警部はさらに憤慨しながらも譲歩した。

ニコラスは言った。「怪我人が出ていないといいんですが」

「追いこまれて湖に落ちた二名だけだ」メナールが答えた。「どんなやつらだった?」

「ふたりとも二十代後半から三十代前半、黒髪で中背でした。ひとりは白人で、もうひとりはエジプト人だと思います。カイロにいたとき、汚れ仕事を請け負う人間がいるという噂を耳にしたことがあります。誰に送りこまれたかについては判断がつきかねますね。フォックスに雇われた殺し屋かもしれないし、雇い主の手下かもしれない。いずれにせよ、ここまでやるとは、相手は相当追いつめられているはずです。われわれは正しい道をたどっているようです」

ウェットスーツを着たダイバーが、ナンバープレートを手に水面まであがってきた。

メナールが言った。「きみとケイン捜査官が無事でよかった。ランドローバーはおそらく盗難車だろうが、ナンバーから所有者を割りだそう。運がよければ、雇い主につながるかもしれない。きみたちを襲った男たちの身元を特定できたら、すぐに知らせる。今夜、フランスで会おう。

きみたちが足止めを食う必要はない。フランス行きの便を手配しておいた。一刻も早く出発したほうがいいだろう。ここはわたしに任せてくれ。ぐずぐずしていると、警部に三人とも撃たれかねない」

マイクがメナールの腕に触れた。「お世話になりました、ムッシュー。本当に助かりました」

メナールがマイクの手を取ってキスをした。「どういたしまして」それから、ニコラスにグロックの四〇口径を手渡した。

「わたしの私物だ。きみのほうが必要になるかもしれない。気をつけてくれ」

74

パリ一四区
サンテ刑務所
土曜日、正午

ジュネーブからパリまでは飛行機でわずか四十五分で到着した。シャルル・ド・ゴール空港から車で二十五分のところに、サンテ刑務所はあった。ニコラスはふたたび気分が悪くなり、刑務所に着く頃には汗びっしょりになっていた。マイクは心配だったが、ニコラスがかたくなに平気なふりをするので、何も言わずにおいた。

サンテ刑務所の所長はリュシエンヌ・バドゥーという四十代後半くらいの女性だった。見事なブルネットで、恰幅《かっぷく》がいいものの脚はすらりと長く、薄汚れた刑務所の廊下を歩くより、カンカンを踊るほうがふさわしく見える。強いパリ訛りのある流暢な英語を話した。

門のところで待っていたバドゥーは、マイクたちに名前を記入させてから悪名高き刑務所の建物の入口へ連れていき、ドアの前で立ちどまった。

「アンリ・クーベレルとの面会を希望する理由をきいてもいいかしら？」

ニコラスが首を横に振った。「国の安全にかかわる問題なんです。われわれとクーベレルだけで話をさせてもらえませんか？　カメラがまわっていたら、率直な話を聞けないかもしれない。嘘を暴いている暇はないんです」

「コ・イ・ヌールが関係しているんでしょう？　木曜の夜、メトロポリタン美術館から盗まれたことは知っているわ。そのニュースばかりやっているもの」バドゥーがマイクに向かって言った。「詮索してごめんなさいね。あなたの上司のマイロ・ザッカリーが今回の面会を手配する際に、少し情報を流してくれたのよ」

マイクは言った。「とんでもない、マダム・バドゥー。でも、その件については立場上、話すわけにはいかないんです。今すぐクーベレルに会わせてもらえますか？」

バドゥーがフランス人らしく優雅に肩をすくめた。「それはいいけど、彼が口をきくかどうかはわからないわ。協力的な受刑者とは言えないから」

刑務所に関してなら、マイクもそれなりに知っていた。サンテ刑務所は世界最悪の刑務所のひとつとして有名だ。自殺率が非常に高く、過密状態で、シラミやネズミがはびこり、受刑者同士の争いが絶えない。灰色の長い廊下は、たしかに気を引きたてるものではなかった。十メートルほど先にまた別のドアがあって、最初のドアが施錠されない限り開けられないようになっていた。それから曲がりくねった通路を二十分ほど歩いて、ようやくコンクリートのじめじめした塀のなかにたどりついた。

ニコラスが尋ねた。「マダム・バドゥー、クーベレルは何かを要求していませんか？」

「要求なら山ほどしているわ。クーベレルはパリじゅうのドラッグの密売人を知っているから、当局が情報を欲しがるんだけど、見返りが高くつくのよ。煙草やら特権やらテレビやら。でも、彼のいちばんの要求は絶対にかなえられない」

「それはなんですか？」

「クレルボー刑務所に移ること。パリから、この――」バドゥーが言葉を切り、片手をめぐらしてから締めくくった。「はきだめから抜けだすこと」

「その望みがかなえられるとなれば、協力的になってくれるでしょうか？」

バドゥーがニコラスをじろじろ見た。「フランスの当局を動かせるというの？」

ニコラスが言った。「ええまあ」

マイクはニコラスが外務省で働いていたことを思いだした。ニコラスにはそれができるコネがあるのだ。

バドゥーもニコラスが本気だとわかったらしい。「それなら、取り引きしてみるといいわ。クーベレルは間もなく来るはずよ。危険な受刑者ではないから、四人部屋の雑居房に収容しているの。一日のうち二十時間はなかに入っているわ。独房に移したことも何度かあったけれど、ここ二年間は模範囚だから仕事を与えている。ここと取り引きがある会社のパンフレットを折っているのよ。ああ、来たわ」

いくら最悪の刑務所にいるとはいえ、その男の姿を見て、マイクは衝撃を受けずにいられなかった。白髪だらけの黒髪は脂ぎり、服は汚れて破れている。一週間以上髭を剃らず、風呂にも入っていないように見えた。アメリカと違って、フランスの受刑者は囚人服を着せられないので、用意してくれる家族や友人がいなければ、清潔な服は手に入らない。クーベルを気にかけてくれる人物がいないのは明白だ。

とても面会に応じられる状態には見えない。

クーベルが角の欠けたテーブルの椅子に乱暴に腰をおろし、マイクとニコラスをにらんだ。マイクたちはクーベルの向かいに座った。

ニコラスがバドゥーに向かって言った。「席を外してもらえますか？」頼んでいるというより、命令するような口調だった。

バドゥーが口をすぼめて出ていく。鋼鉄のドアがガチャンと閉められ、三人だけになった。

ニコラスがきいた。「英語を話せるか？《パルレ・ブ・アングレ》」

クーベルが肩をすくめる。「いいや《ノン》」

すると、ニコラスは流暢なフランス語を話しはじめた。マイクは早口のフランス語を必死で聞きとろうとした。ところがニコラスが途中で英語に切り替えても、クーベルは理解している様子だった。

嘘つき。英語を話せるのだ。

「隣の女性はフランス語が得意ではない。英語で話そう」

クーベレルがまた肩をすくめ、ちゃめっけのある目つきになる。「わかったよ、卑怯者《コシヨン》」

ニコラスは侮辱を聞き流した。「妹に少し似ているな」

クーベレルが目を細める。「妹なんていない」

「もちろんいるさ。DNAが一致したんだ。妹はどこにいる?」

クーベレルはテーブルをじっと見つめ、爪で縁をはじいた。

ニコラスは身を乗りだし、クーベレルの顔をのぞきこんだ。「いいか、よく聞け。質問に答えれば、おまえの望みをかなえてやる。クレルボー刑務所へ移りたいんだろう? 正直に話せば、なんとかしてやる。だが、嘘をついたら」肩をすくめたあと、大きな両手をテーブルに置いた。「このままネズミと暮らすんだな」

75

クーベレルは金属製の硬い椅子に深々と腰かけ、荒れた唇を嚙んだあと、小声で言った。

「クレルボーに移してくれるんなら、話してやってもいい」

ニコラスが答えた。「お安いご用だ。約束するよ。さて、妹の話を聞かせてくれ」

マイクは言った。「名前が知りたいの、アンリ。教えてくれる？」

「ビクトワール。小さい頃、離れ離れになったんだ。あいつはイングランドの里親に引きとられ、おれはここに残った。おれはもうひとりでやっていけるくらい大きくなってたけど、あいつはまだ子どもだったから」

ビクトワール。ビクトリアのフランス語名だ。グレイ・ウォートンが言ったとおり、事実を織りまぜた嘘のほうが見破られにくい。

「おれたちの両親は、あいつが五歳のときに死んだ。なんで死んだのか当時は知らなかったが、あとで殺されたとわかったんだ。おれたちは〈野の鍵《クレ・ド・シャン》〉とかいう施設に連れていかれて、そこを五年のあいだ出たり入ったりしてた。ある家族がビクトワールを気に入って引きとってからは、あいつとは会ってない」

「ご両親の名前は？」

「母親はイゾベル。父親はおれと同じアンリだった」

「名字はクーベレル？」

「ああ《ウィ》」

「ビクトワールを引きとった家族の名前は？」

「さあね。髪と目の色が淡い女だった。ビクトワールは養子になったんだと思うけど、ふたりはちっとも似てなくて、親子には見えなかったな」

「ビクトワール・クーベレルは今何歳？」

「おれの四つ下。おれは四十二歳だ」

マイクは驚いた。アンリは少なくとも五十代後半に見える。

彼女は続けた。「じゃあ、あなたが十四歳で、ビクトワールが十歳のとき以来会ってないというのね？」

「そうだ」

「まったく連絡を取らなかったの？」

「ああ」クーベレルがそう言いながら視線をさまよわせたので、マイクは彼が嘘をついているとわかった。

ニコラスが腕組みする。「本当のことを話せば、クレルボー刑務所に移れるんだぞ、アンリ」

クーベレルが椅子にふんぞり返って首をかき、爪のあいだに挟まったものを眺めてから、はじき飛ばした。

マイクは身震いし、それに気づいたクーベレルがにやりとした。歯並びは悪いものの、意外にも健康な歯がのぞく。彼はうっとりした声で話しはじめた。

「クレルボーにはカルロス・ザ・ジャッカルが入ってるんだぜ。彼に会いたくてさ。前はここにいたんだが、隔離されてたんだ。有名人だからな。おれたちに余計な知恵をつけてほしくなかったんだろ」

ニコラスはしびれを切らした。「アンリ、ふたりで話す機会を作ってやるから。ただし、本当のことを話してくれたらだ。最後にビクトワールに会ったのはいつだ？　最近なんだろう？」

クーベレルが鼻を鳴らし、盗んだのであろう煙草に火をつけた。「本当さ。三十年近く会ってない。お互い興味がないんだ。あいつの居場所も、なんで警察に追われてるのかも知らないよ、卑怯者《コション》。どうでもいい。あいつを見つけたら、死にかけてる兄貴がいるってことを思いださせてやってくれ」煙草を深々と吸ったあと、肩をすくめる。「ひょっとしたら、金を送ってくれるかもしれないだろ？　あいつの友達とかがさ」

ニコラスはテーブルに両手をついて、身を乗りだした。「友達って誰のことだ、アンリ？」

クーベレルが目を泳がせた。隠しているのはそのことだろう。クーベレルはしぶしぶ口を開いた。「ちょっと耳にしたんだ」

「何を？」

「そいつは……英語でなんていうんだっけな、ファントームのことを」

ゴーストだ。ニコラスは鼓動が速まるのを感じた。

「ゴーストね？」マイクがきいた。「その人は死んでるってこと？」

クーベレルが火の消えた煙草にふたたび火をつけてから、うなずいた。「そう、ゴーストだ。でも、死んじゃいない」

「もう少し詳しく教えてくれ」

「知らないことは教えられない」

「その人の名前は？」

沈黙が流れた。

そうか、クーベレルはゴーストを恐れているのだ。いったい誰なんだ？

「ビクトワールとその人物はどこで出会ったんだ？」

沈黙が続く。

マイクが言った。「お願い、アンリ。わたしたちを助けて」

「ファントームだ。調べればわかるさ」

「ビクトワールの養父母について、何かほかに知っていることは？」

クーベレルは身じろぎひとつせず、目をそらし続けた。

76

クーベレルは進退きわまった様子だった。ニコラスが立ち去るそぶりを見せると、案の定、クーベレルは慌てて立ちあがったものの、口は閉ざしたままだった。ニコラスはしばらく待ったあと言った。「クレルボーはあきらめるんだな、アンリ」マイクに向かって言う。「行こう」

「ビクトワールを引きとった家族の父親は、宣教師のようなことをしてた。外国を旅してまわってたらしい。あいつが予防接種を受けてるかどうかきいてたんだ」クーベレルがあきれたように指を鳴らした。「まるで、どぶから犬を救ってやるとでもいうみたいにな」

メトロポリタン美術館にいたとき、ビクトリア・ブラウニングも軽蔑するように指を鳴らしていたことを、ニコラスは思いだした。単なる遺伝だろうか？　それとも、やはりふたりは連絡を取り続けているのだろうか？

それはないだろう。クーベレルはゴーストを恐れる気持ちより、クレルボーへ移りたい気持ちのほうが勝っているはずだ。嘘をつくはずがない。ニコラスは顎をさすった。剃る暇がなかったので、無精髭が生えていた。「予防接種に宣教師か。ビクトワールはイングランドへ連れていかれたのか？」

「さあね。本当にそれしか知らないんだ。これでクレルボーに……行けるよな？」

ニコラスは答えた。「ああ、取りはからおう」

彼はドアのところへ行き、ブザーを押した。すぐにバドゥーが現れ、ニコラスとマイクは部屋から出た。ふたつのドアを通り抜けたあと、バドゥーが言った。「うまくいったみたいね」

ニコラスはうなずいた。「クーベレルをクレルボーへ移すよう当局から要請が来ると思いますが、ぼくがいいと言うまでここにとどめておいてください。彼の話が本当かどうか確める必要がある」

バドゥーが皮肉をこめずに言った。「自分の職務はきちんと果たすわ、ムッシュー・ドラモンド」

一行は曲がりくねった通路を歩き、金属製のドアをくぐって、来た道を引き返した。そして、二時間前に落ちあったコンクリートのベンチがある場所まで来ると、バドゥーはふたりに別れを告げて戻っていった。

マイクは急いで歩きだした。ニコラスも一刻も早くこの場を離れて、手がかりを追いたがっている様子だ。ビクトワールの養子縁組に関する情報の裏を取るのに、それほど時間はかからないだろう。国の記録に保存されているはずだ。それから、ファントーム――ゴーストだ。

マイクは言った。「ビクトワールの友達だというゴーストのことだけど、あなたも結びつけて考えてるんでしょう？　伝説的窃盗犯のゴーストと」

「ああ、忙しい男だな、そのファントームっていうのは」

マイクはうなずいた。「これで証拠はそろったわね。ふたりはパートナーなのよ。フォックスが機内で電話をかけた相手はゴーストかもしれない。番号から追跡できるわね」

「それでつじつまが合うな、マイク。ゴーストは殺しもいとわないとメナールが言っていた。クーベレルがあんなに怯えるのも無理はない。ファントームはこの数日間だけで、すでに五人も殺している。とにかく、まずはビクトワールの養父母を見つけだそう」

マイクが車のキーを取りあげ、レンタルしたプジョーの運転席に座っても、ニコラスは何も言わなかった。彼が助手席に乗りこむと、マイクはエンジンをかけた。エアコンから吹きだす温風に両手をかざしてこすりあわせる。体の芯まで冷えきっているのは、冬の寒さのせいだけではなかった。

「ずいぶんと静かね。傷が痛むの？」

ニコラスは痛みのあまり、やる気が失せていくのを感じた。だが、まだしばらくは持ちこたえられる。

「平気だ。移動中にぼくがクーベレルの両親の殺害事件について調べよう。道はわかるかい？」

「ええ、カーナビがついてるもの。でも、行き先を教えてもらわないとね」

「それを決めないと」

「そうよ、計画があればなおいいわ」

「とりあえず、何か食べよう。腹ぺこなんだ」

「この事件が起きてから、一度もちゃんとした食事をとっていないの。あなたもでしょうけど」

「西へ向かってくれ。エッフェル塔のほうへ。途中で店を探そう」

マイクはギアを入れて車を出した。四十分後、ふたりは〈カフェ・ラルドワーズ〉で、湯気の立つカフェ・オ・レとクロワッサンが並んだテーブルについていた。ニコラスはノートパソコンを開き、食べながら読みあげた。

「アンリとイゾベルのクーベレル夫妻。やはり殺されたんだ。強盗に襲われたらしい。アンリ・クーベレルは店の経営者で、イゾベルは芸術家だった。油絵とか水彩画を描いていたんだな。ふたりは抵抗して撃たれ、路上に置き去りにされた。犯人は捕まらなかった」

「そして、五歳と九歳の子どもたちが遺《のこ》された。引きとってくれる親族はいなかった。孤児院の記録は残ってた？」

「養子縁組の記録が残っているはずだ。ビクトワールが本名なら、名前から調べられる」

ニコラスは孤児院の名前を入力した。「くそっ《バガー》、九〇年代に全焼しているから、オンラインの記録は存在しない。昔ながらのやり方で調べるしかないな。手間がかかるぞ」

ニコラスはクロワッサンにかぶりつき、カフェ・オ・レで胃袋に流しこんだ。

マイクは手慰みにスプーンをカップに入れたり出したりしながら、声に出して考えた。

「殺害事件のほうが調べやすそうね。未解決事件だけど、フランス警察に記録があるわ。養子縁組をした両親については……ビクトリア・ブラウニングの経歴に、ある程度真実が含まれてるとするなら、彼女にはスコットランド訛りがあった。芝居かもしれないけど、何カ月ものあいだずっと演じ続けるのは大変だわ。スコットランドのロスリン付近の宣教師を探してみましょう。アンリ・クーベレルはイングランドと言ってたけど、昔の話だもの。旅に出る前にビクトワールを連れて故郷へ戻ったのかもしれないし、使命を果たしたあとに帰ったのかもしれない」

「いい推理だ。ぼくがその線で調べてみよう。きみはアメリカ人の魅力を発揮して、フランス警察から殺害事件の情報を引きだしてくれないか？」

「未解決事件だから、たいした情報は得られないと思うけど、ザッカリーに連絡してみるわ。こっちに友人がいるそうなの。その友人のおかげで、わたしたちはあんなに簡単に刑務所に入れてもらえたのよ。ところで、今晩はどこに泊まる？　シャワーを浴びたいわ」マイクは遠慮なくあくびをした。「昼寝をして、あなたの背中の具合を確かめましょう。ジュネーブでカーチェイスをしたせいで、傷口が開いてしまったかもしれない」

ニコラスは片方の眉をあげた。「当てならあるんだ。バンドーム広場の〈ホテル・リッツ〉に泊まろう。アメリカ流に言えば、自分を取り戻して《リグループ》、きみに服を脱がせてもらおうか」

77

バンドーム広場一五番地
ホテル・リッツ・パリ
土曜日、午後

ホテル・リッツに到着すると、駐車係が車を引き受けてくれた。マイクは豪奢《ごうしゃ》なホテルの白い日よけ《オーニング》をまじまじと見つめながら、正式な名称を思いだそうとした。こんなホテルに泊まる余裕はないと思いつつ口に出せずにいると、ニコラスが腕を差しだし、ほほえみかけてきた。まるでデートだ。マイクは心のなかで笑った。なんておかしなデートだろう。

マイクがその腕を取ると、ニコラスがささやいた。「ぼくの真似をしていればいい」

ふたりはホテルに入り、フロントへ向かった。髪を後ろで無造作にまとめたブロンドの若い女性がコンピュータから顔をあげ、大きな笑みを浮かべた。隣にいる女性に早口のフランス語で声をかけてさがらせたあと、ニコラスにうなずいて挨拶した。

「ムッシュー・デュラック、おかえりなさいませ」

「やあ、クロチルド。元気だったかい《コマン・サ・バ》？」

クロチルドがえくぼを作った。「おかげさまで、ムッシュー・デュラック。またお会いできて光栄です。長期のご滞在ですか？」

「一泊か二泊したいんだ」

クロチルドがマイクをちらりと見た。ふいにマイクは自分がアメリカ人であり、背が高く、バイク用ブーツにジーンズというこのホテルにふさわしくない格好をしていることを意識させられた。

「部屋数はいかがなさいますか？」

「スイートルームは空いているかな？　ベッドルームがふたつある」

「かしこまりました」クロチルドが鍵を手渡した。「いつものをご用意いたしましょうか？」

「そうしてもらえるかな。ふたり分頼む。ありがとう《メルシー》、クロチルド」

マイクはニコラスのあとについて優美なロビーを歩きだし、〈バー・バンドーム〉の前を通り過ぎた。ニコラスはふと立ちどまって、小型の液晶テレビに目をやった。ニュース番組で宝石の専門家たちが、コ・イ・ヌール盗難事件を引き起こしたアメリカ人を喧々囂々《けんけんごうごう》と責めたてている。ニコラスは頭を振った。ダイヤモンドを取り返すまで、非難の声はやまないだろう。エレベーターに乗りこむと、マイクにほほえみかけた。「気分はどうだい？」

マイクがにっこりした。「あれはなんだったの、ムッシュー・デュラックって？　それから、〝いつもの〟って何？」

「デュラックは偽名のひとつだ。外務省で働いていた頃、よくパリに来ていて、その名前を使っていたんだ。今さら正体を明かす必要もないと思ってね。ここなら素晴らしいサービスを受けられる。きみがシャワーを浴びたら夕食にしよう。食事と睡眠をしっかりとらないと、捜査に支障をきたすからね。ぼくはもう少しパソコンで調べものをする。フォックスに関する情報はずいぶん集めたから、それをまとめて本当のプロファイルを作成しよう。謎の大泥棒フォックスの正体は、じきに暴かれるぞ。

フォックスの潜伏先は見当もつかない。彼女は第六感が働くみたいだな。あの爆発でぼくが死ぬものと思って——いや、死ぬことを期待していたのかもしれないが、死者が出なかったことはすぐにわかるだろう。まあ、フォックスがあちこちのホテルに電話をかけて、ドラモンドかケインという名の人物が泊まっていないかどうか調べたとしても、ひとまず大丈夫だ」

抜け目のない人だ、とマイクは思った。「平気な顔をしてるけど、今朝病院を出てから、痛み止めをのんでないでしょう。今日は大変な一日だったのに」

実際、ニコラスは痛み止めを山ほどのみたい気分だったが、そっけなく答えた。「マイク、世話を焼かれたいなら、実家に電話をかけるよ」

エレベーターが六階に着くと、ニコラスは先に立って、ブルーと金色が使われた廊下を歩きはじめた。

「リッツはパリで最初にバスルーム付きの部屋を作ったホテルだと言われているんだ」マイクが言った。「それはよかったわ。でも今は、熱いお湯さえ出れば、どこのバスルームでもかまわない」

ニコラスはドアを開けてマイクを通してから、なかに入って左側を指し示した。マイクはまるで城のような内装や、贅沢《ぜいたく》な眺望――エッフェル塔が見える。パリのどこからでも見えるけど――には目もくれず、バスルームへ向かった。

バスルームには熱い湯だけでなく、大理石の豪華なシャワールームや、バターのようになめらかでやわらかい薄桃色のタオルが備わっていた。マイクはたっぷり十五分シャワーを浴びて、埃や燃えかすを洗い流した。不安や恐怖や、この二日間ずっと話に出てきて、人をいらつかせるゴーストを追い続けた疲れも。

マイクはシャワーを浴びながら頭を働かせた。フォックスはきっとパリにいる。そうとしか思えない。次に彼女が養父母――宣教師夫妻――とどんな生活を送っていたのかに思いをめぐらした。幸せだったのか、それともつらかったのだろうか？　そんなのはどうでもいいことかもしれない。いずれにせよ、フォックスは犯罪者になったのだから。

ノックの音がして、マイクは物思いから覚めた。

「来ないで。絶対に出ていかないから。人生最高のシャワーを浴びてるのよ」

ニコラスの笑い声が聞こえた。「これを聞いても、そう言っていられるかな。サビッチから連絡があったんだ。金の流れを突きとめたそうだ。それに、ルームサービスも届いた」

マイクは慌てて体を拭いたあと、服に目をやった。これをまた着る気にはなれないけれど、シャワーを急ぐあまり、バッグをリビングルームに置いてきてしまった。しかたなく厚手のバスローブをはおり、ニコラスのいるリビングルームへ向かった。

彼もシャワーを浴びたらしい。髪がまだ濡れていて、いい香りがする。しかしホテルの備品を着たマイクと違い、ニコラスは黒のハーフジップのセーターとグレーのウールのズボンを身につけていて、しゃれた黒豹《くろひょう》のようだった。こんなにすてきな服を、どこから出してきたのだろう。あのバッグのなかに入っていたというの？

テーブルの上のトレイには、チーズの盛り合わせやパンやフルーツが並んでいた。ワインのボトルも用意されていて、ニコラスに一杯勧められたが、マイクはそれを断って代わりに水を注いだ。

「サビッチはなんて言ってたの？」

「きみがシャワーを終えたあと、一緒に話を聞くことにした。間もなくまた連絡が来るはずだ」

「服を着たほうがよさそうね」

「ぼくのために服は着ないでくれ」

マイクは眉をあげた。「それはあなたの夢のなかでだけよ」

ニコラスがにやりとする。「そういえば、ゆうべきみがキスしてくれた気がしたけど、あれは夢だったのかな」

「そう、夢よ」

「きみにばかと言われたのも夢だったのか」

「それは夢じゃないわ」マイクはそう言ったあと、バッグをつかんで自分のベッドルームへ行った。

しばらくしてリビングルームに戻ると、ニコラスが言った。「さあ、食べよう。カフェ・オ・レとクロワッサンだけでは足りないだろう」

マイクはブリーチーズとブドウを皿に盛って座り、椅子の上で脚を引き寄せて食べはじめた。疲れが顔に出ている。無理もない、とニコラスは思った。彼は薬の力を借りて十時間睡眠を取れたが、病室の椅子ではろくに眠れなかったに違いない。

「サビッチと話したら、パソコンで手がかりを探そう。今夜はここに泊まって、きみはやすんだほうがいい」

マイクが腕をめぐらした。「すてきな部屋ね」

そのとおりだ。だからこそ、彼女を連れてきたかった。見栄《みえ》を張りたかっただけでなく、昨夜、親切にしてもらったお返しがしたかった。

ニコラスは言った。「きみはいいパートナーだ、マイク」

マイクは驚いた様子だった。少しのあいだ黙っていたが、やがて言った。「知ってる？　あなたもよ」

ニコラスは笑い声をあげた。「それで、傷口はいつ見てくれるんだ？」

78

パリ
土曜日、午後

キツネはエスプレッソを飲み、トイレを使うためにサービスエリアへ立ち寄った。ひどく疲れていた。パリまであと一時間かかる。仕事が完了するまで、気を抜くわけにはいかない。だからこそ、日頃から厳しいトレーニングを自らに課し、仕事の合間は力を蓄えておくのだ。ひとたび仕事が始まれば、食事や睡眠はあとまわしになってしまう。

キツネは空になったカップをカウンターに置いた。店内は旅行者で混雑していた。ぴちぴちのジーンズをはき、ちぐはぐな色の組み合わせの服を着た十代の若者たちがいちゃついている。幼い子どもを連れていらだっている親や、思わせぶりな視線を送ってくる男のひとり客もいた。普通の——ごくありふれた光景だ。キツネには縁のない世界だった。

店を出ようとしたとき、ジャケットのポケットに入れていた携帯電話が鳴った。キツネは電話を取りだして画面を見た。マルベイニーからだ。

安堵のあまり、キツネは小さな叫び声をあげた。店を飛びだし、盗んだフィアットに急いで乗りこんで電話に出た。

「マルベイニー！　よかった。ずっと心配していたのよ！」キツネは落ち着きを失っていた。

「なかなか連絡が取れなかったから、死んでしまったんじゃないかと思ったわ」

「やあ、キツネ」キツネは心臓が止まりそうになった。まさか。いや！

「サリーム？」

「ダイヤモンドを持ってきたら、きみのマルベイニーを帰してやろう」

こめかみの血管が脈打ち、恐怖で喉が詰まる。「どういうこと？　彼は今、どこにいるの？」

今や、主導権を握っているのはラナイハンだった。ラナイハンは蔑みのこもった声で、うれしそうに言った。「わたしの指図に従え。これ以上のミスは許されない。ダイヤモンドはわたしのものだ。わたしに直接手渡したら、マルベイニーを解放してやる」

ラナイハンはどうやってマルベイニーを探しだしたのだろう？　彼女もマルベイニーもいつも慎重に行動していたのに。そのうえ拉致されるなんて。あれほど頭が切れて敏捷なマルベイニーが――。

主導権を取り戻さなければならない。キツネは自分に落ち着くよう言い聞かせた。「どうしてこんな真似をするのか理解できないわ。わたしは約束どおり、この二年間あなたの夢を追ってきたの。ダイヤモンドはあなたのものよ」

ラナイハンが怒りに息を荒くしてわめいた。「わたしが悪いんじゃない。わたしの口座番号をFBIの手に引き渡したのはおまえだ。爆弾が入っている貸金庫の鍵をわたしにくれたのもな。わたしを吹き飛ばすつもりだったんだろう！」

ラナイハンが声を落とした。自制心を保とうとしているのだろう。「全部おまえのせいだ、性悪女《ビッチ》め。おまえはわたしを裏切った。これは報復だ。言われたとおりにしろ。ダイヤモンドを持ってこい。そうすれば、おまえの大切な師匠を帰してやる」

キツネは怒りに震えながら叫んだ。「ばかね！　あれは本物のほうのダイヤモンドを入れた貸金庫の鍵だったのに。今すぐマルベイニーを解放しなさい。さもないと、わたしはコ・イ・ヌールを持って姿を消すわ。三つのダイヤモンドを合わせることはできなくなるわね」

ラナイハンが息をのむ音が聞こえた。彼がダイヤモンドを使って何かおかしな真似をしようとしていることを、キツネは知っていた。ラナイハンは動揺している。この調子で主導権を取り戻すのだ。

「そうよ、サリーム。わたしはあなたの目的を知っているの。そういった事情がなければ、コ・イ・ヌールを手に入れようなんて思わないわよね。ラナイハン家の人たちが何度も試みては失敗してきたことだもの。自分なら手に入れられるなんて、どうして考えたのかしら？」

ラナイハンはその言葉を聞き流し、キツネの弱みを突いた。「マルベイニーが死んでもかまわないんだな、キツネ。おまえのひと言ひと言、一分一秒がマルベイニーを死に向かわせている。やつの指や耳がどうなっても知らないぞ。わたしは本気だ。今日の午後九時、わたしの家にダイヤモンドを持ってこい。さもないと、マルベイニーをばらばらに切り刻んでやる」

ラナイハンが電話を切った。

キツネは両手で顔を覆い、呆然とした。

父のほうは負かすことができたのだから、息子にだって勝てるはずだ。なんとかしてふたたび優位に立たなければならない。これでダイヤモンドを直接手渡すと思っているなら、ラナイハンはたいした愚か者だ。そんなことをしたら、ラナイハンは躊躇なく自分とマルベイニーを殺すだろう。キツネはバックパックを叩いた。ダイヤモンドはここにある。マルベイニーがとらわれている場所を突きとめて、片をつけよう。

キツネは車のギアを入れ、運転しながら必死に頭を働かせた。

雇い主に裏切られた経験ならこれまでにもあるが、私生活まで脅かされたのは初めてだ。ラナイハンがマルベイニーを捜しだして拉致できたことが、どうしても信じられない。マルベイニーほど慎重な人はいないのに。

キツネは人生の半分以上――もう二十年以上マルベイニーと手を組んでいるにもかかわらず、その関係を見破られたことはなかった。ふたりの名を知る者は皆、ライバル同士だと思いこんでいる。キツネとマルベイニーはよくその話を肴《さかな》に、彼の好きなクリュッグのシャンパンで乾杯した。キツネの目に涙がこみあげた。自分ではなく、マルベイニーのことが心配だった。こんな事態を引き起こすようなへまを、いつの間にしでかしてしまったのだろうか？　自分たちは決して失敗しないと、思いあがっていたのがいけなかったのかもしれない。

だが、今さらそんなことを考えてもしかたがなかった。ラナイハンを止めるしかない。

あの男を殺してやりたかった。太い首に鋭いナイフの刃を沈める感触を、この手に抱きたい。自分の死を悟った彼の顔をこの目で見たい。

ラナイハンは殺されて当然だが、その前にこの状況を切り抜ける方法を見つけださなければ。

考えるのよ、キツネ。

ラナイハンはパリからジュネーブまで車で移動していた。この盗難騒ぎが起きてから空港や鉄道は利用していない。とはいえ車は国境で調べられるから、ラナイハンがマルベイニーを拉致した場所はジュネーブではないはずだ。

それなら、どこで？

パリだ。ラナイハン帝国は、光の都で勢力を誇っている。彼と最初に会ったのもパリの〈ホテル・リッツ〉だった。事前にラナイハンが所有する不動産を調査したが、隠れ家になりそうな場所が四カ所あった。マルベイニーはそのどこかに監禁されているに違いない。

もっとよく調べてみる必要がある。

サリーム・ラナイハンは、父親とは似ても似つかない。傲慢で、いいかげんで、自分のことしか考えていない。すべてが金で解決できると思っている。自分の本拠地を離れて事を運ぶのをよしとしないから、大事なものは手元に置いておくはずだ——きっとマルベイニーのことも。

79

バンドーム広場一五番地
ホテル・リッツ・パリ
土曜日、夕方

ノートパソコンの着信音が鳴り、ニコラスが画面を開くと、サビッチの顔が現れた。背後に映っている備品から、そこがＦＢＩの会議室であることにマイクは気づいた。ということは、セキュリティで保護されたテレビ会議《SVTC》システムを使用しているのだ。それなら盗聴される心配なしに話せる。画面に映るはめ殺しの窓から外を見ることはできても、外からのぞきこまれることはない。

ニコラスが言った。「やあ、ディロン。いいタイミングです」

「マイクは戻ってきたのか？」

ニコラスが体を動かして、背後にいるマイクの顔が見えるようにした。「ここにいます」

「こんばんは、ディロン」

「やあ、マイク。午前中ずっとＭＡＸで調べて、ようやく見つけたよ。きみが知らせてくれた番号は、複数の銀行で手続きした電信送金の番号だった。メールでリストを送っておいた。ニコラス、届いてるだろう？」

「今から確認します」

「そうしてくれ。金の流れをすべてつかめたわけじゃないが、ダイヤモンドの窃盗を依頼した可能性のある人物が三名浮上した。きみたちも知ってるとおり、銀行はガードが堅い。こっそり大金を動かしたいなら番号口座を使うのがいちばんだ。ヨーロッパで何百万ドルも動かす人物はそういないが」

ニコラスが笑った。「でしょうね」

「これまでの情報をまとめると、特に気になるのはリストの一番目の人物だ。捜査は続けるが、三人の容疑者にただちに監視をつける。新たな情報をつかんだらまた連絡するよ」

ニコラスが画面を閉じ、メールを開いた。リストの最初に挙げられている人物は、サリーム・ラナイハンという男だ。

マイクは添付された写真を見た。黒髪と黒い目の持ち主で、角張った顎をしている。ハンサムだが無表情で、冷酷そうに見えた。

マイクは言った。「黒髪と黒い目の男。〈サージュ・フィデリテ〉のカウンター係の話を覚えてる？　リストのほかのふたりは当てはまらないわ。そのラナイハンという男で決まりね」

ニコラスが資料を声に出して読みあげた。

「〝ラナイハンは現在三十八歳。オックスフォード大学出身で、パリ在住。ロワール渓谷にセカンドハウスを所有。五年前に死亡した父親のロバート・ラナイハンから、美術品やアンティークを扱う事業と、膨大なコレクションを引き継いだ。『アートレビュー』誌が選ぶ、〈アート業界で最も影響力のある人物トップ一〇〇〉に三年連続で名前が挙がる。新進アーティストや新しくできたギャラリーを支える慈善活動で知られる。

三つの会社の取締役に就いていて、従業員数はおよそ千人。輸出入業務を行っている。お宝を探し求めて、中国やシンガポール、香港、東京に定期的に旅行〟この男が雇い主だとしたら、フォックスもパリにいる可能性が高いぞ」

マイクは言った。「盗みを依頼するような男には思えない経歴ね。クロイソス並みに裕福なのはたしかだけど」

「金を持っていなければ、こんなことはできない。ラナイハンは成功者で、表向きは優れた人物に見えるが、父親が何件かの美術品盗難事件にかかわった容疑をかけられている。サビッチはどこからこの情報を引きだしたんだろう？」

「妖精の粉を使ったんでしょう？」

ニコラスがうなずいた。「そんなことを言っていたな。続きを読もう。〝ラナイハンの母親はアメリア・トマ＝コリンズ〟」ふいに椅子の背にもたれ、しばらく考えてから言った。「どうりでラナイハンという名前に聞き覚えがあったわけだ」

マイクは眉をあげた。「どういうこと？」

「去年の夏、ラナイハン家について、ある噂が立ったんだ。ゴシップ紙が一カ月近く騒ぎたてていた。ラナイハン家は非嫡出の家系で、それが——」ニコラスが言葉を切り、うつろな目つきになった。

マイクはせかした。「それが、何？　ニコラス、早く教えて」

ニコラスがおもむろに言った。「ラナイハンはドゥリープ・シング——シク王国最後の君主の末裔《まつえい》だというんだ」

「ジュネーブの貸金庫は、ドゥリープ・シングの名前で借りられていたわね」

「ああ。ビクトリア女王にコ・イ・ヌールを献上するためイングランドに連れてこられたシングは熱烈な歓迎を受けた。社交界では引っ張りだこで、人々は彼を愛した。ビクトリア女王がシングの子どもたちの名付け親になったくらいだ。

妻がふたりいて八人の子どもをもうけたけれど、孫はできず、家系《ライン》は途絶えた。それこそコ・イ・ヌールの呪いだと言う者もいた」

「まさに一巻の終わり《ジ・エンド・オブ・ザ・ライン》ってわけね」

「去年騒ぎになったのは、シングの息子のひとりと、ウィルトシャー伯爵夫人レディ・グレース・ラナイハンとのあいだに子どもがいたことを、ある歴史学者が発見したからなんだ。

婚外子が家系を存続させていたというわけだ。その子は次男で、しかも婚外子だったため、爵位は与えられなかった。伯爵にとっては残念なことだが、父親そっくりの子だったと言われている」

ニコラスが立ちあがり、部屋のなかを歩きまわりはじめた。「当時は公にならなかったが、その子どもはたしか一八九八年か九九年生まれだった。伯爵夫人が夫以外の男と関係を持ったことを、誰も責めなかったそうだ。

その子は歴史的に重要な人物ではなかった。兄が結婚して跡取りをもうけていたからだ。ところが一族の男が全員戦死したために家系が途絶え、爵位は消滅した」

「これぞ長子相続制って感じね」

ニコラスに冷ややかな目で見られ、マイクは肩をすくめた。「何よ？『ダウントン・アビー』を見てるもの」

「先を続けるよ。もしサリーム・ラナイハンが本当にウィルトシャー家の非嫡出の家系の子孫だとしたら、コ・イ・ヌールの所有者だった〈パンジャーブのライオン〉と血縁関係にあることになる」

「信じられないわ。それに、仮に血縁関係があったとしたらどうなるっていうの？」

ニコラスは椅子に深々と腰かけて腕組みした。「憶測と伝説に基づく話だが、もしサリーム・ラナイハンがシングの子孫なら、コ・イ・ヌールの相続人ということになる。だからといって英国が手放すわけがないが。しかし、話はそれだけではない気がする。ほかにも何かあるはずだ」

「とりあえずコーヒーを注文しない？　長い夜になりそうよ」

80

パリ、デファンス地区、オフィス街
トゥール・アレバ内〈ラナイハン・エンタープライズ〉
土曜日、夜

キツネはトゥール・アレバと呼ばれる黒い超高層ビルのなかへ入っていった。ロビーに人影はなく、半月形のデスクの向こうに警備員がひとりいるだけだった。椅子にふんぞり返ってパソコンの画面を見つめている。パソコンから悲鳴や爆発音が聞こえてきたので、ハリウッドのアクション映画か何かを観ているのだとわかった。キツネが近づいていくと、男ははっとして姿勢を正したが、映画を止めようとはしなかった。

「どうなさいましたか、マダム？」

「こんばんは《ボンソワール》」キツネは歩きながら、一瞬だけ通行証を見せた。警備員がはっきりとは確認できないように。「恋人がオフィスに携帯電話を忘れてきたみたいなの。ちょっと取りに行くだけだから」

「ここにサインしてください」

キツネは振り返り、ペンを受けとって名前を書きこむと、ふたたび歩きだした。

「これじゃあ読めません。どちらのオフィスへ行かれるんですか?」

「二十三階よ。すぐに帰るわ」

警備員はうなずいた。その小柄な女性を通しても、害になるとは思えなかった。そして、ふたたび映画に集中した。

エレベーターに乗りこんだキツネは笑みを浮かべた。似たようなせりふで、これまでも大勢の警備員の前を通り過ぎてきた。

二十三階で降りたあと、階段を駆けあがって二十五階まで行った。

ラナイハンのオフィスは廊下の先にあった。最新式の鍵もキツネの手にかかれば、たいした障害ではない。キツネは鍵穴にピッキングツールを挿しこんで動かし、タンブラーが回転して、カチリと錠が開く音を聞いた。

その瞬間、セキュリティ・システムが作動し、小さなビープ音が鳴りはじめた。キツネは計数器をすばやく壁に貼りつけ、金属製のクリップを警報器に取りつけた。すると、計数器が即座に暗証番号を読みとって入力した。警報器は耳障りな音を立てたあと、静まり返った。侵入があったことに警備会社が気づいてラナイハンに通知するまでがおよそ三分。運がよければ、下の警備員に連絡が入るまで五分くらいかかるかもしれない。しかし、できるだけ早く仕事をすませるに越したことはない。

ラナイハンは父親と同じく、根っからの美術愛好家だった。パソコンのデータのなかに、〈ラナイハン・エンタープライズ〉が所有する全財産の目録があり、美術品それぞれの保管場所が記載されていた。

マルベイニーを人質に取られたのなら、キツネは美術品を質に取るつもりだった。資産の大部分を美術品が占めている。それをごっそり盗んでしまえば、ラナイハンは破産することになる。

パソコンはスリープモードになっていて、パスワードも設定されていなかった。

「ばかな男」

キツネが手業を得意とする――この業界で最もしなやかな手を持つと言われていた――一方で、マルベイニーは年を取るにつれ、頭脳に頼るようになっていた。産業スパイの仕事で情報を盗むときに使うツールを自作していて、キツネもたびたび使わせてもらっていた。

キツネはUSBメモリをパソコンに接続して、ハードディスクをコピーした。メモリにはウィルスが仕込まれていて、コピーすると同時に本体のマスターファイルとバックアップを削除するようになっていた。これでラナイハンは、美術品と会社のデータを失うことになる。従業員、保険、資産、すべてのデータだ。作りなおすには多大な労力を要するだろう。時間と金もかかる。

キツネは削除されていくファイルを数えながら、パソコンに向かって言った。「早く、急いで」

あと二分。

キツネは室内を歩きはじめた。ロンドンにある彼女のアパートメントより広く、見事な街の景色が望める。足を止めて、壁にかけられた何枚かの絵を眺めた。セザンヌの小品がある。キツネはその絵を額から外したい衝動に駆られた。ラナイハンに当然の報いを与えてやりたかった。

そのとき、ビープ音が聞こえて、キツネはしかたなくパソコンのほうへ戻った。復讐はお預けだ。

廊下にそっと出ると、ふたたび警報器をセットしてドアに鍵をかけた。そして、階段を駆けおり、二十三階から下に向かうエレベーターに乗りこんだ。

結局、三分もかからなかった。上出来だ。

キツネは警備員の前を通り過ぎる際に、携帯電話を頭上で振ってみせた。警備員は見向きもせず、キツネは夜の闇のなかに姿を消した。

81

バンドーム広場一五番地
ホテル・リッツ・パリ
土曜日、夜

ニコラスがラナイハンの資料を読み返していたとき、ドアをノックする音がした。マイクはフランス警察から入手した、クーベレル夫妻殺害事件に関する資料を読んでいるところだった。彼女は膝にのせていたノートパソコンを脇に置いて言った。「コーヒーが来たわね。わたしが出るわ。この資料は役に立たないと思う。三十年前に捜査が行きづまって以来、誰も手をつけてないみたい」

マイクがドアを開けに行った。しばらくして小さな悲鳴が聞こえ、ニコラスが慌ててソファから立ちあがった瞬間、部屋のなかに押し戻されたマイクが椅子にぶつかった。そのあとすぐ、肌の浅黒い男が飛びこんできた。ベレッタ92Sを手にしている。

男がマイクを見据え、頭に狙いを定めた。ニコラスは横から飛びだして、男が一瞬驚いた隙に、膝に蹴りを入れようとした。ところが男が後ろに飛びのいたので、腿をかすめただけに終わった。男はうめき声をもらしながらも、すかさず銃をニコラスの胸に向けた。

ニコラスは銃を蹴り落とそうと足を振りあげたが、男が腕を引っこめるほうが早かった。そこで今度は男に飛びかかって、首にこぶしを叩きつけた。男がのけぞったところでその腕をつかみ、肘で腹を二回打ったあと、手首をきつく握りしめる。男が叫び声をあげ、銃が床に転がり落ちた。しかし男の反対の手のこぶしが額に命中し、ニコラスはめまいを起こして後方によろめいた。

マイクの声が聞こえた。「その男から離れて、ニコラス！」男を撃つつもりなのだ。男はニコラスにしがみついて盾にしながらドアへと向かったが、ニコラスはその腕から抜けだした。

壮絶な戦いが続いた。マイクはグロックを構えながらも、ニコラスと男の動きが速すぎて狙いを定められなかった。ふたりは部屋の家具を傷つけながら、激しい攻防を繰り広げている。

ニコラスが男の肩に強烈な一撃を食らわせた。すかさず背後にまわりこんで男の首に腕をまわし、もう一方の手で腹を殴る。しかし、その巨人をも倒せそうな攻撃にも男は耐え、身をよじってなんとか逃れた。男はニコラスを一瞬にらみつけたあと、急いで部屋から逃げだした。マイクはその背中に向けて二度引き金を引いたが、弾は当たらなかった。

ニコラスはマイクに向かって叫んだ。「応援を呼んでくれ。ぼくはあとを追う」そして、廊下へ飛びだした。

廊下の突きあたりに男の姿が見えた。非常口から出ていく男を、ニコラスは全速力で追いかけた。ドアを通り抜けると、階段を駆けあがる黒のスニーカーを履いた足が目に入った。ニコラスが銃を三発撃っても、男は立ちどまらなかった。

男が階段をあがりきり、屋上につながるドアを開けて外に出たあと、ふたたび閉めた。ニコラスはドアをそっと開けた。屋上は深い静寂に包まれ、街路と満月の明かりに照らされていても薄暗かった。

空調設備が仕切りのように一面に設置されている。どの機器の向こうに男が隠れているのかは見当もつかない。

ニコラスはその場にじっとして、耳を澄ました。すると、五メートルほど離れた場所から荒い息遣いが聞こえてきた。ニコラスはじりじりと横に歩きはじめた。あと三メートル、二メートル。そのときドアが開いて光が差しこみ、男が茂みから飛びたったウズラのごとく、はじかれたように立ちあがって必死に逃げだした。

現れたマイクが怒りに燃えた声でささやく。「あいつを捕まえるわよ」

ふたりは揺れ動く男の影に向かって発砲した。

うめき声が聞こえ、男がよろめいた。どちらかの撃った弾が当たったのだ。

挟み撃ちにするため、マイクが向こう側へ駆けだした。ニコラスは男にタックルして地面に転がった。銃弾は男の胸に命中していた。なぜ倒れなかったんだ？　ニコラスは男を仰向けにし、肘で銃創を押しつぶしながら前腕を顎の下に押しつけた。

「誰に送りこまれた？」

男が喉を鳴らしたので腕の力を抜くと、背中を殴られた。男が立ちあがり、こぶしを振りあげて襲いかかってくる。ニコラスは地面を転がってかわし、起きあがって男の顔面を殴打した。鼻が折れたらしく、血がほとばしった。

マイクが放った蹴りを右の膝裏に食らい、男が前に倒れこんだ。ニコラスはすかさず男の喉を絞めあげた。

「誰に送りこまれた？」

ニコラスは突き飛ばされ、空調設備に頭をぶつけた。男はなおも向かってきて喉を狙ったが、ニコラスは両手でかばった。

男が顎から血をしたたらせながら蹴ってくる。ニコラスは激しい怒りに任せて、腕や足を振りまわした。

マイクが叫んだ。「殺しちゃだめよ、ニコラス。話を聞くんでしょう！」しかし、興奮しているニコラスの耳には届かなかった。

ニコラスに押しやられてよろめいた男の脚をマイクが撃った。男はわめきながらくずおれ、屋上から足を踏み外した。ニコラスはとっさに男の手首をつかんだものの、血ですべって持ちこたえられなかった。

男は叫び声をあげながら墜落し、屋根窓にぶつかってから、バンドーム広場の歩道に激突した。

82

ニコラスとマイクは屋上の端から下をのぞいた。男は両腕を広げ、うつぶせに横たわっている。首の骨が折れたらしい。顔が見えなくてよかった、とマイクは思った。

ニコラスが息を弾ませながら、地面に座りこんだ。マイクはそばにかがみこんでニコラスの鼻と口についた血をぬぐい、手を取って傷ついたこぶしを調べた。「思ったよりひどくはないわね」そのとき、ニコラスの胸が血まみれになっているのに気づいた。「怪我をしてるわ!」

「いや、あいつの血だ。殺してしまってすまなかった、マイク」

「両膝を撃っておけばよかったわね」

ニコラスは思わず笑い声をあげた。そして、マイクの手を引っ張りながら立ちあがった。

「おい、きみのほうこそ血だらけじゃないか。どこをやられたんだ?」

マイクは無言で目をしばたたいたあと、自分の体を見おろしてたちまち気を失った。ニコラスはマイクを地面にそっと寝かせた。鼻と唇から血が出ている。シャツを引きおろすと、腕を撃たれたのだとわかった。弾は筋肉に突き刺さっているものの、骨まで達してはいない。

ニコラスはマイクのシャツの袖を引き裂いて止血帯にしたあと、ほかに怪我はないかどうか確かめた。腕だけだ。助かった。ニコラスは幸運に感謝してマイクをきつく抱きしめてから、立ちあがって彼女を背負った。マイクがかすかな笑い声をもらした。

「くすぐったいわ」

「階段をおりるから、じっとしていてくれ」マイクが体の力を抜いた。ニコラスは彼女を部屋まで運んだ。

室内はまるで戦場だった。ニコラスが無事だったソファにマイクを横たえると、彼女はほほえんだ。

「わたしたちってお似合いじゃない？　わたしもあなたと同じくらいひどい格好をしてる？」

ニコラスはほほえみ返した。「心外だ。あまり動かないほうがいい、マイク。サイレンの音が聞こえるな。もうすぐ警察がやってくるぞ。きみが呼んだのか？」

「ええ、屋上へ行く前に。起きあがってもいい？」そのとき初めて、マイクは出会い頭に男に殴られたときに、唇を切っていたことに気づいた。

「さて、タフなのはどっちだろうな？」ニコラスはマイクを助け起こし、止血帯を緩めた。血はほとんど止まっていた。

「きみも縫い目ができる。おそろいだな」

マイクは自分の傷口を調べられるより、ニコラスの傷口を調べるほうが楽しいと告げたかったが、その代わりに言った。「あの男は誰だったの？」

「わからない。死人に口なしだ。しかたがなかった。あそこまで粘るとは、今でも信じられない」

マイクも信じられなかった。

「あんなに激しい戦いを見たのは初めてよ」

ニコラスが言った。「フィリピンの伝統武術のカリに、空手をちょっと組みあわせたんだ。よかったら教えるよ」

マイクは眉をあげた。「そういうことは、わたしの動きを見てから言ってほしいものね」

83

バンドーム広場一五番地
ホテル・リッツ・パリ
土曜日、夜

屋上で銃撃戦が行われ、玄関の前に死体が転がっていることに、ホテルの警備員はいい顔をしなかった。ニコラスたちがFBIのIDカードを見せたにもかかわらず、地元の警察署から来たフラール巡査は、取り調べをすると二十分間言い張った。メナールが到着して、ようやく静かになった。

フラールが帰ったあと、メナールが言った。「きみたちが使っていた部屋は、通常のクリーニングではおさまらないと言われた。なぜ殺し屋と屋上でやりあうはめになったのか、きちんと説明してくれ」

ニコラスは答えた。「ロビーより屋上のほうが人けがなかったからです」

メナールがにやりとして金色の歯を見せた。マイクに向かって言う。「ケイン捜査官、大変だったな。病院へ行ったほうがいい」

マイクは言った。「ここに一緒にいたほうがいいと思います。われわれを狙っている人物が誰にせよ、こっちも三人殺してるんだから、簡単にあきらめるはずがありません」

メナールが言った。「レマン湖に沈んだ男たちの身元がわかったよ。セザール・アルノーとクロード・スータニ。どの組織にも所属していない地元のごろつきだ」

ニコラスは言った。「そいつらを雇った人物に当たりがつきました。名前はサリーム・ラナイハン。フランスに住んでいる英国人です」

「その男なら知っている。美術界の大物だ。どうして彼が？」

「すべてがその男につながっているんです。ジュネーブでラナイハンとつながりのある男たちをたどっていけば、きっと捕まえられる。屋上から落ちた男は地元のごろつきなんかじゃありません。やつはプロだ。タフで、凶暴で、全力でわれわれを殺そうとしていました」

「ここの警察官たちがオブリエンという名前を挙げていたな。それがわたしの知っているオブリエンと同一人物なら、きみたちが生きているのは幸運だ。その男はまさにプロ――失敗したのは今夜が初めてだ」

メナールが立ちあがった。「今さら言うことでもないが、くれぐれも気をつけてくれよ。ケイン捜査官、医者の指示に従うんだぞ。三角巾をつけて、おとなしくしているんだ――少なくとも、二、三日は」

マイクは言った。「ほんのかすり傷です」

メナールがふたりの顔を交互に見つめながら言った。「ジュネーブでラナイハンとつながりのある男たちをたどってみる」そして、階下の騒ぎをおさめるために出ていった。

ニコラスのノートパソコンの着信音が鳴った。

サビッチだ。ニコラスはチャット画面を開いた。

「ふたりとも無事でよかった」

「ええ」ニコラスは言った。「われわれを襲った男は死にました。そいつとジュネーブのふたりの男とサリーム・ラナイハンのつながりを、メナールが調べてくれています」

ニコラスとマイクはクーベレルから得た情報をサビッチに伝え、アナトリー・ファミリーの三人とイレイン・ヨークとカーチンを殺害したのは間違いなくゴーストだと告げた。ゴーストとフォックスの関係についても話した。「でも、ゴーストの正体も潜伏先もまだわかってないんです」マイクが言った。「ただそういう人物が存在するというだけ。今もニューヨークにいるのかもしれない」

ニコラスはサリーム・ラナイハンがドゥリープ・シングの子孫であるという話をし、ウィルトシャー伯爵夫人のスキャンダルを教えた。

サビッチが言った。「シャーロックが思ってたとおりだ。コ・イ・ヌールが盗まれたおもとの理由はイングランドにあると確信してた」

「彼女に敬意を表します」マイクは言った。

サビッチが笑った。「ところで、こっちはフォックスの口座の金の流れを突きとめた。この三年間で、ホリム銀行から〈スミス・バーニー〉の口座へ五回送金が行われていて、そのあとキュラソー島の銀行に移されている。それからイスラエルへ行って、そこでホリム銀行テルアビブ支店の五つの番号口座に分割して入金されていた。完全にきれいな金になっている」

「金額は？」

「一回の送金が五百万ドルだ」

ニコラスは感じ入った。「合計二千五百万ドルか。一回の仕事にしてはかなりの報酬ですね。しかもコ・イ・ヌールを引き渡したあと、さらに同額が支払われるんでしょう。口座の名義は？」

「知ってのとおり、インターネットではそこまで調べられない。番号口座の名義人を知りたいなら、令状を取らないと。もっとも、どうせどれも偽名だろうから、調べても意味はない。フォックスはいくつも偽の身分証明書を持っているようだ」

マイクは言った。「そのとおりです、ディロン。それにしても、フォックスはどうして最終的に最初の銀行に戻したのかしら？　そのほうが安全なんですか？」

「金を複数に分けてあちこちの口座を経由させるのは、実に安全なマネーロンダリングの方法と言える。銀行が特定されず、口座番号もわからなかったら、まず突きとめられなかっただろう。スイス国内の銀行ならどこも同じだろうに、フォックスはこの銀行に絶対の信頼を置いてるらしいな。きっと内部に協力者がいるんだろう」

ニコラスは眉をあげた。「マリー＝ルイーズ・エルムートか？」

「きっとそうよ」マイクが言った。「ディロン、サリーム・ラナイハンに直接結びつく証拠は見つかりましたか？」

「いや、まだだ。だがいずれ、口座番号からラナイハンにつながるはずだ。口座はすでに解約されているから、そう簡単にはいかないが。きみたちのほうが進展が早そうだ。それからもうひとつ。ニック、残念だが、さっき話にのぼった〈スミス・バーニー〉の口座から、先週、イレイン・ヨークの銀行口座に送金があったことがわかった。二十万ドル振りこまれている」

ニコラスは腹を殴られたような衝撃を受けた。もうだめだ。これ以上イレインを無実だと弁護することはできない。

ニコラスはようやく答えた。「伝えてくれてありがとうございます、ディロン。ここからはぼくが調べます」

「ふたりとも気をつけてくれよ」

ニコラスはノートパソコンの電源を切って時計を見た。間もなく八時だ。マイクが彼を見つめていた。「大丈夫？」

「ああ、もちろん。きみのほうこそ大丈夫か？」

「ほんのかすり傷だと言ったでしょう？」

「そんなはずがない。見あげたものだ。さてと、ラナイハンの本拠地はパリだ。自宅を突きとめるぞ。今晩、屋敷の張り込みに行こう」

「フォックスのほうはどうする？」

「これからダイヤモンドの引き渡しが行われるなら、ラナイハンに張りついていればいい。ひょっとしたらフォックスも第六感が鈍って、われわれの前に姿を見せるかもしれないぞ」

84

ニューヨーク州ニューヨーク市
フェデラル・プラザ
土曜日、午後

ベン・ヒューストンがアナトリーの資料を丹念に読みこんでいると、ザッカリーに彼のオフィスへ来るよう命じられた。

ベンは資料を片づけ、二十三階にある主任捜査官のオフィスまで三十メートルの距離を歩いた。通常なら午後二時は、高官たちが会議を行っている時間だ。しかし今日は週末で、出勤している者は少なかった。一九八〇年代後半からずっと犯罪捜査部の主任捜査官たちの秘書を務めているメアリアンでさえすでに帰宅していたが、彼女の上司はまだ残っていた。ベンがオフィスへ入ると、ザッカリーはドアを閉めて鍵をかけた。ベンは警戒した。何か大変な事態が起きているのだ。

ザッカリーが会議テーブルの椅子ではなく、黒いレザーのソファに座るようベンに勧めた。

「何時間も働きづめだろう。少しくつろぐといい」

今回の事件を担当している捜査官は皆、この数日のあいだ数時間しか眠っていない。ベンは椅子に座るほうが無難だと思った。「そのソファに座ったら、二度と立てなくなります。何があったんですか、サー？」

ザッカリーが窓辺に立ち、手を後ろで組んで、イースト川の向こうに見えるブルックリンを眺めた。「ニコラスとマイクが、コ・イ・ヌールを盗みだした犯人の雇い主を突きとめた。サビッチが裏付けを取った」

「誰です？」

「サリーム・ラナイハン。裕福な実業家で、コ・イ・ヌールをビクトリア女王に譲り渡したシク王国最後の君主の子孫と言われてる男だ」

「シャーロックの推理が正しかったわけですね」ベンは言った。

「ああ。しかし、まだ仕事は山積みだぞ、ベン。フォックスが機上でかけた電話の相手に関する手がかりが国家安全保障局《NSA》から届いたんだ。ＮＳＡが確認した信号をわれわれが追跡した。その電話番号の携帯電話の持ち主はこの一週間ニューヨークに滞在していて、ゆうべ出国し、パリへ向かった。顔認識プログラムのデータベースと照合したところ、二十年前にフランソワ・ミッテラン大統領の暗殺を企てた英国籍の男と一致した。インターポールによると、その男こそゴーストだそうだ。インターポールは手持ちの情報をすべて提供してくれたが、あまり多くはない。

イレイン・ヨークとアナトリー・ファミリーの三人を殺したのも、マイクとニコラスを駐車場で襲ったのもゴーストだと思われる。それから、アナトリーの屋敷で殺されていた男の身元が特定できた。名前はジェイソン・ラスボーン。サリーム・ラナイハンの手下だった。指紋は登録されてなかったが、統合DNAインデックス・システム《CODIS》に入ってるDNAと一致した」

ザッカリーが続けた。「サビッチの報告によると、先週イレインの銀行口座に二十万ドルが振りこまれてたそうだ。イレインは報酬を受けとってたわけだ。いったいなんに対する報酬だ？　支払ったのは誰だ？」

ベンは大きな衝撃を受けた。いずれすべてに説明がつき、イレインの潔白が証明されることを望んでいたのに。彼はただ言った。「ぼくにはわかりません、サー」

ザッカリーが窓辺から離れて、ベンの向かいの椅子に腰をおろした。「わたしにもさっぱりわからない。ゴーストとイレインとアナトリーのつながりを突きとめる必要がある。三人がこの件にかかわってるのはたしかだが、どうかかわってるのかがはっきりしない。ベン、きみはゴーストの人物像を調べてくれ。それから、アナトリーの屋敷の金庫から何を持ちだしたのかも。やってくれるか？」

「もちろんです、サー。ただちに取りかかります」

ベンはザッカリーを残し、自分のデスクへ戻った。まずはマイクにゴーストのことを警告しておこうと電話をかけたが、彼女は出なかったので、至急連絡をよこすようメッセージを残した。

そしてデスクに腰を落ち着けた。イレイン・ヨークを哀悼し、彼女を殺害した犯人を見つけるために。

85

パリ
土曜日、夜

キツネは下調べもせずに、セーヌ川西岸にあるこぢんまりした目立たないホテルにチェックインした。部屋に入るなりノートパソコンにUSBメモリを接続し、ファイルを転送しはじめた。莫大な数のファイルのひとつひとつが、〈ラナイハン・エンタープライズ〉に関連する貴重な情報だ。ラナイハン帝国の心臓部をこの手に握っていると思うと、大きな満足感を覚えた。

マルベイニーがすぐ近くにいるのなら、このファイルのなかに監禁先が隠されているはずだ。

キツネは小さなデスクにノートパソコンを置き、バッグを開けた。もう少し頑張りたかったが、どうしても食事と休息をとる必要があった。ホテルのフロントにフルーツが用意されていたので、リンゴを三個とバナナを一本もらってきた。サービスエリアで買ったビーフジャーキーとグラノーラ・バーもある。食事をすませると、シャワーを浴びた。そして時計のアラームを二時間後に設定して、すぐに眠りに落ちた。

目を覚ましたときには、だいぶ気分がすっきりしていた。集中力を保つために朝鮮人参《にんじん》入りのビタミン剤を服用したあと、水を飲んでストレッチをし、ハーブティーを淹《い》れた。ハーブティーを飲んでいるあいだに転送が終了した。キツネはファイルをスクロールし、Sフォルダを見つけた。セキュリティ・フォルダだ。ラナイハンが所有する倉庫のセキュリティ・システムの記録があるかもしれない。案の定、そのなかに〝保管場所《ドロップ・カムズ》のカメラ〟という名前のフォルダがあった。

そのフォルダには、少なくとも五十台の監視カメラのライブ映像がおさめられていた。キツネはため息をつきながら椅子に深々と腰かけ、ひとつずつ確かめていった。

八番目のフォルダで、目当てのものを発見した。画面が五分割されていて、ふたつの大きな画面に倉庫の一階が映しだされ、美術品らしきものが何列も並んでいた。その下にあるほかの三つの画面には、上階にあるいくつかの個室と、広々としたオフィスが映っている。そのオフィスにマルベイニーがいた。手を背中にまわした状態で椅子に縛りつけられ、口をふさがれている。マルベイニーは前かがみになっていて、眠っているのか死んでいるのか判断がつかなかった。画像が荒すぎて、胸が上下しているかどうか見てとれない。フラッシュライトが点滅しているので、カメラに映っていないところで誰かが写真を撮っているのがわかった。

キツネは深呼吸して怒りを静め、住所に目をやった。ガニー九十三番地。ここから車で四十分ほど離れた場所だ。

半信半疑だったけれど、もはや認めざるをえない。マルベイニーが監禁されている姿をこの目で見たのだ。キツネはこみあげてくる涙をこらえた。マルベイニーを救出してみせる。絶対に。

キツネは残りのファイルにざっと目を通し、ガニーの倉庫に関連するものを探した。そのなかに、倉庫の外を映した監視カメラがあった。

倉庫の周囲を武装した警備員たちが巡回しているのを見ても、キツネは驚かなかった。数えてみると、軍服を着てAR15を胸に抱えた男が十四人いた。全員が職業軍人のように戦闘準備を整えている——傭兵《ようへい》だ。

倉庫のなかには美術品がおさめられているのだから、警備をつけるのは当然だ。しかし十四名の重武装した男が配備されているというのはいくらなんでも過剰な警備で、ほかに理由があるに決まっている。ラナイハンはキツネが来ることがわかっているのだ。

ラナイハンが戦争を望んでいるのなら、喜んで応じよう。

キツネはパリ近郊に倉庫を所有していて、そこに必要なものを全部保管してあった。世界中に似たような倉庫を持っている。彼女の仕事には武器が必須なので、準備しておくだけの価値はあった。

キツネは時計を見た。午後九時にフォッシュ通りにあるラナイハンの屋敷で会うことになっていたが、予定変更だ。

彼女はノートパソコンの電源を切り、電話をかけた。

86

パリ
フォッシュ通り
土曜日、夜

ラナイハンは最初の呼び出し音で電話に出た。

キツネは言った。「計画変更よ。マルベイニーが監禁されているガニーの倉庫で会いましょう。時間は午前零時。ダイヤモンドを持っていって、あの人を連れて帰るわ」

ラナイハンに驚いた様子はなかった。キツネが自分のオフィスに押し入ったのをすでに知っていて、キツネがマルベイニーの居場所を突きとめることも予想していたのだ。これは取り引きではなく、対決だ。ラナイハンはきっとキツネとマルベイニーを殺して、ダイヤモンドを手に入れようとするだろう。

ラナイハンが言った。「ばかな真似はするんじゃないぞ、キツネ。まただまそうとしたら、マルベイニーはゆっくりと死に至る。体を一カ所ずつ傷つけられてな」

「まずマルベイニーを解放したら、ダイヤモンドを渡すわ。証拠を見せて、サリーム。あの人が生きているという証拠を。それから、残りのお金もきちんと支払ってもらいましょうか」

「要求はそれだけか？」

「まだあるわ。三つのダイヤモンドをひとつに合わせる場面にわたしも立ち会いたいの。伝説が真実に変わる瞬間をこの目で見たいのよ」

息をのむ音が聞こえたものの、ラナイハンは涼しい口調で言った。「いったいなんの話だ？」

「サリーム・シング・ラナイハン。父親はロバート・ラナイハン、祖父はアラステア・ラナイハン。四世代さかのぼった高祖母はシク王国最後の君主の息子と関係を持って妊娠。その子を夫の息子として育てたが、メイドに秘密をばらされた」

「英国のゴシップ紙が書きたてた話を繰り返しているだけじゃないか」

キツネは落ち着いた声で、ゆっくりと言葉を継いだ。「事実よ、サリーム。わたしの勘違いでなければ、あなたはすでに三つのうちでいちばん大きなダイヤモンドを手にしている。何百年ものあいだラナイハン家の男たちが隠し続けてきたダイヤモンドを。わたしもそのうちのひとつ、コ・イ・ヌールを持っている。あなたはもうひとり泥棒を雇って、アンドレイ・アナトリーという腐った男のもとにあった三つ目のダイヤモンドを盗ませたんでしょう？」

ラナイハンは返事をしなかった。

「やっぱりね。わたしに両方盗ませればよかったのに、あなたはそうしなかった。代わりにマルベイニーを雇ったの。そして、あろうことか彼を裏切った。当然、わたしのことも最初から裏切るつもりだったのよね。すべてお見通しよ。

あなたは小者だわ、サリーム。今のあなたを見たらお父さまも愛想を尽かすでしょう」

ラナイハンは沈黙を続けた。

「とにかく、三つのダイヤモンドが合わさるところを見たいのよ」

ラナイハンがようやく口を開いた。「何を言っているのかさっぱりわからない」

キツネは言った。


このダイヤモンドを持つ者は世界を手に入れる。

しかし、それとともに、あらゆる不幸をも知ることとなろう。

神、もしくは女のみが、禍をこうむらずに身につけることができる。


「この言い伝えは広く知られているけど、実は続きがあるのよね、サリーム？」そして、穏やかな声で続けた。サリームがこの世で知っているのは自分しかいないと思っていた文言だった。

クリシュナの石がふたたびひとつになるとき、それを抱く手は全能となる。

〝光の山〟に血を注げば、再生と歓喜を手にできるであろう。


「なぜラナイハン家の言い伝えを知っているんだ、キツネ？」

キツネは小さく笑った。「最初に会ったときに、あなたの〝すべて〟を知っていると言ったでしょう、サリーム。はったりではなかったのよ。そのダイヤモンドを探しているラナイハン家の男と仕事をしたのは、今回が初めてではないの。あなたのお父さまにも依頼されたわ。わたしのこと――フォックスのことはお父さまから聞いたんでしょう？　お父さまもそのダイヤモンドを欲しがっていて、あなたと同じく残された時間はわずかだった」

サリームの息遣いが荒くなった。

「お父さまは三つ目のダイヤモンドを手に入れるためにわたしを雇ったけれど、わたしが探しあてる前に息を引きとった。どうしてそれほど三つのダイヤモンドをひとつに合わせることにこだわっているのか、お父さまが教えてくれたのよ」

サリームは信じられなかった。なぜ父はそのことを黙っていたのだろう？　フォックスのことは教えてくれたが、女であることも、キツネであることも話してくれなかった。サリームは父親にだまされ、裏切られた気がして、怒りと不快感に駆られた。父は一介の泥棒ごときに一家の大事な秘密を打ち明けたのだ。死んだ父親にはもう手出しできないが、キツネはこの手で殺してやる。

キツネが言った。「わたしが約束を守る人間だということは、もうわかっているはずよ。簡単な取り引きでしょう。その場面を見たら、残りの報酬と友人とともに引きあげるわ」

そのとき、サリームは気づいた。ダイヤモンドを結合させるには女の血が必要だということを、キツネは知らない。どういうわけか父はキツネに話さなかったのだ。サリームは笑みを浮かべた。キツネの要求は願ってもないものだった。秘書のコレットはもう用なしだ。

サリームは言った。「午前零時にガニーで。お互い欲しいものを手に入れよう」

87

バンドーム広場一五番地
ホテル・リッツ・パリ
土曜日、夜

マイクは片手でノートパソコンのキーボードを打っていた。画面の光を受けて肌が輝いている。そのタフな姿を、ニコラスは感心しながら眺めていた。傷口がひどく痛むはずなのに、そんなそぶりは微塵も見せない。

ニコラスは言った。「何かわかったかい?」

マイクがうなずいた。「ラナイハンはデファンス地区にオフィスを構えていて、フォッシュ通りに住んでるわ」

「驚きはしないな」ニコラスは言った。「フォッシュ通りはパリの一等地、ラナイハンにうってつけの高級住宅地だ」

マイクが言った。「美術品を保管する倉庫をいくつか持ってるの。いちばん大きい倉庫は、パリの東のガニーにある。宗教的なものも世俗的なものも、合わせて二千五百点以上の絵や彫刻を所有してるらしいわ」

マイクはノートパソコンの向きを変えて、ガニーの倉庫の画像をニコラスに見せた。「悪党にしては至極まっとうなことをしてる。欧州原子核研究機構《CERN》の文化諮問委員を務めていて、ルーブル美術館の展示に出資しているわ。倒産寸前だった新興ファッション企業の主要株主で、クリスティーズを買収しようとしたこともある。ほかにも小さな会社をいくつか所有していて――なんと〈サージュ・フィデリテ〉も彼の会社よ。ヨーロッパとアジアに百以上の支店がある。ラナイハンは大金持ちね。なんでも買えるんじゃないかしら。去年はカタールの首長一族を相手に、ピサロの絵を競り落としてるわ。四千八百万ドルで」

マイクは椅子に深く腰かけ、腕を動かして楽な姿勢を取った。「もうひとつ興味深い話を見つけたの。ラナイハンは三度の結婚歴があって、数えきれないほど色恋沙汰を起こしてる。何人もの裕福で上品な女性とつきあってきたみたい。それなのに、子どもはひとりもいないの。小さい頃に白血病にかかり、化学療法のおかげで病気は治って、もちろん命は助かったけど、まさに最後の子孫になってしまった。彼にはきょうだいも子どももいない――ねえ、ラナイハンがコ・イ・ヌールを手に入れたがってるのは、単に珍しい宝石に執着してるからではないのかも。何か個人的なことに、彼の家族――血筋にかかわる理由があるのかもしれないわ」

ニコラスは言った。「そうだとしたら、具体的になんのために？」

「それがわからないのよ。何かひらめきそうなんだけど。やっぱりただの熱狂的なコレクターなのかもしれないし、コ・イ・ヌールは自分が受け継ぐべき遺産なのだから、自分とインドに返されるべきだと心の底から思ってるのかもしれない」

「その調子で推理を続けてくれ」ニコラスは時計を見て立ちあがり、ジャケットをはおった。

「そろそろラナイハンの様子を偵察に行こう」

88

ニコラスがドアノブをつかんで部屋を出ようとした瞬間、スマートフォンが鳴った。「ロンドンからだ《ロンドン・コーリング》」

マイクが眉をあげた。「ザ・クラッシュ（ロンドンのパンク・バンド。《ロンドン・コーリング》は彼らの楽曲）？」

ニコラスは肩をすくめた。「ナイジェルだ」

「誰なの？」

「ぼくの執事だ」マイクの怪訝《けげん》な顔を無視して、ニコラスは電話に出た。「もしもし？」

「サー、今日、アメリカから荷物が届きました」

「そうか。誰から？」

「ヨーク警部補からです」

ニコラスの体をアドレナリンが駆け抜けた。「開けてくれ、ナイジェル」

包みを破いて開ける音が聞こえたあと、ナイジェルが言った。「ＵＳＢメモリが入っていました。パソコンに接続してみましょうか？」

「ああ、急いでくれ、ナイジェル。なかのデータをメールで送ってくれないか？」

「かしこまりました、サー。ほかに何かご用がありましたらご連絡ください」

ニコラスは電話を切り、メールが届くまで何度もリロードした。届いたのはＷＭＶ形式の動画ファイルだった。再生ボタンをクリックすると、画面にイレインの顔が映しだされた。ニコラスはその顔をじっと見つめた。この女性を三年間尊敬し、高く評価し、信頼し続けた――どんなに言葉を尽くしても足りなかった。

「イレイン・ヨークね」ニコラスの背後からのぞきこんだマイクは、画面に映っている姿と三日前に見た遺体を比べずにはいられなかった。遺体の顔は灰色になり、ふくれあがっていて――いや、そんなふうに思いだすのはやめよう。今、画面に映っている姿を覚えておくのだ――黒髪が美しく、真剣な目をカメラに向けている。

「ああ、とにかく見てみよう」


ニコラス、あなたはまずこう思っているでしょうね。どうしてメールや電話で連絡を取らずに映像を送ってきたのかと。それはね、メールをハッキングされたり、電話を盗聴されたりする危険を冒せないからよ。あなたのアドバイスが欲しいの。ちょっと困ったことになってしまって。

最初から話すわ。メトロポリタン美術館で働いているビクトリア・ブラウニングという女性と親しくなったの。二週間前、クラブでマンハッタンを飲みすぎた夜、彼女がコ・イ・ヌールにまつわる伝説を教えてくれた。誰もが知っている呪いのことではないわ。あのね、ダイヤモンドは全部で三つあって、それらを結合させると、そのダイヤモンドを持っている人が病気だったとしても――癌《がん》だろうと心臓病だろうとなんでも永遠に治ってしまうんですって。永遠によ。

酔っ払いの戯《ざ》れ言《ごと》だと初めは思ったわ。でも、アルツハイマー病にかかった母のことを思いだして、その話に惹《ひ》かれていったの。不死をもたらす巨大なダイヤモンド――ロマンや神秘を感じて、そんな魔法が実際に存在する可能性を考えたわ。わたしがずっと夢見ていた魔法よ。想像してみて、ニコラス。三つの破片が合わさって大きな宝石になって、病気を治すのよ。

コ・イ・ヌールがそのうちのひとつで、ふたつ目はあるヨーロッパ人が持っているそうなの。三つ目はここニューヨークに住む男が持っているはずだと、ビクトリアは言ったわ。そのときは男の名前までは教えてもらえなかったけど。

翌日になっても、わたしはその話に取り憑かれていた。三つのダイヤモンドを結合させるのは無理でも、そのうちのひとつをニューヨークの男が持っているかどうか確かめることはできると思ったの――どうしても知りたかったのよ。だから、その人に会いに行ってみようってビクトリアに言ったの。うまくいけばダイヤモンドを譲ってもらえるかもしれない。それからヨーロッパのダイヤモンドを手に入れて、コ・イ・ヌールを借りることもできるかもしれないと思ったの。

三つのダイヤモンドのうちふたつを手に入れられたとしても、コ・イ・ヌールだけは無理だとビクトリアは言ったわ。そんなおかしな実験のために英国王室がコ・イ・ヌールを貸しだすわけがないからって。でも、わたしはすっかり虜になってしまったの。試してみたかった。母のために魔法を起こしたかった。頭がどうかしていると思われてもしかたがないわ。たぶん本当にどうかしてしまったのよ。でも、ビクトリアもこの伝説に魅せられていることはわかった。だからわたしは、その人に会いに行こうと説得したの。笑いながら、これはわたしたちの冒険よって彼女に言ったわ。わたしたちだけの冒険。

ミッドタウンにある高層ビルの三十四階に着いてから、ビクトリアは男の名前をようやく教えてくれた。アンドレイ・アナトリー――そのときはまだ、あの男がロシアン・マフィアのボスで、根っからの悪人だということは知らなかった。なかに招き入れられると、ビクトリアはさっそく本題に入って、そのダイヤモンドを持っているかどうかきいたの。アナトリーはビクトリアとわたしの顔を、順にまじまじと見つめたわ。まるで顔を覚えようとするみたいに――実際、そうだったんだけど。それから、のけぞって大笑いしたの。なんの話かさっぱりわからないと言って、わたしたちを追い返した。

次の日、わたしの銀行口座に二十万ドルが振りこまれていて、〝手を引け〟というメッセージが送られてきたの。ビクトリアが振りこんだのかと思って尋ねてみたけど、彼女は否定した。アナトリーの仕業だと言うの。どうしてマフィアがそんなことをするのかときき返しても、ビクトリアは頭を振るだけだった。そのお金をビクトリアと分けようとしたら、彼女は全額わたしの母のために使うよう言ってくれたの。もうこの件にかかわりたくないと思っているのがわかったわ。

今考えてみると、お金をくれたのはビクトリアだったと思う。どうしてかって？ ダイヤモンドの話をわたしにしたことに罪悪感を覚えたから。アナトリーに何かされるんじゃないかと心配したのよ。

わたしはそのお金を受けとったの、ニコラス。本当にばかでしょう。でも、母のことでお金がかかるから――母を助けるために必要だった。

それで、その件からは手を引いたつもりだったんだけど、翌日ふたりの男につけられているのに気づいたの。お金を振りこんだのはアナトリーではなかった。厄介なことに巻きこまれたと思ったわ。

そして、メトロポリタン美術館のカフェテリアで、ウラジーミル・カーチンというロシア人の男と出会った。ウラジーミルはわたしが尾行されているのを知っていて、なんとかしてやると言ったわ。わたしはボーに相談するのをためらった。お金を受けとってしまったせいもあるけど、実際、どう説明すればいいのかわからなかったの。だから、ウラジーミルをボディガードとして雇った。彼は信用して任せてくれと言ったわ。その言葉どおり、次の日には男たちは姿を消していた。だけど、また別の男がわたしを監視しはじめたの。痩せた白髪の男で、それまでわたしを尾行していた男たちより年を取っているのに、なぜかずっと恐ろしく見えた。ウラジーミルにきいてみても、知らない男だと言われたわ。

わたしは念のため、ウラジーミルに頼んで銃を手に入れた。

というわけなの、ニコラス。あなたがこれを見る頃、わたしはどうなっているかしら？ わからないけど、とにかく母にお金を送るつもり。誰のお金でもかまわないわ。母にはお金が必要なの。

ビクトリアはそれ以来、わたしを避けているわ。三つのダイヤモンドの話をしてしまったことを、心から後悔しているんだと思う。彼女も怖がっているのかもしれない。

人生って思うようにいかないものね。わたしはずっと、不思議な力を求めていたの。未知のもの、不可思議なことを。あなたの望みをかなえようとしていたときもあったなんて、信じられないわね——ああ、ニコラス、あなたに会いたい。あなたの健康と幸福を願っているわ。ペンダリーとやりあわないようにね。

そこで動画は終わった。

89

ニコラスはノートパソコンを放り投げたかった。もっと早く連絡してくれていれば、イレインは死なずにすんだかもしれない。

「ラナイハンがどうしてそれほどコ・イ・ヌールを手に入れたがっているのか、不思議に思っていたんだ。コ・イ・ヌールをどうする気なんだろうと。ようやくわかったよ。きみの推理はいい線をいっていたな、マイク。ラナイハンは病気で、その三つのダイヤモンドを結合させれば治せると信じている。ベンとザッカリーに知らせよう。昨日、アナトリーの金庫から盗まれたものはきっとそれだ。

白髪の男――ゴーストが金庫からダイヤモンドを盗んだあと、アナトリーと息子たちを殺したんだ」

マイクが言った。「そのようね。動画を見てるあいだに、ベンから電話が入ったの。折り返すわ」彼女が電話をかけると、ベンはすぐに出た。

「連絡をずっと待ってたんだ。顔認識プログラムがインターポールのデータと一致した。二十年前のフランソワ・ミッテラン大統領暗殺未遂事件を起こした男だ。名前はウィリアム・マルベイニー、別名ゴースト。年齢は六十代前半。痩せ型で白髪。どんぴしゃりだ。この男はイレインとカーチンを殺しただけでなく、きみたちを襲い、アナトリーと息子たちを殺した。しかし、金庫から盗まれたものについてはまだわかってない」

マイクが言った。「それなら判明したわよ」彼女はイレインの動画の内容を伝えた。「三つのダイヤモンドを合わせれば病気を治せるという伝説を信じてるサリーム・ラナイハンが、金を払って一連の事件を引き起こした」いったん言葉を切ってから続けた。「ベン、イレインはコ・イ・ヌール盗難事件に関与してなかった。まったくの無実だったのよ」

ベンはしばらく黙りこんだあと、ようやく口を開いた。「よかった、本当によかった。しかしイレインは無関係なのに、なぜ殺されたんだ？」

ニコラスが答えた。「三つ目のダイヤモンドのありかを知ってしまったからだ。マルベイニーはイレインが秘密をもらすことを恐れた。あるいは、アナトリーに命じられたのかもしれない」

ベンがため息をつく。「殺す必要なんてなかったのに。それとマルベイニーはゆうべ、パリへ飛んだことがわかってる」

ニコラスはおもむろに言った。「全員がこの地に集まるわけだ。ありがとう、ベン」

ベンが一瞬、間を置いてから言った。「ふたりとも気をつけてくれよ。きみたちの準備ができ次第、サビッチはラナイハンの監視に入ると言ってる」

ニコラスは言った。「九時には向こうに着く」マイクが電話を切ると、彼は言った。「もう一本だけ電話をかけさせてくれ」

ニコラスはマイルズ・ヘリントンに電話をかけたが出なかった。しかたがない。怒声を浴びせられる覚悟で、ハーミッシュ・ペンダリーの自宅にかけた。ペンダリーからのメールも電話も二日間無視していたので、釈明を求められるだろう。

ところが、ペンダリーは意外な反応を示した。「ようやく連絡してきたのか」電話に出るなりつっけんどんに言ったものの、ニコラスを怒鳴りつけはしなかった。

「申し訳ありません、サー。少々取りこんでいたもので」

「ああ、知っている。ジュネーブの爆発事件のことは聞いた。危ないところだったんだろう?」

ニコラスは安堵した。そのあとも二度、命を狙われたことは伝わっていないらしい。「ええ、サー。背中を数針縫っただけですみましたが。マイルズ・ヘリントンから何か聞いていませんか? コ・イ・ヌールの展示計画を外部にもらした人物を探ってもらっているんです」

「義理の息子はあまり連絡をくれないからな」

「それなら結構です。もしマイルズと話す機会があったら、自分が連絡を待っていると伝えてください」

「用件はそれだけか、ドラモンド？　わたしの命令に逆らってアメリカへ行ったと思ったら、今度はわたしを連絡係に使う気か？　いい度胸だな」

「そんなつもりはありません、サー。FBIと連携して捜査に当たっています。彼らはとても協力的です。われわれはイレインを殺害した犯人を特定しました。マルベイニーという男で、ゴーストの名で知られています。動機もほぼつかんでいます。イレインは無実で、とんでもない濡れ衣を着せられていました」

ペンダリーが言った。「イレインは無実だと信じていたよ。ゴーストと言ったな？　聞いたことがある。伝説の男だ。最初に耳にしたとき、やつはまだ若者だった。わたしが警察学校にいた頃、北アイルランドで起きた一連の爆破事件の犯人がゴーストだという噂が流れたんだ。警察学校の生徒たちが現場に駆りだされてな。あれは一生忘れられない。しかし、あの男は数年前に表舞台から姿を消した。死亡したと考えられていたはずだが」

「どうやら死んでいなかったようです。ゴーストに関する情報をもっと教えてもらえませんか？」

「うちのデータベースにファイルが保管されているが、たいした情報ではないだろう。やつは危険な男だ、ひょっとするとおまえよりも。逐次連絡をくれ。ドラモンド、気をつけろよ」

「そうします、サー」

ニコラスは電話を切った。結局、イングランドに帰っても仕事にあぶれることはなさそうだ。ペンダリーはなんらかの方法でニコラスを罰するだろうが――ヘンドンで六週間の訓練を受けさせるとか――馘にするつもりはないようだ。

彼はマイクの視線に気づき、にっこり笑ってみせた。

「もうすぐ九時だ。ラナイハンの様子を見に行こう」

90

パリ
フォッシュ通り、ラナイハン邸
土曜日、夜

午後九時五分にエンジンのかかる音が聞こえてきて、メルセデスがガレージから玄関にまわされた。玄関のドアが開いて、なかからラナイハンが出てきた。怒った顔をしている。ラナイハンが乗りこんでドアを閉めると、車はタイヤをきしませながらすみやかにカーブを曲がった。

なぜそれほどいらだっているのだろうか？

ニコラスは少し経ってから車を出し、尾行を開始した。

「目を離さないでくれよ、マイク。向こうはかなりのスピードを出している」

凱旋門を囲む道に入った。

マイクが言った。「あそこよ、右に曲がったわ。五本目の道を曲がって、シャンゼリゼ通りへ出た」

ニコラスはギアを低速に切り替え、シャンゼリゼ通りに飛びだした。

メルセデスは四百メートルほど前方を走っている。

ニコラスはアクセルを踏みこんでスピードをあげた。

マイクが言った。「東へ向かってる。パリの東側にあるラナイハン所有の不動産は、ガニーの倉庫だけよ。あそこへ行くに違いないわ」

「もう少し距離を空けよう。やつは携帯電話を使用しているのか？」

マイクが膝の上のノートパソコンで確認した。「サビッチが盗聴できるように細工してくれた信号を傍受してみたけど、発信されてないわ」

「そのうちかけるだろう」

十分後、ラナイハンの携帯電話の追跡装置が点灯した。

「来た。ラナイハンが発信したわ」マイクはノートパソコンのボリュームをあげた。ラナイハンの声がノイズに交じって聞こえてくる。

〝準備は整ったか？〟

〝ああ〟

〝あの性悪女《ビッチ》はもう来たか？〟

〝まだだ。でも、必ず来る。金が欲しいからな。あの女は金のことしか考えていない。心配するな。あとどれくらいで着く？〟

〝三十分もあれば〟

〝じゃあ、あとで〟

電話が切れた。

間髪を入れずに、マイクのスマートフォンが鳴った。

「もしもし、ディロン、今の会話を聞きましたか?」

「ああ、発信先は記録にある携帯電話の信号と同じだった。ラナイハンはゴーストと話していたんだ。ウィリアム・マルベイニーと」

マイクが言った。「それなら、ゴーストは誰と組んでるんです? ラナイハン? フォックス?」

ニコラスは言った。「じきにわかるさ。ディロン、メナールはガニーの倉庫に向かっているんですか?」

「ああ、チームを引き連れてる」

「われわれが合図するまで待機するよう伝えてください。先にぼくとマイクがなかに入って様子を見てみます。事を大きくして流血戦になるのは避けたい」

「気をつけろよ」サビッチがそう言って電話を切った。

「相手はひとりじゃないのよ、ニコラス。メナールたちを待ちましょう」

ニコラスはここで議論するつもりはなかった。「メナールたちに応援を頼むことに異存はないが、相手を威嚇して、倉庫のなかで何が行われているのか確認できなくなったら元も子もない」

車のスピードを落とすと、メルセデスの姿は見えなくなった。ニコラスはライトを消し、月明かりを頼りに運転した。「フォックスのことを話していたとき、マルベイニーの口調は辛辣だった。怒っているみたいだ。いったいどういうことかな」

五分後、道は行き止まりになり、カメラが設置された大きな門が見えてきた。

マイクは言った。「停めて。わたしたちの存在をまだ知られたくないわ」カメラを指さす。

ニコラスは路肩に停車した。あたりは真っ暗で、静まり返っていた。門のはるか向こうに倉庫がそびえたっている。なんの気配も感じられない。

「しかたがない」ニコラスが言った。「フェンスを乗り越えるしかないな。腕は平気か？それとも、フェンスを切断するか？」

マイクは首を横に振った。「ニコラス、メナールたちが来るのを待ったほうがいいわ」

ニコラスがにやりとする。「いや、待たない。一緒に来るのか？　来ないのか？」

マイクはラナイハンが送りこんだ三人の殺し屋のことを考えたあと、フォックスに一発お見舞いする場面を想像し、すぐに言った。「行きましょう」

「まずはちょっと偵察しよう」

ニコラスが車内灯を消してドアをそっと開け、バッグを肩に担いだ。その顔を見れば、楽しんでいるのがわかる。ばかね。

マイクは力がわいてきて、気分が落ち着いた。グロックを確かめてから、ニコラスに続いて車を降りた。この戦いに必ず勝つつもりだった。

91

ガニー九三番地
ラナイハン所有の倉庫
土曜日、夜

キツネは倉庫裏のフェンスを乗り越えて、倉庫の隣の建物の屋根にのぼった。門と駐車場と、敷地の半分が見渡せた。

マルベイニーはこのなかにいる。きっとラナイハンに痛めつけられ、痛みに耐えながら、キツネが助けに来てくれないものかと考えているだろう。キツネは今夜、何がなんでもサリーム・ラナイハンを抹殺するつもりだった。

九時五十分に、ラナイハンのメルセデスが駐車場に到着した。ラナイハンが車から降りて、倉庫のなかへ急いで入っていくのを、キツネは単眼鏡で見守った。運転手を怒鳴りつけている。何を言っているのかは聞きとれなかったが、怒っているのはわかった。わたしに対して怒っているのだろうか？　それでいい。怒りは平常心を失わせる。仕事がやりやすくなるだけだ。

倉庫の二階の窓の向こうに、人影がぼんやりと見えた。

キツネが人数を数えていると、ラナイハンが二階へあがってきた。上階にたどりつくまでにかかった時間は三十秒。階段と廊下は一箇所だけのはずだ。見取り図を見ていたので、倉庫の構造は把握していた。仕切りのない一階は大きな絵や彫刻が保管されていて、トラックが出入りできるほど広々としている。完全に自動化された最新設備が整えられてあり、ラックにかけられた何百枚もの絵をコンピュータで簡単に引きだせるようになっていた。

二階には、倉庫の管理者が仕事をしたり、ときおり訪れる客に絵を見せたりするための広いオフィスがある。マルベイニーが監禁されている場所だ。

倉庫の周囲を巡回している警備員たちは、それほど警戒していなかった。不審人物――キツネのことだ――が現れるのはまだ先だと思っているのだろう。だからこそ、彼女は早めに来たのだ。

キツネはヘッケラー&コッホのMK23に、左手で減音器《サプレッサー》を取りつけた。両親を殺された事件以来、ずっと銃を憎んできたが、今回はやむをえない。MK23は手にしっくりなじみ、サプレッサーの重量もたいした負担にはならなかった。キツネは銃を特注のホルスターにしまい、黒いカーゴパンツのポケットに入れておいた二発の催涙弾を確かめた。ナイフは四本準備していて、二本は腿の両脇に、あとの二本は交差させて腹部にくくりつけてあった。

キツネは四拍呼吸を始めた。息を吸いながら四つ数え、息を止めて四つ数え、息を吐きだしながら四つ数え、また息を止めて四つ数える。そうして頭と心をすっきりさせてから、屋根をおりた。

夜道を歩く猫のように鳴りを潜めて暗闇に目を慣らし、月明かりを道しるべにすみやかに歩を進める。倉庫まであと百五十メートル。百メートル。五十メートル。キツネは足取りを緩め、警備員がまわってこないかと耳を澄ました。

何も聞こえない。安全だ。

キツネは銃を抜いて前進し、二階の窓へとつながる金属の階段を見つめた。

ふいに、暗がりから声が聞こえた。「止まれ」

キツネは振り返って身をかがめ、引き金に指をかけた。

しかし、ここで発砲するわけにはいかない。サプレッサーをつけているとはいえ、警備員たちに気づかれる恐れがある。

キツネは瞬時に銃をしまい、腿の鞘《さや》からケーバーナイフを抜いて構えた。

暗がりから男が姿を現した。「やめておいたほうがいい」

ニコラス・ドラモンドだ！

キツネが襲いかかると、ドラモンドは背を丸めて飛びのいた。

彼女は二本目のナイフを取りだし、足の親指の付け根に体重をかけてバランスを取りながら、反対方向から切りつけた。ドラモンドがすばやく体を引く。そのとき月に雲がかかり、あたりが暗くなった。

キツネは暗闇のなか、ぼんやりと見える人影にふたたび襲いかかった。ドラモンドのこぶしが頬に命中し、キツネは痛みにあえぎながらも、かがみこんでまわし蹴りを食らわせようとした。

ところが、ドラモンドは瞬時に身をひるがえしてキツネの背後にまわり、髪をつかんで引っ張った。キツネはナイフを後ろへ突きだしたものの、またしてもかわされた。

ドラモンドがキツネの右手首をつかんで引き寄せた。チャンスだ。今ならドラモンドを投げ飛ばせる。キツネは片足を前に出し、つま先に重心を移した。だがその瞬間、こめかみに硬い金属が押しつけられた。

「ナイフを捨てなさい。さもないと、喜んで引き金を引かせてもらうわよ」

マイク・ケイン。

時が止まった気がした。キツネは自身の荒い息遣いを聞き、鼻から血がしたたるのを感じた。手首の骨が折れたかのような痛みが走る。

キツネは言った。「ナイフを捨てたらかなりの音がするから、警備員たちが集まってくる。そうなったら、あなたたちも生きて帰れないわよ」

ケインがキツネの手からナイフを奪いとって投げ捨てた。キツネが腰のホルスターに潜ませていた二挺目の銃と、反対の手に持っていたナイフをドラモンドが取りあげた。

ドラモンドはキツネの両腕を背中にまわすと、ケインが放ってよこした手錠をかけた。そしてキツネを振り返らせ、白い歯を輝かせて笑った。

「やあ、ビクトリア」

92

ニコラスたちは来た道を引き返し、フェンスのところへ戻った。フェンスにはニコラスが開けた大きな穴があいている。警備員に警戒しながらマイクが最初にくぐり抜け、安全を確認した。それからニコラスはビクトリアを押し出し、自身もあとに続いた。

マイクが加勢してくれて助かった。あのまま攻撃をかわし続けるのは難しかっただろう。背中の下のほうが濡れている気がした。傷口が開いたに違いない。

マイクがビクトリアと一緒に車の後部座席に乗りこみ、胸元に銃を押しつけた。ニコラスは運転席に座って静かに発進した。

「どこへ連れていく気？」ビクトリアの声は震えていた。恐怖のためではなく、興奮しているのだろう、とマイクは思った。

ニコラスが答えた。「ここから離れた場所だ。われわれはコ・イ・ヌールを取り戻したい。今すぐ。どこに隠している？」

ビクトリアが笑った。「まさかわたしが引き渡すと本気で思っているの？」

「ああ」ニコラスは心のなかで言った。〝引き渡さなければ、この手でおまえを殺す〟

「どこへ連れていく気？」ビクトリアがふたたびきいた。

マイクも行き先を知りたかったが、黙っていた。

ニコラスはパリのさらに郊外へと急いで車を走らせ、十五分後タウンハウスが並ぶ狭い路地で停車した。「マイク、そいつから絶対に目を離すな」そう言って車から降りた。

ビクトリアが言った。「あなたって従順なのね、マイク・ケイン。あの男に服従しているの？　どうして？　ドラモンドの下で働いているわけじゃないのよ。あの男と寝るようなばかな女じゃないだろうし。ねえ、こういうのはどう？　わたしを逃がしてくれたら、あなたが想像もつかないほどたくさんのお金をあげる」

マイクはビクトリアを殴りつけたくてしかたがなかったが、手錠をかけた状態の彼女に手を出すわけにはいかない。代わりににっこり笑って言った。「くたばれ、ビクトリア」

ビクトリアはそれ以上何も言わなかった。

ニコラスが後部座席のビクトリアが座っている側のドアを開けた。「降りろ。おとなしくしていろよ」

ビクトリアが機を見て、叫び声をあげようと口を開けた。ニコラスはとっさにビクトリアを車から引きずりおろし、手で口をふさいだ。小声で言う。「おとなしくしていろと言っただろう」

ビクトリアが手に噛みつこうとしたので、ニコラスは耳を打って気絶させ、タウンハウスのなかに裏口から引っ張りこんだ。

マイクは心のなかで拍手を送りながらあとを追った。

ニコラスはキッチンの椅子にビクトリアの手足を縛りつけ、引き出しに入っていた布巾を猿ぐつわにした。

マイクはビクトリアの脈を確かめた。力強い脈動を感じる。たいした怪我はしていないようだ。ニコラスに目をやると、彼はテーブルに座って膝に肘をつき、こちらを見ていた。

マイクは言った。「これって不法侵入？」

ニコラスはにやりとした。「隠れ家だ」

スパイ時代に使っていた家だ。

「これからどうするの？」

ニコラスはビクトリアを指さした。ビクトリアは意識を取り戻して目を開け、猿ぐつわの下でうめいている。「コ・イ・ヌールのありかを聞きだすんだ」彼はテーブルから飛びおりて、猿ぐつわを外した。マイクがビクトリアに水を飲ませた。

ニコラスは言った。「叫んでも無駄だ。防音が施してある」

ビクトリアが首を傾けてニコラスをにらみつける。「ジュネーブでさっさと爆弾を爆発させておけばよかった。とんでもないミスをしたわ」

「残念だったな。コ・イ・ヌールはどこにある?」

「ジュネーブよ」

「そう来たか、ビクトワール・クーベレル。ああ、おまえの兄貴に会ってきたんだ。おまえの両親のことも、両親が殺されたことも知っている。養父母の宣教師夫妻のことも。そしておまえは、悪名高き泥棒フォックスに成長した。要するに、全部お見通しだ。おまえがコ・イ・ヌールを遠くに置いておくはずがない。さあ、どこにある?」

キツネは内心驚いたものの、表には出さなかった。

彼女はせせら笑った。「ちゃんと予習をしてきたのね」

ニコラスは言った。「いいか、われわれが欲しいのはコ・イ・ヌールだ。それさえ引き渡せば、今夜は生かしておいてやる」

「嘘じゃないわ。ジュネーブの安全な場所に置いてきたの」

ニコラスが詰め寄ろうとしたとき、スマートフォンが鳴った。取りだして画面を見る。ペンダリーからだ。

「マイク、くれぐれも客人を行儀よくさせておいてくれよ」ニコラスはそう言って、ビクトリアのケーバーナイフを放った。マイクがそれをつかんで器用にくるりとまわし、ビクトリアの喉に刃を突きつけた。

お見事。ニコラスはリビングルームへ移動して電話に出た。「もしもし?」

「マイルズと連絡が取れた」ペンダリーが言った。「展示計画を外部にもらした人物がロンドン塔にいた」

ニコラスは尋ねた。「王室以外でこの件を知っていたのは、ロンドン塔の衛兵隊だけですか？　最近、突然離職した衛兵はいませんか？」

「いや。ただ去年、婚約破棄された衛兵がいた。名前はグラント・ソーントン。彼の婚約者が出ていき、消息を絶っている」

「写真はありますか？」

「メールで送っておいた」

「今、見てみます」ニコラスはメールに切り替えて写真を見た。長身で体格のいい黒髪の男が、女性を見おろしている。女性は写真を撮られていることに気づいていないながらも、カメラのほうを向いてほほえんでいた。ビクトリア・ブラウニングだ。もっとも、様子はずいぶん違っている。髪の色は今より暗く、瞳の色はアイスブルーだ。そして、心から笑っている。ただの美人ではなく、エキゾチックな魅力を感じさせた。

「この女です。男のほうは勾留中ですか？」

「いや、彼は何も知らなかったはずだ。しかし、監視はつけている」

「わかりました。もしフォックスに脅しをかける必要が生じたら、その男を連行してください。婚約していたのなら、おそらくフォックスも本気だったんでしょう。また連絡します」

93

ニコラスは電話を切ってキッチンへ戻った。ビクトリアを殴りつけていたマイクが、一瞬だけこちらを見た。ビクトリアが何かマイクを怒らせるようなことを言ったのだろう。

椅子の向きを変えてまたがり、ニコラスは両腕を椅子の背にのせてくつろいだ姿勢を取った。マイクが後ろへさがって腕組みした。

ニコラスはほほえんだ。「ビクトリア、ビクトワール。なんと呼べばいい？」

「キツネ。キツネと呼んで」

「キツネ、フォックスの日本語か。日本人なのか？　おまえはどこの生まれか読めないな。檻《おり》のなかから出てきた犬みたいだ」

「ウー」キツネが犬の鳴き声を真似てうなった。

ニコラスは立ちあがり、キツネに体を寄せた。「これならどうだ？　コ・イ・ヌールを引き渡せば、お友達のグラント・ソーントンのために口添えしてやる。覚えているか？　コ・イ・ヌールがニューヨークで展示されるという情報を、公表される何カ月も前におまえに教えてやった男だよ。今ちょうど、ロンドンの留置場に移送されるところだ。雑居房に入れられる。見た目のいい男がどんな目に遭うかは知っているだろう？　陸軍特殊空挺部隊《SAS》にいたことが知れたら、見せしめにされるだろうな」

　キツネが青ざめた。してやったり、とニコラスは思った。

　キツネが顎をあげた。「彼は関係ないわ。あなたたちもわかっているはずよ」

「残念ながら、ぼくと英国政府はおまえとは違う考えを持っている。ソーントンは職も地位も年金も失う。社会から追放され、のけ者になる。それどころか、残りの人生を刑務所で過ごすはめになるだろう。今夜を生き延びられればの話だが」

　ニコラスはキツネ――餌食の周囲を歩きまわった。「ソーントンはこれまでずっと、国に人生を捧げてきたんだろう？　おまえは彼の人生をぶち壊したんだ、キツネ。全部おまえのせいだ。不幸にもおまえを愛したせいで、ソーントンは何もかも失った。ただの幻想にすぎない詐欺師を愛したせいで」

　キツネは目を閉じてグラントを思い浮かべた。純粋ですてきなグラント。彼がひどい目に遭うのは自分のせいだ。それについてはこの英国人の言うとおりだった。

「コ・イ・ヌールを引き渡したら、ソーントンを救ってやる」

　キツネがニコラスをまじまじと見つめた。彼の言葉、というより彼自身を信用できるかどうか思案しているのだ。それから、ようやく言った。「条件があるわ」

ニコラスは足を止め、ふたたび椅子に座って眉をあげた。

「おまえは取り引きできる立場にないと思うが、いちおう聞こう」

「グラントの経歴に傷をつけず、復職させること。わたしの正体を彼にばらしたの?」

「いいや」

キツネは言葉では言い表せないほど安堵し、うなずいた。「グラントには何も話さないで。わたしのことも、サリーム・ラナイハンのことも。何も」

「わかった。あとは?」

「ラナイハンはある人物を倉庫に監禁しているの。わたしにとって大切な人を。その人を助けだしてくれたら、コ・イ・ヌールのありかを教えるわ」

「キツネ、それはだめだ。助けてほしいのなら、まずコ・イ・ヌールのありかを教えるんだ。そのあとでおまえが挙げた条件に対応しよう」

キツネが首を横に振った。「わたしの友人を助けるのが先よ。それから紳士として、その人に危害を加えないと約束して」

マイクが口を挟んだ。「友人ってウィリアム・マルベイニーのこと?」

キツネは耳を疑った。マルベイニーの存在をどうしてみんなが知っているのだろう?

「そうよ。名前はマルベイニー」

「あなたにとってどういう人なの?」

「友人よ」

ニコラスが眉をあげるのを見て、キツネは言葉を継いだ。「友人以上の存在。わたしの師であり、パートナーでもある。子どもの頃から一緒にいるの」

「その人のためなら命を投げだせるとでもいうような口ぶりね」マイクが言った。

キツネは答えた。「ええ」

「本当に友人なのか？　心から信頼して、命をかけられるほどの？　本当に？」ニコラスはそう言ったあと、倉庫へ行く途中に盗聴した電話の会話を再生した。

〝あの性悪女《ビッチ》はもう来たか？〟

〝まだだ。でも、必ず来る。金が欲しいからな。あの女は金のことしか考えていない。心配するな。あとどれくらいで着く？〟

マイクが言った。「この声はあなたの友人のマルベイニー？」

キツネがあきれたとばかりにぐるりと目をまわした。「やめてよ。あなたたちのやり方はわかっているわ。なんでも捏造できる。ドラモンドの声をアメリカ大統領の声に変えることだってね」

マイクが言った。「ええ、たしかにそうね。でも、これを見て。これは捏造できないわ。倉庫に停めてあったあなたの車から取ってきたの」

マイクがキツネのノートパソコンをテーブルに置いた。倉庫に設置された監視カメラの映像が映しだされている。

マイクはノートパソコンをキツネの膝に置いた。

「一時間ほど前の映像よ」

キツネは画面を見おろし、タイムスタンプを確認した。マルベイニーが倉庫から歩いて出てきて、ドアの近くに立っていた男に何か声をかけた。縛られてもいなければ、監禁下にある様子もない。それどころか、男と一緒に笑っている。

どういうことなの？

ニコラスが言った。「われわれは事態をすべて把握しているんだ、キツネ。ラナイハンが詳細な記録を残していた」

「そんなはずはないわ」キツネはほほえんだ。「全部破棄したもの」

ニコラスが笑みを返した。「いや、われわれは先手を打ったんだ。サビッチを覚えているか？　彼がラナイハンに目をつけてから丸一日経っている。ラナイハンはおまえのメールを全部保存していたんだ。計画が事細かに記されていた。それからわれわれは、ラナイハンがおまえの友人のマルベイニーと交わしたメールも見つけた。ひとつ読んで聞かせよう。日付は一年前だ」

「〝キツネを信用してはならない。ビクトワールという名前は教えてあったかな？　フルネームはビクトワール・クーベレルだ。出会ったときはまだ十六歳で、粗忽《そこつ》な浮浪児だった。

ナポリで刑務所行きになるところを拾ってやったんだ。見込みがありそうだったから、じきじきに訓練してやった。そのわたしを裏切ったんだから、隙あらばきみのことも裏切るだろう。これは忠告だ。キツネには気をつけろ。アナトリーのダイヤモンドはわたしが手に入れる。アメリカから持ち出したあとで口座番号を教えよう。コ・イ・ヌールの引き渡しがすんだら、すぐにキツネを殺せ。宝石の効果を得るためには、あの女の血が必要だ。きみができないと言うのなら、わたしが代わりにやってやろう〟」

「やめて！　もうやめて」

「人に裏切られるのはいやなものだろう、ビクトワール？」

「うるさいわね」キツネの声は抑揚がなく、感情がこもっていなかった。ショックを受けているのだ、とマイクは思った。

キツネはうなだれた。ひどく疲れていた。話をさっぱり理解できない。マルベイニーを裏切るなんて、考えたことすらなかった。マルベイニーはどうして裏切られたと思いこんでいるのだろう？　宝石の効果を得るために、わたしの血が必要ってどういうこと？

キツネは泣きだしたかった。実の父より愛した相手になぜか憎まれている。この先どうすればいいのかわからなかった。

94

パリ、隠れ家
土曜日、夜

キツネの世界は音を立てて崩れた。それでもなお、彼女が策をめぐらしていることがニコラスにはわかった。

彼はマイクに向かって言った。「メナールに連絡して、倉庫に突入するよう伝えてくれ。キツネをパリ警視庁に連行して、アメリカへ送還するための手続きにかかろう」

キツネの声が狭いキッチンに響き渡った。「だめよ」

ニコラスはキツネに目をやりつつも、マイクに話し続けた。「大規模な襲撃をかける必要がある。向こうには手下が大勢いる。こっちが圧倒するくらいの――」

「だめ！」

ニコラスは言葉を切って、キツネと向かいあった。

「なんだ？」

キツネは力をこめて言った。「わたしが協力する。なんでもするわ。ただし、わたしのやり方でやらせて」

自分は大きな危険にさらされることになる。それでも、マルベイニーのためならやむをえない。マルベイニーはわたしを生き返らせてくれた――いや、わたしに命を与えてくれたのだ。たとえ憎まれ、裏切られたとしても、恩に報いなければならない。

「倉庫に突入するのは無理よ。防護策を講じてあるもの」

「爆弾か？」

「マルベイニーがかかわっているんだから、間違いないわ。あちこちに仕掛けられているはずよ」

マイクがスマートフォンにメッセージを入力して送信した。ニコラスは言った。「具体的に何を企んでいるんだ？」

「予定どおり、わたしをラナイハンのもとへ行かせて。わたしはマルベイニーから起爆装置を奪うわ。あなたたちは、わたしが安全だと合図してから入ってくればいい」

「本気で言っているのか？」

キツネは落ち着いた口調で言った。「わたしは情報を提供する。マルベイニーが犯した犯罪について、知っていることを全部教えるわ。あなたたちは希代の暗殺者を逮捕できるのよ。窃盗、殺人、スパイ行為、合わせて何百件もの未解決事件を解決できるわ」

ニコラスはきいた。「その見返りは？」

「わたしを自由の身にして、捜さないで。わたしは預金を全部引きだして、姿を消す。これを最後に引退するの。もう二度と表舞台には出てこないわ」

ニコラスは言った。「そっちが約束を果たすと信じられる根拠は？」

マイクが口を挟む。「そうね、それがないと」

キツネは答えた。「わたしはずっと信じていた相手に裏切られたのよ。理由が知りたいわ。あの人はイレインまで殺した」その目の奥に潜む苦悩の色を、ニコラスは見てとった。「青酸カリが使われていたと聞いた瞬間に、マルベイニーの仕業だとわかったわ。あの人の常套《じょうとう》手段なの。無関係のイレインを殺す必要なんてなかったのに。彼にとっては関係があろうとなかろうと同じだった。それから、麻酔銃。麻酔銃を使えばこぶしを痛めずにすむと、よく言っていたわ。わたしがこれまで会ったなかで最高のファイターだと言うと笑っていた。わたしにすべてを教えてくれた人なの。そして、グラント――」言葉を切って黙りこむ。

「イレインとはどういう関係だった？」

「友人だった。それなのに、わたしのせいで死なせてしまった。わたしが秘密を打ち明けたせいで。あんな伝説を本気で信じるなんて思わなかったの。でも、イレインはその魔力に夢中になった――無邪気に信じただけなのに、殺されてしまうなんて」

ニコラスは無表情で言った。「しかし、おまえはダイヤモンドを盗んだ罪を彼女に着せようとしていた。イレインがカーチンと会っていたとわれわれに話したのはおまえだ」

キツネが肩をすくめた。「生きている以上、自分の身を守らなければならないもの」

ニコラスは言った。「伝説のことはイレインから聞いた。三つのダイヤモンドが病気を治すという」

キツネが言った。「それだけじゃないの。三つのダイヤモンドを合わせれば不死身になれると、ラナイハンは信じているのよ。彼の父親もそう信じていた」

ニコラスは好奇心に駆られた。「ラナイハンの父親にも、コ・イ・ヌールを盗むよう依頼されていたのか？」

「いいえ。父親はわたしに行方不明のダイヤモンドを探させたの。アナトリーが持っていたダイヤモンドを。でも、わたしはラナイハンの父親が生きているうちに発見できなかった」

ニコラスは言った。「おまえがこれまで盗んだものの完全なリストが欲しい」

「それは渡せないわ、ドラモンド。そんなことをしたら、わたしは殺されてしまう。今の話が唯一の失敗例で、わたしは長年この仕事で成功し続けてきたの。雇い主を密告することはできないわ。ラナイハンの父親のために盗んだものは教えられる。彼はもう死んでいるから、恐れる必要はないわ。マルベイニーが盗んだものも全部教えてあげる。わたしたちの雇い主は重複していないから。それでどう？」

マイクが満足していないことを見てとり、ニコラスは言った。「ちょっといいかな」

ふたりは部屋の隅で話し合いを始めた。それから、マイクが立て続けに電話をかけた。声に怒りがにじんでいる。キツネはマイクを好きになれなかったが、一目置いてはいた。ひょっとしたら、生まれ育った環境が違えば、ビクトワール・クーベレルはマイケラ・ケインのような人間に成長していたかもしれない。けれどもFBI捜査官になると考えただけで、キツネは声に出して笑いそうになった。

十五分後、ニコラスが戻ってきた。「取り引き成立だ」

キツネは無表情を装ってうなずいた。「そう。それなら情報を提供するわ。あなたたちは刑事免責を保障するアメリカと英国両方の公正証書を用意して。わたしがコ・イ・ヌール盗難事件でも、ほかのどの犯罪でも逮捕されないように」

「その前に、コ・イ・ヌールを引き渡してもらおう」

「今、何時？　時計を見られないわ」

「もう真夜中だ。正確に言うと午後十一時四十分」

「じゃあ、今すぐ倉庫へ行かないと」

マイクが鼻を鳴らした。「ひとりでなんて行かせないわ」

キツネは言った。「行かせるしかないわよ。だって、ダイヤモンドはそこに隠してあるんだもの。取りに行かないと」

95

ニコラスが防弾チョッキを身につけているあいだ、マイクは攻撃を仕掛ける前の狼みたいに彼のまわりをうろうろとまわっていた。

「ニコラス、キツネをひとりで行かせるわけにはいかないわ」

ニコラスはマイクも防弾チョッキを着るよう片手で合図しながら、反対の手で背中の痛みをこらえてマジックテープをとめた。

「もちろんだ。ぼくも一緒に行く」

「ばかね、そんなのむちゃよ。裏切られるに決まってる」

「いや、そうは思わない」ニコラスはちらりと振り返った。キツネはプジョーの後部座席におとなしく座っている。すぐそばで武装した警察官たちが見張っていた。「キツネはグラントを愛しているんだ。自分を裏切ったマルベイニーやわれわれを憎んでいるとしても、グラント・ソーントンの人生を台なしにするはずがない」

マイクがニコラスの前に立ちはだかって、両手を腰に当てた。「キツネが協力してるように見せかけてるだけではないと、どうして言いきれるの？」

ニコラスは最後のマジックテープをとめながら、にやりとした。「マルベイニーがキツネを裏切った理由はそこにあると思うんだ。金や名声が絡んでいるわけじゃない。心の問題だ。ラナイハンと電話で話していたとき、マルベイニーは怒っていただろう？　メールを読んだときのキツネの反応を見れば、マルベイニーがキツネの父親であり、恩師であり、心から信頼していた相手であることは明らかだ。マルベイニーはキツネを救い出し、守り、訓練した。ところが、キツネはたったひとつだけ思わぬことをしでかした。標的を愛してしまったんだ。マルベイニーのような男にとって、とうてい許しがたい裏切り行為だ。相手が愛する女性なら、なおさらだ。マルベイニーはキツネを憎んでいるのと同じくらい、愛しているんじゃないかな」

「でも、親子ほど年が離れてるのよ」

ニコラスは眉をあげた。「愛に年の差は関係ない。だけど、きみの言うことにも一理ある。キツネにとっては、マルベイニーは愛する父親でしかない」

マイクはニコラスを見つめながら、防弾チョッキを引っ張った。「とにかく、わたしも一緒に行くわ」

マイクは反対されると思っていた。ところが、ニコラスはほっとした表情を浮かべた。「ありがとう。心強いよ」マイクの肩に手を置く。「きみ以上のパートナーはいない」

「ふたりとも殺されるはめになったら、恨むからね」

ニコラスがにやりとしたあと、警察官たちに声をかけた。「集まってくれ。計画を説明する」倉庫の見取り図を広げて、狙撃手たちに指示を与えた。「きみたちはここで防衛線を張る。マイクが合図をしたら集合して、警備員たちを攻撃するんだ」笑顔で締めくくった。「ぼくとマイクとキツネはフェンスを通り抜けて、倉庫の前でふた手に分かれる。キツネが先に入っていけば、警備員たちもついていく。ぼくはそのあとで潜入する。マイクは非常階段をあがって、外から掩護する。全員所定の位置につき次第、突入してコ・イ・ヌールを奪還し、早急に撤収する。何か質問は？」

メナールの部下のひとりが尋ねた。「射殺許可は？」

ニコラスはうなずいた。「ただし、ラナイハンとマルベイニーは生かしておくように」

メナールに向かって言う。「計画どおりにいかなかった場合は、あなたが対処してくれますか？」

「合図を送ってくれたら、われわれが始末をつける。その前に吹き飛ばされないようにな」

「わかりました。マイク、準備はいいか？」

「ええ。キツネに防弾チョッキを着せなくていいの？」

キツネは車から降ろされ、少し離れたところに立っていた。「いらないわ。そんなものをつけていったら、何か企んでいると気づかれてしまう。わたしはマルベイニーが人質にされていると思いこんでいて、ダイヤモンドを引き渡す手はずになっている。向こうはダイヤモンドを手に入れるまで、下手な芝居を続けるはずよ」

ニコラスは言った。「わかった。もう時間がない。ダイヤモンドはどこにある?」

キツネは深呼吸をしてから、にやりとした。「ラナイハンのブリーフケースのなかよ。さっきラナイハンがここへ持ってきていたわ」

マイクが食ってかかる。「信じられない」

「でも、事実よ。今夜倉庫へ来る前に、ラナイハンの屋敷へマルベイニーを捜しに行ったの。すっかりおかしなことになってしまったから、最良の場所にダイヤモンドを隠したのよ。ラナイハンも契約を履行してくれることを期待してね。ブリーフケースの裏地の奥にコ・イ・ヌールを入れたの。ラナイハンもまさかそこにあるとは思わないでしょう。あなたたちに追われているとわかっていたから、引き渡しまで安全に隠しておく方法はそれしか思いつかなかった」

キツネがシャツの下に手を入れて、ブルーのベルベットの袋を取りだした。「あなたは紳士ね、ドラモンド。もっと厳しく身体検査していたら、これを見つけていたでしょう」袋の中身をニコラスのてのひらに空けた。「びっくりするほどよくできたレプリカよ。ピーター・グリズリーの腕は素晴らしいわ」

ニコラスはダイヤモンドに指をすべらせた。「よく盗めたな」

キツネはほほえんだ。「ひとつあればよかったんだけど、ひょっとしたら、もうひとつ必要になるかもしれないと思ったの。案の定、ジュネーブで役に立ったわ」

キツネはダイヤモンドを取り戻して袋にしまいながら思った。助かった。この人たちが専門家でなくて。ダイヤモンドテスターを持っていなくて。今、目の前にあるのが、本物のコ・イ・ヌールなのに。

キツネは言った。「ひとつ質問させて」

「なんだ？」

「ほかのふたつのダイヤモンドはどうするつもり？」

ニコラスが言った。「それを決めるのはもっと上層部だ。われわれが心配することではない」

「ニコラス、わたしに何かあったら、ラナイハンと一緒にダイヤモンドも始末して。サリームが最後の子孫よ。もうこんなことは終わらせるの」

三人はフェンスに向かって歩きはじめた。

ニコラスが言った。「最後にもうひとつ。もし伝説が本当なら、女性の血を流さなければダイヤモンドは結合しない。ラナイハンはキツネ、おまえを殺そうとするだろう」

キツネは一瞬、間を置いてから言った。「やれるものならやってみるといいわ」

96

ガニー九三番地
ラナイハン所有の倉庫
土曜日、深夜

サリーム・ラナイハンは期待と興奮に胸を躍らせながら、倉庫の二階にあるオフィスのなかをそわそわと歩きまわった。キツネが間もなくやってくる。十五分後には白血病が治っているだろう。それどころか、永遠に病気にならずにすむ。

一方、何が起こるか見当もつかず、不安でもあった。生涯の仕事、先祖代々取り組んできた仕事がようやく完了する。ここまで来られたのは彼だけだ。

とにかく、明日の予定は決まっていた。

病気が治ったら、子孫を残すために理想の女性を探すのだ。

警備員が近づいてきた。「サー、来ました」

窓辺にいたマルベイニーが振り返った。「門のほうへ歩いてくるところだ。小さなバックパックを持っている」

「よし。なかへ通せ」

ラナイハンは自分の手が震えているのに気づき、酒が欲しくなった。三つのダイヤモンドを結合させるのは、痛みを伴うのだろうか？　癌はすぐに消えるのか？　ダイヤモンドを手にした瞬間にしわが消え、血色がよくなった祖父の顔が脳裏によみがえった。きっと痛みはないはずだ。素晴らしい体験になるだろう。

マルベイニーが言った。「おい、落ち着け」

ラナイハンは気づかないうちに目をつぶっていた。彼は目を開けてほほえんだ。「大丈夫だ」警備員に向かって言った。「ここへ連れてこい」

ラナイハンはマルベイニーに目を向けた。「あなたを助けに来たと、彼女に思いこませておくのか？」

マルベイニーが答えた。「もちろんだ。そして、きみのために血を流させてやる」

「殺すのか？」

「血さえ手に入れれば、あの女は用済みだ」

ドアが開き、キツネが警備員に連れられてきた。怯えているように見える。それでいい、とラナイハンは思った。怯えるがいい。

警備員が言った。「所持品です」

そして、セミオートマティック銃とナイフ二本、催涙弾二発を並べた。

話の聞こえない距離まで警備員がさがってから、ラナイハンはキツネに詰問した。

「コ・イ・ヌールはどこだ？」

「マルベイニーはどこ？」

「それより金が欲しいんじゃないのか？」

「マルベイニーに会わせて」

マルベイニーがドアの後ろから姿を現すと、キツネはぽかんとした顔になった。

「おまえは本当に忠誠心の強い子だ」

キツネがマルベイニーとラナイハンの顔を交互に見て、ごくりと唾をのみこんだ。「ウィリアム？ わからないわ。どういうこと？ 監禁されているんじゃなかったの？」

マルベイニーはキツネのナイフを手に取った。「まさか。こっちへ来い、キツネ」

キツネがためらいがちに歩み寄ると、ラナイハンが彼女の腕をつかんで叫んだ。「だめだ、コ・イ・ヌールを手に入れてからだ」

マルベイニーはキツネにほほえみかけた。憎しみのこもった冷酷な笑みだ。「そうだな、ダイヤモンドはどこにある？」

怒りと敵意をたたえたキツネの目を見て、マルベイニーは思わずあとずさりした。キツネが言った。「わたしを裏切ったのね？ あなたはラナイハンと手を組んでいた。どうして、ウィリアム？ わたしが何をしたというの？」

ダムが決壊したかのように、マルベイニーはキツネを怒鳴りつけた。「何もかも与えてやったのに、おまえはわたしを裏切った！　おまえをどん底から救いだし、さんざん技を仕込んでやったのに。ちくしょう、おまえを愛していたんだ！　おまえが人生のすべてだった。われわれはいつも一緒だった。ずっと一緒にいるはずだったんだ。

それなのにおまえは、恩を仇《あだ》で返した。おまえのノートパソコンの履歴を見たぞ、キツネ。ソーントンという男のことを調べていただろう。やりなおせるかもしれないというはかない望みを抱いて、五千万ドルを持ってあの男のところへ行くつもりだったんだな。わたしを捨ててほかの男のもとに走ろうとしていた。おまえの人生、われわれの人生を捨て去るつもりだった。おまえの環境もおまえ自身も、わたしが長年かけて作りあげてやったのに。われわれは一緒にいる運命だった。裏切ったのはおまえのほうだ！」

マルベイニーの思いをキツネは心の奥底では察知していながらも、ずっと気づかないふりをしてきた。受け入れがたい事実だった。キツネは静かに言った。「わたしはあなたを裏切ってなんかいないわ、ウィリアム。あなたはわたしにとって父親みたいな存在で、父親のように愛していたの。あなたにすべてを捧げてきたつもりよ」

「いいや、おまえはわたしに与えるべきもの、わたしが求めていたものを与えてくれなかった。それをソーントンにくれてやったんだ。あいつは使い道がなくなったら捨てる道具にすぎなかったのに。セックス以外になんの役に立つというんだ？　ちくしょう、キツネ、おま

老人だわ」

「違う、仕事のためにグラントを捨てなければならなかったから、わたしはちゃんとそうしたわ。それより、あなたこそわたしのことをこそこそ探っていたのね。哀れな人！　哀れな老人だわ」

それ以上言うことはなかった。キツネはシャツの下に手を入れて、ブルーのベルベットの袋を取りだし、ラナイハンに向かって投げた。

「ほら、お望みのダイヤモンドよ。わたしはもう帰るわ」

ラナイハンがマルベイニーとキツネの顔を代わるがわる見て言う。「ドラマはもう終わりか？　よし。さて、キツネ、われわれの話はまだ終わっていないぞ。おまえからいただかなければならないものがある。おまえからの最後の贈り物になるだろう。さあ、マルベイニー、今だ！」

マルベイニーはキツネに飛びついて腕をねじりあげ、腹部をこぶしで殴りつけた。キツネより二十キロ近く重いうえに、彼女の動きなら簡単に読める。何しろその動きを教えたのはマルベイニー自身なのだ。とはいえ、キツネのほうが若くて敏捷だった。キツネは渾身《こんしん》の力を振り絞って反撃した。

そんなふたりをよそに、ラナイハンは袋を開けて、コ・イ・ヌールをてのひらに振り落とした。ダイヤモンドは内側から光り輝いていた。真の所有者の手に返ってきたことを理解しているのだ。ついにこの手に取り戻した。

ラナイハンは隅の小さなテーブルへ向かった。そこには祖父の紫檀《したん》の箱が置いてあった。屋敷から持ってきた象牙の柄がついたナイフで指を切り、傷口を金の錠に押しあてると、子どもの頃に聞いたのと同じガチャリという低い音を立てて錠が開いた。

ラナイハンは蓋を開けて祖父の大きなダイヤモンドを見おろしたあと、アナトリーの金庫から奪ったダイヤモンドに目をやった。どちらもコ・イ・ヌールに比べると光沢が鈍く、輝きは内に秘められている。ラナイハンはそれらを箱から取りだし、三つのダイヤモンドをテーブルに並べた。すると、音が聞こえてきた。まるで挨拶を交わすかのように、ダイヤモンドの立てるブーンという音がしだいに大きくなっていく。ダイヤモンドを合わせると、音は叫び声に変化した。ラナイハンはダイヤモンドを指で撫でて感謝を伝えた。

叫び声はさらに大きくなった。ラナイハンは頭がどうにかなりそうだったが、ダイヤモンドから目をそらさなかった。異様な美しさをたたえたダイヤモンドは、目に見えない力に引き寄せられるかのように合体したが、継ぎ目は残っていた。完全にひとつになったわけではないのだ。今はまだ。

ラナイハンはダイヤモンドの中心を食い入るように見つめた。立ちあがって見おろしていたが、やがて目をみはった。ダイヤモンドを手に取ってそっと包みこむ。時が来たのだとダイヤモンドが告げている。ラナイハンが口を開くと、その声はダイヤモンドの叫び声よりも大きく力強かった。神の声だ。

「その女の血をよこせ」

マルベイニーは疲労していたものの、動きは鈍っていなかった。ナイフを振りまわし、キツネを徐々にラナイハンのほうへ追いつめていく。キツネもナイフで応戦したが、腕に傷を負った。血がみるみるあふれだしても、マルベイニーは攻撃の手を緩めなかった。前進を続け、キツネをラナイハンのもとに追いやった。

ラナイハンが叫んだ。「今だ!」

マルベイニーはキツネの手をつかんで引っ張り、手首から肘まで切りつけた。キツネは悲鳴をあげ、噴きでる血をショックのあまりぼんやりと見つめた。

ラナイハンは流れ落ちる血の下にダイヤモンドを持っていった。ダイヤモンドが赤く染まると、天を仰いで叫んだ。「完了した!」

ダイヤモンドの叫び声がやんだ。

ラナイハンが視線を戻すと、目のくらむような透き通ったブルーの光がダイヤモンドを縁取っていた。光は渦を巻き、ほどなくして継ぎ目は消えた。完全にひとつになったダイヤモンドは、ラナイハンの手中で震えだし、今度は泣き声をあげはじめた。電線をかき鳴らしたかのような高音が響き渡り、まばゆい光がダイヤモンドを包みこんで、部屋じゅうを照らしだす。

ラナイハンは光が体内に取りこまれ、癌細胞がはじけて消えていくのがわかった。燃えるように体が熱くなり、全身に激しい痛みが走った。ダイヤモンドが癌細胞を殺し、ひどい苦痛をもたらしているのだ。心臓が早鐘を打ち、呼吸が荒くなる。ラナイハンはダイヤモンドを床に落とそうとしたが、手から離れなかった。やがて光は体を通過して彼を取り囲み、突然一条の鋭い光線となって屋根を突き抜け、夜空を貫いた。

全身の痛みが引いていき、光に溶けこんで一体となった。自身から生まれたその強く美しい光から、ラナイハンは目をそらすことができなかった。夜が昼になり、彼は自身の太陽をのぞきこみ、空を越えて宇宙へと突き抜ける光線を見あげた。人間が存在する意味を今、理解できた。自分こそ人間の王、人間の主なのだ。

完全な存在。

神だ。

そのとき、足元の地面が揺れはじめた。

97

怒号が響き渡ったかと思うと、急に静まり返った。一瞬の出来事だったにもかかわらず、状況がのみこめないニコラスにはずいぶん長く感じられた。それから、キツネの悲鳴が聞こえてきた。彼は無線機のイヤホンを押さえて言った。「マイク！　今だ！」

イヤホンの向こうで、マイクが警察官たちに向かって叫んでいる。「突撃！　突撃！」

ニコラスはできるだけキツネの近くにいたかったが、六人の警備員が二階のオフィスまでついてきたので、しかたなく暗がりに身を潜めていた。キツネの悲鳴が聞こえてきても、警備員たちはオフィスのなかに立ち入ろうとはしなかった。入るなと命じられているのだ。彼らは何か行動を起こしたくても、命令されない限りは動かない。

しかし建物が揺れはじめると、警備員たちは自分たちで決断をくだした。ひとりがその場に残り、あとの五人は階段を駆けおりて倉庫の外へ出ていった。マシンガンの音が響き渡る。警察官が警備員たちを撃ったのだ。二階に残っていた警備員が武器を構え、外へ向かおうとしたところで、ニコラスは背後から警備員の首に腕を巻きつけ、床に投げ飛ばした。

ニコラスがオフィスに飛びこんでいくと、マルベイニーがキツネを壁に叩きつけているところだった。マルベイニーが振り返り、ニコラスを見てにやりとした。マイクのアパートメントの駐車場を出て、路地のフェンスを乗り越えたときに浮かべていたのと同じ笑みだ。

「あのとき殺しておけばよかった。今日こそ息の根を止めてやる。取り返しのつかないミスをしたな、坊や」

マルベイニーは起爆装置を手にしていた。ニコラスはその手に向けてすぐさま発砲したが、弾が当たる前にスイッチが押された。

金属がこすれる不気味な音がしたあと、ニコラスの背後で炎が燃えあがった。もはやドアから逃げることはできなくなった。次の瞬間、マルベイニーが床に崩れ落ち、手首を押さえて悪態をついた。

ラナイハンは部屋の隅に立っていた。恍惚とした表情で天を仰ぎ、か細い叫び声をあげている。手に何かを持っていた――三つのダイヤモンドがひとつに合わさって、血にまみれている。キツネの血だ。

ニコラスは叫んだ。「マイク、ラナイハンを取り押さえろ!」

窓から飛びこんできたマイクが、ラナイハンに近寄って振り返らせ、顎の下のやわらかい部分にこぶしを打ちつけた。ラナイハンは白目をむいてくずおれた。

マルベイニーが片膝をついて立ちあがろうとしたとき、背後から現れたキツネに背中を蹴飛ばされた。マルベイニーが顔から床に倒れこむと、キツネは今度はラナイハンに向かって突進した。

四方の壁に火が燃え移り、炎が急速に迫ってきた。

ニコラスはマイクに腕を引っ張られた。「ニコラス、ここから逃げないと。さあ、早く！」

もうもうと立ちこめる煙の向こうに、ラナイハンの脇にひざまずいているキツネの姿がうっすらと見えた。腕から流れ落ちる血が、ラナイハンの顔を赤く染めている。怪我をしているのだ。キツネを助けないと。ニコラスが歩み寄ろうとしたとき、キツネが立ちあがって駆けてきて、ニコラスの手に何か硬いものを押しつけた。

ニコラスが手のなかを見おろすと、そこにあったのは結合したダイヤモンドではなく、血まみれのコ・イ・ヌールだった。ほかのふたつのダイヤモンドはどうなったんだ？

猛火に照らしだされたキツネの顔を見つめる。彼女が言った。「行って」

ニコラスが捕まえようとすると、キツネは身をひるがえしてマルベイニーのもとへ走っていった。

マイクが叫んだ。「ニコラス、早く！　ラナイハンはわたしが運ぶわ」彼女はラナイハンを引きあげて肩に担ぎ、非常階段へ向かった。ニコラスは先に窓から外へ出て、マイクに手を貸した。

ニコラスとマイクはがたつく階段をおり、ふたりがかりでラナイハンを運びおろした。駆け寄ってきた警官に、ニコラスはラナイハンを文字どおり投げつけた。振り返ると、倉庫は荒れ狂う炎に包まれていた。ニコラスは避難梯子をのぼってなかへ戻ろうとした。

マイクに腕をつかまれる。「だめよ、ニコラス、もう間に合わないわ！」

ニコラスはマイクをちらりと見て言った。「彼女を助けに行く」梯子をのぼっていく彼の背中を、マイクはなすすべもなく見守った。

金属の梯子が手に熱く、のぼるごとにさらに熱さは増していった。窓にたどりついても、渦巻く炎と揺らめく黒い煙にさえぎられ、なかの様子は見えない。ニコラスは繰り返しキツネの名前を叫んだ。

ようやくキツネの姿が見えた。彼はふたたび名前を呼んだ。キツネが振り向いてほほえみ、手をあげて挨拶した。それからまた向こうを向いて、マルベイニーのそばに立った。そのあと炎があげる轟音のなかで鳴り響いた銃声を、ニコラスはたしかに聞いた。

キツネは死んだ。

ニコラスが梯子をおりると、メナールの部下が生き残った警備員たちを逮捕しているところだった。部下のひとりが報告した。「倉庫の前に四人倒れています。消防隊がこちらに向かっているところです」

マイクが隣に来て、ニコラスの肩をつかんだ。顔が煤《すす》にまみれて黒くなっている。ニコラスは手を伸ばして、汚れをぬぐいとってやった。

「大丈夫?」マイクがニコラスの胸や腕を撫でおろしながらきいた。「ねえ、ニコラス、出血がひどいけど、傷が見あたらないわ。どこを怪我したの?」

ニコラスは耳が痛く、喉がひりひりした。熱い梯子を握ったせいで、手には火ぶくれができている。胸元を見おろすと、シャツが血まみれになっていた。手を拭いたときについたのだ。「いや、これはキツネの血だ。キツネは死んだ。たぶんマルベイニーを撃ったあとに」

すべては一瞬の出来事だった。

マイクに肩を叩かれた。「もうびっくりさせないで。いいかげんにしてよ」

ニコラスはポケットからキツネの血がついたコ・イ・ヌールを取りだした。

その血塗られたダイヤモンドを、マイクがじっと見つめた。「キツネはちゃんとあなたに渡したのね」

ほほえんで火のなかへと歩いていくキツネの姿を思い返したあと、ニコラスは咳払いをした。「そもそも、ラナイハンのブリーフケースに隠してなどいなかったんだ。キツネは初めからずっとコ・イ・ヌールを持っていた。ブルーの袋に入っていたあれだよ。彼女はラナイハンの手からもぎとって、ぼくにくれたんだ」

マイクは黙っていた。キツネがラナイハンの上にかがみこんでいるところを彼女も見たが、何をしているのかまではわからなかった。

ふたりは振り返って火を眺め、マルベイニーが仕掛けていた爆弾が爆発し、倉庫が崩れていく音に耳を澄ました。コ・イ・ヌールの温度は生あたたかく感じられる程度なのに、ニコラスがてのひらを見ると赤く焼けていた。

マイクがきいた。「ニコラス、ほかのふたつのダイヤモンドは見なかったの？」

「いや」見たのだろうか？ ニコラスは本当にわからなかった。

「一階にあった貴重な美術品が、全部灰になってしまったわね」

屋根が崩壊し、金属製の壁がすさまじい音を立てながら崩れ落ちた。ニコラスはマイクの肩に腕をまわして、倉庫に背を向けさせた。

「もう充分だ。帰ろう」

98

バンドーム広場一五番地
ホテル・リッツ・パリ
日曜日、午前

翌朝、マイクがベッドルームから出てきたときにはもう、ニコラスはシャワーと身支度をすませ、リビングルームのテーブルについておいしそうなクロワッサンを食べていた。

ニコラスは顔をあげてほほえんだ。「おはよう。きかれる前に言っておくが、傷の具合はいい」マイクは三角巾で腕をつっていた。昨夜ラナイハンを肩に担いだのだから無理もない。「きみのほうはどうだ?」

マイクが腕を振る。「絶好調よ」

マイクは椅子に腰かけて、目の前に並んだごちそうを眺めた——カフェ・クレマにヨーグルト、ストロベリージャムを添えたクロワッサン、脂肪分たっぷりのブリオッシュ。

ニコラスが言った。「さあ、コーヒーをどうぞ。力をつけてもらわないと。三十分後には報告会だ」

マイクは尋ねた。「手は大丈夫なの？」

「ああ」ふたりは心地よい沈黙に包まれながら、朝食をとった。

マイクはシャツについたパンくずを払い落として、時計に目をやった。「そろそろ、ゆうべの冒険談を話して聞かせる時間ね」ノートパソコンを開いて、セキュリティ《S》で保護《V》されたテレビ《T》会議《C》システムにログインした。FBIの会議室が画面に映しだされ、ザッカリーとベン、グレイ、サビッチ、シャーロックがテーブルを囲んでいた。

マイクはクロワッサンを振ってみせた。「おはようございます《ボンジュール》」

軽い笑い声が起こったあと、ザッカリーが言った。「コ・イ・ヌールが見つかったニュースで世界中、インターネットじゅうが大騒ぎしてるが、詳細は伝わってない。きみが持ってきたとメナールの部下が言ってるが、どうやって取り戻したかは把握してない。詳細が明らかになり次第、われわれはここで記者会見を開く。ふたりとも無事でよかった。倉庫の火事はおさまったのか？」

ニコラスが答えた。「合わせて二百名の消防隊員と四十五台の消防車が消火に当たっていますが、まだ燃え続けています。マルベイニーは徹底的に爆弾を仕掛けていたようです。周囲の倉庫も皆、全焼しました。一キロ近く延焼したんです。近隣の住民は避難しています」

マイクは言った。「当然、証拠はすべて焼けてなくなり、倉庫に保管されていた美術品も全部灰になりました。鎮火して鑑識が入れるようになるまで、一週間はかかるでしょう」

「遺体は見つかったのか?」ベンがきいた。

「警備員の遺体が倉庫のドア付近で四体、二階で一体、発見されました」

ザッカリーが尋ねた。「ゴーストとフォックスは?」

ニコラスは首を横に振った。「最後に見たとき、キツネ——フォックスはマルベイニーを蹴飛ばしていました。マルベイニーは意識を失って、ドアの近くにうつぶせに倒れこんだ。火のまわりが早かった場所です」ひと息入れてから、淡々と言葉を継いだ。「フォックスは大量に出血していました。ぼくにコ・イ・ヌールを渡したあと、自ら火のなかに入っていったんです」そのあと銃声を聞いたことは言わずにおいた。キツネがマルベイニーを射殺したのか、自殺したのかわからなかったからだ。知りたくもなかった。

「ラナイハンはどうなった?」サビッチがきいた。

マイクが答えた。「サン・タントワーヌ病院に拘禁されてます。メナールの報告によると、自分だけの世界に引きこもって、ずっとスートラを唱えてるそうです。名前を呼ばれても答えないし、誰のことも認識できないようで。快復の見込みがあるのかどうかさえわからないと医師は言ってます。

もう皆さんご存じのとおり、ラナイハンの目的は、三つのダイヤモンドを結合させて自分の病気を治すことでした。不死身になろうとしたんです」そう言ったあと、ニコラスにうなずいて引き継いだ。

ニコラスは言った。「ゆうべ目撃したことはうまく説明できそうにありませんし、あまり気も進みませんが、とにかく報告します。ラナイハンは二階のオフィスの隅に立っていました。顔を輝かせて両腕を上に伸ばし、血に染まった大きなダイヤモンドを両手で包みこむようにして捧げ持っていました。誰も見たことがないものを見ているような顔をしていました。まるで神の祝福を受けたかのような——おかしな話に聞こえるのはわかっています。しかし、そうとしか言いようがありません」いったん言葉を切り、先を続けた。「ご承知のとおり、ラナイハンは十代の頃、白血病にかかって寛解《かんかい》しましたが、最近になって再発しました。ところが現在、医師に血液検査を依頼した結果」一瞬の間を置いて言う。「ラナイハンの血液の数値は完全に正常でした」

沈黙が流れたあと、サビッチが言った。「伝説は本当だったというのか？　三つのダイヤモンドを結合させたおかげで病気が治ったと？」

「ぼくに言えるのは、ラナイハンはもはや癌を患ってはいないということだけです。完全な健康体です。少なくとも、身体的には。それ以上のことは言えません。というより、わかりかねます」

全員が黙りこんだ。ようやくシャーロックが沈黙を破った。「フォックスに返されたコイ・ヌールのことだけど、なんらかの損傷はなかったの？」

ニコラスは答えた。「マイクとぼくで徹底的に調べましたが、何も異状は見あたりませんでした。今はこの部屋の金庫に保管してあります。保険会社は一刻も早くメトロポリタン美術館に戻してほしいと思っているでしょう」

ザッカリーが言った。「そうだろうな。美術館の館長はもみ手をしながら、〈ジュエル・オブ・ザ・ライオン〉展は予定の二倍の動員を見込めると言っていたぞ。世紀の催し物になるそうだ。新たな伝説が生まれるかもしれない。館長にこの話をしたら、きみたちはメトロポリタン美術館の終身会員にしてもらえるだろう」

ニコラスは言った。「利益を得る人がひとりでもいるのは何よりです。この――」そこで否定するように手を振った。この、なんだ？――彼は自問した。徒労か？　悲劇か？　今回の事件になんらかのいい面を見出そうとしても、喪失感に圧倒された。イレインは死んでしまった。キツネも火に焼かれた。

サビッチが言った。「もうひとつよかったことがある。ボーは契約を打ち切られなかった。セキュリティを強化してほしいと頼まれたそうだ」

シャーロックがつけ加えた。「そうなの、ボーはとても喜んでいるわ」

ザッカリーは昨夜の経緯をもう一度話すようニコラスたちに促し、何度も質問を差し挟みながら聞いたあと締めくくった。「みんな、ご苦労だった。ニコラス、ＦＢＩへのささやかな協力に感謝する」そう言って笑った。

サビッチが言った。「ニック、ちょっといいか？　ふたりきりで話がしたい」ほかの人たちが会議室から出ていこうとする。

ニコラスは言った。「ええ、ディロン」ちらりとマイクを見る。

マイクが言った。「じゃあ、わたしは熱いシャワーを浴びてくるわ」

ふたりきりになると、サビッチが言った。「ひとつ提案があるんだ」

ニコラスは眉をあげた。

「ニック、きみは優秀で洞察力に富んでいる。ここだけの話、一か八《ばち》かの賭けに出るし、危険を顧みないところもある。おまけに、悪運が強い。決してばかにできない要素だ。とはいえ、何より肝心な点は、きみは結果を出すということだ」

ニコラスはふたたび眉をあげた。「ご親切にどうも」

サビッチがにやりとした。「いや、親切で言ってるわけじゃない。利己的な考えに基づいてだ。ニック、きみが必要だ。ロンドン警視庁を離れて、FBIに入る気はないか？」

ニコラスは飲んでいたコーヒーを噴きだしそうになった。「なんですって？　ぼくにFBIに入ってほしい？」

「ああ。正式な手続きを踏まなければならないが、きみのスパイや警察官としての経歴と語学力とコンピュータ・スキルがあれば、なんの問題もない。三十一歳という年齢も、入局平均年齢より一歳上なだけだ。

きみは捜査官たちとうまくやっていたし、コ・イ・ヌール奪還という偉業を成し遂げた。

おれも口添えをする。もっとも、ほかの捜査官たちと同様にクワンティコのアカデミーで訓練を受けてもらうことになるし、訓練は相当厳しいから失格になるかもしれないが」

ニコラスは言った。「そんなことになったら恥さらしですね」

サビッチが笑った。「確約はできないけれども、ニューヨーク支局に配属されるよう手をまわしておく。きみは適任だと思うし、ザッカリーもきみを気に入ってるのがわかる。ときにはワシントンＤＣでおれのチームにも協力してもらいたい」

ニコラスはようやく現実味を感じだした。ＦＢＩか。ロンドン警視庁のニコラス・ドラモンドがＦＢＩ捜査官に。彼はおもむろに言った。「人生を変えるような選択です、ディロン。あなたの提案には感謝しますが、よく考えさせてもらえませんか」まったく想像もしなかったことだ。

「それはもちろんだが、なるべく早く答えを出してくれ。間もなくアカデミーの研修が始まるんだ。まあとにかく、きみとマイクが無事でよかった。改めてお祝いを言わせてくれ」

通信を終わらせると、ニコラスはソファに座って、窓からパリの空を眺めた。雨が降っている。火災を消しとめる助けになってくれればいいが。

ＦＢＩ捜査官か。

マイクがリビングルームに入ってきた。「それで、英国人初のＦＢＩ捜査官になることに決めたの？」

「盗み聞きしていたのか？」

「当然じゃない。サビッチに誘われるとうすうす勘づいてた？」

ニコラスは首を横に振った。

「どうするの？　ＦＢＩに入る？」

ニコラスはソファの背に腕を置いた。「きみはどう思う、マイク？　ぼくに来てほしいかい？」

マイクはニコラスに視線を据えた。メジャーリーグの乱闘でかろうじて勝った選手みたいな顔をしている。いつものような自信にあふれた男には見えない。タフで危険で疲れていて、その奥にこみあげる興奮とかすかな不安が見え隠れしている。

マイクはゆっくりと言った。「そうね、サビッチに賛成するわ。なんだかんだ言っても、あなたは警察官としては悪くないし、頭はかなりいい。アカデミーで鍛えてもらえば、優秀な捜査官になれる。そうしたら、ニューヨークに来なさいよ」

「照れるな。きみもサビッチもお世辞を浴びせてくれるから」

マイクはニコラスの隣に腰をおろし、傷だらけの手を両手で包みこんだ。「あなたがナイト爵を授けられたとしても驚かないわ」

ニコラスはマイクの手のぬくもりに心地よさを覚え、ジャスミンと野草の香りを嗅いだ。

「まあ、認めるのは癪《しゃく》だが、実際、きみの助けがなければ失敗に終わっていたよ」

マイクが小首をかしげてニコラスを見つめる。「わたしたちっていいチームよね？　もしニューヨーク支局に配属されたら、パートナーにしてあげてもいいわ」

「ぼくがＦＢＩに入ったら、面倒を見てくれるというのか？」

マイクがニコラスの傷ついた頬を軽く叩いた。「傷口も何もかもね」

99

イングランド、ファロー・オン・グレイ
オールド・ファロー・ホール、ドラモンド邸
火曜日、午前

ニコラスは生家であるオールド・ファロー・ホール——近隣の人々はOFHと呼ぶ——の私道に車を乗り入れた。春と夏には菩提樹《ぼだいじゅ》の枝葉が絡みあってトンネルを作る道だが、真冬の今は寒々としてよそよそしい。それでもなお、ニコラスの目には心をうずかせるほど美しく見えた。

石の門をくぐり抜けたあと、さらに一キロほど車を走らせると、ようやく三階建ての屋敷にたどりついた。四世紀にわたる歴史を持つ、隅石と切り妻屋根と小塔のついた赤煉瓦造りの家——わが家だ。ニコラスは私道に入って砂利道を進んだ。

頭頂部が禿げている白髪で背の低い男が、玄関のドアを開けて待っていた。グレーの上質なモーニングコートに、糊の利いた白のシャツとネクタイを身につけている。

「おかえりなさいませ、ニコラスさま。さあ、早くなかへお入りください。雨が強くなって

まいりました」

「おはよう、ホーン」ニコラスはそう言って屋敷に入った。「元気そうだね。ナイジェルがよろしく伝えてくれと言っていたよ」

愛する息子の名前を聞いても、ホーンは表情を変えなかった。長年培ってきた慎み深さによるものだが、心のこもった〝ああ〟という声は聞けた。

ニコラスは背中に隠していたバスケットを取りだした。「これを気づかれないように持ちこんでくれないか、ホーン？　母さんのためにフォートナム・アンド・メイソンで焼き菓子を買ってきたんだが、料理人のクラムに見られたくないんだ」

ホーンが鼻をひくつかせた。「かしこまりました。クラムを動揺させる必要はございませんからね。奥さまと閣下は朝食室にいらっしゃいます」

「ありがとう、ホーン。このまま行くよ」

ニコラスは広々とした玄関ホールを通り抜けて奥へと歩いていき、数世紀前に祖先が朝食室と名付けた部屋へ向かった。シナモンとリンゴとカルダモンのにおいが漂ってくる。クラムがニコラスの好きなリンゴタルトを作ってくれたのだ。放蕩《ほうとう》息子のために。彼は今日限りで両親に勘当されるはめにならないよう願った。

細長い朝食室は屋敷の裏手の広い芝地に面していて、六枚並んだ背の高い窓から手前の庭と迷路園が見渡せる。窓ガラスに雨が打ちつけているときでさえ、素晴らしい眺めだった。

暖炉の火がパチパチと音を立てて燃えている。室内は暑すぎるくらいだが、それが祖父の好みだった。今日のニコラスはほかのことに意識が向いていたので、気にならなかった。

祖父の第八代ベシー男爵、エルドリッジ・オーガスタス・ナイルズ・ドラモンドは、テーブルの上座に据えられた手彫りの椅子にどっしりと腰をおろしていた。ニコラスのこぶしよりも厚みのある深紅色のベルベットのクッションに座って、味気ないオートミールの粥《かゆ》――ポリッジを食べている。スプーンでかきまぜながら、かすれた声で言った。「ニコラス、ようやく来たか。遅かったじゃないか」

「これでも何十台もの車を蹴散らしながら、M11号線を疾走してきたんです」

祖父があえぎながら笑った。

「おはよう、母さん。そのセーター、すてきだね。目の色と合っている」

祖父が咳払いをしたあと、スプーンでポリッジをすくった。「そんな色、全然似合っとらん」

ミツィー・ドラモンドは笑いながら、ニコラスの頬に手を当ててキスをした。「おはよう、ダーリン」

「父さんはどうしたの?」

ミツィーが言った。「電話中よ。中東で起きた何かの事件について内務省と話をしているの。管轄外なのに」頭を振って、完璧にセットされたボブカットのブロンドを揺らした。

「紅茶を飲んだだけで、あとはいらないって」

ニコラスはホーンに向かって言った。「父さんを呼んできてもらえないか？　大事な話があるんだ」

ミツィーが目を細めた。

「どんな話？」

「父さんが来てから話すよ。そっちは変わりない？」

ミツィーは西翼の屋根が雨もりしていることや、町の精肉店の店主が、虐待していた妻のグウィン・ウィリスに少しずつ毒を盛られていた——当然の報いだ——ことが発覚し、つい妻のほうに同情してしまうことなどを話した。ニコラスが証拠は挙がったのかときくと、ミツィーは悲しそうにうなずいたきり、口をつぐんだ。

数分後、ハリーことハロルド・マイクロフト・セント・ジョン・ドラモンドが姿を現した。息子よりさらに背が高く、引きしまった体つきをしている。ふさふさの髪はまだ黒々としていて、こめかみのあたりに白いものが交じっているくらいだった。ニコラスは立ちあがって父と握手した。ハリーが椅子に座り、紅茶を注いだ。

祖父と同じく、父の動きに無駄はなかった。ドラモンド家の男たちの特徴だ。父は常識と分別を備えたしごく冷静な男で、優秀な外交官となった。直情的なアメリカの血が混じった、考える前に行動する息子とは全然違う。

席に落ち着くと、ハリーは椅子の背にもたれて切りだした。「話があるそうだな、ニコラス」

ニコラスは自分のカップに熱い紅茶を注ぎ、ミルクと少量の砂糖を入れてかきまぜた。それをひと口飲んで、景気をつけてから言った。「FBIに入ることにしたんだ」

室内が静まり返り、全員がニコラスを見つめた。とにかく、話は聞いてもらえるらしい。

さらに沈黙が続いた。

「まずはバージニア州のクワンティコにあるFBIアカデミーで二十週間の集中訓練を受けて、そのあとニューヨーク支局に配属されることになると思う。コ・イ・ヌール盗難事件で合同捜査をした人たちがいるところに」

ニコラスは皆の驚いた顔を見まわした。「何か感想は？」

ハリーが息子の顔を見つめながらきいた。「おまえはすでに一度職を変えている。今度こそ本気なのか？」

「ああ」

ハリーは黒い目をした勇ましい息子を見つめた。整った顔立ちも、恐れを知らない性格も母親譲りだ。ハリーはその点を誇らしく思っていたが、つくづく心配になることもあった。ニコラスはコネやつてをいっさい頼ることなく、自ら人生を切り開いてきた。勇気があり、名誉を重んじるところはドラモンド家の特徴だが、ときどき毛並みに逆らって、こちらを唖《あ》然《ぜん》とさせるようなことをしでかす。しかし、祖父のエルドリッジにもそういう気質はある。

ミツィーが唇を噛んだ。「ニューヨークへ引っ越すの？　会えなくなってしまうわ」

「できるだけ帰ってくるようにするよ」

ミツィーが首を横に振った。「ボーおじさんがいつかはあなたを悪の巣窟に引き入れると思っていたのよ」

ニコラスは優しく言った。「西部開拓時代は終わったんだ。母さんの祖国でもあるんだよ」

ミツィーが美しい手を振った。「もちろんわかっているわ、ニコラス。ただ、遠すぎるというだけよ」ため息をつく。「素晴らしいチャンスだと思うわ。でも――」言葉を切り、ニコラスのそばへ来て抱きしめた。ニコラスはほっとした。この件を家族に話すのは気が進まなかった。一方、ペンダリーはニコラスを引きとめるどころか、推薦状まで書いてくれた。これ以上ニコラスに悩まされずにすむ、願ってもない話だったのかもしれない。

祖父を盗み見ると、われ関せずといった表情でポリッジを黙々と食べている。八十六歳だというのにしゃんとしていて、常に抜け目がなく辛辣だ。薄くなった髪が唯一年齢を感じさせるものの、聴覚と嗅覚は年々鋭くなっているように見えた。

ニコラスが男爵の孫息子であることは、否定しようのない事実だ。次の次の後継者だと、たまにペンダリーにからかわれていた。いずれは責任を負わなければならないが、まだそのときではない。祖父も父も壮健だ。

今はまだ。

ようやく祖父がスプーンを置いて、ニコラスと目を合わせた。「自分の出自を忘れるな、ニコラス。ここはおまえの家で、これからもずっとそうだ」繰り返し言った。「忘れるな」

ニコラスはほほえんだ。「絶対に忘れません」

エピローグ

イングランド、ファロー・オン・グレイ
金曜日、午前

十三世紀のノルマン様式の教会から、彼らはゆっくりと出てきた。重い棺を肩に担ぎ、ベルトのバックルの前で両手を組みあわせている。棺の縁を首に食いこませながら、ニコラスはイレイン・ヨークとの最後のつながりを感じていた。首は痛むが、痛みは自分がまだ生きているということを実感させてくれる。

マイクはロンドンのハロッズの近くで買ったという奇妙なデザインの帽子をかぶり、教会のなかほどの席に座っていた。洗練された葬儀の席にふさわしい品だと熱心な店員に勧められたのだと、笑いながら教えてくれた。イレインにしてみれば、帽子をかぶれるだけでうらやましいだろう。マイクの近くには、イレインの母親が不思議そうな顔をして、介護者と一緒に座っていた。今や彼女の銀行口座には二十万ドルの預金がある。キツネは友人のために、最低限正しい行いをしたのだ。

イレインの母親が状況を把握しているのかどうかは定かでないが、少なくとも、その小さ

な手でニコラスの大きな手を包みこんだときは頭がしゃんとしていた。「娘をここに埋めてちょうだい、ニコラス、ファロー・オン・グレイに。あの子はここが大好きだったの」そう言ったあと、またぼんやりして自分の世界に閉じこもってしまった。

棺越しにベン・ヒューストンの姿が見える。うなだれ、悲しみに打ちのめされた様子を目にして、ニコラスは息が苦しくなった。

イレインは勲章を授けられ、しかるべきあらゆる敬意をもって葬られる。ロンドンから参列している友人や同僚の警察官は、皆一様にショックから覚めやらない顔をしている。ペンダリーはニコラスと一緒に、黙って棺の重みに耐えていた。

咳払いが聞こえてきたほうを見やると、おじがベンの前を歩いていた。ニコラスはボーが来てくれたことに感謝した。これからの数日間がずっと楽になるだろう。

埋葬したあと、墓に向かって黙禱《もくとう》を捧げていると、激しい雨が降りだした。ニコラスのために、皆のために空も泣いているのだ。

ロンドン警視庁の仲間たちは、ファロー・オン・グレイに十五世紀からあるパブ、〈ドランケン・グース〉に繰り出すことになった――なんとペンダリーも一緒に！　スクエアカットのガラス窓やオークの古びた梁《はり》を使った、にぎやかで居心地のいい店だ。しかしニコラスは、家に帰っていまいましい喪服を脱ぎ、シャワーを浴びてから酒を飲むほうがよかった。

墓地を横切ってボーのもとへ行くと、彼は一瞬、ニコラスの肩に手を置いた。マイクとベンが来るのを待ち、四人がそろうとボーが言った。「さあ、ここから出よう」

車に乗ってオールド・ファロー・ホールに向かう数分のあいだは、誰も口を開かなかった。クラムがごちそうを用意してくれていたので、一行は傘についた水滴を振り落とし、マイクの巨大な帽子をよけながら、ホーンの案内で食堂へ向かった。すでにほかの人たちが食事を始めていた。

ニコラスは、長年一家に仕えてくれている年老いた執事にうなずいてみせ、咳払いをしてから言った。「ありがとう、ホーン」

ホーンはうなずき、かしこまって答えた。「どういたしまして、ニコラスさま」

「きみがよくしてくれて感謝していると、ヨーク警部補も生前に言っていた」

ホーンが頭を垂れ、厳粛な口調で言った。「素晴らしい方でした。残念です」

ニコラスがドラモンド家の執事と話しているあいだ、マイクはそばで見ていた。現代にも執事がいるという事実に慣れることができなかった。イングランドにいるときのニコラスは、純正英語を話し、早口になる。ニコラスにとって、今日はつらい一日だった。それを言うなら、FBIに入る話を両親に伝えなければならなかったのだから、大変な一週間だったはずだ。ニコラスが皆に話すところをこっそり見ていたかった、とマイクは思った。両親と祖父だけでなく、ホーンやクラムまでが喜んでくれたそうだが、ニコラスは自分の気持ちを楽にするためにそう言い聞かせているだけかもしれない。

そのうえニコラスはイレインの葬儀の手配をし、彼女の病気の母親にも気を配った。イレインが殺される前に送金手続きがすんでいたことに、マイクは安堵した。何百年もの歴史が詰まったこの広大な屋敷は、ニコラスの重要な一部で、今後も試金石であり続けるのだろう。ミツィー・ドラモンドは思いやりのある上品な女性で、暇なときに謎解きを楽しんでいるらしい。マイクはミツィーの大ファンである父親にそう教えるつもりだった。

ミツィーは名声も財産もなげうって、ニコラスの父親のハリーと結婚した。ハリーはニコラスとは似ていない。背が高くよそよそしい感じがするものの、笑ったときの表情はあたたかく、相手も笑顔にさせるような男性だった。

マイクはニコラスの老獪《ろうかい》な祖父に、孫の面倒を見てくれるのかときかれた。それから五分も経たないうちに、ミツィーにも同じことをきかれた。そのあとまたすぐ、キッチンから出てきた料理人のクラムにも。マイクは誰に対しても同じように答えた。〝ええ、わたしがニコラス・ドラモンドの面倒を見ます。ご安心ください〟

マイクはカレー味のエビを味わいながら、人々の話に耳を澄まし、観察を続けた。

ニコラスが食後のウイスキーを飲んでいると、ホーンが小包を持ってきた。

「お留守のあいだに、女性が持ってこられました」

ニコラスはちらりと目をやった。「あとにしてくれないか？」

「ニコラスさまがお戻りになり次第お渡しするよう、その方に言われたのです、サー」

その言葉に引っかかるものを感じ、ニコラスははっとした。「女性って誰だ？」

「お名前は存じあげません。小柄な黒髪の女性で、目の色はとても明るいアイスブルー――」

ニコラスはウイスキーのグラスをホーンの手に押しつけ、小包を奪いとって破って開けた。皆、話をやめてニコラスに注目している。封筒から書類の束を取りだすと、法的文書であることを示す見慣れたブルーの裏打ちが目に入った。

マイクがきいた。「ニコラス、なんの書類？」

ニコラスは書類にざっと目を通したあと、笑いだした。「宣誓供述書だ。驚いたな。宣誓供述書を持ってくるとは」

「誰のなの？」

「ずいぶんと分厚いな。約束どおり、マルベイニーの窃盗と殺人に関する供述書だ」ニコラスは顔をあげた。「キツネは生きていた。そして、約束を守ったんだ」

ロンドン
三月

屋上には霜がおりていて、すべりやすくなっていた。どんよりした曇り空のなか、太陽がわずかに顔を出している。また雪になりそうだ。キツネは体をずらして楽な姿勢を取り、ATNの暗視ゴーグルを片づけた。PVS7は軍事製品に負けず劣らず性能がいい。この一週間、夜間の監視の際はとても役に立った。

キツネは今度は単眼鏡を目に当てた。宿舎内に異状は見あたらない。男たちは起きだして、朝の日課をこなしている。女たちはシャワーを浴びて朝食の支度をし、外へ出る準備をしていた――男たちにその必要はない。そこが彼らの家であり、職場でもあるのだ。

そのとき、彼の姿が目にとまった。キツネは胸が高鳴り、息が苦しくなった。心の奥を揺さぶられた。

単眼鏡をおろし、魔法瓶に残っていた紅茶をカップに注いだ。それを飲んで心を落ち着けてから、ふたたび単眼鏡をのぞいた。見張りが交代していて、武器を携えて戦闘服を着た衛兵たちが立ち並んでいた。

門が開かれるのは午前九時だ。ロンドンで最も人気があり、なおかつ恐ろしいこの歴史的建造物には、天候にかかわらず毎日大勢の人が訪れる。もう三月下旬だというのに底冷えのする朝で、ダウンジャケットを着ていても寒さが身にしみた。

この一週間ずっとそうしてきたように、今日もキツネは観光客に交じってなかに入るつもりだった。

今日こそ彼に声をかけよう。話しあってくれるよう頼んで、許しを請うのだ。

何度も繰り返し考えた結果、こうする以外にないと思った。今日ですべてが変わる。彼に追い返されるか、戻ってくるのを許されるか。その中間はない。友人として関係を続けられるような相手ではなかった。

キツネは腕の痛みをこらえながら荷物をまとめ、屋上からゆっくりと這いおりた。傷は治ったものの、一生消えない傷痕が残った。

十階の割れた窓から建物のなかに入りこみ、あたりの様子をうかがう。ロンドン塔にいちばん近いこの建物が工事中なのは、運がよかったからではない。キツネが買いとって、修復を依頼したのだ——もちろん、ペーパーカンパニーに。監視を続けるあいだ、邪魔をされたくなかった。それに、今後は利益をもたらしてくれるだろう。

キツネは短い祈りを唱えながら監視用の目立たない黒い服を脱ぎ、ジーンズとスウェットとジャンパーとスニーカーを身につけて、エディンバラ大学の研究者に戻った。髪をポニーテールにし、偽のブラウンの瞳をもとのアイスブルーに戻して。この変わった目を生かして、窃盗犯ではなくモデルになっていたとしてもおかしくなかった。自分の過去を変えたいとは思わないが、ガニーで別れを告げてきた。

キツネはバッグから衛星携帯電話を取りだし、盗聴防止機能を有効にしてから、空で覚えているスマートフォンの番号にかけた。

彼は低い声で電話に出た。きっと寝ていたのだ。あれだけのことがあったのだから、遅くまで眠っていたとしても無理はない。彼の人生も大きく変化しようとしている。

「ドラモンドです」

「ありがとう」キツネはささやくと、返事を聞く前に電話を切った。

そろそろ時間だ。

キツネはほほえんでバッグを手に取り、エレベーターのなかに姿を消した。

著者あとがき

コ・イ・ヌール——声に出して言ってみてください。あたたかな光に照らされた感じがしませんか？　心の奥底にある、魔法を信じる気持ちが呼び起こされませんか？

想像してみてください。かつてクリシュナは、七百九十三カラットのこぶし大のダイヤモンドを所有していました。時を経るにつれ、裏切りや呪いがつきまとったそのダイヤモンドは、手に入れようとした者に死や混乱や破滅をもたらすようになったのです。

ただの伝説にすぎないと思われるかもしれませんが、実際、コ・イ・ヌールは血塗られた手から手へと渡り、持ち主に必ず破滅をもたらしました。そして、あるスルタンの命でコ・イ・ヌールはカットされ、百八十六カラットに減少します。一八五〇年にビクトリア女王の手に渡ったあと、輝きを与えるために再カットされ、七百九十三カラットあったコ・イ・ヌールは最終的には百五カラットとなりました。

本書は事実に基づいた物語です。けれども、父親から息子へと代々伝えられたラナイハン家の伝説は著者の創作です。

クリシュナの石がふたたびひとつになるとき、それを抱く手は全能となる。
〝光の山〟に女の血を注げば、再生と歓喜を手にできるであろう。

愛と大きな興奮と、ちょっぴり魔法の詰まった『略奪』を、どうぞお楽しみください。
〝コ・イ・ヌール〟と口に出して、想像してみてください。

キャサリン・コールター
J・T・エリソン

コ・イ・ヌールの歴史

伝説によると、コ・イ・ヌールは英雄神クリシュナの所有物だったが、就寝中に使用人に盗まれ、それゆえに呪いが生じたという。

このダイヤモンドを持つ者は世界を手に入れる。
しかし、それとともに、あらゆる不幸をも知ることとなろう。
神、もしくは女のみが、禍をこうむらずに身につけることができる。

そのほか、紀元前三〇〇〇年に、現在イランにあるピンクダイヤモンド、ダリア・イ・ヌールと一緒に川床から発見されたという話もある。
歴史文献にコ・イ・ヌールが初めて登場するのは一三〇六年で、当時は七百九十三カラットもあった。その後、所有者が変わるたびにその政権は盛衰した。誰もがコ・イ・ヌールを切望したが、一度も売買されることはなく、征服によってのみ手に入れられた。

一回目のカット

十七世紀、ムガル帝国の皇帝アウラングゼーブは、珍しい宝石を探しにフランスからやってきた宝石の専門家をうならせるために、イタリアの宝石職人ボルジョにコ・イ・ヌールをカットさせた。ボルジョはその仕事に失敗し、七百九十三カラットあったダイヤモンドがわずか百八十六カラットまで減少してしまった。

それでもなお、コ・イ・ヌールの価値は圧倒的なものだった。その後、コ・イ・ヌールは血と策略にまみれながらさらに多くの人々の手を経て、パキスタンやペルシアへ移ったあと、ふたたびインドに戻ってきた。そういうわけで、この三国はコ・イ・ヌールの所有権を主張しており、英国政府に何度も返還を申したてている。

コ・イ・ヌールがビクトリア女王の手に渡った経緯

一八五〇年、〈パンジャーブのライオン〉と呼ばれたランジート・シングの末息子で、シク王国の最後の君主であるドゥリープ・シングは、英国によって退位させられ、国を奪われた。ラホール条約に基づき、コ・イ・ヌールも英国に引き渡された。一方、ドゥリープ・シングは投獄も虐待もされず、英国社会に歓迎され、ビクトリア女王の寵愛《ちょうあい》を受けた。

ファイナル・カット

一八五一年、ビクトリア女王はコ・イ・ヌールを公に展示した。ところが、百八十六カラットのダイヤモンドは、二百年前にボルジョが失敗して以来カットされていなかったため見栄えがせず、期待外れに終わった。

そこで議論を重ねた結果、アルバート公がアムステルダムの宝石職人コスターを雇って、コ・イ・ヌールを再カットさせた。コスターが仕上げたダイヤモンドは燦然とした輝きを放ったものの、百五カラットに減少した。

英国は呪いの伝説を真剣に受けとめ、コ・イ・ヌールを身につけるのは王室の女性のみに限られている。ビクトリア女王のブローチにされ、その後アレクサンドラ王妃とメアリー王妃の王冠を飾ったのち、王太后の王冠に飾られ、現在はロンドン塔に保管されている。

本書では、英国議会が時限立法を制定して王太后の王冠をアメリカに貸し出すことを許可し、コ・イ・ヌールはニューヨークにあるメトロポリタン美術館で開かれる〈ジュエル・オブ・ザ・ライオン〉展の呼び物とされている。

その結果起こった出来事を考えれば、英国が貴重なコ・イ・ヌールの国外への持ち出しを許可することは二度とないだろう。

訳者あとがき

いまや長編ヒストリカル・ロマンスのみならず、本格ロマンティック・サスペンスでも人気を博しているキャサリン・コールター。彼女の新しいシリーズ第一弾をここにお届けします。

コールターが生みだした新たなヒーローは、ロンドン警視庁の警部ニコラス・ドラモンド。以前は外務省でスパイとして活躍していた彼ですが、現在は執事付きの屋敷に住み、頭の固いわからず屋の上司と毎日のように衝突する日々。そんなニコラスのもとへ、同僚でかつての恋人、イレイン・ヨーク警部補が殺害されたとの知らせが飛びこんでくるところから物語は始まります。ニューヨークに派遣されていたイレインは、メトロポリタン美術館で開催される英国王室の宝物展の英国側特別随行員を務めていただけのはずなのに、銃で撃たれ、イースト川の岸で無残な姿となって発見されます。ニコラスは矢も盾もたまらず、上司の反対を振りきって事件解明のために単身ニューヨークへ。

その頃、イレインの殺害事件担当となったＦＢＩのマイク・ケイン特別捜査官（本名はマイケラで女性です！）は、イレインのアパートメントを調べ、そこでロシアン・マフィアの手下の遺体を発見。事件が混迷を深めるなか、美術館では展示予定の王太后の王冠を飾る巨大ダイヤモンド、コ・イ・ヌールが偽物とすり替えられていたことが発覚します。当然のように、誰もが死亡したイレインに疑いの目を向け、ニコラスも物言えぬ同僚の無実を信じながらも、彼女にとって不利な事実ばかりが続々と明るみに。ところが展覧会の開催を祝して開かれたガラパーティで、この事件に世界的宝石泥棒〝フォックス〟がかかわっていることがわかり……。

捕まえたかと思えばするりと逃げるフォックス、振りきったかと思えばしぶとく追いついてくるニコラスとマイク。双方の息詰まる追走劇が繰り広げられる一方で、十九世紀、インドの王族からビクトリア女王に献上された巨大ダイヤモンド、コ・イ・ヌールの呪われた歴史を絡めて物語は思わぬ方向へ展開します。

この作品に〝友情出演〟しているサビッチ＆シャーロック・ペアのFBIシリーズも巻を増すごとにスリリングな展開を見せていますが、本作ではさらにアクション・アドベンチャー要素が取り入れられ、サスペンスものとはまたひと味違う、新たなエンターテインメント・シリーズの誕生となっています。

日本での紹介はこれが初めてとなる共著者のJ・T・エリソンは、単独でも検察医サマンサ・オーウェンズ・シリーズなどを手がけ、デビュー作、刑事テイラー・ジャクソン・シリーズでは、*The Cold Room*が二〇一〇年の国際スリラー作家協会（ＩＴＷ）ベスト・ペーパーバック・オリジナル賞に選ばれ、*Where All The Dead Lie*は二〇一二年のＲＩＴＡ賞ベスト・ロマンティック・サスペンスにノミネート。これからの活躍が楽しみな作家です。

二〇一四年秋に刊行予定の本シリーズの二作目*The Lost Key*は、第一次世界大戦中に金塊とともに沈んだＵボートにまつわる謎解きだそうで、著者コールターは、〝クレイジーでワイルド、髪に火がついたようなアドベンチャーよ。そして皆さんよくご存じよね、わたしは大げさなことは絶対に言わないわ〟と、ファンの期待に応えてくれるのは確実のようです。

個人的には、有能な執事のナイジェル、高慢だけどちょっと憎めない元〇〇のレディ・パメラのふたりには是非とも再登場してほしいところです。それではコールターとエリソンの新シリーズを皆さまもどうぞお楽しみください。

二〇一四年七月

ザ・ミステリ・コレクション

略奪《りやくだつ》

著者 キャサリン・コールター
J・T・エリソン

訳者 水川《みずかわ》 玲《れい》

発行所 株式会社 二見書房
東京都千代田区三崎町2-18-11
電話 03(3515)2311［営業］
03(3515)2313［編集］
振替 00170-4-2639

印刷 株式会社 堀内印刷所
製本 株式会社 村上製本所

落丁・乱丁本はお取り替えいたします。
定価は、カバーに表示してあります。

ISBN978-4-576-14106-0
http://www.futami.co.jp/

幻影
キャサリン・コールター
林 啓恵［訳］

有名霊媒師の夫を殺されたジュリア。何者かに命を狙われFBI捜査官チェイニーに救われる。犯人捜しに協力する同僚のサビッチは驚愕の情報を入手していた…！

眩暈
キャサリン・コールター
林 啓恵［訳］

操縦していた航空機が爆発、山中で不時着したFBI捜査官ジャック。レイチェルという女性に介抱され命を取り留めるが、彼女はある秘密を抱え、何者かに命を狙われる身で…

旅路
キャサリン・コールター
林 啓恵［訳］

老人ばかりの町にやってきたサリーとクインラン。町に隠された秘密とは一体…？ スリリングなラブロマンス！ クインランの同僚サビッチも登場。FBIシリーズ

残響
キャサリン・コールター
林 啓恵［訳］

ジョアンナはカルト教団を営む亡夫の親族と距離を置き、娘と静かに暮らしていた。が、娘の〝能力〟に気づいた教団は娘の誘拐を目論む。母娘は逃げ出すが……

カリブより愛をこめて
キャサリン・コールター
林 啓恵［訳］

灼熱のカリブ海に浮かぶ特権階級のリゾート。美しき事件記者ラファエラはある復讐を胸に秘め、甘く危険な世界へと潜入する…ラブサスペンスの最高峰！

エデンの彼方に
キャサリン・コールター
林 啓恵［訳］

過去の傷を抱えながら、NYでエデンという名で人気モデルになったリンジー。私立探偵のテイラーと恋に落ちるが素直になれない。そんなとき彼女の身に再び災難が…

恋の訪れは魔法のように
キャサリン・コールター
栗木さつき［訳］

放蕩伯爵と美貌を隠すワケアリのおてんば娘。父親同士の約束で結婚させられたふたりが恋の魔法《マジック》にかけられて……待望のヒストリカル三部作、マジック・シリーズ第一弾！

星降る夜のくちづけ
キャサリン・コールター
西尾まゆ子［訳］

婚約者の裏切りにあい、伊達男ながらすっかり女性不信になった伯爵と、天真爛漫なカリブ美人。衝突する彼らが恋の魔法《マジック》にかかる…⁉ マジック・シリーズ第二弾！

黄昏に輝く瞳
キャサリン・コールター
栗木さつき［訳］

世間知らずの令嬢ジアナと若き海運王。ローマの娼館で出会った波瀾の愛の行方は……？ C・コールターが贈る怒濤のノンストップヒストリカル、スターシリーズ第一弾！

涙の色はうつろいで
キャサリン・コールター
山田香里［訳］

父を死に追いやった男への復讐を胸に、ロンドンからはるかサンフランシスコへと旅立ったエリザベス。それは危険でせつない運命の始まりだった……！ スターシリーズ第二弾

忘れられない面影
キャサリン・コールター
栗木さつき［訳］

街角で出逢って以来忘れられずにいた男、ブレントと船上で思わぬ再会を果たしたバイロニー。大きく動きはじめた運命を前にお互いとまどいを隠せずにいたが…。

ゆれる翡翠の瞳に
キャサリン・コールター
山田香里［訳］

処女オークションにかけられたジュールは、医師モリスによって救われるが家族に見捨てられてしまう。そんな彼女を、モリスは妻にする決心をするが…。スター・シリーズ完結篇！

二見文庫 ザ・ミステリ・コレクション

愛は弾丸のように
リサ・マリー・ライス
林啓恵［訳］〔プロテクター・シリーズ〕

セキュリティ会社を経営する元シール隊員のサム。そんな彼の事務所の向かいに、絶世の美女ニコールが新たに越してきて……待望の新シリーズ第一弾！

運命は炎のように
リサ・マリー・ライス
林啓恵［訳］〔プロテクター・シリーズ〕

ハリーが兄弟と共同経営するセキュリティ会社に、ある日、質素な身なりの美女が訪れる。元勤務先の上司の不正を知り、命を狙われ助けを求めに来たというが……

情熱は嵐のように
リサ・マリー・ライス
林啓恵［訳］〔プロテクター・シリーズ〕

元海兵隊員で、現在はセキュリティ会社を営むマイク。ある過去の出来事のせいで、常に孤独感を抱える彼の前にひとりの美女が表れる。一目で心を奪われるマイクだったが…

危険すぎる恋人
リサ・マリー・ライス
林啓恵［訳］〔デンジャラス・シリーズ〕

雪嵐が吹きすさぶクリスマス・イブの日、書店を訪れたジャックをひと目見て恋におちるキャロライン。だがふたりは巨額なダイヤの行方を探る謎の男に追われはじめる。

眠れずにいる夜は
リサ・マリー・ライス
林啓恵［訳］〔デンジャラス・シリーズ〕

パリ留学の夢を諦めて故郷で図書館司書をつとめるチャリティに、ふたりの男——ロシア人小説家と図書館で出会った謎の男が危険すぎる秘密を抱え近づいてきた……

悲しみの夜が明けて
リサ・マリー・ライス
林啓恵［訳］〔デンジャラス・シリーズ〕

闇の商人ドレイクを怖れさせるものはこの世になかった。美貌の画家グレイスに会うまでは。一枚の絵がふたりの運命を一変させた！ 想いがほとばしるラブ&サスペンス

二見文庫 ザ・ミステリ・コレクション

危険な愛の訪れ
ローラ・グリフィン
務台夏子［訳］

元恋人殺害の嫌疑をかけられたコートニーは、刑事ウィルと犯人を探すことに。惹かれあうふたりだったが、黒幕の魔の手が忍び寄り…。2010年度RITA賞受賞作

危険な夜の向こうに
ローラ・グリフィン
米山裕子［訳］

犯罪専門の似顔絵画家フィオナはある事情で仕事を辞めようとしていたが、町の警察署長ジャックが突然訪れて…。スリリング&ホットなロマンティック・サスペンス！

青の炎に焦がされて
ローラ・リー
桐谷知未［訳］
〔誘惑のシール隊員シリーズ〕

惹かれあいながらも距離を置いてきたふたりが再会した場所は、あやしいクラブのダンスフロア。それは甘くて危険なゲームの始まりだった。麻薬捜査官とシール隊員の燃えるような恋

誘惑の瞳はエメラルド
ローラ・リー
桐谷知未［訳］
〔誘惑のシール隊員シリーズ〕

政治家の娘エミリーとボディガードのシール隊員・ケル。狂おしいほどの恋心を秘めてきたふたりが〝恋人〟として同居することになり…。待望のシリーズ第二弾！

蜜色の愛におぼれて
ローラ・リー
桐谷知未［訳］
〔誘惑のシール隊員シリーズ〕

過酷な宿命を背負う元シール隊員イアンと明かせぬ使命を負った美貌の諜報員カイラ。カリブの島での再会は、甘く危険な関係の始まりだった……シリーズ第三弾！

これが愛というのなら
カーリン・タブキ
米山裕子［訳］

新米捜査官フィルは、連続女性行方不明事件を解決すべく、ストリップクラブに潜入する。事件を追うごとに自らも、倒錯のめくるめく世界に引きこまれていき…

そのドアの向こうで
シャノン・マッケナ
中西和美［訳］
〔マクラウド兄弟シリーズ〕
亡き父のため十七年前の謎の真相究明を誓う女と、最愛の弟を殺されすべてを捨て去った男。復讐という名の赤い糸が激しくも狂おしい愛を呼ぶ…衝撃の話題作！

影のなかの恋人
シャノン・マッケナ
中西和美［訳］
〔マクラウド兄弟シリーズ〕
サディスティックな殺人者が演じる、狂った恋のキューピッド。愛する者を守るため、燃え尽きた元FBI捜査官コナーは危険な賭に出る！絶賛ラブサスペンス

運命に導かれて
シャノン・マッケナ
中西和美［訳］
〔マクラウド兄弟シリーズ〕
殺人の濡れ衣を着せられ、過去を捨てたマーゴットは、彼女に惚れ、力になろうとする私立探偵デイビーと激しい愛に溺れる。しかしそれをじっと見つめる狂気の眼が…

真夜中を過ぎても
シャノン・マッケナ
松井里弥［訳］
〔マクラウド兄弟シリーズ〕
十五年ぶりに帰郷したリヴの書店が何者かに放火され、そのうえ車に時限爆弾が。執拗に命を狙う犯人の目的は？彼女の身を守るためショーンは謎の男との戦いを誓う…！

過ちの夜の果てに
シャノン・マッケナ
松井里弥［訳］
〔マクラウド兄弟シリーズ〕
傷心のベッカが恋したのは孤独な元FBI捜査官ニック。狂おしいほど求めあうふたりに卑劣な罠が……この愛は本物か、偽物か。息をつく間もないラブ&サスペンス！

危険な涙がかわく朝
シャノン・マッケナ
松井里弥［訳］
〔マクラウド兄弟シリーズ〕
あらゆる手段で闇の世界を生き抜いてきたタマラ。幼女を引き取ることになったのを機に生き方を変えた彼女の前に謎の男が現われる。追っ手だと悟るも互いに心奪われ…